Susanne Mischke
Wehe, du irrst dich

D1718488

SUSANNE MISCHKE

WEHE,
DU IRRST DICH

Kriminalroman

PIPER

Von Susanne Mischke liegen im Piper Verlag vor:

Hannover-Krimis:	*weitere Kriminalromane:*
Band 1: Der Tote vom Maschsee	Töte, wenn du kannst!
Band 2: Tod an der Leine	Mordskind
Band 3: Totenfeuer	Wer nicht hören will, muss fühlen
Band 4: Todesspur	Wölfe und Lämmer
Band 5: Einen Tod musst du sterben	Die Eisheilige
Band 6: Warte nur ein Weilchen	Liebeslänglich
Band 7: Alte Sünden	Die Mörder, die ich rief
Band 8: Zärtlich ist der Tod	Schwarz ist die Nacht
Band 9: Hättest du geschwiegen	Kalte Fährte
Band 10: Fürchte dich vor morgen	Der Muttertagsmörder
Band 11: Eiskalt tanzt der Tod	
Band 12: Alle sehen dich	
Band 13: Deine Welt wird brennen	
Band 14: Wehe, du irrst dich	

ISBN 978-3-492-06514-6
© Piper Verlag GmbH, München 2025
Redaktion: Kerstin von Dobschütz
Satz: Eberl & Koesel Studio, Kempten
Gesetzt aus der Goudy Old Style
Druck und Bindung: CPI Books GmbH, Leck
Printed in the EU

1

In seinem gestreiften Bademantel und den Gummistiefeln steht Hauptkommissar Bodo Völxen am verwitterten Zaun der Schafweide. Er fröstelt. Mitte März sind die Nächte noch empfindlich kühl, aber nun blitzen die ersten Sonnenstrahlen über den Horizont und lassen unzählige Spinnweben über der schütteren Grasnarbe silbrig aufleuchten. Im kahlen Geäst des Apfelbaums sitzen drei Krähen und beäugen ihn misstrauisch. Völxen liebt die Ruhe am Morgen, die nur von Vogelgezwitscher durchbrochen wird. Die Welt wirkt wie neu erschaffen und menschleer. Dennoch hätte er es heute noch ein Viertelstündchen länger im Bett ausgehalten. Er muss gähnen. Verdammt, wo bleibt denn der Friese? Sieben Uhr war abgemacht, zeitig genug, damit der Modellathlet vor Dienstbeginn noch sein Sportprogramm absolvieren kann. Mit dem Rad bis zur Dienststelle fahren, zweimal um den Maschsee rennen oder ähnliche Torturen.

Oscar läuft schwanzwedelnd am Zaun entlang in Erwartung der üblichen Prozedur, die jeden Morgen nach einer exakten Choreografie abläuft: Sein Mensch geht durch das Gatter, überquert forschen Schrittes die Weide, öffnet den Schafstall, dreht sich um und sprintet zurück zum rettenden Gatter, verfolgt von einer wütenden Bestie, welche wiederum von Oscar verbellt und dadurch erst recht angestachelt wird. Manchmal bekommt der Terriermischling ein Stück Wolle zu fassen, wenn es ihm gelingt, Amadeus in die Haxen zu zwicken. Heute geschieht nichts dergleichen. Die Schafe sind noch immer im Stall. Sein Herrchen steht am Zaun und starrt Löcher in die Luft. Frustriert sucht der Hund nach einem Alternativprogramm und findet es auch, indem er einen Maulwurfshügel auseinandernimmt.

Auch Völxen wird langsam ungeduldig. Hat Tadden ihn vergessen?

Natürlich nicht. In dieser Sekunde verlässt er diese lächerlich winzige Behausung, die er ausgerechnet auf Köpckes Grundstück platzieren musste, welcher die Miete dafür vermutlich in bar einsteckt. Mit seinen langen Beinen federt Oberkommissar Tadden leichtfüßig über Köpckes Wiese, überquert den Hof und joggt den holprigen Feldweg entlang auf ihn zu.

»Moin!«, grüßt er zackig und nicht die Spur atemlos.

Oscar, dankbar für jede Ablenkung, begrüßt ihn freudig. Man kennt sich. Nicht erst seit Tadden in der Nachbarschaft wohnt, sondern auch von der Dienststelle, zu der der Hund bisweilen mitgenommen wird.

»Verschlafen?«, erkundigt sich der Hauptkommissar ein wenig frostig.

»Beinahe. Aber gleich geht es los.«

Joris Tadden holt eine kleine Fernbedienung aus seiner Hosentasche und zählt mit schnarrender Stimme herunter: »*Two, one, zero* ...«

War ich mit knapp über dreißig eigentlich auch noch ein solcher Kindskopf? Jedenfalls konnte ich schon damals nicht so schnell und ausdauernd laufen, gesteht Völxen sich ein. Er war mehr ein Denker, weniger ein Sportler.

Tadden drückt auf den Knopf.

Beide blicken gespannt auf den Stall, in dem die vier Schafe und der Bock nachts eingeschlossen sind, damit sie sicher sind vor herumstreifenden Wölfen.

Eine Sekunde verstreicht, zwei, drei.

Völxen zieht skeptisch seine Augenbrauen zusammen, deren borstige Dichte an Schuhbürsten oder sehr haarige Raupen erinnert. Er denkt dabei über eine angemessene Reaktion angesichts des Reinfalls nach, da hebt sich wie durch Zauberhand die Luke am Schafstall, an der Tadden und der Hühnerbaron während der letzten drei Tage gebastelt haben.

»Tatsächlich. Es klappt«, stellt Völxen fest, wobei er sich bemüht, anerkennend, aber nicht allzu begeistert zu klingen.

»Mit einem W-LAN-Verstärker und der App lässt sich das Tor von überall her öffnen und schließen. Oder man programmiert die Uhrzeit einfach ein.«

»Mal sehen.« Völxen hat es nicht so mit Apps und dem Programmieren.

Beide verharren am Zaun und starren auf die Öffnung, die groß genug ist, um auch einem Schafbock mit eindrucksvollem Gehörn einen bequemen Durchgang zu erlauben. Theoretisch. In der Praxis geschieht nichts. Die Minuten vergehen. Oscar verliert die Nerven, schlüpft unter dem Gatter durch, rast über die Weide und umrundet kläffend den Stall. Eine der Krähen stößt einen Ruf aus, der ihre Missbilligung zum Ausdruck bringt. Doch die Vögel kennen den Hund längst und bleiben daher seelenruhig auf dem Apfelbaum sitzen.

»Warum kommen sie nicht raus? Kapieren sie es nicht?« Tadden klingt enttäuscht.

»Das oder aus Bosheit. Zumindest, was Amadeus angeht.«

»Sein Problem. Irgendwann wird er schon rauskommen. Oder eine der Damen ist so schlau.«

Völxen ist da nicht so sicher, will Tadden aber nicht die Illusionen rauben. Der Junge hat es wirklich gut gemeint. Seine Konstruktion dient nicht nur der Bequemlichkeit, sie soll in erster Linie verhindern, dass sein Vorgesetzter sich jeden Morgen der Mordlust seines Schafbocks aussetzt. Bis jetzt erreichte dieser stets im letzten Moment das Gatter und konnte es gerade noch schließen, ehe der Bock sein Gehörn mit Karacho gegen die Bretter donnern ließ. Aus Amadeus' Sicht ist es daher durchaus verständlich, sollte das alte Biest die neue Technik schlichtweg ignorieren. Wer gibt schon gerne ein lieb gewordenes Ritual freiwillig auf?

»Das wird schon«, versichert er entgegen seiner Überzeugung.

»Danke, Tadden.«

»Dafür nicht.«

Beide wenden sich zum Gehen. Taddens Handy klingelt. Während er das Gespräch annimmt und zuhört, lässt sein Gesichtsausdruck bereits Ungemach ahnen. Völxen ist jedenfalls schon mal vorsorglich stehen geblieben.

Und genau so kommt es auch.

»Wir haben einen Leichenfund in der Altstadt. Ein Mann liegt tot in einem Friseursalon.«

Schlagartig kann Völxen sein ländliches Idyll nicht mehr so recht genießen. Die andere Welt, die der menschlichen Abgründe und der Gewaltverbrechen, streckt ihre Tentakel nach ihm aus. Der Hauptkommissar reagiert mit der Routine seiner über dreißig Dienstjahre. »Spurensicherung, Rechtsmedizin?«

Tadden fragt nach. »Sind informiert. Zwei Streifen sind bereits vor Ort.«

»Wir können zusammen fahren«, schlägt Völxen vor. »Treffen wir uns in einer halben Stunde bei mir auf dem Hof.«

»In einer *halben* Stunde?« Tadden reckt trotzig das Kinn vor. In den dunkelgrauen Augen des Ostfriesen spiegelt sich Verwunderung, wenn nicht gar Missbilligung.

»Wir sind die Ermittler, Tadden, nicht die Feuerwehr. Wenn wir losstürzen wie die Anfänger, stehen wir nur mit knurrenden Mägen herum und warten. Frühstücken wir lieber erst mal und werfen uns in Schale. Außerdem gibt es Kollegen, die deutlich näher am Tatort wohnen.«

Tadden nickt widerstrebend. »Dann also ...«, ein Blick auf sein Smartphone, »... nullsiebenachtundreißig auf Ihrem Hof.« Diese Art der Zeitangabe hat sich bei ihm während seiner Dienstzeit bei der Bundeswehr eingeschliffen. Er weiß aber, dass Völxen solche Mätzchen nicht schätzt. »Äh, ich meine ...«

»Sagen wir Viertel vor acht, zivile Zeit«, bestimmt der Hauptkommissar. »Ich muss mich ja auch noch rasieren.«

»Jawohl, Herr Hauptkommissar.«

In seinen Gummistiefeln schlurft Völxen durch den Garten zurück ins Haus. Die Schneeglöckchen liegen wie ein dichter Teppich um den Holzschuppen, aus dem Beet spitzeln die Blätter von Tulpen hervor, und die Forsythie beginnt zu blühen. Oscar ist es nach wie vor nicht gelungen, den Bock herauszulocken, obwohl er sämtliche Provokationen durchgespielt hat, einschließlich der, direkt am Türpfosten das Bein zu heben. Völxen ruft nach ihm. Mit verdächtigem Übereifer kommt der sonst eher renitente Terrier angerannt, offenbar dankbar, den Ort seiner Schmach ohne Gesichtsverlust verlassen zu dürfen.

Als Völxen sich vor der Terrasse seines umgebauten alten Bau-

ernhofes noch einmal umwendet, ist Tadden bereits in seinem Bauwagen verschwunden. Amadeus streckt vorsichtig den Kopf aus der
Luke. Verstört blickt er sich um. Niemand da, den er auf die Hör-
ner nehmen kann.

2

In Todesnähe spürt man sich am meisten.

Beim ersten Mal war es noch schiere Panik, die von Hauptkommissar Erwin Raukel Besitz ergriff, und hätte er nur die geringste Chance gesehen, schnell genug aus dem tiefen Ledersessel herauszukommen, wäre er geflohen, ungeachtet des Gespötts. Allein sein kompakter Körperbau und eine gewisse altersbedingte Trägheit verhinderten ein Entkommen in letzter Sekunde. So viel Realist war er selbst im Angesicht der Gefahr für Leib und Leben. Blieb nur, sich unter seinem Umhang an die Sessellehne zu krallen und sein Schicksal zu akzeptieren. Wie kurios, dachte er dabei, das Letzte, was ich sehen werde, ist ein schmunzelnder George Clooney mit Fünftagebart.

Längst hat er diese unbegründeten Ängste abgelegt, doch ein bisschen Adrenalin schießt nach wie vor durch seine Adern, kaum dass das Rasiermesser seine Haut berührt. Sogar jetzt, da er vor dem heimischen Badezimmerspiegel steht und notgedrungen selbst Hand an sich legt, suchen ihn diese morbiden Gedanken heim: ein falscher Schnitt, eine fahrige Bewegung nur ...

Seit seinem ersten Besuch im Barbershop Clooney ist ein Jahr vergangen, und inzwischen genießt Raukel sogar den kleinen Kick, eine Art Angstlust, die sich einstellt, sobald er sich dem Können von Moussa Abou ausliefert. Einmal in der Woche gönnt er sich das Vergnügen einer ebenso professionellen wie traditionellen Rasur, samt allem Drum und Dran. Die Rasur mit einem sehr scharfen Messer ist dabei nur das Hochamt, der ultimative Nervenkitzel. Zur Behandlung gehört noch viel mehr, und das meiste davon ist ausgesprochen wohltuend. Da sind die warmen Tücher, die wohlriechenden Schäume und Cremes, die Öle und Salben, die Gesichtsmassage, die edlen Rasierwässerchen, der Duft des Minztees und der eine oder andere Malt Whisky, mit dem man sich, falls nötig, Mut antrinken kann. Die Einrichtung des Barbershops ist traditionell-gediegen – halbhohe Wandtäfelungen aus dunklem Holz, hohe, goldgerahmte Spiegel, weinrote Barbiersessel im Stil der Fünfzigerjahre. Das Ambiente erinnert Raukel an englische Clubs aus alten Krimis. Und wie es sich in einem solchen Club gehört, finden hier gepflegte Männergespräche statt: Sport, Autos und Frauen sind die vorherrschenden Themen, außerdem der neueste Klatsch und Tratsch, der in der Landeshauptstadt kursiert. Das Sahnehäubchen ist die wirklich gut sortierte Bar, und es gibt sogar ein Klavier. In unregelmäßigen Abständen veranstaltet Moussa Whiskyverkostungen mit Musik, wobei Raukel auf die Musik notfalls verzichten könnte.

Das Clooney liegt strategisch günstig am Ende der Knochenhauerstraße, eine Lage, die ein sehr gemischtes Publikum zur Folge hat. Es verkehren dort – neben Hipstern, maghrebinischen Halbstarken und Spielern von Hannover 96 – auch einige Zuhälter und Türsteher aus dem benachbarten Rotlicht- und Amüsierbezirk sowie der eine oder andere Staatsdiener aus dem ebenfalls nicht weit entfernten Landtag. Für einen Kriminalbeamten wie ihn ist dieser Ort eine reich sprudelnde Quelle wichtiger Informationen, und ginge es auf dieser Welt halbwegs gerecht zu, würde die Kostenstelle der Polizeidirektion Hannover die Rechnungen für die Behandlungen als dienstliche Aufwendungen anerkennen.

So oder so, das Clooney ist wie eine kleine Insel der Seligen. Wo sonst sind Männer heute noch unter sich? Okay, nicht ganz unter sich. Die Friseurin Nicole ist definitiv kein Mann, aber zum Glück weiß das Frauenzimmer, wann es den Mund zu halten hat. Eine seltene Tugend heutzutage.

Ja, Moussa hat seinen Laden und seine Leute im Griff.

Meistens versucht Raukel einen Termin am Freitag zu bekommen. Charlotte Engelhorst, auf deren Landsitz er häufig seine Wochenenden verbringt, legt Wert auf eine gepflegte Erscheinung und glatt rasierte Wangen. Selbstverständlich macht er das keineswegs nur ihretwegen, wo käme man denn da hin? Nein, der Besuch dort ist für Raukel, der auch sonst einen verfeinerten Lebensstil pflegt, längst zu einer Annehmlichkeit geworden, die er nicht mehr missen möchte.

Er wischt sich den Rest Rasierschaum vom Hals und greift zu dem Eau de Toilette mit der orientalischen Note, das Moussa ihm empfohlen und verkauft hat. Eigentlich ist das Zeug viel zu edel und kostspielig für den Alltag und die Banausen auf der Dienststelle. Aber Frau Cebulla, die Sekretärin des Kommissariats, hat ihm neulich versichert, sein Wohlgeruch versüße ihr den Arbeitstag. Um dem alten Mädchen eine Freude zu machen, gibt er etwas davon auf seine Handflächen und tätschelt sich über Hals und Wangen. Danach geht er hinüber in sein Schlafzimmer und kleidet sich an. Durch das gekippte Fenster dringen Vogelstimmen. Von denen ist er wach geworden, schon kurz vor sieben. Eigentlich noch nicht wirklich seine Zeit, es wird gerade erst hell. Nervige Viecher! Immerhin, der Frühling lässt grüßen. Auf der Grünfläche der Wohnanlage blühen schon Krokusse und Blausterne. Früher wäre ihm so etwas gar nicht aufgefallen. Erst seit er regelmäßig mit Charlotte Engelhorst verkehrt, einer ehemaligen Gartenbloggerin, Biogärtnerin und Mordverdächtigen, achtet er auf so etwas. Auch wenn Charlottes Garten inzwischen etwas verwildert ist.

Im Flur lärmt sein Handy. Es ist der Klingelton, den er Völxen zugeordnet hat. Was will denn dieser tumbe Bewohner der ländlichen Peripherie in aller Herrgottsfrühe von ihm? Senile Bettflucht? Steht er grundsätzlich mit den Hühnern auf?

»Völxen, was kann ich für dich tun? Zu so früher Stunde?«

»Es gibt einen Toten.«

»Die gibt es jeden Tag.«

»Männliche Leiche in einem Friseursalon, vermutlich Fremdeinwirkung«, dringt es im schönsten Beamtenduktus an Raukels Ohr. »Ich schick dir die Adresse, es ist in der Altstadt. Wir treffen uns später dort.«

»Aber ich habe noch keinen Bissen ...« Aufgelegt. Das war es dann wohl mit seinem Frühstück.

Warum schickt der Schafstrottel nicht erst mal die ehrgeizige Jugend dorthin? Rifkin, Tadden oder Rodriguez? Aber Tadden lebt ja inzwischen auch da draußen in den Büschen, fällt ihm ein. Die zwei sind neuerdings sozusagen Nachbarn. Und Rodriguez zählt erstens nicht mehr zur Jugend, außerdem ist er seit gestern im Mutterschutz. So nannte es Raukel während der vergangenen Wochen stets mit einem Grinsen. So lange, bis das spanische Weichei drohte, Völxen die Schnapsverstecke in Raukels Büro zu verraten. Als ob der die nicht schon längst kennen würde.

Früher hätten sechs Monate Elternzeit für jeden männlichen Polizisten das Ende der Karriere bedeutet. Heutzutage werden sie dafür noch gelobt und gefeiert. Trotzdem – dass Rodriguez, der kleine Macho, sich überhaupt darauf eingelassen hat? Wahrscheinlich steckt seine Gattin Jule dahinter. Eine von Ehrgeiz zerfressene, humorlose Streberin, die um der Karriere willen dem armen Würmchen vorzeitig die Mutterbrust entreißt. Zum Glück hat sie schon vor etlichen Jahren das Kommissariat verlassen. Nicht ganz freiwillig, und auch der Schafstrottel hätte sein Schätzchen liebend gerne behalten. Aber Ehepaare dürfen nun einmal nicht auf derselben Dienststelle arbeiten, und Fernando Rodriguez hatte die älteren Rechte. Außerdem erhoffte sich Jule eine steile Karriere beim LKA.

Nun darf Rodriguez also ein halbes Jahr lang Windeln wechseln, Fläschchen geben und den Kinderwagen in Hannover-Linden herumkarren. Wenigstens lernt das Kind dabei gleich eine Menge Fremdsprachen.

Andererseits wird Rodriguez' Fehlen im Dienst nicht groß auffallen, überlegt Raukel. Selten war der Spanier besonders hilfreich. Im Gegenteil, der Kollege schob in letzter Zeit oft eine ruhige Kugel. Man wird kaum merken, dass er nicht da ist.

Noch immer ist unklar, wer ihn ersetzen wird. Vielleicht eine knackige Anwärterin. Der würde Raukel sogar ein Plätzchen in seinem Einzelbüro frei machen ...

In der Altstadt, hat Völxen gesagt. Raukels Wohnung in der Calenberger Neustadt liegt quasi in der Nachbarschaft. Deswegen hat er wohl ihn angerufen. Der Gedankengang ist sogar halbwegs nachvollziehbar.

Pling. Die SMS ist da.

Das kann nicht sein. Das darf nicht sein! Die Adresse in der Knochenhauerstraße kennt Raukel nur zu gut. Von wegen Friseursalon. Das ist der Barbershop Clooney! Die Erkenntnis trifft Raukel wie eine Faust in den Magen. Um seine Fassung wiederzuerlangen, wendet er sich reflexhaft seiner ansehnlichen Hausbar zu und gönnt sich einen Schluck vom alten Schotten auf den Schrecken. Dann reißt er sein Sakko vom Garderobenhaken und eilt, so rasch ihn seine Füße tragen, zum Ort des Verbrechens.

3

»Warum hast du Joris nicht gefragt, ob er mit uns frühstücken möchte? Wenn ihr schon mal ausnahmsweise zusammen zum Dienst fahrt.« In Sabines Tonfall schwingt ein ganz leiser Vorwurf mit.

»Das nennst du Frühstück?«, erwidert Völxen.

Kaffee – Fehlanzeige. Stattdessen ergießt sich aus der Teekanne ein Gebräu in seine Tasse, das jetzt bereits dieselbe Farbe aufweist, in der es seinen Körper wieder verlassen wird. Wo ist das Brot? Da ist nur Knäcke. Als Aufstrich gibt es Diätmargarine und Magerquark mit Kräutern aus dem eigenen Hochbeet. Völxen inspiziert den Kühlschrank. Grünzeug, Joghurt, Senf. Resigniert schließt er die Tür. Im Brotkasten findet er eine angebrochene Packung Toast, er steckt zwei Scheiben in den Toaster. Sein Tun wird misstrauisch beäugt von Sabine, die damit beschäftigt ist, lauter sehr gesunde Sachen in den Behälter des Mixers zu werfen.

Fastenzeit. Die schlimmsten Wochen des Jahres. Für jede Saison denkt sich Sabine irgendwelche trendigen Quälereien aus. Angeblich geschieht dies alles nur zu seinem Besten.

Dieses Jahr soll er, wenn es nach seiner Gattin geht, auf Koffein und Alkohol verzichten, Kohlenhydrate, insbesondere Zucker, meiden und keine ungesunden Fette zu sich nehmen. Damit er es nicht vergisst, hängt am Kühlschrank eine Auflistung gesunder Lebensmittel unter einem Smiley. Rechts daneben, unter einem Totenkopfsymbol, stehen die ungesunden Sachen. Im Grunde alles, was das Leben lebenswert macht. Sogar ein Frühstücksei gibt es nur noch sonntags. Aber das Schlimmste sind die langen Abende, wenn er vor einem angeblich mit Fruchtgeschmack aromatisierten Mineralwasser sitzt oder – Gipfel der Perversion – einem alkoholfreien Wein. Die einzige Rettung ist der Hühnerbaron, der, wenn er zum Feierabend an den Zaun der Schafweide kommt, stets ein lauwarmes Herrenhäuser für sich und seinen

Nachbarn mit sich zu führen pflegt. Vorgestern hat er mit einem breiten Grinsen eine Flasche Alkoholfreies aus seiner Latzhose hervorgezaubert. Völxen fand das gar nicht lustig.

Er probiert den Tee. Ungenießbar wäre zu viel gesagt. Er ist einfach nur komplett geschmacklos.

Noch dazu wird ihn heute nicht einmal Frau Cebulla retten, in deren Büro sich ein High-End-Kaffeeautomat befindet sowie eine bunte Auswahl an Keksen. Denn er muss ja gleich von hier aus zu einem Tatort, und erfahrungsgemäß lungert man dort gut und gerne mal ein paar Stunden herum.

Neidisch schielt Völxen hinüber zu Oscar. Dem Hund wurden keinerlei Fastenprozeduren auferlegt. Der darf unbehelligt sein gewohntes Futter in sich hineinschlingen.

Sabine stoppt den Mixer, wendet sich um und stützt die Hände in die Seiten. Eine Pose, bei der grundsätzlich Vorsicht geboten ist. »Du bist doch nicht etwa immer noch sauer auf den Jungen, weil er dich nicht gefragt hat, ob er sein Tiny House auf Köpckes Grundstück stellen darf?«

Sein Tiny House äfft Völxen in Gedanken nach. Auf Koffeinentzug ist er überaus misslaunig, ganz besonders am Morgen. Da sollte man ihm nicht auch noch mit Vorhaltungen kommen.

»Ich finde, es hätte sich gehört.«

»Und dann hättest du Nein gesagt, oder wie?«

Völxen fischt die fertigen Toastscheiben heraus, verbrennt sich auf dem Weg zum Tisch daran die Finger und bleibt die Antwort schuldig.

Ja, es stört ihn, dass sein Mitarbeiter seit dem letzten Sommer in knapp zweihundert Metern Entfernung von seiner Schafweide wohnt. Obgleich Tadden sich in den vergangenen Monaten sehr bemüht hat, ihm nicht auf die Nerven zu gehen. Nur selten und auf ausdrückliche Einladung hat er sich den Winter über zu einem Feierabendbier zu ihm und dem Hühnerbaron gesellt.

Trotzdem. Es gehört sich einfach nicht, ihm derart auf die Pelle zu rücken.

»Ich dachte, du magst ihn. Schließlich hast du ihn eingestellt«, bohrt Sabine nach.

»Mögen ist für mich grundsätzlich kein Einstellungskriterium.«
Denn wäre es so, dann hätte es Erwin Raukel niemals in sein
Kommissariat geschafft. »Es geht ums Prinzip. Dienst ist Dienst, und Schnaps ist Schnaps!«,
setzt er hinzu. »Altmännersprüche!«

»Als Ermittler ist er völlig in Ordnung. Aber ich frage mich
schon, was mit ihm nicht stimmt. Erst wohnt er fast ein Jahr lang
in der Wohnung von Pedro Rodriguez, im alten Kinderzimmer von
Fernando – wovon der im Übrigen auch nicht begeistert war –,
und nun setzt er uns seinen albernen Bauwagen vor die Nase.«

»Vor die Nase wäre, wenn er in unserem Garten stünde.«

»Das fehlt noch!«

»Vielleicht ist er einsam und sucht Familienanschluss.«

»Ausgerechnet bei uns?«

»Hat er keine Freundin? Was ist mit der, die auf Odas Abschieds-
fest dabei war? Die war recht hübsch, auf eine intellektuelle Art.«

»Was weiß denn ich?«, grunzt Völxen, denn es ist unter seiner
Würde, Taddens Liebesleben mit seiner Ehefrau zu diskutieren.
Erst recht nicht so früh am Morgen und schon gar nicht ohne Kaf-
fee und ein ordentliches Frühstück.

Während er von seinem Toast mit dem unvermeidlichen Kräu-
terquark abbeißt, muss er an seine Schulzeit denken, an die älteren
Mädchen aus dem Lyzeum, die er sehr anziehend fand, vermutlich,
weil sie so unerreichbar waren. Seither hat sich viel verändert. Erst
neulich musste er sich von seiner Tochter Wanda darüber aufklären lassen, was eine Freundschaft plus bedeutet. Eine solche scheint
sie mit ihrem Mitbewohner Christoph, einem angehenden Tierarzt, zu pflegen.

»Vielleicht könnten wir ihn mit Wanda verkuppeln. Ein paar
ostfriesische Gene in der Familie, das wäre doch was.«

Völxen wirft den Toast auf den Teller und blickt seine Gattin
argwöhnisch an. Auch nach über dreißig Jahren Ehe ist er bei ihr
nie sicher, was Spaß ist und was sie am Ende gar ernst meint.

»Untersteh dich!«, knurrt er vorsichtshalber.

Doch da sie offenbar der Hafer sticht, führt sie aus: »Ein gut aussehender, handwerklich und technisch begabter Schwiegersohn, was will man mehr?«

»Hör auf mit dem Unsinn!«

»Nicht jeder würde seine Freizeit für deinen Schafstall opfern.«

Vielleicht, spekuliert Völxen, ist das Taddens Art, sich für sein Versäumnis in Sachen Bauwagen zu entschuldigen.

»Das mit der Luke hat jedenfalls geklappt.«

»Siehst du. Ist doch toll.«

»Amadeus ist da anderer Meinung.«

»Das glaube ich gern.«

»Ah, da ist er.« Sabine deutet auf den Hof.

»Auf die Minute. War ja klar.«

4

Moussa Abou starb direkt unter den Augen von George Clooney, der übergroß und in Schwarz-Weiß von der Wand lächelt. Der Schauspieler, den Völxen eher glatt rasiert im Gedächtnis hatte, trägt auf diesem Bild einen Fünftagebart. Vielleicht waren es auch nur drei. Wer wohl auf die Idee kam, den Barbershop ausgerechnet nach einem Star zu benennen, dem ein Bart gar nicht steht? Das mit dem Friseursalon war von der Leitstelle nicht ganz korrekt kommuniziert worden, obwohl hier natürlich auch Haare geschnitten werden.

Der Barbershop vermittelt ein edles Ambiente. Rote Kunstlederstühle vor goldgerahmten Spiegeln, eine hüfthohe Wandvertäfelung aus dunklem Holz, aus dem auch die lange Theke im Eingangsbereich besteht. Das alles war sicher nicht billig. Darüber hinaus hat man, was die Dekoration angeht, Humor bewiesen. Zwischen den Spiegeln hängen Porträts von barttragenden Tieren: Walross, Ziegenbock, Rauhaardackel, ein Appenzeller Barthuhn, ein Bartgeier, eine Inkaseeschwalbe, deren Bart an den von Salvador Dalí erinnert, und ein Kaiserschnurrbart-Tamarin, ein kleiner Affe, dessen weißer Bart dem des letzten deutschen Kaisers ähnelt. Die Bilder sind am Rahmen beschriftet für Kunden, die, genau wie der Hauptkommissar, nur die ersten drei Tiere auf Anhieb erkennen.

Widerstrebend reißt Völxen sich von der Menagerie los und nimmt den Toten in Augenschein. Er liegt inmitten einer Blutlache auf dem Dielenboden, gleich neben der rechten, dem Eingang abgewandten Seite des Empfangstresens. Der Oberkörper ragt quer in den Salon, dort hat sich das meiste Blut ausgebreitet, es reicht fast bis zum Metallfuß des gegenüberliegenden Barbierstuhls, dem zweiten von acht Plätzen, wenn man von der Tür aus zählt. Es ist an manchen Stellen schon angetrocknet.

Der Mann liegt auf der Seite, das Gesicht wird halb bedeckt von dunklen Locken. Er trägt schwarze Hosen aus Leder, das weiße Hemd hat sich teilweise mit Blut vollgesogen. Es spannt sich über den breiten Rücken, die kräftigen Schultern und die trainierten Oberarme. Solche Muskeln bekommt man nicht vom Haareschneiden. Vermutlich ging der Mann regelmäßig zum Krafttraining, was das eng geschnittene Hemd hervorheben sollte. Sein linker Arm ist angewinkelt, der rechte ausgestreckt, die Hand ist blutverschmiert. Auch an seiner schwarzen Lederhose kann man beim genauen Hinsehen angetrocknetes Blut erkennen.

»Was für ein Gemetzel!«

Hauptkommissar Völxen lässt sich selten an einem Tatort zu derlei Worten hinreißen, doch gerade kann er es anders nicht ausdrücken.

Veronika Kristensen beendet ihre Examinierung der Leiche und antwortet: »Gemetzel würde ich nicht sagen, auch wenn es übel aussieht. Das war schnell und effektiv. Wer immer es war, hat keine Sekunde gezögert. Ein präziser Schnitt und ratsch ...« Sie illustriert ihre Ausführung mit einer anschaulichen Geste. »Eine durchtrennte Arteria carotis blutet wie verrückt. Daher die Sauerei.«

Wie sie da steht und den Tathergang auf ihre einprägsame Weise interpretiert, erinnert sie Völxen an ihre Mutter Oda Kristensen, seine langjährige Mitarbeiterin, die nun leider mit ihrem chinesischen Wunderheiler nach Frankreich gezogen ist. Veronika gleicht ihrer Mutter sehr. Nicht nur im Aussehen, mit ihren eisblauen Augen und dem blonden Haar, das im Moment von der Schutzhaube des weißen Anzugs verdeckt wird. Auch Gestik und Wortwahl sind ähnlich unverblümt und drastisch wie seinerzeit bei Oda, die die Dinge stets schonungslos beim Namen zu nennen pflegte.

»Was?« Den aufmerksamen Blicken der jungen Rechtsmedizinerin ist sein Lächeln nicht entgangen.

»Nichts.« Ihm ist heiß in seinem Schutzanzug.

»Das war jemand, der mit einem Rasiermesser gut umzugehen wusste.«

»Ein Rasiermesser?«

»Ist noch nicht erwiesen. Aber naheliegend«, findet sie.

Dass ein Rasiermesser ein gefährliches Instrument ist, weiß niemand besser als der Hauptkommissar, der sich bisweilen mit dem ererbten Exemplar seines Großvaters rasiert. Was selten ohne Blutvergießen endet.

Ein paar von diesen Messern liegen aufgereiht in einer Vitrine. In der Nähe der Leiche befand sich keines, auch nicht unter dem Körper, das haben die Spurensicherer und Veronika Kristensen bestätigt.

»Abwehrverletzungen?«

»Keine. Was bemerkenswert ist«, meint Veronika.

»Wieso?«

»Ein Rasiermesser verlangt nach Nähe. Außerdem muss die Klinge zuerst ausgeklappt werden, und man kann damit nicht zustechen, nur schlitzen. Der Angreifer hat sich entsprechend vorbereitet, ohne dass sein Opfer es bemerkte, und hat dann entschlossen und ohne Zögern gehandelt.«

»Sehr anschaulich, wie Sie das beschreiben.«

»Ich gebe mir die allergrößte Mühe.«

»Schließen Sie ein gewöhnliches Messer komplett aus?«

»Nicht, wenn es eine sehr scharfe Klinge hat. Ein Skalpell käme eventuell auch infrage. Dr. Bächle wird sich den Schnitt im Institut sicher noch genauer betrachten und kann Ihnen dann mehr dazu sagen.«

»Wie lange ist es her?«

»Der Todeszeitpunkt war um 23:56 Uhr.«

»Ach.«

Veronika schenkt ihm ein breites Lächeln. »Das sagt seine Smartwatch, und es deckt sich mit meinen bescheidenen Erkenntnissen.«

So eine hat Sabine ihm vor Jahren, als die Dinger in Mode kamen, auch einmal verpasst. Völxen fühlte sich damit ungebührlich kontrolliert und hat den Fitnesstracker Oscar umgehängt, da der Hund sich im Allgemeinen deutlich mehr bewegt als er. Natürlich flog der Schwindel auf. Seither liegt das Gerät in irgendeiner Schublade.

»Was machte er bloß um Mitternacht noch hier drin?«

Veronikas Frage holt den kurz abwesenden Völxen wieder auf den Boden der Tatsachen zurück.

»Das wird nur eine der Fragen sein, die wir klären müssen«, antwortet er. »Gibt es sonst etwas Interessantes?«

»Seine Sneaker.«

Völxen betrachtet sie etwas genauer. »Stimmt. Die sind ausgesprochen hässlich.« Mit ihrer dicken Sohle sehen sie aus, als hätte sie ihm ein Orthopäde verschrieben.

»Die kosten vierstellig.«

»Was Sie nicht sagen.« Nicht seine Welt. Mit den Statussymbolen der heutigen jungen Männer kann er wenig anfangen. Aber da der Tote sowohl seine teuren Kloben als auch seine Smartwatch noch trägt, wurde er zumindest nicht deswegen ermordet.

Er versucht, den Leichnam und das Blut, so gut es geht, zu ignorieren und sich auf die Details zu konzentrieren. Auf dem Empfangstresen liegt ein Schlüsselbund neben der Kasse. Hat das Opfer seinen Mörder damit selbst hereingelassen?

Hinter dem Tresen, gleich neben dem Clooney-Bild, steht ein mannshohes Regal mit Pflegeprodukten, die man an die Kunden verkauft. Im obersten Fach reihen sich einige Pokale und kleine Figuren aneinander. Es sind Trophäen von Wettbewerben, die Schildchen am Sockel tragen Moussa Abous Namen. An der Wand links daneben hängen vier schlicht gerahmte Porträtfotografien der Beschäftigten, versehen mit Namen und ihrer Funktion im Barbershop. Oben hängt Moussa, der *Chief Barber*. In der zweiten Reihe hängen Vittorio, *Second Barber* und *Stylist*, daneben Nicole, *Stylist*, und Said, *Junior Barber*. Darunter gibt es eine Hakenleiste, die Platz bietet für vier Ledergürtel mit Taschen und Halterungen, in denen Scheren, Kämme, Pinsel und Rasiermesser stecken. Völxen sieht sich die Gürtel genauer an. In jeden wurde auf die Innenseite ein Name mit schwarzem Filzstift geschrieben: *Nicole, Vittorio, Said, Moussa*. Im Gürtel von Vittorio steckt ein Rasiermesser. Vielleicht, überlegt der Hauptkommissar, lässt man einen *Junior Barber* nicht mit einem so gefährlichen Instrument wie einem Rasiermesser auf die Kundschaft los, und eine Friseurin braucht wahrscheinlich auch keines. Aber müsste nicht in der Schürze des *Chief Barber* ein Rasiermesser stecken? Erwin Raukel hat Völxen doch schon einige Male vorgeschwärmt, wie kunstvoll der Chef dieses Ladens mit dem Messer umzugehen weiß.

Ob der Tote auch wirklich der Chef des Barbershops sei, hat Völxen sich kurz nach seiner Ankunft bei Erwin Raukel vergewissert.

»Wie sollte ich ihn, bitte schön, nicht erkennen?«, erwiderte dieser entrüstet. »Der Mann ist mir jede Woche ziemlich nah auf den Pelz gerückt. So jemanden erkennt man im Schlaf!«

5

»Warum stehen wir hier nur blöd herum?«, fragt Tadden.

»Glaub mir: Da drin willst du nicht wirklich sein, da sieht es aus wie in einem Schlachthaus.« Erwin Raukel schüttelt sich, um seine Schilderung zu untermalen. Er sieht noch immer mitgenommen aus. Kein Wunder. So einen Anblick braucht wirklich niemand, schon gar nicht auf nüchternen Magen, und erst recht nicht, wenn man den Ermordeten auch noch kennt.

Nach seinem Eintreffen und einem kurzen Blick auf den Toten in der Blutlache hat er beschlossen, lieber draußen an der frischen Luft auf Völxen zu warten. Nicht etwa, weil er sich vor seinen Pflichten drücken wollte! Nein, es geschah einzig und allein aus Rücksicht auf die Spurensicherung, deren Mitarbeiter es gar nicht schätzen, wenn zu viele Ermittler über den Tatort trampeln. Was ihm bei Frau Wetter, der leitenden Kriminaltechnikerin, auch prompt einen Pluspunkt eintrug, bei seinem Vorgesetzten allerdings ein Stirnrunzeln hervorrief.

Tadden fühlt sich unwohl. Er ist nicht hier, um nur dazustehen und darauf zu warten, dass Völxen wiederkommt. Er hat das Gefühl, dass die uniformierten Beamten der drei Streifenwagen, die vor Ort sind, ähnlich denken.

Die Kollegen haben die schmale Straße in beiden Richtungen abgesperrt. Nun sind sie damit beschäftigt, Neugierige abzuwehren und Passanten zu bitten, einen Umweg zu nehmen.

»Wir könnten doch schon mal die Nachbarn befragen«, schlägt Tadden vor.

»Es wäre besser, wenn wir dafür den ungefähren Todeszeitpunkt kennen würden«, antwortet Raukel.

»Auch wieder wahr.«

»Zügle deinen Tatendrang, junger Freund, und genieße den Frühlingsmorgen in Hannovers pittoresker Altstadt – oder dem, was noch davon übrig ist.«

»Das ist nicht viel.« Taddens Heimatstadt Leer hat in dieser Hinsicht deutlich mehr zu bieten, obwohl sie viel kleiner ist.

»Wohl wahr«, muss Raukel zugeben und erteilt dem Ostfriesen eine kleine Lektion in Stadtgeschichte. »Zu Kriegszeiten hoffte man, die Engländer würden die Stadt nicht bombardieren, weil unser hiesiges Adelsgeschlecht, die Welfen, mit dem englischen Königshaus verwandtschaftlich eng verbandelt sind.«

»Offensichtlich vergebens.«

»Was seinerzeit den Bomben entgangen ist, haben die Architekten der Nachkriegszeit plattgemacht. Ein Frevel, der an manchen Stellen nur noch getoppt wurde durch das, was sie anschließend draufgebaut haben. Vom historischen Kern – wobei da auch nicht jedes Haus aus dem Mittelalter stammt – sind deshalb nur wenige Straßenzüge übrig geblieben, hübsch eingebettet zwischen Klerus, Fluss und Sündenpfuhl.«

Er hat recht. Geht man nur ein paar Schritte weiter, landet man im Rotlichtviertel der Stadt. Folgt man der Straße in östlicher Richtung, kommt man direkt zur Marktkirche, einem Schmuckstück der Backsteingotik. Noch näher an ihrem Tatort liegt die etwas kleinere Kreuzkirche. Nach Süden hin wird die Altstadt von der Leine begrenzt, wobei die meisten Bauten am Flussufer erst in den letzten Jahren entstanden sind.

Tadden interessiert sich im Augenblick jedoch mehr für die anwesenden Personen respektive eine ganz bestimmte.

»Was ist mit ihr?« Er deutet mit einer unauffälligen Kopfbewegung auf die dunkelhäutige Frau, die mit stoischem Gesichtsausdruck an einem der Streifenwagen lehnt. Ihr Haar türmt sich, verflochten mit einem farbenfrohen Tuch und echten oder falschen Zöpfen, zu einem imposanten Gebilde auf ihrem Kopf. Schmuck baumelt an Hals und Ohren, breite Ringe zieren ihre Finger, ein blaugrün changierendes langes Gewand umhüllt den fülligen Körper. Über ihren Schultern hängt ein Umhang aus dunkelgrünem Seidensamt mit einem breiten Fellkragen in Leopardenmuster. Tadden wäre nicht verwundert, sollte es sich um echtes Leopardenfell handeln. Ihre bloßen Füße stecken, der Jahreszeit nicht unbedingt angemessen, in goldfarbenen, hinten offenen Sandaletten.

»Sie hat die Leiche gefunden«, antwortet Raukel.

»Hast du sie schon befragt?«

»Nicht wirklich«, antwortete Raukel. »Sie ist mir unheimlich.«

»Echt jetzt?« Tadden glaubt, sich verhört zu haben.

»Ich kenne sie. Man nennt sie *die Madame*. Sie huscht öfter mal durch den Salon und verschwindet im Hinterzimmer. Und was sie dort treibt ...« Raukel hebt vielsagend die Hände.

»Was wollte sie wohl so früh in dem Laden?«

»Angeblich putzen. Aber frag sie ruhig selbst«, rät ihm Raukel.

»Mir ist sie auch unheimlich«, gesteht Tadden.

»Moin zusammen!«

Elena Rifkin hat ihr Rennrad an einen Laternenpfahl gekettet und schlüpft unter dem Flatterband durch, nachdem sie sich bei einer Beamtin in Uniform ausgewiesen hat. Sie erhascht einen Blick durch die Eingangstür des Barbershops, die gerade von einem der Spurensicherer geöffnet wird. Ein Mann liegt in einer Blutlache, halb verdeckt von einem Tresen. Die Tür schließt sich wieder. Sie besteht aus einem schwarzen Metallrahmen mit einer Milchglasscheibe. Was wenig Sinn ergibt, denn die zwei großen Scheiben zur Straße hin sind klar und gewähren jedem Passanten Einsicht, wenn nicht gerade wie jetzt die Straße abgesperrt ist.

»Was ist denn los?«, will Rifkin von ihren Kollegen wissen.

»Der Tote ist Moussa Abou, der beste Barbier der Stadt«, jammert Raukel. »*Mein* Barbier! Warum muss ausgerechnet ihm so etwas passieren?«

»Wo ist Völxen?«

»Da drin«, antwortet Tadden.

»Und warum steht ihr zwei nur herum?«

»Jetzt fängt die auch noch an!«, beschwert sich Raukel. »Wir warten hier, wie befohlen, bis unser allseits geschätzter Vorgesetzter wieder rauskommt. Findet euch damit ab.«

Normalerweise ist Elena Rifkin die Letzte, die sich von Raukel etwas befehlen lässt, aber nun steht sie, genau wie ihre beiden Kollegen, schweigend und in Gedanken versunken da. Doch je länger es dauert, desto mehr verspürt Rifkin eine aufkommende Gereiztheit. Sie hätte frühstücken sollen, ehe sie losfuhr. Aber seit einigen

Tagen hat es ihr den Appetit verschlagen. Genauer gesagt seit Sonntag. Seit Tadden ihr beim gemeinsamen Joggen durch die Eilenriede gesagt hat, dass Katrin wieder da ist. Seine Katrin. Oder auch nicht seine, das scheint noch nicht ganz klar zu sein. Katrin mit dem Germanistikstudium, zuletzt Praktikantin des Goethe-Instituts in Singapur. Es spricht für sich, dass es Tadden offenbar danach drängte, ihr von Katrins Rückkehr zu berichten. Das, und dass er sich nach dem Joggen gleich auf sein Rad geschwungen hat. Ohne bei ihr zu duschen und ohne dass sie im Schlafzimmer gelandet sind.

6

Völxen atmet schwer. Der Anzug verursacht einen Hitzestau, und der Blutgeruch macht ihm zu schaffen.

In seinen Überziehern umrundet er vorsichtig die Lache, geht vorbei an den Barbierstühlen und den Spiegeln und betritt ein kleines Büro, das gleichzeitig als Lagerraum für Shampoos, Haarfärbemittel und diverse Mittel zur Bartpflege dient. Eine flache Deckenleuchte verströmt ein kühles LED-Licht, zusätzlich brennt die Schreibtischlampe.

»War das Licht hier an?«, fragt Völxen einen der Spurensicherer. Der Mann nickt. »Decken- und Tischlampe. Und zwar nur hier, nicht vorn im Salon. Wir haben alles so gelassen.«

Völxens Blick streift die Regale. Was es nicht alles an Bartpflegeprodukten gibt! Wie viel Geld er gespart hat, indem er bisher bartlos durchs Leben ging. Über einer Tür, deren obere Hälfte aus dickem, geriffeltem Glas besteht, ist ein Schild mit der Aufschrift *Notausgang* angebracht. Völxen drückt auf die Klinke. Abgeschlossen. Der Schlüssel steckt von innen. Er dreht ihn um und öffnet die Tür, die dabei einen knarzenden Laut von sich gibt. Sehr oft scheint sie nicht benutzt zu werden – den Spinnweben nach zu urteilen. Sie führt hinaus auf einen asphaltierten Hof mit Mülltonnen und einem rostigen Fahrradständer. Darin steht ein Damenrad, das einen Platten hat und aussieht, als wäre es schon lange nicht mehr benutzt worden. In einem Blumentopf kümmert eine Pflanze vor sich hin, in der Erde des Topfs stecken Zigarettenkippen, einige liegen auch auf dem Boden. Sie sind stark ausgebleicht und verwittert. Hier wurde schon lange nicht mehr gefegt. Auf der gegenüberliegenden Seite des Hofs blickt man auf eine Mauer. Rechts geht es zu einem überwölbten Durchlass zur Straße. Mülltonnen stehen an der Wand. Völxen nimmt noch einen Atemzug frische Luft, dann wendet er sich wieder um und geht zurück an seinen Tatort.

Wenn nur im Büro Licht brannte, dann hat Moussa Abou sich wahrscheinlich dort aufgehalten, ehe sein Mörder vorbeikam. Auf dem Schreibtisch liegen ein aufgeschlagener Ordner mit Rechnungen, ein Smartphone, ein Kalender mit Kundenterminen. Manche Menschen sind ja eher nachtaktiv. Ein Kristallglas mit einem kleinen Rest darin steht neben der Tischlampe. Völxen schnuppert. Whisky eindeutig. Raukel könnte wahrscheinlich die Marke bestimmen.

Er studiert die Doppelseite des gestrigen Tages mit den Kundenterminen. Keine bekannten Namen. Den Kalender wird er zur Dienststelle bringen lassen, die Kundenkartei ebenfalls. Das Handy geht an die Kriminaltechnik.

Er verlässt das Büro und begibt sich in den hinteren Teil des Salons, dorthin, wo das Klavier steht. Eine weiß gewandete Gestalt kniet mit einem Fotoapparat vor dem Gesicht auf dem Boden. Was es zu fotografieren gibt, ist dem Hauptkommissar ein Rätsel, aber er ist ja auch kein Kriminaltechniker. Allerdings erkennt er an ihrem runden, drallen Gesäß eindeutig Frieda Wetter, die Leiterin der sechsköpfigen Truppe der Spurensicherung. Er räuspert sich.

Sie lässt die Kamera sinken, wendet sich mit erstaunlicher Gelenkigkeit um und mustert ihn von unten herauf streng durch ihr schwarzes Brillengestell.

»Starren Sie mir etwa auf den Hintern?«

»Frau Wetter! Das würde ich niemals wagen.«

Sie richtet sich auf, wobei Völxen ihr galant behilflich ist.

»Ehe ich es vergesse«, beginnt er, »wären Sie so nett, sämtliche Rasiermesser einzusammeln, fürs Labor? Sowohl die in der Vitrine als auch das in dem Gürtel von Vittorio und wo immer Sie sonst noch welche finden.«

»Aber sicher doch.« Ihre Stimme verrät die starke Raucherin.

»Können Sie mir schon etwas sagen?«, erkundigt sich der Hauptkommissar vorsichtig.

»Ich kann Ihnen zumindest sagen, was wir nicht gefunden haben: blutige Fußspuren. Demnach ist der Täter sofort nach der Tat geflohen. Ein Einbruch war es nicht. Die Tür ist intakt, sowohl die Vordertür als auch die vom Hinterhof zum Büro und die Fenster auch. In der Kasse sind etwa vierhundert Euro Wechselgeld, und der Whisky in dem Schränkchen hinter dem Klavier ist auch noch da. Da sind ein paar richtig teure Flaschen dabei.«

Man sollte den Kollegen Raukel vorsichtshalber filzen.

»Der Schrank ist verschlossen«, fügt sie hinzu, als hätte sie seine Gedanken gelesen. »Aber kommen Sie, ich zeige Ihnen was.«

Mit einem koketten Hüftschwung schlängelt sich die Kriminaltechnikerin an diversen Schildchen vorbei und bleibt vor dem Klavier stehen. Die Wand, vor der das Instrument steht, ziert eine schwarze Tapete mit einem ornamentalen Muster in Violett- und Brauntönen, die in Kombination mit dem schwarz glänzenden Klavier sehr edel wirkt.

»Sehen Sie es?« Frieda Wetter blickt ihn erwartungsvoll an.

»Es ist ja wohl nicht zu übersehen. Nur frage ich mich, was ein Klavier in einem Barbershop verloren hat.«

»Doch nicht das!« Ihr Kichern klingt wie Kettenrasseln. »Da ist eine Tapetentür.« Frau Wetter rüttelt an einem bronzefarbenen Knauf mit einem eingelassenen Schlüsselloch, der sich tatsächlich sehr unauffällig ins Tapetenmuster einfügt. Auch die Fugen zwischen Tür und Wand sind so schmal, dass sie kaum auffallen.

»Heiliger Strohsack! Die sieht man ja wirklich so gut wie gar nicht.«

»Was der Sinn einer Tapetentür ist«, antwortet sein Gegenüber. »Den Schlüssel dazu konnten wir noch nicht finden. Sollen wir sie aufbrechen?«

»Sachte, sachte, Frau Wetter. Wahrscheinlich verbirgt sich dahinter eine schnöde Putzkammer. Vielleicht hat die Putzfrau, die die Leiche fand, den Schlüssel. Aber danke, dass Sie mich auf die Tür hingewiesen haben. Ich hätte sie glatt übersehen.« Völxen merkt selbst, dass er ein bisschen schleimig klingt, aber andererseits ist es immer von Vorteil, sich mit der Kriminaltechnik gutzustellen.

»Dafür sind wir ja da.« Die Umgarnte lächelt zufrieden, während sie eine ihrer knallroten Haarsträhnen wieder unter die Kapuze schiebt. Ihr Alter lässt sich nur schwer schätzen, aber eine undichte Stelle in ihrer Abteilung hat Völxen verraten, dass sie sechsundvierzig ist.

»Kann die Leiche weggebracht werden?«, ruft von vorne Veronika Kristensen. Mit ihrem Alukoffer in der Hand steht sie abwartend da.

»Einen Moment noch.« Völxen holt das Handy des Toten. »Vielleicht lässt es sich per Fingerabdruck entsperren?«

»Und das soll ich jetzt versuchen«, schlussfolgert Veronika mit einem schalkhaften Lächeln. Sie weiß, dass Völxen es nicht so mit Leichen hat. Es reicht ihm, wenn er sie ansehen muss. Angefasst hat er seit Jahrzehnten keine mehr, und wenn es nach ihm geht, kann das auch gerne so bleiben.

»Sie sind zu gütig.« Er streckt ihr das Telefon entgegen.

Sie wischt über den Bildschirm und stellt fest: »Das arbeitet mit Gesichtserkennung.« Ehe Völxen intervenieren kann, hat sie den Toten umgedreht. Seine Augen sind halb geschlossen, und eine Wange ist bläulich angelaufen. Die typischen Totenflecken. »Tja, mal schauen, ob der Algorithmus die Livores wegrechnet.«

Der Hauptkommissar stöhnt gequält auf.

Veronika hält das Handy vor das entstellte Gesicht. »Klappt nicht. Die Augen ... Ich versuche mal ... « Sie macht sich an den Lidern zu schaffen.

Völxen wendet sich ab. Er verspürt einen Anflug von Übelkeit, was bestimmt daher rührt, dass man ihn an einem vernünftigen Frühstück gehindert hat. »Lassen Sie es sein!«, fleht er. »Wir schaffen es auch so.«

»Funktioniert auch nicht.« Veronika gibt ihm mit einem bedauernden Achselzucken das Handy zurück. Er reicht es Frau Wetter, die es eintütet.

»Jetzt gehört er ganz euch«, sagt Völxen zu Veronika.

»Wir haben uns ebenfalls sattgesehen«, bestätigt Frau Wetter. Nichts wie raus hier! Vorsichtig, um die Spurensicherer nicht noch auf den letzten Metern unnötig zu erzürnen, umrundet er die zahlreichen Schilder mit den Nummern und strebt der Tür entgegen.

7

Kaum ist Völxen wieder im Freien, schält er sich, so schnell er kann, aus dem Schutzanzug und streift die Plastiküberzieher von seinen Schuhen. Obwohl ihm warm geworden ist, lässt er sich von Tadden seine Jacke reichen, denn es ist nach wie vor recht frisch. Die Morgensonne hat im März noch wenig Kraft.

Rifkin ist inzwischen eingetroffen, er begrüßt sie.

»Konntest du da drin irgendwelche bahnbrechenden Erkenntnisse gewinnen?«, erkundigt sich Raukel.

Völxen meint einen gewissen, für Raukel typischen spöttischen Unterton herauszuhören. Manchmal hat Völxen einfach keinen Nerv für Raukels unterschwellige Aufsässigkeit und schon gar nicht am Morgen und nach einem lausigen Frühstück. Darum stellt er die Gegenfrage: »Kennst du die Tapetentür hinter dem Klavier?«

»Ja. Raffiniert, was? Wenn man's nicht weiß, sieht man sie kaum. Was ja auch der Sinn einer Tapetentür ist«, setzt Raukel hinzu, der seinen Schock offenbar überwunden hat und allmählich zu seiner üblichen Geschwätzigkeit zurückfindet. »Keine Ahnung, was die Madame dahinter treibt.«

»Welche Madame? Wovon redest du?«, geht Völxen dazwischen.

»Na, von ihr!« Raukel schielt verstohlen hinüber zu dem Streifenwagen, neben dem nach wie vor die Finderin des Leichnams starr und wie angewachsen steht.

»Sie hat die Leiche gefunden, als sie zum Putzen kam«, erinnert Tadden seinen Vorgesetzten.

»Die Tür benutzt immer nur sie«, weiß Raukel zu berichten. »Keine Ahnung, was sich dahinter verbirgt. Manchmal kommt sie mit einem Espresso oder einem Tee heraus. Ab und zu verschwinden Leute mit ihr dahinter und kommen eine Ewigkeit nicht mehr zum Vorschein. Vielleicht auch nie mehr«, fügt er düster hinzu.

»Leute? Was für Leute?« Völxens Geduldsfaden wird heute wieder arg strapaziert.

»Kunden vom Barbershop. Es wird gemunkelt, dass man sich von ihr die Karten legen lassen kann. Ist ja nicht mein Ding, dieser Hokuspokus. Ich bin ein Mann des Geistes und der Wissenschaft. Aber wer an so etwas glauben will ...«

»Ist sie nun die Putzfrau oder die Hexe vom Dienst?«, fragt Rifkin.

»Ich habe sie noch nie mit einem Feudel gesehen«, antwortet Raukel, muss aber einräumen, dass er auch noch nie so früh hier war. »Wieso, was ist denn hinter der Tapetentür?«

»Sie ist abgeschlossen«, erklärt Völxen. »Jemand sollte die Dame um den Schlüssel bitten.«

»Ich mach das«, sagt Tadden und setzt sich in Bewegung.

Völxen schaut auf die Uhr. Der Barbershop öffnet um neun, jetzt ist es zehn vor neun. Bald müssten die drei Angestellten ihren Dienst antreten: Vittorio, Nicole und Said.

Außerdem erwartet Völxen noch jemanden: die Vertretung für Fernando Rodriguez. Sie wurde bereits per SMS informiert, dass sie sich den Weg zur Dienststelle sparen und gleich hier erscheinen soll. Sie müsste jeden Moment auftauchen. Völxen ist ein wenig nervös. Es gab wegen dieser Personalie im Vorfeld einigen Hickhack, und erst gestern Nachmittag kam auf den letzten Drücker das endgültige Okay des Vizepräsidenten. Darum weiß bisher nur er, Völxen, der Dienststellenleiter des Kommissariats für Todesdelikte, davon. Der Rest seiner Truppe ist noch ahnungslos. Wie werden sie reagieren? Bestimmt werden sie ihm Geheimniskrämerei vorwerfen, vielleicht nicht direkt, aber hinter seinem Rücken.

Völxen wendet sich erneut an Raukel. »Erzähl uns doch ein bisschen etwas über Moussa Abou.«

Da Raukel sich gerne reden hört, kommt er dieser Bitte bereitwillig nach. »Moussa war ein sehr guter Barbier und obendrein der kleine Sonnenkönig im Viertel. Er war witzig und charmant. Die Seele des Ladens. Alle mochten ihn.«

»Mindestens eine Person ja wohl nicht«, meint Rifkin trocken.

»Familie?«, fragt Völxen.

»Frau und Kind. Ein Sohn, noch recht klein. Er hat oft von ihm erzählt, war ganz verrückt nach dem Bengel. Sie wohnen hier irgendwo in der Nähe. Moussas Familie stammt aus Marokko, aber er ist in Berlin aufgewachsen. Dort wohnt auch der Rest des Clans, bis auf seinen Bruder Said.«

»Der Said, der auch im Clooney arbeitet?«

»Ganz genau. Den Laden hier hat Moussa vor fünf oder sechs Jahren eröffnet. Ich habe ihn aber erst vor einem Jahr für mich entdeckt. Habe ich dir nicht dringend geraten, auch einmal dorthin zu gehen, Völxen? Anstatt dich immer selbst zu verunstalten. Jetzt ist es zu spät. Du hast wirklich etwas verpasst. So wie Moussa mit dem Messer umgehen konnte, das hatte etwas Magisches.«

»Da wir gerade von Messern sprechen: Hatte Moussa ein bestimmtes Rasiermesser, eines, das er zum Beispiel an seinem Gürtel trug?«

»Das Ding war sein Heiligtum«, nickt Raukel. »Es ist antik und hat einen Griff aus Elfenbein. Hat man ihn damit ...?«

»Keine Ahnung. Es fehlt jedenfalls. Was weißt du über die Mitarbeiter?«

»Da wäre erst mal Nicole. Mitte dreißig, blond, freundlich und ruhig. Was man ja heutzutage nur noch selten findet. Sie schneidet Haare, macht Maniküre und färbt Wimpern und Augenbrauen.«

»Bei Männern?«, staunt Völxen.

»O ja. Einmal habe ich mir von ihr die Augenbrauen zupfen lassen. Sie beherrscht eine raffinierte Methode mit einem gekreuzten Faden, aber es war trotzdem die Hölle. Ich musste die Zähne zusammenbeißen, das waren vielleicht Schmerzen! Wäre interessant, auszuprobieren, ob das bei deinen Borsten auch funktioniert.« Raukel grinst Völxen an. »Etwas Farbe wäre auch nicht verkehrt, sie werden langsam ganz schön grau.«

»Nur über meine Leiche«, wehrt Völxen ab und ermahnt Raukel, über die Angestellten zu berichten und nicht über seine Körperpflege.

»Vittorio Pellegrini ist ein Italiener, wie der Name schon ahnen lässt. Er dürfte Anfang dreißig sein. Er ist der zweite Mann, nach Moussa. Ein gut aussehender Typ, modisch stets auf dem Laufenden, aber eitel! Seine Lieblingsthemen sind Autorennen, Mode und Promiklatsch. Manche mögen das, ich weniger. Aber er hat seine Stammkunden. Viel mehr weiß ich von ihm nicht. Ach, doch! Er ist verheiratet und hat drei Kinder.«

Tadden ist inzwischen wieder zu ihnen getreten, nachdem er sich mit der Madame unterhalten hat.

»Der dritte Mann ist Said, der kleine Bruder von Moussa. Er sieht ein bisschen aus wie ein schmaleres Abziehbild von ihm. Er ist auch Barbier, aber sein Talent hält sich in Grenzen. Gut, er hat noch keinem ein Ohr abgeschnitten, soweit ich weiß, aber er hat nicht die Klasse von Moussa. Er macht Gesichtsmassagen, bereitet Rasierschäume vor, kocht Tee, wärmt Handtücher an und fegt den Boden. Er ist ein netter Kerl, sehr zurückhaltend. Hat weder Frau noch Kinder. Oje!« Raukel hält inne. Der Transportsarg wird gerade von zwei Männern herausgetragen. Prompt bekommt Raukel den Moralischen: »Da geht er hin, der Bartkönig von Hannover! Allah, oder wer auch immer für ihn zuständig ist, sei ihm gnädig.«

»Diese Madame ...«, beginnt Tadden, an Völxen gewandt, »... will den Schlüssel nicht rausrücken.«

»Wie bitte?« Völxen traut seinen Ohren nicht.

Tadden windet sich. »Was hätte ich machen sollen? Sie trägt ihn, glaube ich, an einer Kette in ihrem ... ähm ...« Eine etwas unbeholfene, ausladende Bewegung seiner Hände soll das füllige Dekolleté der Zeugin illustrieren.

»Und du konntest ihn aus diesen Tiefen nicht bergen?« Raukel, eben noch ein Bild des Jammers, bricht in Kichern aus.

Völxen verdreht die Augen, Rifkin grinst hinter vorgehaltener Hand.

»Ich kann ja schlecht Gewalt anwenden, bei einer älteren Frau«, rechtfertigt sich Tadden.

Das fehlte noch vor all diesen Handygaffern hinter der Absperrung. *Kriminalbeamter liefert sich Ringkampf mit schwarzer Frau.* Das wäre ein Festmahl für die Meute.

»Sie sagt, wir dürfen nur in ihrer Begleitung einen Blick in den Raum werfen«, berichtet Tadden. »Weil wir sonst die Aura durcheinanderbringen.«

»Die Aura, soso.« Völxen schaut hinüber zu ihr. Aufrecht und wie versteinert steht sie da, in ihrem seltsamen Aufzug. Ihre Blicke folgen dem Sarg, der gerade in den Leichentransporter geschoben wird. Sie mag aus Taddens Perspektive eine *ältere Frau* sein, aber sie wirkt weder schwächlich noch eingeschüchtert.

»Meinetwegen, dann soll sie mitkommen«, lenkt Völxen ein. »Wir müssen sie ja ohnehin befragen.«

»Achtung!«, flüstert nun Rifkin. »LKA auf zwölf Uhr!«

Tatsächlich. Jule Wedekin kommt mit raschen Schritten auf die kleine Gruppe zu. Sie wirkt etwas abgehetzt. Ein paar Strähnen ihres haselnussbraunen Haars sind aus der Klammer gerutscht, die es zusammenhalten sollte, ihre Wangen sind gerötet. Sie trägt schwarze Hosen und Stiefeletten, ein blau gemusterter Seidenschal flattert um den Kragen ihrer Jeansjacke. »Guten Morgen allerseits«, stößt sie atemlos hervor. »Sorry, ich bin spät dran. Und das gleich am ersten Tag. Schlechter Eindruck, ich weiß.« Sie lächelt nervös in die Runde.

»Das macht doch nichts«, antwortet Völxen. »Jetzt bist du ja da.«

8

»Also, Kollegen, was haben wir?«, fragt Jule betont munter, denn die Vorstellungsrunde kann man sich ja sparen und lieber gleich zur Sache kommen.

Raukel schaut fragend von Jule zu Völxen. Rifkin und Tadden scheinen ebenfalls verwirrt zu sein. Alle drei ziehen es vor, den Mund zu halten.

Völxen streicht sich über den Nacken. Eine unbewusste Geste der Verlegenheit, die von seinem Team sehr wohl registriert wird. Respektive von Jule, die Völxens Marotten schon lange genug kennt. Schließlich hat sie etliche Jahre für ihn gearbeitet. Ihr dämmert etwas.

»Du hast es ihnen noch nicht gesagt!« Der Ausruf der Entrüstung ist an Völxen gerichtet und klingt nach: *Ich hätte es mir denken können!*

»Es tut mir leid. Wie ihr gesehen habt, war ich bis vor zwei Minuten am Tatort, und bis gestern war noch immer nicht sicher ...« Er unterbricht sein Gefasel, räuspert sich und findet zu einem Tonfall zurück, der dem Leiter einer Dienststelle angemessen ist. »Wie dem auch sei. Ihr kennt ja alle Hauptkommissarin Wedekin. Sie wird Fernando während seiner sechsmonatigen Elternzeit vertreten. Ich hoffe, ihr arbeitet gut und reibungslos zusammen. Jule, schön, dass du hier bist.«

Schweigen. Offenbar will niemand als Erstes eine Reaktion zeigen, sei sie nun erfreut oder ablehnend. Raukel sieht aus, als hätte man ihm eine Entziehungskur in Aussicht gestellt, Tadden verliert kurzzeitig die Kontrolle über seinen Unterkiefer, Rifkin macht einen auf Pokerface.

Tadden fängt sich wieder. »Ja, dann ... willkommen im Team, Jule.«

»Von mir auch«, setzt Rifkin pflichtschuldigst nach.

»Wir sind überaus erfreut, dich wieder bei uns zu haben.« Zynischer hätte Raukel diesen Satz wirklich nicht sagen können.

Jule überlegt noch, ob sie darauf antworten soll, aber ein paar Meter weiter entsteht gerade ein kleiner Tumult, aus dem eine Frauenstimme spitz hervorsticht. »Gehen Sie doch zur Seite! Lassen Sie mich vorbei!« Aus der Traube der Neugierigen, die sich hinter dem Absperrband versammelt haben, löst sich eine dünne Frau mit auffallend hellblonden Haaren.

»Halt! Sie da! Bleiben Sie bitte hinter der Absperrung!«, ruft einer der Streifenpolizisten.

Sie ignoriert die Anweisung, schlüpft geschmeidig unter dem rotweißen Band durch und geht auf den Eingang des Barbershops zu.

Zwei Kollegen in Uniform rennen ihr nach und hindern sie am Betreten des Tatorts, was in eine kleine Rangelei ausartet.

»Loslassen! Ich muss da hin!« Sie schwingt ihre Handtasche und keilt mit ihren hochhackigen Stiefeln nach den Beamten aus. Einer bekommt sie schließlich an den Armen und am Kragen ihres beigefarbenen Trenchcoats zu fassen und kann sie festhalten.

»Ich arbeite hier, verdammt noch mal!«

»Es tut uns leid. Das ist ein Tatort. Bitte seien Sie vernünftig.«

»Was ist passiert? Ich muss es doch wissen!«, gellt sie mit überschnappender Stimme.

»Heiliger Bimbam! Die hat ja echt Feuer unterm Hintern, hätte ich gar nicht gedacht.« Raukel ist schwer beeindruckt.

»Ist das die Friseurin?« Völxen erkennt sie von dem Foto im Barbershop.

»Nicole, wie sie leibt und lebt«, bestätigt Raukel sichtlich amüsiert.

Normalerweise würde Völxen es seinen Leuten überlassen, die Furie zu bändigen. Andererseits kommt ihm der kleine Zwischenfall gerade nicht ganz ungelegen. Beflissen eilt der Dienststellenleiter höchstpersönlich den beiden Streifenbeamten zu Hilfe.

Die Schimpftiraden der Friseurin sind gerade dabei, in den justiziablen Bereich abzudriften. »Lasst mich los, ihr Vollpfosten!«

Völxen baut sich in voller Größe vor der Frau auf. Sie ist deutlich kleiner als er und wiegt gewiss auch nur halb so viel. »Ich bin Hauptkommissar Völxen vom Kommissariat für Todesdelikte. Sie sind Nicole ... wie lautet Ihr Nachname?«

Statt zu antworten, starrt sie ihn nur mit großen Augen an.
»Todesdelikte?«

»Todesdelikte und Delikte am Menschen, jawohl.«

Er gibt den beiden Uniformierten einen Wink, sie loszulassen. Die kommen der Aufforderung gerne nach. Der Jüngere reibt sich das Schienbein.

»Ich heiße Nicole Flöck, und ich arbeite da drin! Im Clooney. Die sagen mir nichts und lassen mich nicht durch, was ist das denn für eine Art?« Ihre Stimme hat wieder an Lautstärke und Schrillheit zugenommen.

»Frau Flöck, ich muss Ihnen leider mitteilen, dass Ihr Chef, Moussa Abou, heute Morgen tot aufgefunden wurde ... Frau Flöck?«

Aus ihrem Gesicht ist jegliche Farbe gewichen, was die knallrot geschminkten Lippen noch mehr hervorhebt. Sie taumelt Völxen entgegen, der sie am Ellbogen festhält.

»Geht es Ihnen gut? Möchten Sie sich setzen?« Völxen deutet auf einen der Streifenwagen. Statt einer Antwort fängt sie an zu kreischen und zu jammern, dass das nicht sein könne, das sei ein Irrtum, und sie wolle Moussa sofort sehen.

»Das geht nicht. Sie sind keine Angehörige, und der Tote ist bereits auf dem Weg ...« Völxen wird unterbrochen. Die Madame, die eben noch unbeteiligt am Streifenwagen lehnte, segelt mit klappernden Sandaletten und wehendem Cape auf ihn und die Angestellte zu wie ein Unwetter.

»*Ich* kümmere mich um sie!« Ihr Ton duldet keinen Widerspruch, und Völxen überlässt ihr bereitwillig das Feld. Hysterische Hairstylistinnen sind nicht sein Metier, und wenn Nicole sich erst einmal in die Arme einer vertrauten Person werfen, sich trösten lassen und ausweinen kann, dann ist sie danach womöglich umso schneller bereit für eine vernünftige Befragung.

Die Madame drängt sich zwischen ihn und die Friseurin. Als Nächstes holt sie aus und verpasst Nicole eine saftige Ohrfeige. Aus der Menge der Neugierigen hört man Laute der Entrüstung, aber auch Gelächter. Eigentlich mehr Gelächter.

Nicole steht da und hält sich die Wange. Kein Laut kommt mehr über ihre Lippen.

Die Madame fasst sie an den Oberarmen und schaut ihr eindringlich in die Augen. »Ganz ruhig, mein Kind«, gurrt sie, und ihre dunkle Stimme ist sanft und beruhigend. »Atme!«

Nicole schaut sie verstört und mit bebender Unterlippe an.

»Ein - aus.« Die Madame bedeutet ihr durch Heben und Senken ihrer Handflächen, wie sie atmen soll. »Noch einmal: ein - aus. Tief in den Bauch atmen. So ist es gut.«

Völxen steht abwartend da.

»Ist es wahr?«, presst Nicole zwischen zwei Atemübungen hervor. Tränen, mit Mascara verwischt, laufen ihr nun in schwarzen Schlieren über die Wangen.

Die Madame nickt. »Ich habe ihn selbst gesehen.« Sie reicht ihrem Schützling ein Papiertaschentuch. »Wisch dir das Gesicht ab!«

Rifkin gesellt sich zu ihnen. »Hier, das ist ein Energydrink.« Sie öffnet den Verschluss und streckt Nicole eine kleine Flasche entgegen.

Nicole trinkt und will ihr die Flasche zurückgeben, aber Rifkin meint, sie könne sie behalten. Völxen nickt ihr dankbar zu. Trotz der fürsorglichen Geste würde er jederzeit darauf wetten, dass Rifkin für die therapeutischen Methoden der Madame einiges übrig hat.

Die Friseurin zittert inzwischen am ganzen Leib.

»Du wirst dich jetzt zusammenreißen, ja?«, mahnt die Madame. Ihr Ton ist auf eine energische Art freundlich. »Sprich mir nach: *Ich bin ruhig und vernünftig. Ich habe mich im Griff.*«

»Ich bin ... ruhig. Ich ... habe mich ... im Griff«, stößt Nicole hervor.

»Noch einmal!«

»Ich bin ruhig«, wiederholt Nicole mit festerer Stimme. »Ich habe mich im Griff.«

Die Madame wendet sich an Völxen. »Bitte sehr, sie gehört Ihnen«, sagt sie und vollführt eine burleske Handbewegung, als hätte sie gerade einen Zaubertrick vorgeführt.

Völxen wiederum hat während der letzten Minuten nicht gerade *bella figura* gemacht, das muss er ehrlicherweise zugeben. Weder vor seinem Personal noch vor der Madame und Nicole Flöck. Höchste

Zeit, das Heft wieder in die Hand zu nehmen. »Ich brauche Ihre Personalien«, sagt er in sehr dienstlichem Ton zur Madame.

Diese mustert ihn, als gelte es abzuschätzen, ob er würdig sei, ihren Namen zu erfahren. Völxen fühlt sich unwohl unter ihrem sezierenden Blick. Er kann inzwischen halbwegs nachvollziehen, dass Tadden sich vorhin nicht bei ihr durchsetzen konnte.

Letztendlich lässt sie sich herab in die Niederungen der Bürokratie und verkündet feierlich: »Adenike Ebidou.«

Mit piepsiger Stimme fragt Nicole erneut: »Wo ist Moussa? Was ist passiert? Kann ich ihn sehen?«

»Er ist bereits auf dem Weg in die Rechtsmedizin«, antwortet Völxen. »Rifkin, würden Sie bitte mit Frau Ebidou dieses abgeschlossene Zimmer im hinteren Teil des Clooney besichtigen? Nehmen Sie Raukel mit.«

»Jawohl, Herr Hauptkommissar. Frau Ebidou, kommen Sie bitte mit.«

Die Madame lässt sich provozierend viel Zeit, aber schließlich setzt sie sich in Bewegung und stöckelt in Richtung Eingang. Rifkin winkt Raukel zu, ihnen zu folgen.

Auch der setzt sich nur sehr zögernd in Trab.

»Wer war es? Haben Sie den Täter?«, will nun Nicole von Völxen wissen.

»Haben Sie eine Idee, wer Ihrem Chef schaden wollte?«, erwidert der Hauptkommissar, der es gern vermeidet, selbst Fragen zu beantworten.

»Schaden?« Das Wort scheint sie wütend zu machen. »Er ist tot!«, ruft sie. »Das nennen Sie einen *Schaden*?«

Völxen, dem die Frau fürchterlich auf die Nerven geht, unternimmt einen neuen Anlauf: »Kennen Sie jemanden, der Moussa etwas antun wollte?«

Sie starrt ihn nur an. Ein neuerlicher Weinkrampf schüttelt sie durch. Sie kramt in ihrer Handtasche nach einem frischen Taschentuch, scheint aber keines zu finden.

Völxen ertappt sich dabei, dass er sich die Madame zurückwünscht. Er wechselt das Thema: »Frau Flöck, ich nehme an, Sie wollten gerade zu Ihrem Arbeitsplatz?«

»Ja, natürlich. Um neun fange ich an, wenn ich Frühdienst habe.«

»Wer außer Ihnen fängt heute noch um diese Zeit an?«

»Vittorio. Oder nein, der kommt um zwölf. Aber vermutlich Said.« Sie schlägt die Hände vor ihrem Mund zusammen. »O Gott, er wird ausrasten! Nie im Leben wird er das verkraften!«

Gut zu wissen, dass gleich noch ein hysterischer Zeuge auftauchen wird.

»Wo wohnen Sie?«

»Am schwarzen Bären in Linden-Süd.«

»Die Kollegen werden Sie jetzt nach Hause bringen. Sie melden sich bitte heute Nachmittag auf unserer Dienststelle, wir brauchen Ihre Aussage.« Völxen reicht ihr seine Karte, die sie achtlos in ihre Manteltasche steckt.

Ihm fällt noch etwas ein. »Wo finden wir Moussa Abous Angehörige?«

Sie nennt ihm eine Adresse in der Burgstraße und fragt: »Weiß Marie es schon? Das ist seine Frau.«

»Ich denke nicht. Und es wäre uns lieber, wenn Sie uns das Überbringen der schlimmen Nachricht überlassen würden.«

»Das wäre mir auch lieber«, antwortet Nicole mit einer unerwarteten Härte in Stimme und Ausdruck, ehe sie sich von den Kollegen zum Streifenwagen bringen lässt.

Völxen atmet tief durch. Ein Königreich für einen Kaffee!

Er blickt sich um. Jule Wedekin und Joris Tadden stecken die Köpfe zusammen und sehen sich etwas auf Taddens Handy an. Immerhin einer, der die neue Kollegin positiv aufnimmt. Er war ja auch lange genug Untermieter bei Jules Schwiegermutter Pedra Rodriguez. Sehr zu Fernandos Leidwesen. Galt dessen Eifersucht eigentlich mehr seiner Frau oder seiner Mutter? Wahrscheinlich beides, vermutet Völxen.

Was die anderen angeht, dürfte sich die Freude eher in Grenzen halten. Die nächsten sechs Monate werden auf alle Fälle spannend.

Rifkin und Raukel helfen gerade der Madame die Plastikhüllen, ohne die Frau Wetter niemanden an den Tatort lässt, über ihre

Sandaletten zu ziehen. Als dies geschehen ist, winkt Völxen Rifkin zu sich heran.

»Sie werden doch klarkommen mit dieser Zeugin?«

»Natürlich, Herr Hauptkommissar.«

»Lassen Sie ihr keine Mätzchen durchgehen.«

»Keine Sorge, Herr Hauptkommissar, *mir* wird sie nicht auf der Nase herumtanzen«, bekräftigt Rifkin mit einem schrägen Blick auf Tadden, ehe sie wieder geht und hinter Raukel und der Madame im Inneren des Barbershops verschwindet.

Völxen schaut ihr nach. Das Angenehme an Rifkin ist, dass sie sich so gut wie nie seinen Anordnungen widersetzt. Geschieht es dennoch mal, dann auf eine subtile Art, bei der alle Beteiligten ihr Gesicht wahren können. Was das angeht, ist Jule Wedekin völlig anders gestrickt.

Tadden, der Rifkins Bemerkung gehört hat, verdreht die Augen. Seinen Lapsus mit der Madame wird er in den nächsten Tagen wohl noch öfter aufs Butterbrot geschmiert bekommen. Wenn nicht von Rifkin, dann auf jeden Fall von Erwin Raukel.

Völxen betrachtet die Neugierigen hinter dem Absperrband. Ein hochgewachsener, gut aussehender Mann, Mitte bis Ende dreißig, ist ihm schon vor einer Weile aufgefallen. Er kennt ihn – irgendwoher. Er wendet sich an seine verbliebenen Mitarbeiter und deutet mit einer kleinen Kopfbewegung in Richtung des Mannes. »Werft mal einen unauffälligen Blick da rüber. Der Seitenscheitel im dunklen Zwirn ...«

Jule und Tadden schielen in die Richtung.

»Anthrazitfarbener Wollmantel, Fünftagebart, Kaschmirschal?«, fragt Jule und fährt fort: »Das ist der schöne Hanno. Hanno Rodinger, Staatssekretär im Justizministerium.«

»Stimmt! Was macht der bei den Gaffern? Gibt's nichts zu regieren?«

»Vielleicht war er Kunde im Clooney«, vermutet Tadden.

»Bart und Scheitel wollen professionell gepflegt sein, besonders, wenn man sein Gesicht in jede Kamera hält«, lästert Jule. »Soll ich ihn fragen?«

»Lass mal«, winkt Völxen ab. »Wir werden die Kundenkartei

ohnehin durchackern müssen. Wir beide kümmern uns jetzt um die Ehefrau des Toten. Vielleicht besteht noch eine Chance, ihr die Nachricht persönlich zu überbringen.« Er wirft einen finsteren Blick auf die Schaulustigen mit ihren Handys. Bestimmt kursiert schon allerhand im Netz. Ein Wunder, dass die Presse noch nicht aufgetaucht ist.

»Eine Todesnachricht zum Frühstück. Genauso hab ich mir meinen ersten Tag vorgestellt!«

»Willkommen zurück bei der *richtigen* Polizei«, erwidert Völxen.

»Und was mache ich?« Tadden wirkt etwas verloren.

»Der Bruder des Ermordeten müsste jeden Moment auftauchen, sein Dienst beginnt um neun. Gut möglich, dass es mit ihm ebenfalls ein wenig emotional wird. Die Kollegen sollen ihn zur Dienststelle bringen. Und diesen Vittorio, den anderen Angestellten, möchte ich ebenfalls dort sprechen.«

»Geht klar, Herr Hauptkommissar. Ich kümmere mich darum.«

9

Jule und Völxen gehen zu Fuß.

»Das ist ja großartig gelaufen!«, meint sie, kaum dass sie sich in Bewegung gesetzt haben. »Fast hätten sie sich überschlagen vor Begeisterung.«

»Hast du erwartet, dass Raukel dir um den Hals fällt?«

»Bloß das nicht!«

Was Jule Wedekin und Erwin Raukel angeht, kann man getrost von Abneigung auf den ersten Blick sprechen. Mit der Erbarmungslosigkeit der Jugend stempelte Jule den Kollegen seinerzeit sofort als einen Mann von gestern ab. Ein Kauz, der anzügliche Witze reißt und absurden amourösen Hoffnungen nachjagt, denn damals schwärmte Raukel mehr oder weniger diskret für Oda Kristensen. Dass Raukel – einen gewissen fein austarierten Alkoholpegel vorausgesetzt – einen scharfen Verstand besitzt und bisweilen zu erstaunlicher Hochform aufläuft, macht in Jules Augen seine Defizite nicht wett. Und Defizite gibt es bei Raukel einige, das lässt sich nicht leugnen.

»Es hätte vielleicht geholfen, wenn sie die Gelegenheit gehabt hätten, sich an den Gedanken zu gewöhnen.« Jule klingt – zu Recht – etwas vorwurfsvoll.

»Die sollen sich gefälligst nicht so anstellen!«, entgegnet Völxen harsch. »Das Kommissariat ist ein Arbeitsplatz und keine Lotter-WG, bei der sich alle lieb haben müssen.«

»Aber mich hast du doch lieb, oder?« Jule lächelt ihn von unten herauf an.

»Treib es nicht zu weit, Jule!«

Er wird sie beizeiten in die Schranken weisen müssen, damit sie nicht übermütig wird. Auf der Habenseite stehen Jules Gründlichkeit und Hartnäckigkeit. Sie kann sich in eine Recherche verbeißen, wie Oscar, wenn der Terrier eine Wühlmaus im Beet wittert. Dann gibt er keine Ruhe mehr, bis er irgendwann mit der Beute im

Fang vor der Küchentür steht. Über den Flurschaden, den er bei der Jagd verursacht, muss man großzügig hinwegsehen. Wie viele Jahre ist ihre Heirat mit Fernando eigentlich schon her, sieben, acht? Wäre es damals nach Völxen gegangen, hätte nicht unbedingt sie sein Kommissariat verlassen ...

»Das ist jetzt bestimmt schon der dritte Friseur«, hört er Jule murmeln.

»Was? Was meinst du?«

»In der Knochenhauerstraße ist ein Friseur nach dem anderen.«

Völxen wendet sich um. »Stimmt. Früher waren hier wohl die Metzger, jetzt die Friseure.«

Sie biegen rechts ab und gehen an der Kreuzkirche entlang.

»Darf ich dich was fragen?«, beginnt Völxen vorsichtig.

»Nur zu.«

»Wie hat Pedra es aufgenommen, dass Fernando ein halbes Jahr lang die Kinder versorgt?«

»Sie hat diesen Vorschlag zu hundert Prozent unterstützt.«

»Tatsächlich? Ich hätte gedacht, sie wäre ... konservativer.«

»Pedra ist moderner und fortschrittlicher, als man ihr zutraut. Sie ist seit vielen Jahren auf sich allein gestellt, sie hat ihre Kinder großgezogen und ihren Laden durch mehrere Krisen geführt.« Jules Respekt für ihre Schwiegermutter ist unüberhörbar.

»Da habe ich sie wohl falsch eingeschätzt«, gibt Völxen zu. »Und Fernando auch. Früher hatte er ja doch gewisse Macho-Allüren.«

»Stimmt«, lacht Jule. »Aber das waren wirklich nur Allüren und Posen. Im Kern ist er butterweich, glaub mir. Sonst hätte ich ihn niemals geheiratet.«

Der Mord an Jules Mutter, der kurz zuvor geschah, spielte bei dieser Entscheidung möglicherweise ebenfalls eine Rolle. Bei diesem Gedanken stoppt Völxen mitten in dem schmalen Durchgang, der von der Kreuzkirche zur Burgstraße führt.

»Was ist?« Jule ist ebenfalls stehen geblieben, ihre bernsteinfarbenen Augen blicken ihn fragend an.

»Du hast ja vorhin die Leiche nicht mehr gesehen ...«

»Nein. Wieso?«

»Er ist ... also ... Unser Opfer wurde auf dieselbe Weise ermordet wie damals deine Mutter. Mit einem Schnitt durch die Kehle. Das wollte ich dir noch sagen, ehe du nachher die Tatortfotos siehst. Rifkin hängt sie immer so dekorativ an unser Whiteboard, die reinste Galerie des Grauens.«

»Danke, sehr rücksichtsvoll. Aber das hat mir Tadden längst mitgeteilt.«

Völxen stöhnt gequält auf.

»Er hat es nicht gewusst«, verteidigt Jule den Kollegen. »Er weiß, dass sie ermordet wurde, aber er kennt nicht die Einzelheiten. Du darfst ihm deswegen keinen Vorwurf machen. Ich kann das aushalten, keine Sorge. Sonst wäre ich nicht hier.«

»Dann bin ich ja beruhigt.«

Sie gehen weiter.

»Sag mal – du und Tadden. Ihr siezt euch, obwohl er jetzt dein Nachbar ist?«

»Äh, ja. Es hat sich noch keine Gelegenheit ergeben.«

»Kein Verbrüderungsbier an der Schafweide?«

Völxen überhört die Bemerkung. Sie sind an ihrem Ziel angekommen. Ein gepflegter zweistöckiger Wohnkomplex mit vier Eingängen, der Völxens Schätzung nach aus den Zwanziger- oder Dreißigerjahren stammt.

»Keine schlechte Wohnlage«, meint er. »Zentrumsnah, und wenn die Volkshochschule und diese Bruchbude nicht wären, hätte man sogar Leineblick.«

»Die *Bruchbude* ist das älteste Haus der Stadt«, klärt Jule ihn auf.

Völxen betrachtet stirnrunzelnd den schmutzig braunen, maroden Fachwerkbau. Vielleicht verbietet der Denkmalschutz eine Sanierung.

»Auf alle Fälle hatte es unser Barbier nicht weit zur Arbeit«, stellt Jule fest. »Das waren höchstens fünf Minuten vom Tatort hierher.«

An der richtigen Haustür angekommen, holt der Hauptkommissar tief Atem, bevor er klingelt. Der Türöffner summt nur wenige Sekunden später. Im zweiten Stock erwartet die Ermittler eine junge Frau schätzungsweise um die dreißig. Sie ist dünn, ihr

Gesicht ist geprägt von hohen Wangenknochen und schräg stehenden Katzenaugen. Ein bildschönes Gesicht, findet Völxen, wären da nicht diese Lippen, die den Eindruck erwecken, als schickten sie sich soeben an, sich zum Schnabel auszuwachsen. Sie wirkt elegant, sogar in der beigefarbenen Jogginghose und dem weißen Pullover. Ihr langes Haar hat einen interessanten Farbverlauf von Dunkelblond bis Blond, wenn man es vom Scheitel aus betrachtet.

»Hauptkommissar Völxen von der Polizeidirektion Hannover. Das ist Hauptkommissarin Wedekin. Frau Marie Abou?« Er hat darauf verzichtet, ihr einen Guten Morgen zu wünschen. Irgendwie klänge das in seinen Ohren zynisch.

Sie nickt.

Sie weiß es. Völxen erkennt es an ihrer Haltung und ihrer beherrschten Mimik.

»Ich habe es gerade erfahren«, flüstert sie.

»Es tut mir sehr leid«, versichert er mit ernster Miene. »Von wem haben Sie es erfahren?« Die Handymeute! Oder die Madame?

»Von meiner Mutter. Sie ist noch hier.«

»Mein aufrichtiges Beileid«, sagt Jule. »Dürfen wir reinkommen?«

Sie antwortet nicht gleich. Mit ausgefahrenen Ellbogen steht sie im Türrahmen, als würde sie überlegen, ob ihr der Besuch der Ermittler gelegen kommt oder nicht. In ihren graublauen Augen, die von einem auffallend langen, dichten Wimpernkranz umgeben sind, ist nicht die Spur einer Träne zu erkennen.

»Möchten Sie lieber mit uns zur Dienststelle kommen?«, fragt Völxen so freundlich wie möglich. Aber eine Drohung bleibt eine Drohung.

Sie schüttelt den Kopf. »Meinetwegen kommen Sie herein«, lenkt sie ein. »Aber kein Wort vor Robin!«

»Robin?«

»Mein Sohn, er ist drei.«

»Selbstverständlich, das verstehen wir.« Jule schenkt der jungen Frau ein verständnisvolles Lächeln, sozusagen von Mutter zu Mutter.

Mit einer eher bestimmenden als einladenden Geste werden sie in den Flur dirigiert, vorbei an einer überbordenden Garderobe. Etliche Türen gehen auf beiden Seiten des Flurs ab, die Wohnung scheint recht groß zu sein. An einer der Türen klebt der Name Robin in bunten Holzbuchstaben.

»Meine Mutter bringt ihn gleich zum Kindergarten. Danach können wir reden.«

Völxen hat erwartet, eine junge Mutter, die gerade vom gewaltsamen Tod ihres Ehemannes erfahren hat, aufgelöster vorzufinden. Sie wirkt auch nicht, als hätte sie einen Schock oder als wäre die Nachricht noch gar nicht richtig zu ihr durchgedrungen, was manchmal vorkommt. Nein, die Dame hat einfach ein sehr bestimmtes Auftreten.

Interessant, findet der Hauptkommissar.

Die Tür zur Küche steht halb offen. Völxen erspäht im Vorbeigehen einen kleinen Jungen, dessen Lockenpracht an die seines Vaters erinnert. Er rutscht gerade von seinem Hochstuhl. Seine Großmutter wischt ihm mit einem Taschentuch den Mund sauber. Dabei ist ihr Blick auf die vorbeigehenden Polizisten gerichtet, und der ist nicht freundlich. Vielleicht täuscht er sich auch, vielleicht ist sie nur besorgt.

Marie Abou nimmt eine bunte Kinderjacke von der Garderobe. »Komm, Robin, wir ziehen dich jetzt an, und die Oma bringt dich in den Kindergarten.« Noch immer erstaunt es den Hauptkommissar, wie gefasst ihre Stimme klingt.

»Du sollst mich hinbringen«, fordert der Junge.

»Nein, Schatz. Die Mama muss sich um den Besuch kümmern.«

»Wer ist das?«

Statt einer Antwort drückt sie ihm einen Kuss auf sein Haar, überholt Völxen und Jule und leitet sie den Flur entlang ins Wohnzimmer. Zum ersten Mal wirkt sie etwas hektisch.

Es dauert ein paar Minuten, bis Robin verabschiedet ist und mit seiner Großmutter aufbricht. Zeit für die Ermittler, um sich in dem großzügigen Raum umzusehen.

Sie finden sich Auge in Auge mit Moussa Abou wieder. Übergroß und in Schwarz-Weiß blickt er den Besuchern entgegen. Er hat tiefgründige, samtige Augen, harmonische Gesichtszüge und einen schön geschwungenen Mund, dessen minimalistisches Lächeln ausgesprochen selbstbewusst und höchstens ein klein wenig arrogant daherkommt.

10

Die Spurensicherung ist nach wie vor im Barbershop tätig. Zwei Ermittler und eine Zeugin, die noch einmal den kompletten Raum durchqueren wollen, um das hintere Zimmer in Augenschein zu nehmen, begeistern deren Chefin Frieda Wetter ganz und gar nicht.

»Kann das nicht warten?« Mit abweisender Miene baut sie sich vor dem Eingang auf.

»Stünden wir sonst hier?«, erwidert Rifkin.

»Zieht euch was über die Schuhe und bleibt hinter mir.«

Frau Wetter schleust die drei durch den Laden, vorbei an der beachtlichen Lache geronnenen Bluts. Raukel und Rifkin müssen bei dem Anblick kurz schlucken.

Madame Ebidou zeigt sich unbeeindruckt. Die Entdeckerin des Leichnams hatte inzwischen genug Zeit, sich wieder zu fangen, außerdem macht sie nicht den Eindruck, als wäre sie ein Sensibelchen. Sie angelt den Schlüssel, der an einer Goldkette hängt, aus ihrem Dekolleté und öffnet die Tür.

»Bitte sehr.«

Im Raum herrscht ein diffuses Dämmerlicht, denn das einzige Fenster ist von einer Jalousie aus dünnem Stoff verhängt. Die Besucher lassen stumm die Blicke schweifen. Die Madame bleibt mit verschränkten Armen und verkniffener Miene hinter ihnen stehen.

Jetzt späht auch die Kriminaltechnikerin ins Zimmer, und es entfährt ihr ein unprofessioneller Ausruf. »Meine Fresse, was ist denn das?«

Die Frage stellt sich in der Tat. Erwin Raukel wird von diversen Assoziationen heimgesucht. Die vorherrschende ist das Zelt einer Wahrsagerin auf einer Kirmes. Wobei er nicht sagen könnte, ob er tatsächlich schon ein solches besucht hat oder ob er dieses Ambiente nur aus Filmen kennt. Eine Kräuterhexe kommt ihm ebenfalls in den Sinn, denn von den Schnüren, die wie ein Spinnennetz unter der Decke gespannt wurden, hängen Gebinde mit Kräutern, Pflanzen und Wurzeln. Nichts ist dabei, was er schon einmal gesehen hätte, nicht einmal in der Küche von Charlotte Engelhorst. Die hat es ebenfalls mit Kräutern.

Die Wände des etwa zwanzig Quadratmeter großen Zimmers sind mit derselben Tapete beklebt wie die Wand mit der gut getarnten Tür. Allerdings ist vom Muster kaum etwas zu sehen, denn an den Wänden hängen großflächige Gemälde in grellen Farben, hölzerne Masken und Reliefs, die Löwen, Schlangen, Keiler und allerhand Figuren aus der schier unendlichen Geister- und Götterwelt des Voodoo darstellen.

Es gab vor Jahren eine Ermittlung, erinnert sich Rifkin, bei der sie es schon einmal mit dieser Religion zu tun hatten, allerdings mit der haitianischen Variante. In einem Regal stehen Figuren aus Holz und Bronze neben Schmuckschatullen, auf dem obersten Fach thront ein ausgestopfter schwarzer Hahn. Seine Glasaugen blicken böse auf die Eindringlinge herab.

Raukel betrachtet derweil den Inhalt einer Vitrine, in der sich Gläser mit Pasten und Kräutern aneinanderreihen. In einigen lagern getrocknete Insekten, wie sie hierzulande zum Glück nicht vorkommen. Sind das Riesenohrwürmer und Riesenkakerlaken? In einem anderen Glas krümmt sich ein Skelett, vermutlich von einer Eidechse. Im untersten Fach stapeln sich kleine Puppen aus Stoff und Stroh. Er spürt, wie ihm ein Schauder das Rückgrat hinabläuft.

Auch die Möblierung ist speziell. Mehrere sich teilweise überlappende Teppiche bedecken den Fußboden. Das Zimmer wird dominiert von einer türkisfarbenen Ottomane mit einer zum Fußende hin schräg abfallenden Rückenlehne. Auf den Polstern türmen sich Kissen in unterschiedlichen Größen, Farben und Formen. Flankiert wird das ausladende Möbel von zwei zierlichen Beistelltischchen, auf einem prangt ein Samowar, bei dessen Anblick Rifkin an ihre Mutter denken muss, welche von diesem Prachtexemplar sicher entzückt wäre. Ein Sessel mit rotem Samtbezug und ein niedriger Tisch mit geschwungenen Holzbeinen und Schnitzereien an den Seiten runden das Ensemble ab. Opiumtische nennt man diese Möbel, fällt Raukel ein. Wie passend, da obenauf eine Wasserpfeife steht.

»Was ist das hier?«, wendet sich Rifkin an die Madame.

»Ein Pausenraum.« Ihre blau geschminkten Lider mit den angeklebten langen Wimpern senken sich in theatralischer Demut.

Immerhin, es gibt darin einen Kaffeeautomaten, der groß genug wäre, um ein Café zu betreiben. Das chromblitzende Gerät steht auf einem Metalltisch, neben Tassen, Gläsern und ein paar Flaschen mit Hochprozentigem.

Rechts davon hängt ein dunkelgrüner Samtvorhang. Rifkin zieht ihn zur Seite und steht vor einer massiven weißen Holztür mit einem Sicherheitsschloss, wie man es an Wohnungstüren findet.

Ehe Rifkin fragen kann, wohin diese Tür führt, platzt Raukel heraus: »Für mich sieht das eher aus wie eine Hexenküche.«

»Machen Sie sich nicht lächerlich«, fährt ihn die Madame an.

Raukel weicht zurück, als hätte sie ihm eine Giftschlange entgegengestreckt.

»Ja, das war krass chauvinistisch«, bemerkt Rifkin mit einem Augenzwinkern in Raukels Richtung, ehe sie zu Madame Ebidou sagt: »Aber es ist nicht nur ein Pausenraum, nicht wahr?«

»Ich empfange hier meine Kunden.«

»Was für eine Dienstleistung nehmen Ihre Kunden denn in Anspruch?«

»Lebensberatung.«

Die Lebensberaterin hängt ihre Handtasche, den Umhang und den Pelzkragen an einen Garderobenständer und schaltet die Kaffeemaschine ein. »Setzen Sie sich.« Sie weist mit einer gebieterischen Geste in Richtung Sessel und Ottomane. Ihre Unterarme umschließen breite Armreifen aus Bronze.

Raukel plumpst wie eine reife Birne in den roten Sessel. Rifkin wählt das Fußende des Liegemöbels.

»Sie praktizieren Voodoo.« Es ist eine Feststellung, keine Frage.

»In meiner Heimat nennt man es Vodun«, antwortet die Madame. »Für mich haben diese Dinge jedoch hauptsächlich einen kulturellen Wert.«

Die Maschine rattert, gluckert und zischt. Ein Kaffee wäre wirklich nicht schlecht, findet Rifkin und hofft, einen angeboten zu bekommen.

»Er ist gleich fertig. Die Maschine muss nur erst das Wasser aufwärmen«, erklärt die Madame.

»Sie sind auch Gedankenleserin«, scherzt Rifkin.

Die Angesprochene nickt dazu mit heiligem Ernst.

»Dann wissen Sie bestimmt, dass ich Sie als Nächstes um Ihre Ausweispapiere bitten werde.«

Wortlos holt sie den Personalausweis aus ihrer Tasche und legt ihn neben die Wasserpfeife. Rifkin studiert das Dokument, während Raukel nach wie vor mit kindlicher Faszination seine Umgebung betrachtet. Die Madame widmet sich inzwischen der Zubereitung des Kaffees. Ungeachtet ihrer Körperfülle bewegt sie sich geschmeidig und rasch. Schließlich stellt sie die Wasserpfeife beiseite, um Platz für das Tablett zu machen. Der Espresso hat einen perfekten Schaum.

Dann lässt sie sich ebenfalls auf die Ottomane sinken. Ihr Körper scheint dabei unter dem weiten Kleid auseinanderzudriften, und das Polster gibt merklich nach, sodass Rifkin auf der anderen Seite ein klein wenig in die Höhe gehoben wird.

Die Ermittler sind dennoch froh über ihre Sitzplätze nach der langen Zeit des Herumstehens und genießen erst einmal den Espresso. Raukel mit viel Zucker, Rifkin ohne.

Adenike Ebidou wurde 1961 in der Stadt Quidah im Staat Benin geboren. Der Personalausweis wurde vor fünf Jahren vom Bürgeramt Aegi ausgestellt. Er verrät nicht, wie lange sie schon in Deutschland lebt.

»Ich kam 1980 hierher«, errät sie aufs Neue Rifkins Gedanken und schenkt ihr ein wissendes Lächeln. Dabei blitzen in den hinteren Arealen ihres kräftigen Gebisses ein paar Goldzähne auf. »Aber dieses Papier sagt gar nichts über mich!«

»Dann erzählen Sie uns etwas über sich«, nutzt Rifkin die Steilvorlage.

»Meine Urgroßmutter war eine Agojie. Die Agojie waren im 19. Jahrhundert eine rein weibliche Eliteeinheit des Königreiches

Dahomey, dessen Gebiet heute zu Benin gehört. Sie bildeten Afrikas einzige Frauenarmee. Sie waren Kriegerinnen von höchster Tapferkeit und Stärke.«

»Interessant«, meint Rifkin. Ob an der Geschichte auch ein Körnchen Wahrheit ist? Oder ist es die Story, die sie ihrer Kundschaft auftischt? Kriegerinnen! Denkt sie etwa, sie könnte Rifkin und Raukel damit beeindrucken oder gar einschüchtern? Sie gibt den Ausweis an Raukel weiter.

Der wirft einen Blick darauf und stellt fest: »Sie sind hier gemeldet, in diesem Haus.«

Sie nickt.

»Aber Sie wohnen doch nicht etwa hier in diesem Raum?«

Ihre violett geschminkten Lippen verziehen sich spöttisch, ehe sie ihn aufklärt. »Ich wohne im ersten Stock. Nächster Eingang. Die Hausnummer ist dieselbe, weil der jetzige Eingang zum Barbershop erst nachträglich entstand.«

Wieso hat sie das nicht gleich gesagt?, fragt sich Rifkin. Anstatt sich draußen die Beine in den Bauch zu stehen, hätte sie bequem in ihrer Wohnung auf die Befragung warten können. Oder wollte sie möglichst viel von dem mitbekommen, was am Tatort vor sich geht?

»Warum praktizieren Sie Ihre Lebensberatung dann nicht in Ihrer Wohnung?«, erkundigt sich Rifkin.

Die Madame wendet sich der Ermittlerin ruckartig zu. »Verhören Sie etwa Verbrecher bei sich zu Hause?«

Offenbar gehen ihr die Fragen auf die Nerven, aber wo käme man hin, wenn man darauf Rücksicht nähme.

»Da haben Sie natürlich recht.« Rifkin deutet auf die weiße Tür hinter dem Vorhang. »Wohin führt die?«

»In den Hausflur.«

Also kann sie dieses Zimmer hier jederzeit betreten, ohne den Barbershop zu durchqueren. Niemand weiß demnach, wann sie hier ist und wann nicht.

»Wer wohnt noch in diesem Haus?«, erkundigt sich Raukel.

»Said Abou, Moussas Bruder. Er wohnt im ersten Stock neben meiner Wohnung.«

»Was ist mit dem zweiten Stock?«

»Nichts. Die Zimmer dort stehen leer. Für eine Renovierung hatte ich bislang kein Geld.«

»Haben Sie Said heute schon gesehen?«, will Raukel wissen.

»Nein. Aber ich war auch nicht mehr oben, seit ich Moussa fand.«

Rifkin und ihr Kollege wechseln einen bedeutungsvollen Blick. Beide denken das Gleiche: Seit etwa sieben Uhr, grob gesagt seit zwei Stunden, ist in dieser Straße die Hölle los: Sirenen, ein Kommen und Gehen von Einsatzfahrzeugen, Schaulustige, laute Stimmen ... Entweder hat dieser Said einen gesegneten Schlaf, oder er ist nicht zu Hause. Oder bereits geflohen. Oder tot.

»Ich gebe Tadden Bescheid.« Rifkin holt ihr Telefon aus der Jackentasche und schreibt eine entsprechende Nachricht an ihn. Dann widmet sie ihre Aufmerksamkeit wieder der Zeugin. »*Lebensberatung* ist ein weit gefasster Begriff. Was dürfen wir darunter verstehen?«

»Ich vermittle zwischen Vergangenheit und Zukunft.«

»Dann sind Sie eine Wahrsagerin?«, bringt es Raukel auf den Punkt.

Ihre Miene verfinstert sich, sie herrscht ihn an: »Sehe ich aus, als säße ich mit einer Kristallkugel in einem Jahrmarktszelt?«

Noch während Raukel sie mit offenem Mund anstarrt, ergreift sie seine linke Hand und dreht die Handfläche nach oben. Ihr Griff ist wie ein Schraubstock. Sie wirft nur einen kurzen Blick auf die Hand, ehe sie loslegt: »Da war ja einiges los in deinem Leben. Die reinste Achterbahnfahrt. Dabei sind einige, die dir nahestehen, auf der Strecke geblieben. Der Alkohol hat dich lange Zeit beherrscht, er tut es noch immer. Du denkst, du hast alles im Griff. Du hast dich arrangiert, aber es ist ein gefährlicher Pfad.«

Raukel hat es die Sprache verschlagen, er kann nicht einmal protestieren. Der Blick der Madame kriecht über sein Gesicht. Er kann es spüren, es ist wie Ameisenlaufen, am liebsten würde er mit den Händen über seine Wange wischen, diesen Blick und seine Spuren tilgen. Noch immer hält sie seine Hand fest. Er spürt, wie er rot wird, als sie sagt: »Da gibt es eine verlorene Liebe, noch nicht lange her. Eine Frau aus dem Osten, von weit weg, aus der Kälte.

Sie war wie Feuer und Eis. Ich sehe außerdem eine Freundschaft. Aber deine Gefühle sind schwankend. Du fühlst dich noch jung, aber ich warne dich, du näherst dich der Nachspielzeit deines Lebens.«

»Genug jetzt!« Raukel entzieht ihr mit Vehemenz seine Hand. »Wie Sie schon sagten, wir sind hier nicht auf dem Jahrmarkt!«

Die Madame zieht scharf die Luft ein. Dann umfasst sie mit der linken Hand ein Amulett, das um ihren Hals baumelt und eine Art Schlangenkopf zeigt. Dazu brabbelt sie etwas in einer fremd und düster klingenden Sprache und schaut Raukel böse an, während sie die Finger ihrer rechten Hand krallenartig auf ihn richtet.

Raukels Teint, der zwischenzeitlich mit dem roten Stoff seines Sessels korrespondierte, verliert gerade zusehends an Farbe.

Während ihr Kollege zum Chamäleon mutiert, amüsiert sich Rifkin. Die Madame ist wirklich gut, alle Achtung. *Die Frau aus dem Osten*, das war natürlich Irina, *der heiße Feger aus Sibirien* – O-Ton Raukel. Leider erwies sie sich als Kriminelle. Aber Rifkin ist nicht in der Position, andere wegen ihrer Beziehungen zu Kriminellen zu verurteilen. Ehe die Madame sich womöglich ihr zuwenden kann, geht Rifkin in die Offensive.

»Das war sehr aufschlussreich«, lächelt sie, »aber nun wird es Zeit, die Spielchen zu beenden und mit der Befragung zu beginnen. Schließlich haben wir ein Verbrechen aufzuklären.«

11

Jule lässt sich auf dem grauen Ledersofa nieder. Endlich sitzen! Sie ist schon seit halb sieben auf den Beinen. Zu Hause wollte sie noch so viel wie möglich regeln, damit Fernando mit den Kindern an seinem ersten Tag als Vollzeitvater halbwegs zurechtkommt. Als sie endlich in der Stadtbahn saß, erreichte sie der Anruf von Frau Cebulla, sie möge sich bitte am Tatort in der Altstadt einfinden. Wo sie dann erst einmal nur herumstand.

Wie ordentlich und aufgeräumt das Zimmer ist. Nirgendwo liegt Spielzeug, auch kein Bilderbuch, kein Stofftier, kein Kleidungsstück, keine Kekskrümel, nichts, was auf die Existenz eines kleinen Jungen hindeutet. Die weiß gestrichenen Wände sind frei von Spuren schmutziger Kinderhände, auf den Fensterbrettern stehen Pflanzen und Vasen, die völlig intakt sind.

Wie machen die das? Ist das normal?

Ihr Elternhaus kommt ihr in den Sinn. Der kühle Bauhaus-Würfel, darin der großzügige, von diversen Haushälterinnen blitzsauber gehaltene Wohnbereich mit den großflächigen Bildern und dem Prachtstück des Hauses, dem Flügel. In diesem Raum war Rennen und Spielen verboten, nichts durfte herumliegen, was nicht dorthin gehörte. *Wozu gibt es denn Kinderzimmer?*, hört sie im Geist die Stimme ihrer Mutter.

So wollte Jule nie leben. Darum finden sich in ihrer Altbauwohnung in Linden-Mitte in jedem Zimmer Spuren von Leo, und zwei Etagen höher, bei ihrer Schwiegermutter Pedra, sieht es nicht anders aus. Nun, mit der kleinen Mia, wird sich das Chaos vermutlich exponentiell steigern. Apropos Chaos. Ob sie mal kurz Fernando fragen soll, wie er zurechtkommt? Es juckt sie in den Fingern, aber sie lässt das Handy in der Tasche. Sei keine Glucke! Pedra ist schließlich auch noch da. Die wird eher ihren Laden für spanische Lebensmittel vernachlässigen als ihre Enkel. Bestimmt sitzt sie ihrem Sohn in den ersten Tagen wie ein Kobold im Nacken, damit er nur ja nichts falsch macht. Wenn nun auch noch Jule anruft oder schreibt, wird Fernando womöglich sauer werden. Anstatt mit den Gedanken zu Hause zu sein, sollte sie sich lieber konzentrieren auf die Aufgabe, die hier vor ihr liegt.

Völxen hingegen ist ganz im Hier und Jetzt. Er wandert ein wenig umher, denn er kann in dem Zimmer kein für seinen maroden Rücken geeignetes Sitzmöbel entdecken. Die Einrichtung ist modern und sieht nach einem Rundumschlag in einem Einrichtungshaus der gehobenen Mittelklasse aus. Sogar die Dekoartikel im Regal, auf den Fensterbänken und dem Sideboard scheinen den einschlägigen Schnickschnack-Abteilungen zu entstammen. An die marokkanische Herkunft des Hausherrn erinnern lediglich ein traditionell gemusterter Seidenteppich unter dem gläsernen Couchtisch und eine Wandlampe aus buntem Glas, eingefasst von verschnörkelten Ornamenten aus Messing.

Das einzig Persönliche, und das gleich im Übermaß, sind die Fotos. Denn Moussas Porträt ist kein Einzelstück, es gibt, verteilt im Raum, noch mehr Bilder der Familie; Fotos des Paares mit und ohne Kind, das Kind in verschiedenen Stadien seiner Entwicklung. Sie sind unterschiedlich groß, aber alle in Schwarz-Weiß gehalten, was ihnen einen künstlerischen Anstrich verleiht. Auch wenn sie wie Schnappschüsse daherkommen, so wurden sie doch von einem Profi oder einem ziemlich begabten Amateur aufgenommen. Sie inszenieren perfekt die Zweisamkeit des Paars und später das Familienglück. Als wollten Marie und Moussa sich stets ihrer Zusammengehörigkeit versichern und jedem Besucher ihr Glück vor Augen führen.

»Ein schönes Paar«, bemerkt Jule und fügt in Gedanken hinzu: Auch wenn nicht alles ganz echt ist, besonders an ihr. Aber wo will man die Grenze ziehen? Vor hundert Jahren war Lippenstift bei anständigen Frauen verpönt, heutzutage sind Spritzen mit Hyaluron und Botox das neue Normal.

»Und so gar nicht selbstverliebt«, ergänzt Völxen.

Jule quittiert die Bemerkung mit einem Schmunzeln.

Völxen fragt sich im Stillen, ob es bei Fernando und Jule zu Hause auch so aussieht. Zu seiner Zeit, in jener fernen analogen

Ära vor dem Aufkommen der digitalen Fotografie, hat man die Familienfotos in Alben geklebt und allenfalls den Großeltern ein paar Abzüge zum Aufhängen geschickt. Bei denen sah es dann mit den Jahren so ähnlich aus wie hier, nur waren die Fotos kleiner, dilettantischer, und mit der Zeit bekamen die Farben einen Stich.

»Was erheitert dich?«, fragt Jule.

»Nichts, gar nichts.« Er wischt sich das unangemessene Grinsen aus dem Gesicht und fragt sich, was mit den Fotos wohl geschehen wird. Wie lange werden sie dort hängen? Bis ein Nachfolger für Moussa gefunden ist? Marie Abou scheint ihm nicht die Sorte Frau zu sein, die jahrelang trauert und abstinent lebt. Völxen schämt sich im selben Moment für seine Gedanken. Wie kommt er dazu, sich ein Urteil über eine junge Frau zu bilden, mit der er noch keine drei Sätze gewechselt hat? Er ermahnt sich selbst zur Unvoreingenommenheit und lässt sich mit einem Ächzen neben Jule auf dem niedrigen Sofa nieder, wobei er sich zwei der großen Kissen schnappt und sie zwischen die Lehne und sein Kreuz klemmt.

Marie Abou kommt zurück. Sie hat sich umgezogen, trägt nun Jeans und einen dunkelblauen Pullover, der ihr zu weit und zu groß ist; fast scheint es Völxen, als gehörte er dem Ermordeten.

Sie setzt sich in den freien Sessel. »Ist es wahr? Wurde er ...?« Ihr versagt die Stimme. Die Fassade, die sie vor ihrem Sohn aufrechterhalten hat, scheint zu bröckeln.

»Ihr Mann wurde heute Morgen tot in seinem Barbershop aufgefunden. Wir gehen von einem Tötungsdelikt aus«, gibt Jule Auskunft.

»War es ein Überfall?«

»Wir stehen noch ganz am Anfang der Ermittlungen«, antwortet Völxen in sachlichem Ton.

Ihre Unterlippe zittert.

»Wann haben Sie ihn denn zuletzt gesehen?«, beginnt Jule mit sanfter Stimme.

»Gestern Abend. Wir waren bei meinen Eltern. Moussa, Robin und ich. Mein Vater hatte Geburtstag, und da er obendrein letzte Woche pensioniert wurde, haben wir ein wenig gefeiert. Moussa ist um zehn gegangen. Das war das letzte Mal, dass ich ihn gesehen habe.«

»Sie sind demnach bei Ihren Eltern geblieben«, hält Jule fest.

»Ja. Bis Mitternacht ungefähr.«

»Warum ging er so früh?«

»Er hat sich wohl gelangweilt.«

»Er ging also um zehn. Und dann? Ging er direkt in den Barbershop?«

»Ich denke schon.« Marie senkt ihre dichten Wimpern. »Er war ein Nachtmensch.«

»Haben Sie in der Nacht noch einmal mit Ihrem Mann telefoniert?«

»Nein, ich war müde, ich habe geschlafen. Heute früh, als ich sah, dass er immer noch nicht zu Hause war, wollte ich ihn anrufen. Aber es meldete sich immer nur die Mailbox.«

»Waren Sie da nicht beunruhigt?«, fragt Völxen.

»Doch, natürlich.«

In Völxens Ohren klingt es nicht sehr überzeugend.

»Mitternacht«, wiederholt Jule. »War das nicht sehr spät für Robin? Wie alt ist er – drei?«

»Im Dezember war sein dritter Geburtstag.« Sie hält inne. »Verzeihung«, murmelt sie, steht auf und hastet aus dem Zimmer. Man hört, wie sie sich in der Küche schnäuzt, dann läuft ein Wasserhahn.

»Ich will nicht in ihrer Haut stecken«, flüstert Jule.

Auch Völxen fragt sich, wie man einem Dreijährigen beibringt, dass sein Vater tot ist. Ist es einfacher als bei einem älteren Kind, weil man mit drei noch keine Vorstellung vom Tod hat?

Mit einer Packung Taschentücher in der Hand kommt Marie wieder zurück und setzt sich hin.

Jule schenkt ihr ein mitfühlendes Lächeln.

»Robin hat bei meinen Eltern übernachtet«, berichtet Marie. »Das macht er öfter. Heute Morgen hat meine Mutter ihn vorbeigebracht. Wir haben zusammen gefrühstückt. Bis vor einer halben Stunde waren wir noch völlig ahnungslos. Dann hat Mama einen Anruf bekommen und ist plötzlich aus der Küche gestürzt. Ich dachte erst, es wäre was mit Papa, und dann ... dann waren schon diese Fotos und Videos im Netz. Dieser Sarg, der rausgetragen wurde, und die Polizei und die vielen Leuten vor unserem Barbershop. Und dann sind schon Sie gekommen.«

»Sie sagen *unser* Barbershop. Haben Sie etwas damit zu tun?«, fragt Jule.

»Ja, sicher. Ich habe dort gearbeitet, bis Robin zur Welt kam. Ich bin gelernte Friseurin. Meine Mutter hat mich ausgebildet.«

»Ihre Mutter hat einen Friseursalon?«

»Hatte. Bis vor fünf Jahren. Salon Brigitte.«

Völxen lässt die nächste Frage bewusst naiv klingen: »Haben Sie auch Bärte rasiert?«

Sie lächelt. »Nein. Männer wollen lieber von Männern rasiert werden, zumindest in einem Barbershop. Mit einem klassischen Rasiermesser habe ich keine Übung, das wäre mir zu riskant. Obwohl ich es dürfte. Ein Friseur darf auch Bärte behandeln, ein Barber aber nicht Kopfhaare schneiden.«

»Interessant«, findet Jule.

Marie scheint etwas einzufallen. »Vielleicht war es Nicole«, platzt sie heraus. »Der Anruf bei Mama.«

»Nicole Flöck, die Angestellte im Clooney?«, vergewissert sich Völxen.

»Sie hat lange im Salon meiner Mutter gearbeitet.«

Jule will wissen, wie denn die Geschäfte im Clooney laufen.

»Blendend«, versichert Marie. »Mein Mann ist ... war sehr gut in dem, was er tat. Das hat sich herumgesprochen. Das Barbierhandwerk lag ihm im Blut.«

Im Blut. Völxen sieht die geronnene Blutlache vor sich, in der Moussa mit seinem weißen Hemd lag, und ihm ist, als hätte er diesen Geruch schon wieder in der Nase.

Marie ist jetzt aufgetaut und erzählt: »Es hat Tradition in seiner Familie. Sein Vater war Barbier, und sein älterer Bruder hat zwei Barbershops in Berlin. Dort hat Moussa alles, was er konnte, von Jugend an gelernt.«

»Warum ist er aus Berlin weg?«, will Jule wissen.

»Die Familie meines Mannes stammt aus Marokko. Es ist eine

62

große Familie, und sie hängen praktisch dauernd zusammen. Hätte Moussa einen Shop in Berlin eröffnet, hätten sie ihm ständig reingeredet. Sein Vater lebt zwar schon lange nicht mehr, aber sein Bruder Nabil. Er fand es beispielsweise ganz fürchterlich, dass Moussa Whiskyverkostungen veranstaltet hat. Moussa wollte sich abnabeln. Das ging nur, indem er aus Berlin wegzog.«

»Sein jüngerer Bruder Said arbeitet auch im Clooney«, wendet Völxen ein.

»Said.« Sie seufzt. »Ein lieber Kerl. Irgendwann stand er vor der Tür. Moussa brachte es nicht übers Herz, ihn wegzuschicken. So war er nun mal.« Sie wischt sich eine Träne weg. Ihre rosa lackierten Fingernägel sind lang und spitz wie Krallen. »Darum war er auch so beliebt. Moussa konnte gut mit allen. Es gab nie Streit oder Probleme. Es gibt eine Regel im Clooney: keine Diskussionen über Religion und Politik.«

»Sehr klug«, lobt Völxen. »Dennoch müssen wir Sie fragen: Können Sie sich irgendwen vorstellen, der gegen Ihren Mann einen Groll hegte?«

Ihr Blick gefriert zu Eis. »Da fällt mir nur eine Person ein: Nicole.«

Völxen erinnert sich an die abfällige Grimasse von Nicole Flöck, als er ihr gegenüber Marie erwähnte, aber auch daran, wie heftig Nicole auf den Tod ihres ehemaligen Chefs reagiert hat. Jedenfalls deutlich emotionaler als dessen Ehefrau.

»Warum sollte sie Ihrem Mann etwas antun?«

»Er hat ihr gekündigt. Wir haben endlich seit einem Monat einen Kindergartenplatz bekommen, und ich will wieder arbeiten. Das war zumindest der Plan.« Resigniert setzt sie hinzu: »Was jetzt wird - keine Ahnung.«

»Wie stehen Sie denn finanziell da?«, fragt Jule.

Sie zuckt mit den Schultern.

»Frau Abou, sorry, aber das nehme ich Ihnen nicht ab. Sie sind doch keine Hausfrau aus den Fünfzigern. Und vorhin sagten Sie unser Barbershop.«

Jule, findet Völxen, macht sich gar nicht schlecht bei ihrer ersten Zeugenbefragung.

»Hatte Ihr Mann eine Lebensversicherung?«, will sie nun wissen.

»Sie suchen bei mir nach einem Motiv?« Die Witwe funkelt Jule wütend an, ehe sie antwortet: »Moussa hat nach Robins Geburt eine Versicherung abgeschlossen über etwa eine Viertelmillion. Denken Sie wirklich, ich würde dafür den Vater meines Kindes töten? Echt jetzt?«

»Wir sammeln nur Fakten«, erklärt Völxen. »Frau Abou, ich muss Sie bitten, Ihren Mann zu identifizieren, möglichst heute noch. Schaffen Sie das?«

»Ja«, sagt sie, ohne zu zögern. »Ich möchte ihn noch einmal sehen.«

»Ich melde mich bei Ihnen. Kann ich Ihre Handynummer haben?«

»Sicher.« Marie springt von ihrem Sessel auf.

Völxen schält sich mühsam aus dem Polster des Sofas und streckt das Kreuz durch. Ihm fällt noch etwas ein: »Welche Funktion hat eigentlich diese Madame?«

»Madame Ebidou?« Marie vollführt eine wegwerfende Geste. »Die macht sich hin und wieder im Salon nützlich. Serviert Kaffee oder rührt eine Maske an.«

Die beiden Ermittler steigen die Treppen hinab. Unten wird die Haustür geöffnet. Auf halber Strecke kommt ihnen die Mutter von Marie Abou entgegen. Völxen verstellt ihr mit seiner massigen Gestalt den Weg. »Gut, dass Sie wieder hier sind. Mit Ihnen wollten wir ohnehin sprechen. Frau ...?«

»Brigitte Schönau. Ich habe jetzt keine Zeit. Ich muss mich um meine Tochter kümmern. Würden Sie bitte zur Seite gehen?« Sie blickt Völxen mit hochgezogenen Brauen fordernd an. Sie sind dunkel und stehen in Kontrast zu ihrem hell blondierten Haar. Die Frisur, ein ausgefranster Kurzhaarschnitt, betont den schlanken, faltigen Hals und ist nach Jules Dafürhalten ein wenig aus der Zeit gefallen. Ebenso ihr Parfum, süßlich und aufdringlich. Jule schätzt die Frau auf Mitte fünfzig.

»Ihre Tochter kommt zurecht«, antwortet Völxen, ohne sich vom Fleck zu rühren. »Wollen wir zusammen zur Dienststelle fahren, oder dürfen wir Sie nach Hause begleiten? Vielleicht können wir dann auch gleich mit Ihrem Mann reden.«

»Reden? Worüber? Was haben wir denn mit der Sache zu tun?«

»Wollen wir das wirklich hier im Hausflur klären?«, fragt Jule.

Frau Schönau kapituliert. »Gut, dann kommen Sie halt mit zu uns.«

»Sie sind zu freundlich«, lächelt Jule, während beide die Zeugin nach draußen begleiten.

Inzwischen ist es ein wenig wärmer geworden. Der Himmel leuchtet in einem milchigen Frühlingsblau, der Wind ist noch frisch. Wäschetrockenwetter nennt Sabine das immer.

Auch Jule atmet tief durch. *Ermittlungsarbeit ist Laufarbeit*, hieß es früher immer. Inzwischen ist sie da nicht mehr so sicher. Oft besteht die meiste Arbeit darin, sich durch fremde Smartphones und Social-Media-Accounts zu wühlen. Beim LKA arbeitete sie in einem Dezernat, das sich der Bekämpfung des organisierten Verbrechens widmete. Was zunächst verheißungsvoll und abenteuerlich klang. Doch die Laufarbeit erledigten verdeckte Ermittler, die Zeugen wurden meist von anderen befragt. Jules Fähigkeit, sich mit Ausdauer durch Akten zu wühlen und darin zielsicher die eine kleine, für den Fall relevante Ungereimtheit zu entdecken, wurde ihr zum Verhängnis. Sie verbrachte ihre Tage hinter Aktenbergen, vor dem Bildschirm oder vergeudete kostbare Lebenszeit in quälend langen Meetings mit Labertaschen und Selbstdarstellern. Ja, der Mord an dem Barbier hat ein paar schreckliche Erinnerungen wieder aufgewärmt, aber gerade genießt sie es, Kontakt mit der realen Welt zu haben. Richtige, ehrliche Ermittlungsarbeit zu leisten.

12

»Madame Ebidou, Sie wohnen also direkt über dem Barbershop«, hält Rifkin fest. »Allein?«

»So ist es. Falls das eine Frage nach meinem Alibi war – ich habe keines.«

»Haben Sie gestern Nacht von unten etwas gehört?«

»Nein. Ich habe geschlafen.«

»Wann sind Sie zu Bett gegangen?«

»Ich habe nicht auf die Zeit geachtet. Es war schon ein paar Stunden dunkel.«

»Die Tat geschah um Mitternacht herum. Haben Sie da schon geschlafen?«

»Ganz bestimmt. Mein Schlafzimmerfenster geht außerdem nach hinten raus, zum Hof.«

Raukel hat sich inzwischen wieder gefangen und fordert nun in einem sehr dienstlichen Tonfall: »Schildern Sie uns bitte, was heute Morgen geschehen ist und wie Sie den Leichnam und den Tatort vorgefunden haben.«

»Ich bin aufgestanden und in den Barbershop gegangen, um dort zu putzen. Da sah ich ihn liegen und habe sofort um 06:47 Uhr den Notruf gewählt. Danach habe ich auf die Polizei gewartet. Ich habe nichts angefasst oder verändert.«

»Die Uhrzeit wissen Sie genau?«, wundert sich Rifkin. Eben konnte die Frau nicht einmal ungefähr sagen, wann sie ins Bett gegangen ist.

»Mein Telefon merkt sich so etwas. Wunder der Technik!«

»Kann ich den Anruf mal sehen?«

»Nein«, erwidert sie brüsk. »Sie können nachprüfen, wann der Notruf einging, ohne in meinem Telefon herumzuschnüffeln.«

»Verzeihen Sie, werte Madame«, mischt sich der Kollege Raukel mit einem schleimigen Lächeln in die Unterhaltung, »aber für mich sehen Sie ganz und gar nicht aus wie eine Putzfrau.«

Und wie putzt es sich, wenn man mit Schmuck behangen ist wie ein Weihnachtsbaum?, vollendet Rifkin den Satz im Stillen.

Die Madame nimmt Raukels Kompliment schweigend und mit einem huldvollen Nicken entgegen.

»Ich glaube, mein Kollege meinte das eher vom praktischen Standpunkt aus«, stellt Rifkin klar.

»Wissen Sie, Blaumänner stehen mir einfach nicht!«

»Sprechen wir hier von Schwarzarbeit, Frau Ebidou?«

»Wir sprechen von einem Freundschaftsdienst«, erwidert sie. »Man hilft, wo man kann. Es ist schwer, zuverlässiges Reinigungspersonal zu bekommen. Da springt man eben mal ein.«

Keiner der Ermittler glaubt ihr ein Wort, doch sie lassen es vorerst dabei bewenden. Es war gut von Rifkin, die Sache anzusprechen, quasi als Warnschuss, aber es gibt Wichtigeres.

»Wie war Ihr Verhältnis zu Moussa Abou?«, will Rifkin wissen.

Sie legt die rechte Hand auf ihre Herzgegend. »Er war wie ein Sohn für mich.«

Reichlich dick aufgetragen, jedenfalls für Rifkins Geschmack.

»Wie war er denn so?«, fragt sie.

»Er besaß einen starken Willen, einen aufrichtigen Charakter und sehr viel Güte. Er sah immer nur das Gute in den Menschen.«

»Und wer in seinem Umfeld war schlecht?«, erkundigt sich Rifkin.

»Jeder ist gut und schlecht«, faselt die Madame. »Beim einen überwiegt das Licht, beim anderen der Schatten.«

Raukel lächelt breit. »Moussa Abou war also eine Lichtgestalt. Doch wo viel Licht ist, ist ja bekanntlich auch viel Schatten.«

»Bleiben wir in irdischen Gefilden«, schlägt Rifkin vor. »Wer hatte etwas gegen ihn?«

Sie zuckt mit den Achseln.

»Madame Ebidou, wenn jemand eine Ahnung hat, wer Moussa Böses wollte, dann doch Sie mit Ihren Fähigkeiten.«

Sie fällt nicht auf Raukels Schmeichelei herein.

»Das rauszufinden, überlasse ich Ihnen.«

Rifkin geht die Frau allmählich auf die Nerven. Zeit, Tacheles zu reden. »Wissen Sie, was Moussa gestern Nacht hier wollte?«

»Nein.«

»Kam das öfter vor, dass er so spät am Abend hier war?«

»Manchmal ja.«

»Und das wissen Sie, weil ...?« Rifkin blickt sie auffordernd an.

»Er sagt es mir. Oder ich sehe Licht, wenn ich nach Hause komme. Und die Kissen liegen anders als sonst.«

»Welche Kissen?«

»Diese.« Sie deutet auf den Kissenberg hinter sich. »Bisweilen blieb er über Nacht und hat hier geschlafen.«

Rifkin ist aufgesprungen, als wäre das Möbel radioaktiv verseucht. Sie starrt auf die Kissen. »Und lagen die Kissen heute Morgen anders als sonst?«

»Nein. Es war alles wie am frühen Abend, als ich gegangen bin. Im Büro brannte Licht. Also hat er wohl dort gearbeitet.«

»Trotzdem muss die Spurensicherung den Raum untersuchen.«

»Das erlaube ich nicht!«

»Das ist eine Mordermittlung, Frau Ebidou.« Hätte dieses raffinierte Luder das nicht gleich sagen können? Dann hätten sie ihre Unterhaltung woanders geführt, nämlich auf der Polizeidirektion, wie es sich gehört. Aber Rifkin ärgert sich auch über sich und Raukel. Es war unprofessionell, es sich hier drin mit der Zeugin gemütlich zu machen. Das kommt davon, wenn man vom üblichen Prozedere abweicht.

»Dieser Raum ist nicht Bestandteil des Barbershops«, sagt die Madame mit schneidender Stimme. »Er ist mein Eigentum. Hier wird nichts untersucht.«

Rifkin beherrscht sich und setzt sich wieder vorsichtig auf die Kante der Ottomane. Die Spurensicherung wird den Raum noch heute durchsuchen, egal, was die Madame dazu sagt. Wehe ihr, die finden etwas!

»Sie haben den Raum von Moussa gemietet?«, erkundigt sich Raukel.

»Umgekehrt. Moussa hat die Räume von mir gemietet. Aber eben nicht diesen hier.«

»Der Laden gehört Ihnen?«, staunt Raukel.

»Mir gehört das Haus.«

Während die Ermittler diese Nachricht sacken lassen, erklärt sie: »Wissen Sie, mein Mann und ich haben Ende der Achtzigerjahre einen Laden eröffnet. Afrikanische Spezialitäten, Kunsthandwerk, Schmuck und besonders Haarschmuck. Viele schwarze Frauen aus dem Rotlichtviertel kauften bei uns ein. Mein Mann ist vor fünfzehn Jahren gestorben. Vor sechs Jahren habe ich meinen Laden aufgegeben und die unteren Räume bis auf diesen hier an Moussa vermietet. Er hat sie auf eigene Kosten renoviert. Dafür verlange ich wenig Miete.«

Rifkin macht einen neuen Anlauf. »Moussa hatte also einen Schlüssel zu diesem Raum.«

»Ja, wie gesagt: Er war wie ein Sohn für mich.«

»Warum hat er hier übernachtet?«

»Das habe ich ihn nicht gefragt.«

»Ach, nicht? Wenn er doch wie ein Sohn für Sie war. Mütter sind aber bekanntlich neugierig.«

»Sind Sie immer so witzig?«, faucht sie.

»Nur im Dienst. Privat bin ich öde.«

»Das mit der Neugier trifft vielleicht auf jüdische Mütter zu, aber unsereins weiß, wann man besser den Mund hält.«

Treffer versenkt. Rifkin verschlägt es die Sprache. Woher weiß sie das? Das *kann* sie nicht wissen! Rifkin trägt schließlich keinen Davidsstern um den Hals – oder jedenfalls nicht mehr. Sie benutzt keine jiddischen Wörter, sie hat die Madame vorher noch nie in ihrem Leben gesehen, und das Gleiche dürfte wohl für ihre Mutter gelten.

»Vermutlich wollte er ab und zu einfach mal allein sein«, hört sie die Zeugin sagen. »Seine Frau kann zuweilen etwas anstrengend sein.«

»Verstehe.« Raukel betrachtet mit einem anzüglichen Grinsen die Ottomane. »Möglicherweise hat er die eine oder andere Dame hierhergebracht?«

Typisch Raukel! Allerdings kann auch Rifkin diesen Verdacht nicht von der Hand weisen. Moussa Abou war ein echter Hingucker. Im Barbershop hängt sein Bild, und vorhin, als sie zum Warten auf Völxen verdammt war, hat Rifkin ihn und den Barbershop Clooney gegoogelt.

»Niemals!«, erwidert die Madame heftig. »Schon aus Respekt hätte er das niemals gewagt.«

»Respekt vor wem?«, schaltet sich Rifkin wieder in die Befragung ein.

»Respekt vor mir. Und vor diesem Ort. Dem Spirit.«

»Soso, dem *Spirit*«, wiederholt Raukel gedehnt.

»Was, glauben Sie, ist letzte Nacht geschehen?«, versucht es Rifkin aufs Neue.

»Offensichtlich hat jemand ihm die Kehle durchgeschnitten.«

»Haben Sie einen Verdacht? Eine Vermutung? Gab es in letzter Zeit Streit? Im Team? Mit Kunden?« Rifkins Fragen klingen schon fast flehend, sie bemerkt es selbst.

»Nein.«

»Wenn er nachts hier war, hat er dann vorn die Tür abgeschlossen?«, fragt sie.

»Woher soll ich das wissen? Ich war nie dabei. Ich würde es tun, schließlich ist hier nicht Bullerbü.«

»Hatte Moussa Kontakt zum Rotlichtmilieu?« Raukel, dem schon seit Stunden der Magen knurrt, geht die Sache nun direkt an.

»Er hatte dort Kunden. Man schätzte seine Fähigkeiten.«

»Und sonst? Anderweitige ... Verbindungen?«, hakt Raukel nach.

Ein glucksendes Lachen steigt aus den Tiefen ihrer Körpermasse an die Oberfläche. »Wie naiv sind Sie? Denken Sie, Sie können hier einfach ein Geschäft eröffnen, ohne in Kontakt mit gewissen Leuten zu treten?«

»Gewiss nicht. Hier ist ja nicht Bullerbü«, zitiert Rifkin die Madame.

Natürlich weiß Rifkin, wie das hier läuft. Ihr Bruder Sascha ist Geschäftsführer in einem Club in der Nähe, der enge Verbindungen ins Milieu hegt ... Ein Gedanke durchzuckt sie wie ein Stromschlag. Natürlich! *Daher* kennt die Madame Rifkins Herkunft. Sie muss Sascha kennen. Die Szene ist klein, der Name Rifkin ist selten, und offenbar redet ihr Bruder zu viel. Man kann nur hoffen, er hat nicht auch über die unglückselige Liaison seiner Schwester zu Igor Baranow geplaudert, dem einstigen inoffiziellen Boss der örtlichen Russenmafia. Der einzige Mann, an dem ihr zeitweilig wirklich etwas lag, der sich jedoch leider in jeder Hinsicht als der Falsche entpuppte. Zum Glück zieht er seine halbseidenen Geschäfte inzwischen in Russland oder weiß der Teufel wo ab, jedenfalls nicht mehr im beschaulichen Hannover. Und falls doch, dann jedenfalls nicht persönlich. Sie merkt, wie sich ihre Wangen röten. Sie reißt sich zusammen und konzentriert sich wieder auf die Befragung.

»Worin war Moussa verwickelt?«, hört sie Raukel fragen. »Drogen? Menschenhandel? Oder was sonst so abgeht da drüben in unserem kuscheligen kleinen Amüsierviertel.« Er macht eine Handbewegung in die entsprechende Richtung.

Sie schüttelt den Kopf, dass ihre Ohrringe klimpern. »Moussa war nicht dumm, so etwas hatte er nicht nötig. Sie vergessen, wo er herkommt.«

»Berlin-Neukölln«, erklärt Raukel an Rifkin gewandt. »Sein älterer Bruder hat dort ebenfalls Barbershops, zwei oder drei.«

Die Madame nickt. »Moussa hat gelernt, wie man sich in einer rauen Umgebung behauptet. Er hat sich im Milieu bewegt wie ein Fisch im Wasser.«

»Sprechen wir von Schutzgeld?«, bringt es Rifkin auf den Punkt.

»Unsinn«, faucht sie. »Wir reden von kleinen Gefälligkeiten. Der eine oder andere Kunde genoss seine Dienstleistungen eben ohne Bezahlung oder bekam mal ein Produkt geschenkt. Das was alles. Moussa ließ sich in nichts Illegales *verwickeln*.«

Raukel lehnt sich zurück, faltet seine Hände über seinem Bauchwulst und meint: »Tja, wenn alles so eitel Sonnenschein war, warum nur findet man ihn dann im Morgengrauen mit durchgeschnittener Kehle in seinem Laden?«

»Es ist Ihr Job, das rauszufinden«, schnaubt die Madame.

»Madame Ebidou«, beginnt Rifkin, »wenn Sie nicht wollen, dass wir in ein paar Stunden mit einem Beschluss wiederkommen und das ganze Haus und insbesondere dieses Zimmer hier auf den Kopf stellen, dann müssen Sie uns schon etwas geben, womit wir arbeiten können!«

Rifkin erntet einen bösen Blick aus schmalen Augen.

Ja, schau du nur böse! Vor dir habe ich keine Angst. Es gab vorhin eine kurze Phase, in der die Madame es geschafft hat, Rifkin zu beeindrucken. Doch inzwischen ist Rifkin klar geworden, dass diese Scharlatanin lediglich über eine gute Beobachtungsgabe und Menschenkenntnis verfügt. Der Rest ist Show und Bluff. Wahrscheinlich hat Raukel bei seinen Besuchen von seiner rattenscharfen sibirischen Verflossenen geschwärmt. Ein Barbershop ist der ideale Nährboden für derlei Gespräche, und die Trennwand zwischen dem Salon und dem Boudoir der *Lebensberaterin* besteht nur aus Sperrholz und Tapete.

»Nun, ich höre«, hilft sie der Madame auf die Sprünge.

»Mit Nicole gab es Streit. Sie war gekränkt, weil sie gehen musste.«

»Heißt das, Moussa hat ihr gekündigt?«

»Zum 1. April. Aber Nicole war es ganz sicher nicht«, sagt die Madame.

»Was macht Sie da so sicher? Sie hat doch bestimmt einen Schlüssel, und sie kennt Moussas Gewohnheiten.«

»Die Liebe«, antwortet die Madame mit einem feinen Lächeln.

Raukel, der eben aussah, als würde er gleich in seinem Sessel einnicken, wird wieder lebendig. »Die hatten was miteinander?«

»Es ist schon über ein Jahr her. Aber sie liebt ihn noch immer.«

»Und er?«, fragt Rifkin.

Sie zuckt mit den Achseln, lächelt und schüttelt ganz leicht den Kopf.

Die Liebe also. Kompliziert, wohin man schaut, resümiert Rifkin.

»Warum die Kündigung? Wurde sie ihm lästig? Ist seine Frau dahintergekommen?«, will Raukel wissen.

»Marie wollte wieder zurückkommen und arbeiten. Und für zwei Frauen ist hier kein Platz.«

Rifkin steht auf. »Wir danken Ihnen, Madame Ebidou.«

Raukel erklärt, dass man sich beizeiten auf der Dienststelle wiedersehen werde. Wegen des Protokolls. Die erkennungsdienstliche Behandlung, der man sie unterziehen wird, erwähnt er vorerst lieber nicht. Das kann sie sich wahrscheinlich denken, ansonsten erfährt sie es noch früh genug.

»Wie können wir Sie erreichen?«, fragt Rifkin.

Sie greift in eine hübsche Schatulle aus Holz mit Schnitzereien, die hinter dem Samowar steht, und reicht beiden ihre Visitenkarte. Über der Handynummer und der Adresse steht:

Madame Ebidou
Lebensberatung, Weissagungen,
Seelenkontakte und Aufhebung von Flüchen

13

Joris Tadden betrachtet nachdenklich die pfostenförmige Lampe, die neben der Tür zum Barbershop in die Wand eingelassen wurde. Mit ihren in Spiralen verlaufenden Streifen in Rot, Weiß und Blau sieht sie ein bisschen aus wie eine überdimensionale Zuckerstange. Wahrscheinlich kann sich dieses Ding auch drehen, nur hat es heute noch keiner eingeschaltet. Aber es ist nicht die Lampe, die ihn beschäftigt.

Da ist zunächst das eigenartige Verhalten seines Vorgesetzten. Noch gestern hätte er Völxen als aufrichtigen Typen beschrieben, oft etwas hemdsärmelig und brummig, aber dabei immer ehrlich und geradeheraus. Kann es wirklich sein, dass Völxen von Jule Wedekins Wechsel in sein Kommissariat erst gestern erfahren hat? Kaum zu glauben. So etwas passiert nicht von heute auf morgen, schließlich hat man es mit Behörden zu tun, die nicht gerade für ihre Spontaneität bekannt sind: der Polizeidirektion, der ihr Kommissariat untersteht, und dem LKA, bei dem Jule bisher beschäftigt war. Viel eher, spekuliert Tadden, war diese Personalie schon seit Längerem Völxens Wunsch, und es kam tatsächlich erst gestern das endgültige Okay vom Vizepräsidenten oder Jules Vorgesetztem. Dennoch hätte Völxen ruhig vorher andeuten können, dass da etwas läuft. Ganz bestimmt wusste er es jedoch heute Morgen auf der Fahrt hierher und hat trotzdem kein Wort gesagt. Wollte er Tadden keinen Informationsvorsprung verschaffen? Wollte er ihn und die anderen ... überraschen? In einem Anflug von Albernheit erscheint vor seinem geistigen Auge Jule, die einem überdimensionalen Überraschungsei mit Schleife entsteigt wie eine Stripperin der Torte.

Im Endeffekt war es eher eine Überrumpelung. Klar, dass Raukel ziemlich angefressen reagierte. Er und Jule können einander nicht leiden. Tadden erinnert sich noch gut an abfällige Bemerkungen über den Ex-Kollegen, die fielen, als Tadden noch bei

Pedra Rodriguez wohnte und wie ein Familienmitglied an den gemeinsamen Mahlzeiten teilnahm. Er hat diese Abende sehr genossen, und Pedra Rodriguez hätte ihn gerne länger als Untermieter behalten. Auch Jule kam mit Tadden sehr gut aus. In Fernandos Augen vielleicht ein wenig zu gut. Doch dessen kindische Eifersucht war nicht der Grund für Taddens Auszug im vergangenen Sommer, und auch das zweite Kind von Jule und Fernando diente ihm lediglich als Vorwand. Ja, Tadden mochte dieses Familienleben, er hätte sich daran gewöhnen können. Genau das machte ihm Angst. Manchmal fühlte er sich wie ein Passant, der von draußen durch die Fensterscheibe auf eine glückliche Familie blickt. Dieses Gefühl wollte er unbedingt wieder loswerden.

Auch Rifkin hat sich nicht gerade überschlagen vor Freude über Jules Rückkehr, aber das tut sie ja selten.

Wobei Tadden bei seinem nächsten Problem angelangt wäre.

Elena Rifkin. Er hätte sich besser an die alte Regel gehalten, nichts mit Kolleginnen anzufangen. Aber Rifkin tat immer so cool, als sei es nichts Besonderes und vor allen Dingen nichts Verbindliches. Sie sind Kollegen und Freunde, die ein paar Interessen teilen, und dazu gehört ab und zu auch Sex. Nichts weiter. *Es ist keine Liebesgeschichte, und es wird auch nie eine werden.* So ihre Worte. Als wäre Sex nichts anderes als Liegestütze. Und nun ist Katrin wieder da, die Frau, mit der er zusammen war, ehe sie ein Praktikum am Goethe-Institut Singapur annahm. Ihre Fernbeziehung funktionierte nicht gut. Sie hatten einander weder Treue geschworen noch sich vorgenommen, nach Katrins Rückkehr wieder am selben Punkt anzufangen, an dem sie vor ihrer Abreise waren. Katrin hatte immer offengelassen, wohin sie nach ihrem Praktikum gehen würde. Es müsse nicht Hannover sein, sie wolle die Dinge einfach auf sich zukommen lassen. Das war die Vereinbarung. Nein, es war Katrins Entscheidung, und Tadden hat sie stillschweigend akzeptiert, obwohl er tief im Innern gekränkt war darüber, dass er so gar keine Rolle in ihren Zukunftsplänen spielte. Sofern sie überhaupt Pläne hatte.

Da kam ihm Rifkin gerade recht als Trost und Ablenkung. Mehr wollte Rifkin anscheinend auch nicht von ihm, und daher fand Tadden es nur fair, ihr von Katrins Rückkehr zu berichten.

Sie reagierte wortkarg, selbst für ihre Verhältnisse. Sie stellte keine Fragen – auf die Tadden ohnehin keine Antwort gewusst hätte. Tadden weiß, Schweigen bedeutet bei ihr nicht unbedingt Einverständnis. Etwas zwischen ihnen ist seit dem Wochenende anders. Nicht, dass sie im Dienst distanziert oder gar unfreundlich wäre. Im Gegenteil, sie ist zuvorkommend, höflich und geradezu *nett*. Rifkin! Das ist nicht die Rifkin, die er kennt, und diese Nettig-keit sagt ihm, dass etwas nicht stimmt.

»Das ist ein Barberpole in einer Lampe.«

Tadden merkt, dass er noch immer die Lampe anstarrt. Einer der Streifenpolizisten, ein Typ von etwa Mitte zwanzig, hat sich ihm genähert. »Das Erkennungszeichen für Barbershops. Wenn sich die Walze mit den Streifen dreht, ist der Laden offen.«

»Dachte ich mir«, antwortet Tadden.

»Die Barbierstange geht auf das Mittelalter zurück, als beim Bar-bier noch zur Ader gelassen und Zähne gezogen wurden. Man hat die blutigen Verbände zum Trocknen auf einen Pfosten vor den Laden gehängt. Daraus wurde die rot-weiße Barbierstange als Er-kennungszeichen dafür, dass man hier nicht nur Haarschnitte und Rasuren, sondern auch medizinische Leistungen anbietet.«

»Und die blauen Streifen?«, testet Tadden das Expertenwissen.

»Das ist nicht ganz klar. Vermutlich haben die Amis das Blau spä-ter hinzugefügt, weil der Pole damit die Farben ihrer Nationalflagge hat. Der Klassiker unter den Barberpoles ist nur rot und weiß.«

»Interessant.«

»Niklas. Niklas Knoop, Revier Mitte.«

Tadden ergreift die hingestreckte Hand. »Joris Tadden vom 1.1 K. Bist du Kunde im Clooney?«

Möglich wäre es. Kinnbart und Koteletten des Kollegen sind sorgfältig gestylt.

»Ja, bin ich. Meine Freundin hat mir mal einen Gutschein geschenkt, und seitdem komme ich ab und zu her. Es ist teurer als anderswo, aber auch viel besser. Sonst sind diese Barbershops ja oft kleine, finstere Löcher. Aber hier ... alles edel und großzügig.« Er macht eine entsprechende Handbewegung. »Nicht umsonst geht im Clooney jede Menge Prominenz aus und ein.«

»Welche Art Prominenz?«

»Sport, Politik, Halbwelt. Such dir was aus.«

»Hast du dort auch schon die Frau gesehen, die die Leiche gefunden hat?«

»Die Madame!« Niklas grinst. »Sie soll eine Art Wahrsagerin sein. Angeblich betreibt sie auch Voodoo und schwarze Magie. Man munkelt, dass sogar Mitglieder der Landesregierung zu ihrer Kundschaft zählen.«

Keine beruhigende Vorstellung, findet Tadden. »Hast du einen Namen?«

»Nein. Sind vielleicht auch nur Gerüchte.«

Taddens Handy piept. Eine Nachricht von Rifkin. Dienstlich und überaus korrekt formuliert, mit zweimal *bitte* in zwei Sätzen. Abartig!

Er wendet sich an sein Gegenüber. »Ich erfahre gerade, dass der Bruder des Opfers im ersten Stock über dem Barbershop wohnt. Es ist doch seltsam, dass er noch nicht aufgetaucht ist bei dem Trubel hier.«

»Hoffentlich haben sie den nicht auch abgemurkst.«

Scherzkeks!

»Das möchte ich nachprüfen. Ich bin allerdings ohne Dienstwaffe, und man weiß ja nie ...«

»Klar komm ich mit.« Niklas klopft mit der Hand gegen sein Holster. Er sagt seiner Kollegin Bescheid, die die Schaulustigen in Schach hält. Die Haustür befindet sich neben dem Durchgang zum Hof. Es gibt vier Klingeln, aber nur an zwei davon stehen Namen. Tadden drückt auf die mit dem Namen Abou. Er wartet, klingelt noch einmal. Es tut sich nichts.

»Soll ich das Werkzeug holen?«, fragt Niklas.

»Warte ... Ich glaube, da kommt er gerade.«

Tadden betrachtet den jungen Mann mit dem Laptoprucksack, der sich dem Absperrband nähert und von Niklas' Kollegin angesprochen wird. Tadden hat während des Herumstehens und Wartens die Webseite des Barbershops aufgerufen und sich die Gesichter der Angestellten eingeprägt. Die Ähnlichkeit zwischen Moussa und Said ist unverkennbar, nur dürfte Said deutlich jünger sein als sein Bruder, der lediglich zweiundvierzig Jahre alt wurde.

Tadden geht auf ihn zu und will ihn ansprechen, da dreht sich der junge Mann abrupt um, stößt die herumstehenden Neugierigen beiseite und rennt los.

»Der türmt!«, ruft Knoop.

Was du nicht sagst, seufzt Tadden im Stillen und setzt sich locker in Trab. Said scheint nicht sonderlich trainiert zu sein, sein Laufstil ist grottenschlecht. Außerdem hat er kürzere Beine als Tadden und gewiss nicht dessen Kondition. Tadden diente beim KSK, dem Kommando Spezialkräfte, eine der härtesten Einheiten der Bundeswehr. Natürlich lassen Kraft und Kondition nach, wenn man nicht mehr täglich getriezt und mit Marschgepäck durchs Gelände gejagt wird, aber für das halbe Hemd da vorne reicht es noch immer dicke.

Panisch wie ein kopfloses Huhn läuft Said mitten auf der Knochenhauerstraße geradeaus in Richtung Marktkirche. Tadden hat keine Lust, den Gaffern, die mit Sicherheit hinter seinem Rücken filmen, was das Zeug hält, das Schauspiel einer Festnahme zu bieten. Deshalb lässt er zwischen sich und Said einen wohldosierten Abstand. Erst als die Straße einen kleinen Knick macht und Said sich außerhalb der Reichweite der Handykameras befindet, schaltet Tadden einen Gang höher. Er schnappt sich ihn direkt vor dem Restaurant Lindenblatt, das um diese Zeit geschlossen hat. Tadden war einmal dort essen, mit Katrin. An dem Abend erzählte sie ihm von dem Praktikum in Singapur. Er wusste nicht, wie er reagieren sollte. »Cool« oder etwas ähnlich Dämliches kam ihm schließlich über die Lippen.

Inzwischen ist auch Niklas Knoop zur Stelle und bemüht, sein Schnaufen zu unterdrücken.

»Herr Abou? Said Abou?«, fragt Tadden den Mann, den er im Klammergriff festhält.

Entweder will der Verdächtige nicht antworten, oder er kann nicht, weil er von dem kurzen Sprint völlig außer Atem ist. Seine Augen sind aufgerissen, er keucht. Plötzlich fällt er in sich zusammen, als hätte man einer Marionette die Fäden durchgeschnitten. Nur Taddens eiserner Griff verhindert, dass er unsanft auf das Pflaster knallt.

»Scheiße, der hat einen Asthmaanfall!«, ruft Niklas Knoop.
»Das kenn ich von meiner Schwester. Er muss was zum Inhalieren dabeihaben.«

Tadden durchsucht die Hosentaschen des Mannes. Nichts.

»Der Rucksack!«

Knoop reißt Said den Rucksack von den Schultern und öffnet ihn. »Hier, ich hab's!«

Einige Passanten sind stehen geblieben und bilden einen kleinen Halbkreis.

Tadden ist in die Knie gegangen, er stützt Saids Kopf und Oberkörper. Niklas Knoop kniet sich neben den röchelnden Said. Der Inhalator zischt, Said japst, hustet, hechelt. Das Mittel scheint zu wirken. Es strömt wieder Luft in die Lungen, sein Atem beruhigt sich. Tadden hilft ihm auf.

»Ruf einen Notarzt!«, ordnet Tadden an.

»Nein! Nein, es geht schon«, protestiert Said keuchend. »Kein Arzt!«

»Ist wirklich alles in Ordnung?«, vergewissert sich Tadden.

»Ja.« Said steckt das Asthmaspray in die hintere Tasche seiner Jeans.

»Herr Abou, ich bin Oberkommissar Tadden von der Polizeidirektion Hannover. Warum sind Sie gerade vor mir und meinem Kollegen geflohen?«

Ein gehetzter Ausdruck tritt in seine Augen. Offenbar ist sein Vertrauen in die Ordnungsbehörden nicht groß. Er möchte am liebsten möglichst rasch verschwinden, das sieht man ihm an.

Tadden überlegt. Eine Streife kommen zu lassen, wäre lächerlich für das kurze Stück. Sie werden ihn zu Fuß zurück zum Barbershop begleiten. Von dort aus können ihn dann Knoop und seine Kollegin zur PD fahren.

»Kommen Sie bitte mit.«

»Wieso denn? Was habe ich gemacht? Und was ist in unserem Laden los?«

»Wir erklären es Ihnen, wenn wir auf der Polizeidirektion sind. Bitte folgen Sie mir. Sie haben nichts zu befürchten.«

Die drei setzen sich in Bewegung. Tadden hat den Rucksack aufgehoben und durchsucht ihn im Weitergehen. Darin befinden sich ein T-Shirt, eine Unterhose und Socken, alles schon getragen, und ein Kulturbeutel mit Zahnpasta, Zahnbürste, Gesichtscreme, Deostick und ...

»Was haben wir denn da?«

Der Fund im Rucksack hat einen unmittelbaren Effekt auf die Gesichtsfarbe seines Besitzers. Tadden befürchtet einen weiteren Anfall von Atemnot.

Nun sind ein paar Gramm Marihuana nicht gerade ein Coup, zumal die Mitführung des kleinen Vorrats in wenigen Wochen ganz legal sein wird. Es dürften knapp zwanzig Gramm sein. Bezahlt Moussa Abou seinen Bruder so schlecht, dass er noch etwas mit Grasdealen hinzuverdienen muss?

Niklas Knoop greift nach den Handschellen an seinem Gürtel. Tadden macht ihm ein Zeichen, sie dort zu lassen. Es wäre zu lächerlich wegen Zeug, das man demnächst selbst auf seinem Balkon anbauen darf. Oder vor seinem Tiny House. Der Hühnerbaron hat angekündigt, er werde, wie weiland in den seligen Siebzigern, die erlaubten sechs Pflanzen – drei für ihn, drei für seine Hanne – an der südlichen Stallwand hochziehen. Sabine Völxen hat bereits aus Holland Samen kommen lassen und ein »Tomatenhaus« aufgebaut. Sie habe ein rein botanisches Interesse an den Pflanzen. Völxen *himself* pflegt sich, was dieses Thema angeht, in Schweigen zu hüllen.

Keinesfalls soll Said Abou wegen des bisschen Gras in Handschellen vom Tod seines Bruders erfahren. Nach der Warnung der Friseurin Nicole wäre es Tadden am liebsten, Said würde erst auf der Polizeidirektion davon hören.

»Herr Abou, tun wir doch fürs Erste mal so, als hätten wir das nicht gesehen, okay?«, wendet er sich an den jüngeren Bruder.

Said nickt.

Niklas Knoop verdreht die Augen.

Eine schweigsame Minute später sind die drei wieder an der Stelle, von der Said vorhin losgerannt ist.

»Was geht hier ab? Was sollen die ganzen Leute hier?«, fragt Said.

Ehe Tadden den Kollegen Knoop bitten kann, den Mann in den Streifenwagen zu setzen, platzt dieser heraus: »Herr Abou, wir müssen Ihnen leider sagen, dass Ihr Bruder Moussa heute Nacht zu Tode gekommen ist.«

Müssen? Wer hat dem Streifenhörnchen mit den albernen Koteletten erlaubt oder gar befohlen, die Todesnachricht zu überbringen? Hier, mitten auf der Straße! Tadden feuert wütende Blicke auf ihn ab. Genau die Szene, die sich nun abspielt, wollte er vermeiden.

»Was! Was sagen Sie da?« Said versucht, sich loszureißen, aber Tadden hält ihn fest, während Knoop realisiert, dass er besser den Mund gehalten hätte, und eine Entschuldigung murmelt.

»Ich will ihn sehen!« Der eher schmächtige Said wehrt sich nach Kräften gegen Taddens Griff. »Ich will ihn sofort sehen! Wo ist er? Ich glaube euch kein Wort!«, brüllt er. »Ihr lügt! Ihr lügt doch alle!«

»Said!«

Aus der Haustür, an der Tadden vorhin geklingelt hat, treten Raukel, Rifkin und die Madame auf die Straße. Wieso kommen die dort heraus? Tadden ist irritiert. Die Madame stellt sich vor Said, und man kann nur hoffen, dass sie dieses Mal keine Ohrfeigen verteilt.

»Es ist wahr«, sagt sie mit weicher Stimme. »Er ist tot, Said. Moussa ist tot. Jemand hat deinen Bruder umgebracht.«

Said sinkt der Madame schluchzend in die Arme. Die drückt seinen Kopf an ihren Busen, streicht ihm die Tränen von der Wange und sagt dabei: »Wer immer das war, ich werde ihn auf ewig verfluchen. Auf ewig! Er wird nie wieder Frieden finden, nicht in diesem Leben, und sein Geist auch nicht. Das verspreche ich dir.«

14

Marie Abou späht zwischen den Blättern der Monstera, die sich vor dem Fenster breitmacht, hinunter auf die Straße. Dort gehen gerade die zwei Polizisten entlang, zusammen mit ihrer Mutter. Ist das ein Zufall, oder haben die beiden ihr aufgelauert? Marie hätte ihrer Mutter gerne noch ein paar Instruktionen für ihr Gespräch mit der Polizei gegeben. Nun ist es zu spät, sie jetzt noch anzurufen, wäre nicht klug und würde eher einen schlechten Eindruck machen.

Sie überprüft ihr Handy und entdeckt zwei verpasste Anrufe von der Person, die sie unter *Annemarie* gespeichert hat. *Annemarie* hat auch auf die Mailbox gesprochen, was Marie eigentlich streng verboten hat. Aber es sind ja nun besondere Umstände – für alle. Die Nachricht ist äußerst knapp. »Ruf mich an. Bitte!«

Was sie auch macht.

»Gott sei Dank! Endlich!«, meldet sich eine wohlklingende Männerstimme, die nur im Moment gerade etwas panisch klingt. »Geht es dir gut?«

»Aber ja, super geht's mir!«, versetzt Marie pikiert.

»Entschuldige. So habe ich das nicht gemeint. Ich hatte mir nur schreckliche Sorgen gemacht, dass du ... Ach, vergiss es. Tut mir leid.«

»Dass ich was? Dass ich ebenfalls ermordet wurde?« Sie weiß selbst nicht, warum ihr Tonfall so aggressiv ausfällt.

»Es war dumm, verzeih mir. Meine Fantasie ist mit mir durchgegangen.«

»Ich konnte dich nicht eher zurückrufen. Erst war Mama hier, und bis eben hat mich die Polizei verhört.«

»Du hast ihnen doch nichts von uns gesagt?«

»Natürlich nicht.«

War das gerade ein Aufatmen am anderen Ende? Kein Gehörtes, aber umso deutlicher ein Gefühltes. Allein die Frage zu diesem

Zeitpunkt ist schon geschmacklos. Ihr Mann ist tot, der Vater ihres Kindes, und er sorgt sich vorrangig um seine Karriere. Um ihn dafür zu bestrafen, fragt sie: »Hast du etwas damit zu tun?«

»Wie bitte?« Ungläubige Entrüstung liegt in den zwei Worten. Marie lässt sich davon nicht einschüchtern. »Du hast mich schon verstanden.«

»Du fragst mich allen Ernstes, ob ich deinen Mann ...?«

»Nicht du. Du könntest das nicht«, stellt sie fest, wobei ein Hauch von Geringschätzigkeit mitschwingt. »Aber du kennst Leute ...«

»Selbst wenn ich solche *Leute* kennen würde! Wie kannst du das nur denken? Marie! Wie kannst du nur?« Zum Schluss ist seine Stimme fast übergeschnappt.

»Entschuldige, ich habe das nicht ernst gemeint. Ich wollte es einfach nur von dir hören.«

»Liebes, du musst völlig durcheinander sein. Kein Wunder.« Auch er klingt nun wieder sanft und verständnisvoll. Eine Stimme wie Balsam, der man unwillkürlich Vertrauen schenkt. Sie ist einer seiner Vorzüge, eines der Geheimnisse seines Erfolges, aber längst nicht der einzige.

»Wie soll ich das nur Robin sagen? Was sagt man einem Dreijährigen, wenn er heute Abend nach seinem Papa fragt? Und morgen und übermorgen ...?«

»Versteht er das überhaupt schon?« Die berechtigte Frage eines Hilflosen, der selbst keine Kinder hat.

»Nein. Wie denn? Er ist drei, verflucht noch eins! Aber irgendetwas muss ich ihm ja sagen.« Marie merkt, wie ihr die Tränen kommen, weinerlich fährt sie fort: »Er ist noch so klein. Er wird sich später nicht einmal mehr an Moussa erinnern. Egal, was ich ihm heute sagen werde, er wird sich auch daran nicht mehr erinnern.« Ihre Stimme hat sich wieder hochgeschraubt. Es geht nicht gegen ihn, er ist nur gerade der Blitzableiter.

»Es tut mir leid! Ich würde dir so gerne helfen, glaub mir.«

»Ich weiß«, lenkt sie ein. »Aber du kannst nichts tun. Und das vorhin war nicht so gemeint.« Sie muss sich zusammenreißen. Nun, da Moussa tot ist, sollte sie ihn auf keinen Fall von sich wegstoßen. Er könnte ihre Zukunft sein.

»Wann kann ich dich sehen?«

»Keine Ahnung. Vielleicht sollten wir uns in nächster Zeit besser nicht treffen. Zumindest nirgendwo in der Öffentlichkeit. Du weißt ja, wie gern sich die Leute das Maul zerreißen.«

Für ein, zwei Sekunden ist es still, dann sagt er leicht resigniert: »Es gefällt mir zwar nicht, aber du hast wohl recht. Kann ich trotzdem irgendetwas für dich tun?«

»Verhalte dich einfach ruhig und vermassle nichts. Damit hilfst du mir und dir am meisten. Wir stehen das durch.« Sie registriert mit gemischten Gefühlen, wie leicht ihr dieses Wir über die Lippen kam und dass es sich trotz allem gut anfühlt.

»Wir stehen das durch«, wiederholt er, ehe er auflegt.

15

»Martin? Die Polizei ist hier!« Jule hat den Eindruck, dass Brigitte Schönau ihre Ankunft mit übertrieben lauter Stimme ankündigt, kaum dass sie die Tür aufgeschlossen hat.

Als wollte sie ihn warnen.

»In der Küche«, tönt es mit kräftiger Stimme.

Martin Schönau hat ein rundes Gesicht mit rosigen Wangen, die zum Teil von einem grauen Bart verdeckt werden, der Völxen unwillkürlich an das Porträt des Rauhaardackels im Clooney erinnert. Sein Haar ist fast weiß und hat sich schon sehr gelichtet, weshalb er es wohl ziemlich kurz trägt. Über seinen Bauch spannt sich eine karierte Schürze, er hält eine Spülbürste in der Hand.

Die Einbauküche wirkt neu und modern. Da wurde nicht gespart, stellt Jule fest. Die Kühlschranktür ist vollgepinnt mit Notizzetteln und Kinderzeichnungen. Ein Hochstuhl steht am Küchentisch, davor liegt ein Tischset aus Plastik mit Zeichnungen von Sauriern. Auf dem Fensterbrett stehen zwei leere Flaschen Primitivo und auf der Ablage der Spüle vier langstielige Gläser von der Sorte, die man ungern in die Maschine gibt. Die Spülmaschine läuft fast lautlos. Eine Auflaufform mit angebackenen Resten bereitet dem Hausherrn anscheinend gerade Probleme. Er gibt die Sache fürs Erste auf und legt die Bürste weg.

Man stellt sich gegenseitig vor. Jule lässt sich die Personalausweise geben. Frau Schönau ist fünfundfünfzig, ihr Mann wurde gestern fünfundsechzig. Während Jule die Dokumente studiert und fotografiert, fragt Martin Schönau seine Frau, wie es Marie gehe.

»Was glaubst du wohl?«, versetzt diese mit einem giftigen Blick auf die Polizisten, als hätten die das Unglück zu verantworten.

»Gehen wir doch rüber ins Wohnzimmer«, schlägt Herr Schönau vor.

»Ich könnte einen Kaffee vertragen«, stöhnt seine Frau und fragt die Besucher, ob sie auch einen möchten.

»Sehr gerne«, antwortet Völxen aus vollem Herzen, und auch Jule nickt.

»Ist schon fertig.« Martin Schönau trägt eine große Thermoskanne ins Esszimmer.

Anders als bei Marie Abou finden sich in der Wohnung ihrer Eltern zahlreiche Hinweise auf den Enkel. Im Wohnzimmer liegen Bilderbücher und Stofftiere in einer Kiste. Die Wohnung ist kleiner als die von Marie und Moussa, oder sie wirkt nur so, weil darin zu viele Möbel stehen. Die Ermittler setzen sich an den Tisch. Die Platte aus glänzendem Nussbaumholz ist sauber und leer bis auf einen großen bunten Blumenstrauß. »Von meiner Dienststelle. Zwanzig Jahre Hauptzollamt.« Herr Schönau stellt den Strauß auf die Anrichte, neben ein Foto, das Marie zeigt, die Robin als Baby auf dem Arm hält. »Meine erste Woche als Pensionär habe ich mir wirklich anders vorgestellt.«

Außerdem hatte der Mann ja gestern Geburtstag. Eine Gratulation findet Völxen angesichts der Ereignisse trotzdem unangebracht.

Brigitte Schönau kommt mit Tassen, Milchkännchen und Zuckerdose auf einem Tablett herein. Stumm gießt sie den Kaffee ein. Der Duft steigt Völxen in die Nase, er kann es kaum erwarten, den ersten Schluck zu trinken.

Jule legt ihr Handy auf den Tisch. »Ich werde die Befragung aufzeichnen. Dann müssen Sie später nur noch auf der Dienststelle das Protokoll unterschreiben.«

Frau Schönau quittiert dies mit einem ergebenen Seufzer.

Jule startet die Aufnahme und nennt die Namen der Anwesenden.

»Gestern gab es bei Ihnen eine kleine Feier«, beginnt Völxen, nachdem er den Kaffee probiert und festgestellt hat, dass er ausgezeichnet schmeckt. »Wer war alles zu Gast?«

»Nur Familie. Marie, ihr Mann und Robin«, antwortet Herr Schönau.

»Moussa soll schon gegen zehn Uhr gegangen sein. Warum?«, fragt Völxen rundheraus.

»Er war müde. Hat dauernd gegähnt.« Brigitte Schönau verzieht missbilligend die Lippen.

»Ihre Tochter hat uns das anders geschildert.«

Stimmt ja auch, bekräftigt Jule in Gedanken. Sie sprach von Langeweile.

Den Ermittlern entgeht nicht der Blick, den das Ehepaar wechselt.

»Es war meinetwegen«, gesteht Herr Schönau verlegen. »Ich hatte zu viel getrunken, mir ist eine dumme Bemerkung rausgerutscht.«

»Was für eine Bemerkung?«, will Jule wissen.

»Irgendwas über Ausländer«, murmelt er.

»Mein Mann hatte ordentlich einen sitzen«, schaltet sich Brigitte Schönau wieder ein, dieses Mal mit einem um Verständnis heischenden Lächeln. »Er meinte lediglich, wir hätten allmählich genug Ausländer im Land und ganz besonders in diesem Stadtviertel.«

»Das war ungeschickt von mir. Man weiß ja, wie schnell die beleidigt sind«, räumt Herr Schönau ein.

»Wer *die*?«, fragt Jule.

»Sie wissen schon. Araber. Moslems und Konsorten. Jeder noch so geringe Anlass reicht denen, um sich gekränkt zu fühlen. In ihrer Ehre«, setzt Herr Schönau in affektiertem Tonfall hinzu.

»Martin!«, mahnt seine Frau.

»Ist doch wahr!« Die rosigen Wangen haben inzwischen ein kräftiges Pink angenommen. »Er war doch damit gar nicht gemeint, und das wusste er auch haargenau. Trotzdem kann er keine andere Meinung gelten lassen.«

So viel zum Thema, *er hat sich gelangweilt*. Der Hauptkommissar nimmt einen großen Schluck Kaffee und erkundigt sich danach, ob es wegen dieser Bemerkung Streit gegeben habe.

Brigitte Schönau verneint. »Er ist einfach gegangen. Hat behauptet, er sei müde. Nicht wahr, Martin?«

»Vielleicht war er ja wirklich müde. Er hatte schließlich den ganzen Tag gearbeitet«, antwortet er.

»Und Marie ist nicht mit ihm gegangen?« Jule lässt die Frage verwundert klingen, mit einem Hauch von Vorwurf im Ton.

Maries Mutter schüttelt den Kopf. »Warum hätte sie seinen Launen nachgeben sollen? Martins Bemerkung war nicht so schlimm und bestimmt nicht auf Moussa gemünzt. Er wollte nur mal wieder die beleidigte Leberwurst spielen und uns bestrafen. Mir kam es so vor, als hätte er nur auf eine Gelegenheit gewartet zu verschwinden.«

»Wissen Sie, dieser Mann ist nie so ganz mit uns warm geworden, und wir nicht mit ihm«, gesteht Herr Schönau. »Wir können eigentlich nichts gegen ihn sagen. Er war ein guter Ehemann und Vater, er hat viel gearbeitet und für seine Familie gesorgt. Aber da war immer eine Kluft zwischen ihm und uns. Es ist halt einfach eine andere Kultur.«

»Wie lange ist Ihre Tochter geblieben?«, fragt Jule.

»Bis Mitternacht? Oder, Schatz?«, vergewissert sich Frau Schönau bei ihrem Mann.

»Mich darfst du nicht fragen«, wehrt dieser ab. »Ich habe nicht auf die Uhr geschaut.«

»Hat sie jemand nach Hause begleitet?«, fragt Jule.

»Nein, wir sind beide hiergeblieben«, antwortet Frau Schönau und fühlt sich anscheinend genötigt, sich zu rechtfertigen. »Es ist ja wirklich nur ein kurzes Stück. Außerdem schickt sie immer eine Nachricht, wenn sie angekommen ist, oder ruft an. Ich zeige es Ihnen.« Frau Schönau holt ihr Handy, das sie in der Küche gelassen hat, und zeigt Jule einen eingegangenen Anruf ihrer Tochter um 00:14 Uhr.

»Hatte Ihre Tochter Alkohol getrunken?«

»Ja, sicher«, bestätigt Maries Vater mit einem Ausdruck, als wäre alles andere undenkbar. »Zwei, drei Gläser Wein. Es war schließlich eine Feier.«

»Und Moussa?«

»Der hat auch ein Glas getrunken«, erinnert sich Herr Schönau. »Mit dem Alkohol nahm er es zum Glück nicht so genau.«

»Was haben Sie beide gemacht, nachdem Marie Sie verlassen hatte?«

»Wir sind ins Bett gegangen, was denn sonst?« Brigitte Schönau scheinen Jules Fragen allmählich zu nerven, jedenfalls wirkt sie gereizt.

Kein Alibi, alle beide, fasst Jule in Gedanken zusammen und korrigiert sich sofort. Alle drei. Marie hat ebenfalls keines.

Marie kommt heim, gut angesäuselt, und ärgert sich darüber, dass Moussa nicht zu Hause ist. Sie geht zum Barbershop und will eine Aussprache, die dann tödlich endet ...

»Also war das Verhältnis zwischen Ihnen beiden und Ihrem Schwiegersohn angespannt«, fasst Völxen zusammen.

»So kann man das nicht sagen«, widerspricht Frau Schönau. »Man musste bei Moussa halt nur aufpassen, was man sagt.« Sie wirft bei diesen Worten einen tadelnden Seitenblick auf ihren Mann.

»Herrgott, die Kundschaft in seinem Laden wird auch nicht immer Rücksicht auf seine Befindlichkeit nehmen«, grollt Herr Schönau.

Seine Frau achtet nicht auf die Bemerkung und fügt hinzu: »Wir hatten anfangs große Bedenken, das gebe ich zu. Nicht nur, weil er aus einem anderen Kulturkreis entstammt und einer frauenfeindlichen Religion angehört, sondern auch, weil er zwölf Jahr älter war als Marie. Wir befürchteten, dass sie in dieser Ehe womöglich unterdrückt wird.«

»War Ihr Schwiegersohn denn besonders autoritär oder religiös?«, fragt Jule.

»Weder noch«, räumt Frau Schönau ein. »Das wussten wir vorher ja nicht. Wir hatten Angst, verstehen Sie das? Marie ist unser einziges Kind.«

Um endlich von dem leidigen Thema wegzukommen, fragt Völxen: »Wann haben die zwei geheiratet?«

»Vor knapp fünf Jahren«, antwortet Herr Schönau. »Standesamtlich und im kleinen Kreis. In Berlin, in dem schauerlichen Kiez, in dem sein Clan lebt, gab es dann die große Sause.«

»Waren Sie auch dabei?«, erkundigt sich der Hauptkommissar.

»Gott bewahre, nein!«

»Das Verhältnis hat sich mit der Zeit sehr gebessert«, erzählt Frau Schönau. »Wir haben uns aneinander gewöhnt. Und als Robin geboren wurde, waren wir alle sehr glücklich.«

»Wir sind deswegen sogar umgezogen«, berichtet ihr Mann.

»Zuvor wohnten wir dreißig Jahre lang in einem Reihenhäuschen in Ahlem. Kurz nach Robins Geburt zogen wir dann hierher, um Marie mit dem Kind zu unterstützen.«

»Sie scheinen sich hier im Viertel aber noch nicht wirklich heimisch zu fühlen«, tastet Jule sich voran.

Herr Schönau gibt ein schnaubendes Geräusch von sich. »Wie denn auch? Einen Steinwurf weit entfernt vom Strich. Es wäre uns lieber gewesen, die zwei wären zu uns rausgezogen. Das wäre eine bessere Umgebung für das Kind. Aber es ist, wie es ist. Der Kleine entschädigt uns für so manches.«

Wobei jetzt nichts mehr so ist, wie es ist, überlegt Völxen.

»War Moussa denn ein guter Vater?«, möchte Jule wissen.

»O ja. In der Hinsicht kann man nichts gegen ihn sagen«, prescht Brigitte Schönau vor. »Gut, als Selbstständiger konnte er kein halbes Jahr Babypause machen, wie das heutzutage manche Väter praktizieren. Mit dem Baby konnte er anfangs nicht allzu viel anfangen, aber das geht ja vielen Männern so. Er und Marie hatten die traditionelle Aufteilung: Marie kümmert sich um Haushalt und Kind, und er sorgte für den Unterhalt der Familie. Aber je älter Robin wurde, desto mehr hat Moussa seinen Sohn vergöttert.«

»Und mit dieser Aufgabenverteilung war Marie glücklich?«, forscht Jule nach.

»Durchaus«, bestätigt deren Mutter ein wenig spitz. »Das mag heutzutage nicht modern sein, aber Marie wollte es so.«

»Waren Sie denn Kunde im Clooney?«, wendet Völxen sich an den Hausherrn.

»Wer, ich?« Herr Schönau wirkt überrascht und geradeso, als sei Völxens Frage vollkommen abwegig.

»Ich ja wohl nicht, oder, Martin?« Seine Frau verdreht schnaubend die Augen.

»Nein«, wehrt er ab. »Ganz am Anfang war ich anstandshalber dort. Aber es ist nicht meine Art, ewig lang auf diesem Stuhl rumzuliegen, und ich mag es auch nicht, wenn Männer an mir rumfummeln. An mein Haar und den Bart kommt nur Brigitte.« Er schickt ein kurz bemessenes Lächeln über den Tisch zu seiner Frau.

An diese richtet Völxen seine nächste Frage. »Frau Schönau, haben Sie noch Kontakt zu Nicole Flöck, Ihrer ehemaligen Angestellten?«

»Ja, sicher. Warum auch nicht?«

»Auch heute Morgen?«

»Ich verstehe nicht ...«

Völxen, dem allmählich vor Hunger ganz flau ist, kommt zur Sache. »Wer hat Ihnen von Moussas Tod erzählt?«

»Niemand. Ich habe beim Frühstück mit Marie und Robin auf mein Handy geschaut, so wie immer, und da waren diese schrecklichen Meldungen in meinem Newsfeed ... Es war der reinste Albtraum!«

Eine von beiden lügt, registriert Völxen. Marie sprach von einem Anruf, als sie zusammen frühstückten. Er lässt dies vorerst durchgehen, während Frau Schönau weiterspricht: »Wir haben versucht, uns vor Robin erst einmal nichts anmerken zu lassen. Es wird schon schlimm genug, wenn Marie es ihm heute noch sagen muss. Wie soll er das denn verstehen?«

»Gar nicht«, meint Jule sachlich. »Kinder haben erst ab dem fünften Lebensjahr eine Vorstellung vom Tod.«

Herr Schönau umklammert seinen Kaffeebecher und schüttelt den Kopf. »Furchtbar, dass der Kleine nun ohne Vater aufwachsen muss. Marie wird mir die Schuld geben. Zu Recht. Hätte ich nur meinen Mund gehalten, dann wäre er noch am Leben. Es tut mir so leid!«

Seine Frau beugt sich zu ihm und legt in einer mütterlichen Geste ihre Hand an seine Wange. »Mach dir keine Vorwürfe. Wie solltest du ahnen, dass so etwas geschieht?«

Auch Jule versichert: »Herr Schönau, Sie trifft keine Schuld. Schuld hat einzig und allein die Person, die Moussa die Kehle aufgeschlitzt hat.«

Sie hätte es weniger anschaulich formulieren können, aber sie wollte es einmal aussprechen, sich bewusst dazu überwinden. Aus egoistischen, sozusagen therapeutischen Gründen und ohne Rücksicht auf die beiden Zeugen. Prompt registriert sie Völxens skeptischen Seitenblick. Schon vorhin, als sie Martin Schönau etwas schärfer angegangen ist, hat ihm das nicht gefallen. Jule beschließt, künftig ihre Befindlichkeiten bei Zeugenbefragungen hintanzustellen und sich kritische Bemerkungen für Vernehmungen von Beschuldigten aufzuheben.

»Wir sind dann erst einmal fertig.« Völxen steht auf. »Danke für den Kaffee.«

Jule stoppt die Aufnahme und steckt ihr Handy wieder ein.

»Wie geht es jetzt weiter?«, will Frau Schönau wissen.

»Sie beide kommen bitte morgen bei uns vorbei, um das Protokoll Ihrer Aussagen zu unterschreiben.«

Jule erklärt den beiden, wo sie das Kommissariat für Todesdelikte finden, nämlich im sogenannten Neubau, rechts neben dem imposanten Gebäude der alten Polizeidirektion. »Einfach an der Pforte melden, dann wird Ihnen geholfen.«

16

»Einen wunderschönen guten Morgen, Frau Cebulla!«

»Ah, Sie sind es«, stellt die Sekretärin mit nüchterner Miene fest.

»Wenigstens einer lässt sich hier mal blicken.«

»Und ich habe sogar schon den ersten Verdächtigen im Schlepptau«, verkündet Raukel. Er hat Tadden und Rifkin angeboten, den Zeugen hierherzubegleiten und ihn gleich zu vernehmen. Dieser Eifer ist natürlich nicht ganz uneigennützig. Er war heute ungewohnt früh auf den Beinen, sein Pegel nähert sich einer bedenklich niedrigen Marke, und die Dienststelle ist seine rettende Oase.

»Sei vorsichtig, er hat Asthma. Das Spray ist in seiner Hosentasche. Frag ihn, wo er die Nacht verbracht hat, im Rucksack habe ich Übernachtungszeug gefunden. Und ein paar Gramm Gras«, hat ihm Tadden noch mitgegeben.

Er bittet Frau Cebulla um einen Pappbecher mit Wasser für den jungen Mann, den er auch gleich selbst vorbeibringt. Die Tür des Vernehmungsraums steht offen, Knoop und seine Kollegin, in deren Streifenwagen Said Abou hierhergebracht wurde, drücken sich gelangweilt davor auf dem Flur herum.

Said sitzt zusammengesunken auf dem Stuhl. Als Raukel den Becher vor ihn hinstellt, blickt er auf. »Ich will zu meinem Bruder, ich will ihn sehen!«

Sein Protest klingt inzwischen recht kläglich. In Raukel flammt Mitleid auf.

»Das können Sie, aber später. Er ist bereits in der Rechtsmedizin.«

»Was? Nein!«, schreit der junge Mann, und seine Augen weiten sich vor Entsetzen. »Er darf nicht aufgeschnitten werden! Das verbietet der Islam! Sein Körper muss unversehrt der Erde übergeben werden.«

Das kann ja heiter werden.

»Ich werde sehen, was ich tun kann. Bin gleich wieder da«, verkündet Raukel im Ton eines Kundenberaters der Sparkasse und geht noch einmal hinaus.

»Braucht ihr uns noch?«, fragt Knoop ungeduldig.

»Nur noch eine winzige Minute.« Raukel verschwindet wieder in Frau Cebullas Büro.

»Einen doppelten Espresso in einer normalen Tasse?«, erkundigt sich diese mit einem sphinxhaften Lächeln.

»Gerne!«, keucht Raukel, als hätte er es mit letzter Kraft in den Raum hinter der großen Glasscheibe geschafft. »Hätten Sie vielleicht ein paar Kekse dazu? Ich bin total ausgehungert.«

»Ihre Wangen sind auch schon ganz eingefallen. Bedienen Sie sich.« Sie zeigt auf die diversen Packungen unterschiedlichster Kekse neben der Kaffeemaschine und lässt für Raukel den Espresso heraus. Sie sieht es nicht gern, wenn sich unkundige Hände an »ihrer« Maschine zu schaffen machen.

Raukel schnappt sich die Tasse und einen Stapel Butterkekse. Eine Zeugenbefragung will gründlich vorbereitet sein. Deshalb betritt er erst noch sein Büro, wo er den Espresso in einen *caffè corretto* verwandelt und diesen rasch hinunterstürzt.

Er spürt mit jeder Faser, wie die Lebensgeister zurückkehren, und um auch ganz gewiss auf der sicheren Seite zu sein, gießt er noch einen Schluck Grappa in die leere Tasse und kippt ihn dem *corretto* hinterher. Danach vertilgt er die Kekse, unternimmt einen Abstecher zu den Toiletten und besorgt sich das Aufnahmegerät aus dem Nachbarbüro. Er ist nun gewappnet, sich dem Zeugen zu widmen. Auf in den Kampf!

»Das hat ja gedauert«, mault Knoop, dessen Kollegin sich mittlerweile zu Frau Cebulla gesellt hat und einen Cappuccino in der Hand hält.

»Danke, Kollege! Hol dir doch auch einen Kaffee bei unserer wunderbaren Frau Cebulla.«

Raukel betritt den Vernehmungsraum, schließt die Tür und nimmt gegenüber von Said Platz. Das Aufnahmegerät ist noch nicht eingeschaltet. »Ich bin Hauptkommissar Erwin Raukel. Außerdem bin ich Stammkunde im Clooney. Ich schätzte Ihren Bruder sehr. Sie haben mein aufrichtiges Beileid.« Raukel schenkt ihm ein kleines Lächeln in der Hoffnung, dass Said ihn wiedererkennt. Was eventuell Vertrauen schafft. Aber Saids Augen schwimmen in Tränen, wahrscheinlich ist seine Sicht getrübt oder sein Personengedächtnis.

Raukel legt die Arme auf die Tischplatte und betrachtet sein Gegenüber stumm und prüfend. Dieses Häuflein Elend kommt als Täter wohl kaum infrage. Das sagt ihm sein Instinkt. Natürlich kann man sich auch mal täuschen. Man. Hauptkommissar Raukel täuscht sich nie. Nicht, was Verdächtige betrifft. Mit Frauen beispielsweise sieht die Sache schon anders aus. Er muss an den bösen Blick der Madame denken, an ihr Gemurmel und das Umfassen ihres Amuletts, während sie in bedrohlicher Art auf ihn zeigte. Er schaudert noch jetzt beim bloßen Gedanken daran. Vorhin hat sie Said versprochen, den Täter auf ewig und darüber hinaus zu verfluchen, und das war nicht nur so dahingesagt. Das war ihr heiliger Ernst.

Hauptkommissar Raukel beginnt mit seiner ersten Frage. »Diese Madame Ebidou ... Kann die tatsächlich Leute verfluchen?«

17

Nachdem sie das Haus der Familie Schönau verlassen haben, rechnet Jule jeden Moment mit einer Manöverkritik, vermutlich gefolgt von einem Rüffel wegen ihres unsensiblen Vorgehens. Aber Völxen telefoniert erst einmal mit Rifkin, um sich von ihr auf den neuesten Stand bringen zu lassen. Deren Befragung der Zeugin Ebidou scheint unterhaltsam gewesen zu sein. »Interessant«, sagt er einige Male und grinst dabei. Nach dem Telefonat schlägt er vor, erst einmal in die Markthalle zu gehen. Ohne etwas im Magen könne er keinen klaren Gedanken fassen. »Der Kaffee bei denen war gut, aber er ist praktisch wirkungslos im Körper versickert«, stellt der Hauptkommissar mit Bedauern fest.

»Vielleicht war es ein koffeinfreier.«

Völxen kommt mitten auf dem Zebrastreifen vor der Markthalle aus dem Tritt. »Was? Wie heimtückisch! So etwas muss man einem doch sagen!«

Unfreiwillig auf Koffeinentzug, stürmt der Hauptkommissar auf sein angestammtes Café zu, als wolle er dort eine Verhaftung vornehmen.

»Einen Espresso bitte, einen doppelten. Und einen großen Cappuccino und zwei Croissants!«, bestellt er beim Barista. »Und für dich, Jule?«

»Ähm ... Cappuccino und Croissant. Jeweils nur eins davon«, sagt sie zu dem jungen Mann hinter der Theke.

Während der Barista energisch am Kaffeeautomaten hantiert, ruft Völxen Frau Cebulla an.

»Herr Hauptkommissar. Ich habe Sie schon vermisst. Wo sind denn alle? Nur Herr Raukel ist mit einem Zeugen hier.«

»Im Einsatz, Frau Cebulla, alle im Einsatz. Sie könnten mir helfen ...«

»Dazu bin ich doch da.«

»Ich brauche Hintergrundinformationen zu einigen Personen.

Sie wissen schon. Meldeadressen, Familienstand, Vorstrafen, das Übliche.«

»Ich höre.«

Völxen sieht sie vor sich, wie sie sich ihre Brille zurechtschiebt und sich mit spitzem Bleistift über ihren Notizblock beugt. »Da wären Marie Moussa und Said Abou. Abou wird mit ou geschrieben. Moussa auch. Haben Sie das?«

»Selbstverständlich.«

»Moussa Abou ist das Opfer. Dann notieren Sie bitte noch die Namen Vittorio Pellegrini und Nicole Flöck. Bis auf Marie Abou arbeiten alle im Barbershop Clooney.«

»Clooney wie George Clooney?«

»Ja, wie der Schauspieler, für den Sie so schwärmen.«

»Aber George Clooney hat doch gar keinen Bart.«

»Da hängt ein Bild von ihm mit Bart. Noch einen Namen hätte ich fast vergessen. Adenike Ebidou. Auch mit ou.«

»Herr Hauptkommissar, wo sind Sie denn? Es ist so laut im Hintergrund.«

Der Barista schäumt gerade die Milch auf. »Ich muss Schluss machen, Frau Cebulla. Bis später!«

Höchste Zeit. Gerade serviert ihm der junge Mann sein Frühstück, eines, das diesen Namen auch wirklich verdient.

Nachdem Völxen den Espresso getrunken, das erste Croissant verschlungen hat und allmählich wieder ansprechbar ist, will Jule wissen, was Rifkin zu berichten hatte.

»Einiges. Unser Opfer hatte vor einem Jahr eine Affäre mit Nicole Flöck. Sagt zumindest diese ominöse Madame, die in ihrem geheimen Zimmer allerlei Voodoo-Krimskrams hortet und okkulte Dienste anbietet.«

»Ha!«, stößt Jule hervor. »Ich *wusste* es. Als Marie Nicole erwähnte, schwang unterschwellig etwas Aggressives mit.«

»Umgekehrt auch«, erinnert sich Völxen an Nicoles Worte, ehe sie heute Morgen am Tatort in den Streifenwagen stieg.

»Das war bestimmt nicht seine einzige Affäre. So, wie der Typ aussah.«

Völxen betrachtet seine Mitarbeiterin amüsiert. »Soso.«

»Der war schon heiß, zumindest auf diesen Fotos«, räumt Jule ein. »Der könnte glatt als Model durchgehen. Wobei Marie auch nicht übel aussieht.«

»Nur weiß man bei ihr nicht so recht, was echt ist und was nicht.«

»Muss man das wissen? Zählt nicht allein das Ergebnis?«

Völxen winkt ab. Für dieses Thema ist er der Falsche. Lieber beißt er herzhaft in sein Croissant.

»Alle drei haben kein Alibi«, hält Jule fest.

»Motiv?«, presst Völxen mit vollem Mund hervor, obgleich er findet, dass man für Hypothesen und über Mordmotive noch viel zu wenig weiß.

»Was, wenn Marie von seiner Affäre wusste?«, überlegt Jule, um sich gleich darauf selbst zu widersprechen: »Aber bringt man deswegen den Vater seines Kindes um? Eher nicht. Nicole dagegen ist die geschasste Geliebte, der obendrein auch noch gekündigt wurde.«

Völxen gibt ein Grunzen von sich.

»Seine Schwiegereltern konnten Moussa absolut nicht ausstehen, das steht fest. Sie haben seinen Tod mit keinem Wort bedauert. Wenn überhaupt, dann tut es ihnen nur wegen Robin leid.«

Der Hauptkommissar zieht als Ausdruck seines Zweifels seine Brauen in die Höhe.

»Jemandem die Kehle durchzuschneiden, ist eine sehr brutale Art zu töten. Anders, als jemanden zu erschießen«, führt Jule weiter aus.

Ähnliches hat bereits Veronika Kristensen festgestellt. Völxen, noch immer hingebungsvoll mit seinem zweiten Croissant beschäftigt, lässt Jule dennoch weiterreden. Der Mordfall gleich am ersten Tag ihrer Rückkehr scheint sie regelrecht zu beflügeln. Während er mit halbem Ohr Jules Ausführungen lauscht, denkt er etwas wehmütig an Oda Kristensen, mit der er die Leidenschaft für buttrige Hörnchen teilte. Ob es ihr wohl noch immer gefällt in ihrem südfranzösischen Landhaus? Wird einem in der Abgeschiedenheit der Provinz nicht furchtbar langweilig? Renovierungsarbeiten mögen ja gut und schön sein, aber sie lasten einen klugen Geist doch nicht aus. Er könnte sie ja wieder einmal anrufen. Oder eine WhatsApp-Nachricht schreiben. Was würde sie wohl zu ihrem neuen Fall sagen? Als studierte Psychologin, fasziniert von den Niederungen der menschlichen Psyche, hätte sie bestimmt eine interessante, verblüffende oder gar verstörende Theorie parat, etwas, das einen inspiriert und dazu anregt, die bewährten Pfade eines routinierten Ermittlers zu verlassen. Während Jule lediglich die Fakten aufzählt und daraus naheliegende Schlüsse zieht. Nicht, dass Jule nicht intelligent wäre. Aber sie denkt anders als Oda. Geradlinig, logisch, berechenbar. Wie eine Polizistin. Ich bin unfair, erkennt Völxen. Vielleicht neige ich zur Überhöhung von Odas Fähigkeiten, nun, da sie weg ist.

»... war große Wut im Spiel oder absolute Kaltblütigkeit«, hört er Jule sagen. »Könnte jemand aus dem Milieu sein. Obwohl die normalerweise lieber schießen. Ein Rasiermesser hat natürlich Vorteile. Es lässt sich gut verstecken, macht kein Geräusch und hinterlässt keine verräterischen Projektile im Körper.«

»Hm.«

»Moussa sitzt also in seinem Barbershop. Hinten, im Büro. Wer kann überhaupt wissen, dass er um die Zeit dort ist? Außer Marie?«

Jule blickt ihn über ihre Tassen hinweg fragend an, doch Völxen tunkt gerade den Rest Schaum mit seinem Croissant auf und ordert per Handzeichen einen weiteren Cappuccino, denn sein Koffeinspiegel ist noch nicht völlig im Lot.

»Vermutlich hat Moussa den Täter selbst hereingelassen. Denn dass er nachts die Tür offen lässt, während er sich im Büro aufhält, so leichtsinnig wird er ja wohl nicht sein. Also war es wahrscheinlich kein Wildfremder.«

»Hm«, meint Völxen.

»Was, wenn Moussa die dumme Bemerkung seines Schwiegervaters gerade recht kam, um sich abzuseilen? Weil er vielleicht verabredet war?«

Völxen quittiert diesen Gedanken mit einem bedächtigen Nicken.

»Da stellt sich die Frage: Rendezvous oder krumme Geschäfte?

Vorsatz oder Affekt? Für eine Tat im Affekt spricht, dass die Tatwaffe vermutlich das Rasiermesser ist, das in Moussas Gürtel steckt. Ein Profi bringt sein Werkzeug für gewöhnlich mit.«

»Stimmt«, bestätigt Völxen, der gerade den letzten Bissen seines Gebäcks genießt. Der Hauptkommissar zieht ernsthaft in Betracht, sich ein Croissant für später mitzunehmen. Man weiß nie, welches Ungemach der Tag noch bereithält, da ist man besser gewappnet.

»So oder so kommt der Angriff für Moussa überraschend. Sonst gäbe es Abwehrverletzungen. Danach verlässt der Täter sofort den Tatort. Er hinterlässt keine blutigen Sohlenabdrücke. Eventuell sperrt er sich mit Moussas Schlüssel noch selbst die Tür auf und wirft das Schlüsselbund auf den Tresen.«

Völxen wischt sich mit einer Papierserviette über den Mund. Allmählich fühlt er sich wieder wie ein normaler Mensch. Sein Magen ist halbwegs gefüllt, seine Laune hebt sich und erreicht nahezu den Status der Euphorie. Für seine Verhältnisse.

»Und dann macht er noch das Licht aus, denn er ist ein ordentlicher Mörder und möchte Energie sparen«, ergänzt er Jules Schilderung.

»Genau. Das wäre aus seiner Sicht klug. Wenn es draußen dunkel und drinnen hell ist, steht man praktisch wie auf einer Bühne. Aber falls der Täter vielleicht doch nicht ganz so klug war, dann könnte einer der Nachbarn etwas gesehen haben.«

Völxen winkt dem Barista und bittet um die Rechnung. Das alles wird man heute Nachmittag im Meeting noch einmal von vorn bis hinten durchkauen. Nun, da er satt ist, macht sich eine kleine Trägheit breit. Am liebsten würde er noch eine Weile hier sitzen bleiben oder in Ruhe durch die Markthalle streifen und vielleicht noch etwas frisches Gemüse einkaufen. Die Auslagen sind immer so farbenfroh, und alles ist appetitlich angerichtet. Am Ende der Gasse mit den Obst- und Gemüseständen kauft eine Frau mit hellblonden Haaren gerade Tomaten. Völxen ist von einer Sekunde auf die andere wieder hellwach. Das ist Oda. Sie ist es hundertprozentig. Zwar sieht er sie nur im Viertelprofil, aber er erkennt die Haltung ihrer Schultern, die Bewegungen ihrer Hände, die Neigung des Kopfes, die Kinnlinie, die Geste, mit der sie die Tüte in Empfang nimmt und dem Verkäufer zunickt.

Was macht sie hier? Dumme Frage! Oda und ihr Ehemann Tian Tang, der chinesische Wunderheiler, wie Völxen ihn stets etwas despektierlich nennt, besitzen noch immer eine Wohnung in der Südstadt. Außerdem lebt und arbeitet ihre Tochter Veronika in Hannover. Es ist nur so unglaublich, weil er vor ein paar Minuten an sie gedacht hat. Als hätte er eine Vorahnung gehabt. Jetzt geht sie weg. Drei Schritte in ihrem typischen Gang, ehe sie sein Sichtfeld verlässt.

»Haben wir sein Handy?«, will Jule wissen.

Die eigentliche Frage ist: Warum hat Oda sich nicht bei ihm gemeldet so wie sonst auch? Vielleicht ist sie gerade erst angekommen. Sie wird das sicher noch tun. Die letzten Male hat sie schon von Südfrankreich aus wissen lassen, dass sie zu Besuch in die alte Heimat kommt, und sie haben sich auf einen Plausch verabredet. Kurz vor Weihnachten war sie sogar zum Abendessen bei ihm und Sabine zu Hause. Er spürt, wie sich etwas Dunkles in seinem Inneren ausbreitet. Enttäuschung. Kränkung.

»Völxen? Hallo?« Jule wedelt vor seinem Gesicht auf und ab.

Er schaut sie missmutig an. »Was?«, zischt er ungehalten.

»Sein Handy?«

»Es lag auf seinem Schreibtisch. Die Kriminaltechnik wird sich darum kümmern.«

»Vielleicht finden wir darauf Moussas Verabredung mit seinem Mörder.«

Ja, klar, denkt Völxen. Und die Welt ist ein Ponyhof.

»Vorhin bei Maries Eltern, da war ich vielleicht ein bisschen zu forsch«, räumt Jule ein. Sie scheint seine Verstimmung zu spüren, zieht daraus aber die falschen Schlüsse. »Tut mir leid«, setzt sie zerknirscht hinzu.

»Schon gut.« Völxen zwingt sich zu einem Lächeln. »Einer von uns muss ja der *bad cop* sein.«

»Der *bad cop*? Ich? Und das gleich am ersten Tag.«

Er legt das Geld auf den Tresen. »Du bist eingeladen.«

»Danke.«

Jule rutscht vom Hocker und meint gut gelaunt: »Ach, es geht doch nichts über einen knackigen Mordfall! Und es ist so inspirierend, mit dir zusammen einen Tathergang zu rekonstruieren.«

18

Tadden schaut dem Streifenwagen hinterher, der Erwin Raukel und Said Abou zur Dienststelle bringt. Nur er und Rifkin sind noch am Tatort. Diese Konstellation hätte Tadden heute gerne vermieden. Aber *shit happens*, so ist das nun einmal.

»Was ist mit dem dritten Mann?«, will Rifkin wissen.

»Was meinst du? Den Film?«

Ungeduldig, wie immer, wenn man ihren Gedankensprüngen nicht folgen kann, erklärt sie: »Da drin arbeiten drei Barber. Moussa, Said und dieser Italiener.«

»Vittorio Pellegrini. Er ist informiert und kommt später zur Dienststelle.«

»Also bleibt das Klinkenputzen an uns hängen«, erkennt Rifkin.

»Stimmt genau. Wo fangen wir an?«, fragt Tadden mit aufgesetzter Munterkeit.

»Das überlasse ich ganz dir«, antwortet Rifkin. »Wir können auch erst mal was essen.« Sie deutet auf den Ableger der Restaurantkette Extrablatt, welcher sich in direkter Nachbarschaft zum Tatort befindet. »Du hast sicher noch nicht gefrühstückt, oder?«

Seit wann interessiert es Rifkin, ob er gefrühstückt hat? Nicht einmal dann, wenn sie die Nacht zusammen verbracht haben, hat sie das jemals gekümmert. Davon abgesehen hätte er schon ein wenig Hunger, und ein Tee wäre auch nicht schlecht. Trotzdem lehnt er ab. »Geht schon. Es sei denn, du willst ...«

»Nein danke. Raukel und ich hatten einen Espresso bei der Madame.«

»Sehr mutig.«

»Ich habe vorher abgewartet, ob Raukel tot vom Stuhl fällt. Dieses Zimmer ... es ist unbeschreiblich. *Sie* ist unbeschreiblich.«

Normalerweise ist Rifkin eine praktizierende Anhängerin der Kunst des Schweigens. Damit kann Tadden umgehen, er ist selbst keine Quasselstrippe. Wenn Rifkin sehr viel redet oder überaus zuvorkommend ist, wird es unheimlich. Dann ist etwas im Busch. Und gerade trifft beides zu. Dieses Mal hat Tadden allerdings eine Ahnung, was der Grund für ihr aufgekratztes Verhalten sein könnte.

»Beginnen wir mit den Häusern gegenüber«, setzt er dem Austausch von Höflichkeiten ein Ende. »Die haben vielleicht am ehesten etwas mitgekriegt.«

Sie überqueren die Straße.

»Hast du es gewusst?«, fragt Rifkin.

Wovon redet sie nun schon wieder? Von Katrins Rückkehr? Will sie jetzt darüber sprechen, im Dienst und quasi zwischen Tür und Angel? Soll das den Anschein der Nebensächlichkeit erwecken und ihm signalisieren, dass es nichts ist, was bei ihr tiefere Gefühle auslöst?

»Was habe ich gewusst?«

»Das mit unserem neuen Rookie.« Sie drückt auf eine der Klingeln.

Tadden grinst erleichtert. Rifkin und er sind Fans der Serie *The Rookie*, die sich um Polizeianwärter beim Los Angeles Police Department dreht.

»Lass sie das bloß nicht hören.«

»Hast du es gewusst?«, insistiert Rifkin.

»Nein. Ich schwöre es dir. Sogar heute Morgen im Auto hat er keinen Ton darüber gesagt.«

»Ziemlich krass, oder?«

»Sein Benehmen? Oder dass ausgerechnet Jule Fernando vertritt?«

Der Summer ertönt, Tadden wirft sich gegen die Tür.

»Beides«, antwortet Rifkin.

Herr Albrecht wohnt im zweiten Stock. Der Stadtbahnfahrer bei der Üstra, den örtlichen Verkehrsbetrieben, hat zur Tatzeit geschlafen und nichts gesehen und nichts gehört. »Nur den Umtrieb auf der Straße heute Morgen ab sieben Uhr«, beschwert sich der Mann, der um seinen Erholungsschlaf nach der Spätschicht gebracht wurde. Diese Aussage wird von einem demonstrativen Gähnen unterstrichen. Über den Barbershop kann er nichts sagen. »Ich war noch nie da drin. Ist preislich nicht meine Liga. Ich rasiere mich selbst.«

Anscheinend nicht allzu oft, bemerkt Rifkin in Gedanken.

Sie verabschieden sich. Auch sonst erweist sich das Haus als Flop. In drei der sechs Wohnungen öffnet niemand. Die junge Mutter im ersten Stock hat von dem Verbrechen ebenfalls nichts mitbekommen, und die verwahrlost wirkende alte Frau im Erdgeschoss erzählt von ihrem jüngst verstorbenen Pudel.

»Ich habe kein Problem mit Jule«, setzt Tadden beim Verlassen des Gebäudes ihr abgebrochenes Gespräch von vorhin wieder fort. »Ich bin mit ihr gut klargekommen. Besser als mit Rodriguez und seiner kindischen Eifersucht.«

»Du hast sie ja nur privat erlebt«, hält Rifkin dagegen. Sie sind unterwegs zur nächsten Haustür.

»Wieso? Wie ist sie denn im Dienst?«, fragt er.

»Emsig.«

Tadden und Raukel haben es sich zur Aufgabe gemacht, Rifkin Sprichwörter und halb ausgestorbene Begriffe nahezubringen. Rifkin, die bis zum Alter von neun Jahren ausschließlich mit Russisch aufwuchs, hat diesbezüglich ein paar Defizite, obwohl sie sonst perfekt Deutsch spricht. Tadden wertet es als gutes Zeichen, dass Rifkin ihr Spiel um ungebräuchliche Wörter wieder aufnimmt.

»Wir sind schließlich auch keine Faulpelze«, meint er.

»Du findest, Raukel ist einer?« Bisweilen verspürt Rifkin den Drang, das schwarze Schaf des Kommissariats gegen Angriffe der Kollegen zu verteidigen.

»Das habe ich nicht gesagt.«

»Aber gedacht«, unterstellt sie.

»Nicht im Mindesten!«

Definitiv noch auf Krawall gebürstet, stellt Tadden fest. Aber das findet er weniger bedenklich als das Gute-Laune-Bär-Gehabe von vorhin.

»Du kannst neuerdings Gedanken lesen?«, erkundigt er sich ironisch.

»Ja, wie die Madame. Am Verfluchen von Leuten arbeite ich noch.«

Tadden verdrängt die Frage, wer dann wohl ihr erstes Opfer wäre. Er drückt auf die Klingel.

In diesem Haus läuft es ähnlich wie im vorigen. Zwei sind nicht da, und der Rest hat nichts gesehen und nichts gehört.

»Wie gehabt«, grollt Rifkin.

»Es liegt in der Natur der Sache«, meint Tadden. »Eine durchgeschnittene Kehle erregt weniger Aufsehen als beispielsweise ein Schuss.«

»Klugscheißer.«

Tadden wertet die Bemerkung als Indiz dafür, dass sich zumindest ihr dienstliches Verhältnis allmählich wieder einpendelt.

»Es gibt noch eine Dachwohnung«, sagt Rifkin.

Eine Treppe höher öffnet ihnen Joana Ferreira. Sie hat die kastanienbraunen Locken zu einem Dutt hochgebunden und trägt eine marineblaue Bluse mit Kragen zu Jogginghose und Filzschlappen. Die korallenroten Fingernägel passen zum Lippenstift. Ihre Augenbrauen sind sorgfältig gestylt, die Wimpern getuscht und irgendwie unnatürlich aufgebogen.

»Kommen Sie rein. Ich muss nur rasch mein Meeting beenden.«

Sie folgen ihr in die Küche. Zwischen Teetasse und Müslischale liegen Prospekte und farbige Ausdrucke mit Statistiken. Auf dem Bildschirm eines Laptops sieht man sechs Kacheln mit den Konterfeis von vier Frauen und zwei Männern. Frau Ferreira blickt in die Kamera und sagt in wichtigem Tonfall, sie müsse sich kurz ausklinken, es sei etwas in der Nachbarschaft passiert. Damit klappt sie den Laptop zu und räumt Ordner und Klamotten von den Stühlen.

»Möchte jemand eine Tasse grünen Tee?«

»Sehr gerne«, sagt Tadden, während er sich hinsetzt.

Rifkin verzichtet auf den Tee und bleibt vorerst auch lieber stehen.

Frau Ferreira gießt Tee aus einer Thermoskanne in einen Keramikbecher und reicht ihn Tadden. Sie arbeite für eine Eventagentur, erzählt sie und zupft etwas verlegen an ihrer Jogginghose. »Homeoffice-Look.«

»Kennen wir«, sagt Rifkin und erklärt, sie müssten routinehalber die gesamte Nachbarschaft befragen.

»Natürlich. Eine schreckliche Sache«, lächelt die junge Frau. Sie dürfte Anfang dreißig sein, schätzt Rifkin.

Wahrscheinlich freut sie sich schon, dass sie nachher im Zoom-Meeting etwas Aufregendes erzählen kann.

Tadden probiert den Tee und meint, er schmecke ausgezeichnet. Dabei weiß Rifkin, dass er starken Assam bevorzugt, am liebsten mit Sahne.

»Sencha Morgentau. Der einzige grüne Tee, den man trinken kann. Er hält mich länger munter als Kaffee.«

»Frau Ferreira, ist Ihnen heute Nacht, etwa um Mitternacht herum, irgendetwas aufgefallen?«

»Nein, da war ich schon im Bett.«

»Wann sind Sie schlafen gegangen?«, fragt Tadden.

»Um halb zwölf, ungefähr.«

»War da Licht im Laden?«

Sie kräuselt die Stirn. »Das kann ich nicht sagen, tut mir leid.«

»Oder in der Wohnung darüber?«, ergänzt Rifkin.

»Ich weiß es nicht. Nachts schau ich nicht aus dem Fenster, es sei denn, da wäre Krach auf der Straße. Aber gestern war alles ruhig.«

»Schon gut«, meint Tadden. »Haben Sie in den vergangenen Tagen etwas beobachtet, das anders war als sonst?«

»Nicht, dass ich wüsste. Ich habe nur heute Morgen die Putzfrau gesehen, die in den Laden gegangen ist. Die Ärmste muss den Schrecken ihres Lebens gekriegt haben. Hat sie ihn entdeckt? Stimmt es, dass man ihm den halben Kopf abgetrennt und das Blut an die Wände geschmiert hat?« Sie schaut die Polizisten mit einem Blick an, in dem sich Entsetzen und Sensationslust die Waage halten.

»Sie sollten nicht alles glauben, was im Netz steht«, rät Rifkin der Zeugin.

»Um welche Uhrzeit haben Sie die Putzfrau gesehen?«, will Tadden wissen.

»Zwanzig nach sechs.«

»Da sind Sie sicher?«

»Absolut«, antwortet sie mit Bestimmtheit. »Mein Wecker klingelt um Viertel nach sechs, auch wenn ich im Homeoffice bin. Ich brauche diese Struktur und die Anlaufzeit am Morgen, sonst ist der ganze Tag im Eimer. Nachdem ich kurz im Bad war, ist das Erste, was ich tue, Wasser aufzusetzen für meinen Tee. Dabei sehe ich automatisch aus dem Fenster. Darum habe ich sie gesehen. Sie kommt meistens um diese Zeit. Es war höchstens ein, zwei Minuten früher oder später.«

»Wären nur alle Zeugen so präzise wie Sie«, schmeichelt Tadden der jungen Frau, denn ihn sticht gerade ein wenig der Hafer.

»Leider ist das auch schon alles, was ich dazu sagen kann. Als ich später aus der Dusche gekommen bin, waren da unten schon jede Menge Polizei und der Rettungsdienst.«

Rifkin ignoriert Taddens provokantes Balzgehabe. Sie tritt vor das bewusste Küchenfenster, eine schmale Dachgaube. Von hier aus hat man einen guten Blick auf den Barbershop. Ins Innere des Ladens sieht man nicht, die Scheiben spiegeln. Die Aussicht ist dennoch interessant. Gerade kommt die Madame aus der Tür, die zu den Wohnungen über dem Clooney führt. Sie hat das Handy am Ohr und gestikuliert beim Sprechen erregt mit der freien Hand. Über ihrer Schulter hängt eine blaue Ikea-Tragetasche, vollgestopft mit Klamotten. Sie geht am Clooney vorbei in Richtung des Rotlichtviertels.

»Mach weiter, ich muss los!« Mit drei langen Schritten durchquert Rifkin die Küche, stolpert im Flur über einen Haufen Schuhe, flucht und stürmt dann zur Tür hinaus. Tadden ist aufgesprungen und ihr gefolgt, aber er hört sie nur noch die Treppe hinunterpoltern. Er schließt die Wohnungstür hinter ihr und kehrt zurück.

Joana Ferreira steht fuchtelnd am Fenster: »Sie ist da langgerannt.«

»Ist okay«, gibt sich Tadden gelassen. »Meistens weiß sie, was sie tut.«

»Ist sie Ihre Freundin?«

»Nein, nur meine Kollegin«, wehrt Tadden ab, vielleicht eine Spur zu heftig.

»Verzeihung. Ich dachte nur, ich hätte gewisse ... Schwingungen bemerkt.«

Lieber Himmel, was haben wir getan? Wenn schon eine Zeugin nach fünf Minuten *Schwingungen* bemerkt, weiß es wahrscheinlich schon das ganze Kommissariat. Einschließlich Völxen.

Rifkins hastiger Aufbruch hat Tadden aus dem Konzept gebracht. Ihm fällt nichts mehr ein, was noch gefragt werden müsste, und da er seinen Tee bereits ausgetrunken hat, verabschiedet er sich. Er lässt seine Visitenkarte zurück mit dem üblichen Spruch, sie möge sich melden, falls ihr noch etwas einfallen sollte. Sie reicht ihm ungefragt auch ihre Karte und bringt ihn zur Tür. »Ich hoffe, Sie kriegen den Täter.«

»Wir auch.«

»Es ist ein mulmiges Gefühl, wenn man mit dem Gedanken leben muss, dass in der Nachbarschaft ein Mörder frei herumläuft.«

Tadden verlässt gerade das Haus, als Rifkin auf ihn zukommt. Sie ist ein wenig atemlos und sehr verärgert. »Scheiße! Sie ist mir entwischt.«

»Wer?«

»Die Madame.« Rifkin schildert ihre Beobachtung durch das Küchenfenster. »Ich hätte zu gern gewusst, wohin sie mit den ganzen Klamotten geht. Aber bis ich unten war, war sie spurlos verschwunden.«

»Essen wir erst mal was«, schlägt er vor. »Ich hab jetzt echt Kohldampf.«

»Nur noch den Blumenladen. Dann sind wir mit dieser Seite durch.«

»Meinetwegen«, lenkt Tadden ein. Auch wenn erste Anzeichen der Entspannung zu verzeichnen sind, sollte man Rifkin vorerst besser ihren Willen lassen.

19

Nicole Flöck hat Völxens Anweisung ein wenig zu eifrig befolgt. Noch vor der Mittagspause erscheint sie zur Zeugenaussage in der Polizeidirektion. So kommt es, dass sie gleichzeitig mit Jule und Völxen dort eintrifft.

Der Hauptkommissar hätte sich lieber vorher mit seinem Team besprochen. Andererseits weiß er ja schon einiges über die Zeugin durch das Telefonat mit Rifkin.

Der Vernehmungsraum ist von Raukel und Said Abou besetzt. Darum führt Völxen die Friseurin in sein Büro und bittet Jule, der Zeugin Gesellschaft zu leisten. Schließlich geht es nicht an, dass sich Verdächtige unbeaufsichtigt in seinem Allerheiligsten tummeln.

Dann schaut er erst einmal selbst bei der Sekretärin vorbei.

»Da sind Sie ja«, wird er von ihr begrüßt, und das *endlich* am Ende des Satzes ist, obwohl unausgesprochen, deutlich zu vernehmen.

Frau Cebulla hat ihre Hausaufgaben gemacht und kleine Dossiers über die Angestellten und die Familienmitglieder angefertigt.

»Keiner hat Vorstrafen. Die Dame von eben, Nicole Flöck, ist sechsunddreißig Jahre alt und seit fünf Jahren geschieden. In ihrer Wohnung ist außer ihr niemand gemeldet.«

»Danke, Frau Cebulla. Was täte ich nur ohne Sie?«

»Um vier Uhr hat sich Staatsanwalt Feyling angekündigt. Er ist übrigens auch Kunde im Clooney und war sehr betrübt über den Tod dieses *Barbers*.« Sie imitiert Feyling und spricht das Wort affektiert mit englischer Betonung aus.

»Der Wikinger? Was Sie nicht sagen! Ich hätte gewettet, dass der sich den Bart mit der Heckenschere stutzt.«

Zurück in seinem Büro, findet der Hauptkommissar Jule Wedekin und die Zeugin Flöck vor dem Gummibaum und dem leeren Hundekorb stehend vor.

»... auch immer einen Hund. Aber wenn man den ganzen Tag arbeitet ...«, hört er die Besucherin sagen. Er dagegen ist heilfroh, dass er Oscar heute zu Hause lassen konnte. Der hätte ihm vorhin am Tatort gerade noch gefehlt. Manchmal kann der Hund bei Zeugenbefragungen aber auch nützlich sein, um das Eis zu brechen. Wenn er nicht gerade den Drang verspürt, ein Hosenbein anzupinkeln.

»Nehmen Sie Platz, Frau Flöck. Danke, dass Sie so schnell hergekommen sind.«

»Ich möchte es hinter mich bringen.«

Nicole Flöck ignoriert die Besucherstühle vor dem Schreibtisch und setzt sich auf das Sofa der kleinen Sitzgruppe, die Völxen vor über zwanzig Jahren angeschafft hat, um dort informelle Meetings abzuhalten. Jule versinkt neben ihr im Sessel. Völxen rollt seinen Schreibtischstuhl heran, denn die inzwischen arg durchgesessenen Polstermöbel sind Gift für seinen maroden Rücken.

Frau Cebulla erscheint und bringt Kaffee, Wasser und Kekse. Dann begrüßt sie Jule Wedekin mit einem förmlichen Händedruck und den Worten: »Da sind Sie ja wieder.«

»Tja, meinen Einstand hatte ich mir ein bisschen weniger hektisch vorgestellt«, sagt Jule, bemüht, etwas Verbindliches zu sagen. Man muss sich mit Völxens Faktotum gutstellen, sonst hat man von vornherein schlechte Karten. Das war seinerzeit so, und es wird heute nicht anders sein.

»So ein Pech aber auch«, antwortet Frau Cebulla. Ihr Lächeln erreicht auf der Zehnerskala der Herzlichkeit mit Ach und Krach eine Vier. »Da schieben wir hier jahraus, jahrein eine ruhige Kugel, und ausgerechnet heute passiert mal was.«

Sprach's und verschwindet.

Völxen und Jule blicken ihr konsterniert hinterher.

»Autsch!«, sagt Jule. »So sarkastisch habe ich sie gar nicht in Erinnerung.«

»Muss das Alter sein«, antwortet Völxen, ganz der Charmeur, ehe er sich der Zeugin widmet und ihr Kaffee anbietet.

»Nur ein Wasser, bitte.«

Jule legt ihr Handy auf den Tisch. »Wir zeichnen das Gespräch auf, wenn Sie einverstanden sind.«

Nicole Flöck nickt. Sie hat sich ganz in Schwarz gekleidet; Hose, Pullover, Stiefel. Als wäre sie die Witwe, zelebriert sie ihre Bemühung um Beherrschung trotz ihres Leides. Die Pose gelingt nicht ganz, denn die Finger ihrer rechten Hand spielen ununterbrochen an den ledernen Fransen einer Troddel herum, die an der Handtasche hängt und keinerlei Funktion zu haben scheint.

Vielleicht lindert es ihre Nervosität ein wenig, wenn man die heiklen Dinge sofort anspricht, überlegt Völxen. Sie sagte ja eben selbst, dass sie es hinter sich bringen möchte. »Frau Flöck, stimmt es, dass Sie eine Affäre mit Moussa Abou hatten?«

Sie zuckt nur kurz, ehe sie es zugibt. »Es ist aber seit einem Jahr vorbei, und wir haben uns im Guten getrennt. Sonst würde ich schon längst nicht mehr im Clooney arbeiten.«

»Wurde Ihnen nicht zum Monatsende gekündigt?«, hält Jule ihr vor.

»Das stimmt. Es ist schade. Aber ich habe schon einen neuen Job in einem richtig edlen, angesagten Salon. Ich sitze also nicht auf der Straße, und ich würde deswegen niemanden ermorden.«

Immerhin ein positiver Aspekt des Fachkräftemangels, erkennt Jule.

»Aber gekränkt hat es Sie doch, oder?«, gibt Völxen sich mitfühlend.

»Die Kündigung war nicht Moussas Idee. Der weiß, was er an mir hat. Er hat mir ein super Zeugnis geschrieben. Marie hat ihn dazu gebracht, mir zu kündigen. Das ist ihre Rache wegen der Affäre.« Sie lacht bitter auf. »Dabei war diese Ehe schon vorher am Ende. Ohne ihre Schwangerschaft wären die beiden sicher längst geschieden.«

»Wieso? Hatte er noch mehr Affären?«, forscht Jule.

»Nicht, dass ich wüsste. Fragen Sie lieber mal Marie, wie sie es mit dem Ehegelübde hält.«

»Da sie nicht hier ist, frage ich Sie. Hatte Marie Abou ebenfalls Affären?«

»Ich kann es nicht mit Sicherheit sagen«, rudert Moussas Ex-Geliebte zurück. »Früher war sie jedenfalls ein ziemlich lockerer Vogel. Und Menschen ändern sich selten völlig.«

»Wann früher?«, will Völxen wissen.

»Als wir noch zusammen im Salon ihrer Mutter gearbeitet haben.«

»Sie waren Kolleginnen?«

»Ja, und wir waren eine Weile lang auch befreundet. Dann habe ich dummerweise geheiratet und bin mit meinem Mann aufs Land gezogen. Das war um die Zeit, als Marie bei Moussa angefangen hat. Vor fünf Jahren etwa. Dadurch haben wir uns aus den Augen verloren. Nach meiner Scheidung zog ich wieder in die Stadt. Als Marie hochschwanger war, hat sie mich gefragt, ob ich bei Moussa arbeiten möchte, bis sie wieder da ist. Ich war seinerzeit gerade auf der Suche nach Veränderung, und ein Babershop war mal wirklich etwas Neues. Also habe ich Ja gesagt. So kam das.«

»Und im Lauf der Zeit fingen Sie eine Affäre mit dem Mann Ihrer Freundin an«, stellt Jule fest. Dabei hat sich ein vorwurfsvoller Unterton eingeschlichen, sie hat es selbst gehört.

Die Zeugin trinkt einen Schluck Wasser, ehe sie erwidert: »Darauf bin ich nicht stolz. Aber es ist ja wohl nicht strafbar.«

»Wir urteilen nicht, wir sammeln lediglich Fakten«, meint Völxen beschwichtigend. »Wenn ich Sie eben richtig verstanden habe, dann war dieses Arbeitsverhältnis also von vornherein befristet. Eine Art Mutterschaftsvertretung.«

»Stimmt. Ich wollte zunächst nur mal in ein anderes Gebiet reinschnuppern. Es hat mir super gefallen, ich wäre gern geblieben. Ich kann auch nicht wirklich glauben, dass Marie wieder ernsthaft arbeiten will.«

»Warum nicht?«, fragt Völxen.

»Diese Prinzessin hatte es noch nie mit der Arbeit. Geld ausgeben, das kann sie, und Moussa musste sich für ihre Designerhandtaschen krummlegen. Selbst ihr Kind hat sie ständig bei ihren Eltern geparkt.«

»Was macht sie in der Zeit?«, möchte Völxen wissen.

Nicole verzieht die Mundwinkel. »Sich um ihr Aussehen kümmern.«

Wäre Marie Abou das Mordopfer, würde Nicole Flöck die Liste der Verdächtigen mit Abstand anführen.

»Glauben Sie mir, ich hatte wirklich keinen Grund, Moussa etwas anzutun«, versichert Nicole erneut. »Zwischen uns war alles paletti. Aber fragen Sie mal seinen Bruder Said.«

Diese Nicole, realisiert Jule voller Misstrauen, schlägt wirklich nach allen Seiten um sich. Eben war Marie an der Reihe, nun der Bruder des Opfers.

»Was sollen wir ihn fragen?«, hakt Jule nach.

»Worüber sie gestern so fürchterlich gestritten haben.«

»Wir hören.« Völxens Interesse ist geweckt.

Eifrig erzählt die Friseurin: »Kurz vor Ende meiner Schicht um 18 Uhr habe ich noch im Salon aufgeräumt. Da hatten Moussa und Said hinten im Büro eine heftige Diskussion. Es wurde sehr laut zwischen ihnen.«

»Worum ging es?«, erkundigt sich Völxen.

»Ich konnte nicht alles verstehen, sie haben einen Mischmasch aus Deutsch und Arabisch gesprochen. Unter anderem war Moussa nicht zufrieden mit Saids Arbeit. Allerdings war das nichts Neues. Es muss noch um etwas Ernsteres gegangen sein. Am Ende sprachen sie fast nur noch auf Arabisch. Said hat sich mordsmäßig aufgeregt. Er hat Moussa angebrüllt. Das fand ich sehr ungewöhnlich, dass er sich das traut. Denn normalerweise geschah das nur umgekehrt.«

20

Die Tür zu dem kleinen Blumenladen an der Ecke steht offen, zu beiden Seiten sind Frühlingsblumen, Zimmerpflanzen und Gräser auf Etageren aus rostigem Eisen hübsch arrangiert. Die Versuchung ist groß, selbst für Rifkin. Doch die Pflanzen würden in ihrer Wohnung nur deplatziert herumstehen und ein trauriges Dasein führen, und der Tod durch Vernachlässigung wäre ihnen sicher. Rifkin hat leider gar kein Talent zum Dekorieren, aber sie bewundert Menschen, die es können. Es ist eine typisch menschliche Eigenschaft, philosophiert sie im Stillen. Welches Tier dekoriert schon seine Höhle?

Im Laden zupft eine Frau um die vierzig an einem Strauß herum. Sie heißt Gitta Holthaus, ihr gehört der Laden. Zu gestern Nacht oder heute Morgen kann sie keine Angaben machen. Sie wohnt in Hemmingen und kam erst vor einer Stunde hier an. »Hätte ich mir sparen können. Es war noch nicht ein Kunde im Laden«, klagt sie. »Dabei braucht man doch gerade in diesen schlimmen Zeiten ein wenig Schönheit um sich herum.«

Tadden stimmt ihr zu und schnuppert an einem Bündel Rosen, das in einem silbernen Blecheimer steht. Rifkin fragt sich, ob er wohl Blumen für Katrin kaufen würde, wenn er ohne sie hier wäre.

»Es ist unfassbar. Es tut mir schrecklich leid, die arme Familie. Sein Sohn ist ja noch so klein.«

»Demnach kannten Sie Moussa Abou?«, schlussfolgert Tadden.

»Wie man sich halt unter den hiesigen Geschäftsleuten kennt. Er war ein umgänglicher Typ, und der Barbershop war ein Gewinn für die Gegend. Ich fürchte, das wird wohl das Ende vom Clooney sein.«

»Kennen Sie die Angestellten auch?«, fragt Rifkin.

»Nur vom Sehen. Als Frau habe ich da drin ja nichts verloren. Aber wenn es hier ruhig ist, stell ich mir schon mal einen Stuhl vor den Laden und schau mir an, was in der Nachbarschaft so abgeht.«

»Und was ging da so ab?«

»Nichts Besonderes. Moussa Abou quatschte oft noch eine Runde mit einem Kunden vor dem Laden. Der Italiener – er sieht jedenfalls aus wie einer – stellte sich manchmal hin und ließ sich das Gesicht bräunen. Aber immer mit Mafiasonnenbrille!« Sie gibt ein amüsiertes Quieken von sich. »Als wäre er auf einer Skihütte. Der ist bestimmt schwul, eitel, wie der ist. Der kleinere Kerl mit den dunklen Locken musste immer Kippen und Müll vor dem Laden aufsammeln, da ist ... war der Chef wohl eisern hinterher. Die blonde Friseurin saß im Sommer öfter vor dem Eingang mit einem Kaffee oder einer Zigarette. Sie hatten einen kleinen Tisch und zwei Stühle neben die Stufen gestellt.«

»Saß da nur sie?«, fragt Rifkin.

»Die anderen schon auch. Manche Kunden haben draußen gewartet und einen Kaffee getrunken, bis sie drankamen. Und raten Sie, was passiert ist?«

»Was?«, fragt Tadden, der da allerdings schon eine Idee hat.

»Nach ein paar Wochen hat das Ordnungsamt dem Spaß mit dem Tisch den Garaus gemacht.« Sie verdreht die Augen. »Das muss man sich mal reinziehen! Ein paar Straßen weiter laufen die widerlichsten Sauereien ab, da haben die Kriminellen freie Hand, und keinen von der Obrigkeit stört es. Aber wehe, es steht ein winziger Tisch vor einem Laden, der nicht angemeldet wurde! Die haben auch schon meine Blumenständer gemessen, ob sie auch ja nicht zu weit in den Gehweg ragen. Deutschland eben! Manchmal möchte man alles hinschmeißen und in den Süden abhauen.«

Rifkin nickt verständnisvoll und fragt: »Saß denn Madame Ebidou auch manchmal draußen an diesem Tisch?«

»Kaum. Die ist wohl eher lichtscheu.« Ein vielsagendes Lächeln huscht über die rosafarbenen Lippen der Floristin.

»Sie kennen sie also.«

»Wer kennt die nicht? Sie lebt schon ewig lange im Viertel. Früher hatte sie einen Afrikaladen. Da gab es Haarteile, falsche Zöpfe, gruselige Masken und Holzfiguren mit riesigen erigierten Penissen. Und Voodoo-Puppen. Jedenfalls sahen die so aus. Ehrlich gesagt ist sie mir noch immer etwas unheimlich.«

»Inzwischen ist sie von falschen Zöpfen auf *Lebensberatung* umgestiegen«, wirft Rifkin in einem lockeren Plauderton ein.

Die Floristin lacht. »Ich hab davon gehört. Anscheinend hat sie sogar einige Kunden aus dem Barbershop mit ihrer neuen Masche ködern können.«

»Tatsächlich?«, gibt sich Rifkin überrascht. »Wen denn?«

»Keine Ahnung. Ich würde es auch nicht an die große Glocke hängen, wenn ich zur Madame ginge. Schon gar nicht als ...« Sie stockt.

»Als was?«

»Na ja, ein Name kursiert ab und zu. Aber das haben Sie nicht von mir.«

»Diskretion ist bei uns oberstes Gebot«, versichert Tadden mit Beichtvatermiene.

Hat nicht auch Niklas Knoop von solchen Kunden der Madame gesprochen?

»Reinhold Derneburg. Landtagsabgeordneter. Der soll ihr geradezu hörig sein und alle paar Tage bei ihr vorbeischauen.«

»Kennen Sie sonst welche von den Kunden des Clooney?«, fragt Rifkin.

»Kennen wäre übertrieben. Von der Politprominenz, die dort verkehrt, verirren sich manchmal welche in mein Geschäft und kaufen Blumen für die Gattin, nachdem sie sich haben verschönern lassen.«

»Demnach profitiert Ihr Laden vom Clooney«, fasst Tadden zusammen.

»Er ist mir jedenfalls lieber als ein weiterer Pfandleiher oder eine Dönerbude.«

»Die Friseure in der Nachbarschaft dürften dagegen weniger begeistert gewesen sein.«

Die Floristin zuckt mit den Achseln. »Kann sein. Andererseits verdient ein Friseursalon an den Männern nicht viel. Natürlich macht Kleinvieh auch Mist, aber ...« Sie lächelt in Taddens Richtung. »'tschuldigung. War nicht so gemeint. Ich kann es den Herren nicht verdenken, wenn sie lieber in einen Barbershop gehen. Da wird sich endlich mal vernünftig um sie gekümmert. Bei den meisten Friseuren werden sie doch nur reingequetscht zwischen Strähnchen und Spitzen schneiden.«

Diese Beobachtung kann Tadden aus eigener Erfahrung bestätigen.

»Hatte Moussa Abou unter den hiesigen Geschäftsleuten Feinde?«, bringt es Rifkin auf den Punkt.

»Am Anfang gab es Befürchtungen und Gerüchte. Es hieß, hier würde sich der Ableger eines dieser berüchtigten Araberclans aus Berlin-Neukölln niederlassen. Das hat sich zum Glück nicht bewahrheitet. Das haben die Leute rasch begriffen und sich wieder beruhigt.«

Die Ermittler bedanken sich für die Auskünfte und verlassen den Laden.

»Spätes Frühstück?«, fragt Rifkin.

»Unbedingt«, antwortet Tadden auch auf die Gefahr hin, dass sie einander gegenübersitzen und ausgiebig das Thema Katrin beschweigen. Sein Magen hat im Blumengeschäft schon einmal laut geknurrt.

Sie haben erst ein paar Meter zurückgelegt, als Tadden beobachtet, wie ein Mann auf den Blumenladen zusteuert. Es ist der elegante Mantel, der Tadden zuerst auffällt, ehe er dessen Besitzer wiedererkennt: der schöne Hanno. Jetzt trägt er den Mantel offen und ohne Schal.

»Warte mal!«

Rifkin bleibt widerwillig stehen. »Was ist?«

»Der Typ stand heute Morgen bei den Gaffern. Hanno Rodinger, Staatssekretär im Justizministerium«, erinnert Tadden sich an Jules Worte.

»Und? Jetzt komm schon, ich verhungere.«

»Und ich bin neugierig.«

»Meinetwegen«, stöhnt Rifkin.

Sie gehen zurück und betrachten intensiv die vor dem Laden ausgestellten Pflanzen. Die Ladentür steht immer noch offen.

»Wie wäre es mit denen hier?«, hören sie Frau Holthaus sagen. »Die sind gerade frisch reingekommen. Ein intensives, dunkles Rosa. Oder sollen es klassisch Rote sein?«

Der Kunde ist unschlüssig. Dann wird plötzlich die Ladentür geschlossen.

Die Lauscher vor dem Geschäft blicken sich an.

»Hat *er* die gerade zugemacht?«, fragt Tadden.

»Glaub schon.«

Die beiden betrachten nach wie vor die Etageren vor dem Laden und spähen dabei unauffällig zwischen den Pflanzen hindurch ins Ladeninnere.

»Er schreibt was auf«, flüstert Rifkin. »Sie jetzt auch.«

Kurz darauf verlässt Rodinger den Laden. Im Vorbeigehen wirft er einen nervösen Seitenblick auf das Paar, das sich anscheinend sehr für eine Pflanze mit silbergrünen Blättern interessiert.

»Eukalyptus«, liest Rifkin das Schild. »Fressen das nicht die Koalas, Hase?«

Hase verdreht die Augen und entgegnet unwirsch, sie hätten keinen Koala zu Hause, wozu dann der Eukalyptus?

Der schöne Hanno schmunzelt und verschwindet mit wehendem Mantel in Richtung Ballhofplatz.

Rifkin und Tadden betreten erneut das Blumengeschäft.

»Ist noch was?« Frau Holthaus stopft den Notizblock in eine Schublade.

»Das war doch eben der Staatssekretär Rodinger«, stellt Tadden fest.

»Mag sein.«

»Was wollte er? Was hat er aufgeschrieben?«

»Ich bitte Sie! Er ist mein Kunde, ich kann doch nicht einfach …« Als hätte sie ein Geistesblitz gestreift, unterbricht sie ihren Protest und lenkt ein: »Aber warum eigentlich nicht? Lavendel aus der Provence wollte er. Ich sagte ihm, dafür sei es noch zu früh. Da hat er seine Nummer hinterlassen und mich gebeten, ihn zu benachrichtigen, sobald er eintrifft.«

»Danke, sehr freundlich«, sagt Rifkin, die schon lange nicht mehr so dreist angelogen wurde.

21

»Junge, Junge, du machst es mir wirklich nicht einfach!« Erwin Raukel vergisst für einen Moment die Förmlichkeiten und betrachtet sein Gegenüber mit sorgenvollem Blick.

Seit einer halben Stunde sitzen sie nun hier, und Raukel konnte aus dem Bruder des Mordopfers so gut wie nichts für den Fall Relevantes herauskitzeln. Abgesehen von einer Sache: Said traut der Madame tatsächlich magische und hellsichtige Kräfte zu und scheint deshalb auch einen Heidenrespekt vor ihr zu haben. Kein einziges negatives Wort über die Madame kommt ihm über die Lippen. Dabei sollte die Frage eigentlich nur zum Aufwärmen dienen. Ein unerwarteter Schachzug zur Eröffnung, Raukels Spezialität bei Verhören. Doch Saids Antwort, mit voller Überzeugung vorgebracht, hinterlässt bei Raukel gemischte Gefühle.

Said Abou. Dreißig Jahre alt, geboren in Berlin-Neukölln. Keine Vorstrafen. Erstaunlich, findet Raukel, für einen, der eine Handvoll Gras im Rucksack spazieren trägt. Aber wahrscheinlich wird so etwas im verlotterten und hoffnungslos verkommenen Berlin schon seit Langem nicht mehr verfolgt.

Bei seinen Besuchen im Barbershop gewann Raukel den Eindruck, dass Said im Rudel recht weit unten rangierte. Er ist zurückhaltend, fast schüchtern, und im Gegensatz zu Moussa und Vittorio redet Said nur mit Kunden, die er sehr gut kennt. Vermutlich weiß der arme Kerl jetzt, ohne seinen Bruder, nicht, was aus ihm werden soll.

Raukel wird wieder korrekt, wie es sich für einen ermittelnden Beamten gehört. »Herr Abou, wir haben es hier mit einem brutalen Mord zu tun ...«

Said zuckt zusammen. »Das war ich nicht!«

»Woher sind Sie heute Morgen gekommen?«

Seine dunklen Augen sehen Raukel mit leerem Blick an.

»Wir wissen, dass Sie über Nacht nicht zu Hause waren. Das sagt

120

uns unter anderem der Inhalt Ihres Rucksacks. Und damit meine ich nicht die Drogen, die mein Kollege darin gefunden hat. Also noch einmal: Wo waren Sie um Mitternacht herum? Wen haben Sie getroffen? Kann die Person dies bezeugen? Sagen Sie es mir, dann sind Sie ganz schnell raus aus der Nummer.«

Raukels Appell ist vergebens. Herrgott, warum redet der nicht? Was kann so schlimm sein, dass man dafür riskiert, in Mordverdacht zu geraten? Für den Mord am eigenen Bruder. Oder ist er ein bisschen langsam in der Birne? Ist ihm der Ernst der Lage noch nicht ganz klar? Dem kann man abhelfen.

»Herr Abou, hier geht es um ein Kapitalverbrechen. Da ist es von allerhöchster Bedeutung, für die Tatzeit ein Alibi zu haben. Wenn Sie Gras vertickt haben, dann sagen Sie es, Sie kriegen keine Probleme deswegen, das verspreche ich Ihnen. Aber mein Chef, der Kerl mit den fürchterlichen Augenbrauen, und der Staatsanwalt werden sehr hellhörig, wenn einer bei einer Mordermittlung etwas verbirgt. Die werden nicht lockerlassen, glauben Sie mir.«

Said schluckt und schweigt.

»Herr Abou ... Said. Darf ich Said sagen? Haben Sie vergangene Nacht eine Bank ausgeraubt?«

»Nein!«

»Oder sonst ein Verbrechen begangen?«

Said schüttelt den Kopf.

»Wir wollen doch beide herausfinden, wer Ihren Bruder getötet hat, nicht wahr?«

Er nickt.

»Es würde uns wirklich sehr helfen, wenn wir Sie als Täter ausschließen könnten.«

Said presst die Lippen zusammen.

Raukel beugt sich mit gefurchter Stirn über den Tisch. »Junge, das ist hier kein Spiel! Sollte sich herausstellen, dass Sie ein Alibi haben, das Sie uns verschweigen, dann ist das Behinderung der Justiz. Dafür können Sie ins Gefängnis wandern!«

Die Drohung verhallt wirkungslos.

»Waren Sie im Bordell?«

Said wirkt zunächst verblüfft, dann schüttelt er den Kopf und lächelt dabei sogar ein wenig.

»In einem Hotel vielleicht?«

Schweigen. Aber das Lächeln ist verschwunden.

»Mit einer Frau? Ist sie verheiratet? Oder mit einem Mann?«

Treffer!

Mikroexpressionen. Extrem kurze, kaum wahrnehmbare Reaktionen in der Mimik, unbewusst ausgelöst vom limbischen System, noch bevor der Verstand einsetzt und die Kontrolle über die Mimik übernimmt. Oda Kristensen hat ihm vor Jahren einen Vortrag darüber gehalten. Kluges Frauenzimmer, das muss man zugeben. Seither achtet Raukel auf solche Zeichen. Man braucht dafür ein sehr scharfes Auge, und selbst dann klappt es nicht immer. Aber dieses Mal schon. Ein winziges Flackern der Lider seines Gegners hat Raukel bestätigt, was er bereits vermutete.

Nun gilt es, schlau vorzugehen. Raukel beschließt, diesen Trumpf noch im Ärmel stecken zu lassen. Er hat Said aufgeschreckt, das genügt erst einmal. Der Zeuge wird froh sein, wenn er jetzt über etwas anderes reden kann.

»Ihre Familie stammt aus Marokko beziehungsweise aus Berlin, nicht wahr?«

Der Themenwechsel irritiert Said tatsächlich, aber er fängt sich rasch wieder. »Berlin-Neukölln.«

»Ihr Bruder Nabil betreibt dort auch einen Barbershop. Oder sind es nicht sogar zwei?«

Said wird blass wie ein Spargel. »Weiß er es schon?«

Dieses Mal ist es Raukel, der mit den Achseln zuckt.

»Ich muss es ihm sagen! Er verzeiht es mir nie, wenn ich es ihm nicht selbst sage.« Er atmet schwer und presst eine Hand auf seinen Bauch. Unter dem Tisch wippt sein linkes Bein nervös auf und ab.

»Trinken Sie einen Schluck Wasser! Oder darf es was Stärkeres sein?« Nicht, dass ihm der Junge noch einen Asthmaanfall bekommt. Was sagte Tadden noch mal, wo hat er sein lebensrettendes Mittelchen?

Said winkt ab, ohne das Wasser anzurühren. Sein Atem geht wieder normal, ihm scheint eher übel zu sein. Der Kerl hat die

Hosen gestrichen voll, erkennt Raukel. Doch nicht der Mordverdacht hat diese Angst hervorgerufen, sondern der Name seines
Bruders. Nabil.

»Das ist eine schwere Aufgabe, die da vor Ihnen liegt. Aber Sie
schaffen das.« Raukel schenkt ihm ein aufmunterndes Lächeln.
»Vielleicht weiß er es ja schon. Das Internet ... Heutzutage gilt,
weiß es einer, wissen es alle. Sie können ihm sagen, dass wir Sie
hier ohne Ihr Telefon festgehalten haben.«

Said versucht so etwas wie ein Lächeln und schüttelt den Kopf.
Was wohl heißen soll, dass das Familienoberhaupt aus der Hauptstadt keine Ausrede gelten lassen wird.

»Warum ist Moussa aus Berlin weggegangen?«, will Raukel wissen.

»Unser Vater starb vor vierzehn Jahren. Er war immer streng.
Nach seinem Tod hat Nabil sich für die Familie verantwortlich
gefühlt. Er dachte wohl, er müsse genauso sein wie unser Vater.
Aber Moussa war immer schon rebellisch und ... modern. Viele der
alten Traditionen hat er abgelehnt. Er trank Alkohol, er missach-
tete den Ramadan, er hatte ... Frauengeschichten. Es gab ständig
Streit zwischen ihnen, also ist er schließlich gegangen.«

»Und Sie sind Moussa gefolgt«, hält Raukel fest. »Weil Sie
auch ... modern sind. Auf gewisse Weise jedenfalls. Habe ich
recht?«

Natürlich hat er. Nicht nur wegen der Mikroexpressionen. Sein
absolut unfehlbares Schwulenradar hat Hauptkommissar Erwin
Raukel noch nie getäuscht. Außerdem erklärt dieser Umstand
Saids hartnäckiges Schweigen. Er hat mehr Angst vor diesem Nabil
als vor der deutschen Justiz.

»Nabil weiß es nicht, oder?«

Eben noch blass wie ein Laken, wird Said nun feuerrot.

»Aber Moussa wusste es.«

Said senkt den Kopf und fixiert die Tischplatte.

Raukel interpretiert dies als ein Nicken. Der erste Schritt wäre
getan. Er ist hochzufrieden mit sich und der einfühlsamen und
doch ausgefuchsten Art seiner Zeugenvernehmung. Er klopft sich
im Geist auf die Schulter, denn er weiß, er hat den Jungen in der
Tasche. Der Rest wird ein Spaziergang.

Raukel lehnt sich zurück, faltet die Hände über seinem wohlgeformten Leib und schenkt Said ein väterlich-verständnisvolles Lächeln.

»Said, wir leben im 21. Jahrhundert! Es gibt nichts, wofür Sie sich schämen müssten, glauben Sie mir. Auch wenn Ihr Bruder das anders sieht. Nennen Sie mir einfach die Person, die Ihr Alibi bestätigen kann, und schon sind Sie ...«

Es klopft. Herrgott! Hat die Cebulla denn nicht mitgekriegt, dass er einen Zeugen befragt? Warum, glaubt sie, sitzt er wohl sonst im Vernehmungsraum und nicht in seinem gemütlichen Büro? Ehe Raukel reagieren kann, geht die Tür auf, und Jule Wedekin steht vor ihm.

Raukel hat Mühe, die Contenance zu bewahren. Das ist ja wieder typisch! Kaum ist sie hier, muss sie zum ungünstigsten Zeitpunkt in sein sorgfältig aufgebautes Verhör platzen.

»Nicht jetzt!«, herrscht er sie an.

Doch Jule quittiert die Abfuhr lediglich mit einem Mundwinkelzucken und der entschlossenen Ansage: »Doch. Jetzt. Draußen. Es ist wichtig.«

Raukel steht mit provozierender Langsamkeit auf und entschuldigt sich bei Said, in dessen Augen eine stille Panik aufglimmt, die Raukel bis auf den Flur verfolgt.

22

»Als ich Jule kennenlernte, war ich noch beim Kriminaldauerdienst«, erzählt Rifkin, nachdem sie und Tadden bestellt haben. »Die Nachtschicht war fast um, da kriegten der Anwärter und ich quasi auf den letzten Drücker die Anweisung, nach Bothfeld zu fahren. Leichenfund. Und da lag sie dann, Jules Mutter. Mit durchgeschnittener Kehle vor ihrer weißen Bauhausvilla. Die Streife, die vor uns dort war, hatte sie gerade aus dem Pool gezogen. Völxen bat mich und Rodriguez bei der Befragung der Nachbarn ... Was ist?«

Tadden verzieht das Gesicht, als hätte er Zahnweh. »Mist, verdammter! Deswegen hat sie vorhin so geguckt, als ich erwähnte, wie unser Barbier aufgefunden wurde.«

»Auf die Dauer hätten wir es eh nicht vor ihr geheim halten können«, meint Rifkin.

»Schon klar«, erwidert Tadden und runzelt die Stirn. »Aber ich habe auch noch gesagt, *ein Rasierunfall war es vermutlich nicht.*«

»Mitten ins Fettnäpfchen.« Rifkin muss laut lachen. »Der hätte auch von Raukel kommen können.« Sie kichert noch immer, und schließlich grinst auch Tadden.

Rifkin ist nicht sonderlich begeistert über Jules Rückkehr. Dennoch hätte diese, wenn es schon sein muss, keinen besseren Zeitpunkt dafür finden können. So haben Tadden und sie wenigstens ein Gesprächsthema und können den Elefanten im Raum weiterhin totschweigen.

Wobei sich der Begriff Elefant im Zusammenhang mit Katrin wahrhaftig nicht aufdrängt. Im Gegenteil. Katrin ist klein, schlank und ... *adrett.* Das ist das Wort, das Rifkin zu ihr einfällt. Nett und adrett. Zurückhaltend und als Germanistin natürlich überaus belesen. Alles in allem so ziemlich das genaue Gegenteil von Rifkin. Garantiert kennt Katrin sämtliche altbackenen deutschen Wörter und Redewendungen *aus dem Effeff.*

Fairerweise muss Rifkin einräumen, dass sie diejenige war, die

Tadden stets auf Abstand hielt. Eine freundschaftlich-kollegiale Beziehung sollte es sein, ab und zu gemeinsam joggen, ab und zu Sex. Ganz unkompliziert, nichts Ernstes. Und das ist es auch nicht. Trotzdem kratzt es an ihrer Eitelkeit, nun schon einmal vorsorglich beiseitegeschoben zu werden. Wie ein Besen, den man in die Ecke verbannt, weil der Staubsauger wieder geht. Was für eine krude Metapher. Tadden wäre gewiss nicht erbaut über den Vergleich seines sexy Bücherwurms mit einem Staubsauger. Wie kommt sie nur auf so etwas? Da kann man sehen, wie durcheinander sie ist.

Die Kellnerin bringt Tee für Tadden, Kaffee für Rifkin und zwei Baguettes. Beide machen sich erst einmal stumm und ausgehungert darüber her.

»Völxen musste Jule seinerzeit natürlich von dem Fall abziehen. Als Ersatz kamen Raukel und ich in sein Kommissariat«, erzählt Rifkin, nachdem sie ihr Baguette zur Hälfte gegessen hat.

»Gleich im Doppelpack«, bemerkt Tadden zwischen zwei Bissen.

»Mich hat er angefordert, weil er sofort mein überdurchschnittliches Potenzial erkannt hat.« Rifkin zwinkert ihm zu. »Raukel wurde ihm aufs Auge gedrückt. Das war der Preis für mich.«

»Echt jetzt?«

»Keine Ahnung. Völxen hat sich jedenfalls nicht um Raukel gerissen. Die zwei kannten sich von früher, Völxen wusste, was auf ihn zukommt. Und Jule hat natürlich im Hintergrund weiterhin ermittelt und ist uns damit allen auf die Nerven gegangen.«

»Das hätte wohl jeder von uns gemacht«, verteidigt Tadden die Kollegin.

»Mag sein.« Rifkin hält eine Peperoni am Stiel fest und knabbert daran. »Was ich damit sagen wollte: Jule und ich haben uns unter ungünstigen Umständen kennengelernt. Mieses Timing in jeder Hinsicht. Ich war neu und voller Tatendrang, sie stand unter Schock und hat sich in den Fall verbissen. Den wir im Übrigen bald gelöst hatten.«

»Ich weiß.«

»Kurz darauf fing das Techtelmechtel zwischen Jule und Fernando an, und als feststand, dass sie heiraten würden, wechselte sie ans LKA.« Sie trinkt von ihrem schwarzen Kaffee und fügt ironisch hinzu: »Und stell dir vor, Tadden, wir haben auch danach noch Fälle gelöst. Wenn ich mich nicht arg täusche, war Oda seinerzeit auch nicht allzu traurig über Jules Abgang.«

»Warum nicht?«

»Weil Völxen sich von Jule auf der Nase herumtanzen lässt«, bricht es aus Rifkin heraus. »Oda hat das sofort durchschaut.«

Tadden schweigt lieber. Falls sich da ein Zickenkrieg anbahnt, will er auf keinen Fall zwischen die Fronten geraten. Er winkt dem Kellner und murmelt etwas von wegen, er sei mit der Rechnung dran.

Rifkin reagiert mit einem abwesenden Nicken. Sie hat ihren winzigen Notizblock aus der Innentasche ihrer Jacke geholt und blättert darin, während Tadden bezahlt.

»Wollen wir los?«, fragt er.

Aber Rifkin rührt sich nicht vom Fleck. Sie starrt auf ihr Gekritzel.

»Rifkin?«

Sie blickt auf und schlägt sich vor die Stirn. »Verflucht noch mal, wie kann man denn so blöd sein?« Sie beantwortet sich ihre Frage gleich selbst: Wenn man nicht ganz bei der Sache ist. »Wann ist der Notruf bei der Leitstelle eingegangen, weißt du das?«

»Nicht exakt. Ich kann dir nur sagen, wann ich angerufen wurde.« Tadden zieht sein Handy aus der Tasche. »Sieben Uhr acht.«

»Die Madame hat behauptet, sie habe den Notruf um 06:47 Uhr gewählt. Allerdings wollte sie mir ihr Handy nicht zeigen.«

»Das würde passen«, findet Tadden. »Bis die erste Streife dort ist und wir dann angerufen werden ... Das ging sogar recht schnell, finde ich.«

»Die Ferreira sagte aber, sie hätte die Putzfrau um 06:20 gesehen. Ich halte sie für glaubwürdig. Jedenfalls mehr als die Madame.«

»Siebenundzwanzig Minuten Differenz«, stellt Tadden fest. »Fragt sich, was unsere Madame in der Zeit gemacht hat.«

»Es stellt sich noch eine Frage: Warum sollte die Madame den Barbershop von draußen betreten? Es gibt eine Tür, die führt direkt vom Treppenhaus in ihre Voodoo-Kammer, und von dort gibt es die Tapetentür zum Barbershop. Warum also der Umweg außen herum?«

»Nach dem Wetter sehen? Frische Luft schnappen?«, schlägt Tadden vor.

»Sieht die Madame vielleicht aus wie eine Frischluftfanatikerin?« Rifkin reißt ihre Jacke von der Stuhllehne. »Los, komm. Wir müssen noch einmal zu dieser Ferreira.«

23

Jule hat Nicole Flöck bis zur Pforte begleitet. Die Frau hat ihnen garantiert nicht alles gesagt. Es ist zwar nur ein Gefühl, das Jule hat, aber ein ziemlich starkes. Immerhin hat sie zugegeben, heute Morgen ihre ehemalige Chefin, Brigitte Schönau, angerufen zu haben. Demnach hat die Schönau gelogen, als sie behauptete, sie habe von Moussas Tod aus dem Internet erfahren.

Soeben ist Jule der Dienststelle für ein, zwei Stunden entronnen. Veronika Kristensen hat angerufen und mitgeteilt, Dr. Bächle wolle gleich nach der Mittagspause den Barbier obduzieren.

Sie atmet tief durch. Es ist inzwischen beinahe warm geworden, nur ab und zu frischt noch ein kühler Wind auf. Auf dem Weg zum Dienstwagen checkt sie ihr Handy, das während der Befragung der Friseurin stumm geschaltet war. Ein entgangener Anruf von Fernando. Sie spürt ein verstärktes Herzklopfen, während sie zurückruft und die Verbindung sich aufbaut.

»Was ist passiert?«

»Gar nichts!« Es klingt, als wäre er draußen. »Ich war einkaufen, und gerade habe ich Leo abgeholt. Die Erzieherin wollte wissen, was *cabrón* bedeutet.«

»Nimmt sie neuerdings bei dir Spanischunterricht?«

»Leo hat es wohl einem Jungen hinterhergerufen.«

»Was hast du gesagt?«

»Die Wahrheit. Ziegenbock.«

Jule lächelt. Das stimmt, aber die Spanier verwenden den Begriff eher im Sinne von Dreckskerl oder Arschloch. »Wo ist Mia?«

Bestimmt hat er das Baby seiner Mutter überlassen, damit er mit Leo sein Vater-Sohn-Ding durchziehen kann.

»*Mierda*, die habe ich glatt vor Rewe vergessen!«

»Fernando!«

»Sie hat ihr Fläschchen bekommen und schläft selig im Kinderwagen. Warte ... ich schick dir ein Foto.«

»Nicht nötig. Was macht deine Mutter?«

»Die habe ich seit dem Frühstück nicht mehr gesehen.«

»Was? Wie hat sie das ausgehalten?«

»Sie hat sich demonstrativ in ihrem Laden verkrochen, damit sie nicht in Versuchung kommt, sich einzumischen. Wahrscheinlich hofft sie jede Sekunde, dass das Chaos ausbricht und ich sie um Hilfe anflehe.«

»Die Ärmste«, kichert Jule.

»Ich wollte nur hören, wie es *dir* geht, an deinem ersten Tag im alten Revier.«

»Fernando, sie hassen mich!«, bricht es aus Jule heraus.

»Höchstens Raukel. Aber der meint es nicht so. Der weiß nur, dass du ihn durchschaust. Tadden wird sicher entzückt sein, dass du wieder in seiner Nähe bist.«

»Mag sein. Aber Rifkin hat noch kein Wort mit mir gesprochen und Frau Cebulla nur eine blöde Bemerkung gemacht.«

»Frau Cebulla ist eifersüchtig, weil du Völxens Liebling bist.«

»Quatsch.«

»Und Rifkin kann von Haus aus besser mit Männern. Vielleicht fürchtet sie dich als Konkurrenz. Dein Ruf eilt dir voraus.«

»Na toll!«

»Lass ihnen ein paar Tage Zeit, um sich wieder einzukriegen. Arbeitet ihr an der Sache mit dem Toten im Barbershop?«

»Tut mir leid, ich gebe keine Auskünfte über laufende Fälle.«

»Ach! Und wer hat mich bis gestern täglich ausgequetscht, wenn es einen Mordfall gab?«

»Selbst schuld, wenn du dich ausquetschen lässt.«

»So langsam verstehe ich deine Kollegen ...«

»Fernando! Natürlich arbeiten wir an dem Fall. Und ich darf jetzt zu Dr. Bächle zur Obduktion.« Es klingt nicht wie eine Beschwerde. Jules Faible für Obduktionen ist ein Überbleibsel ihres Medizinstudiums, das sie nach vier Semestern geschmissen hat, um zur Polizei zu gehen. Sehr zum Ärger ihres Vaters, damals Professor für Transplantationschirurgie an der Medizinischen Hochschule Hannover, der natürlich hoffte, seine Tochter würde in seine Fußstapfen treten. Völxen weiß um Jules Vorliebe, und da sich sonst keiner in der Dienststelle um diesen Job reißt, hat er sie in die MHH geschickt.

»Ich muss aufhören. Da kommt ein wahnsinnig gut aussehender Italiener mit Sonnenbrille. Ich glaube, der will zu uns!« Sie betrachtet den Mann, der gerade vom Pförtner hereingelassen wurde. Bestimmt dieser Vittorio Pellegrini, der zweite Barbier im Clooney. Er trägt Bootsschuhe ohne Socken, Designerjeans und ein Hemd in einem sehr mutigen Pink. Ein dunkelgraues, zerknittertes Leinensakko hängt lässig über seiner Schulter, das dunkle Haar ist mit einer Ladung Gel zurückgekämmt. Ein bisschen zu dick aufgetragen, nicht nur das Haargel. Doch alles in allem wirklich kein übler Anblick.

»Wolltest du nicht zu Bächle?«, fragt Fernando misstrauisch.

»*Ciao amore!*«, säuselt Jule und legt auf.

24

Frau Ferreira bittet sie erneut in die Küche. Das Meeting ist beendet, sie ist dabei, Gemüse zu schnippeln. Auf dem Herd steht ein Wok.

Rifkin entschuldigt sich für die Störung. »Frau Ferreira, Sie sagten, Sie hätten die Putzfrau um 06:20 gesehen ...«

»Und das stimmt auch. Ich habe es Ihnen doch schon erklärt«, kommt es ein wenig ungehalten.

»Wir glauben Ihnen. Trotzdem, erzählen Sie uns noch einmal ganz im Detail, wen oder was genau Sie gesehen haben.«

»Die Frau kam dort aus der Tür.« Sie deutet auf die Haustür von Madame Ebidou. »Da vorne hat sie die Tür des Barbershops aufgeschlossen und ist reingegangen. Das war alles.«

»Wie sah die Frau aus?«, fragt Rifkin weiter.

»Sie war schwarz. Ungefähr so groß wie ich. Sie hatte eine kurze, helle Steppjacke an, mit Kapuze. Die hatte sie aber nicht aufgesetzt. Ihr Haar war zu vielen kleinen Zöpfen geflochten, die eng am Kopf sitzen. Sie hatte die Hände in den Taschen und wirkte noch ziemlich müde.«

»Ihr Alter?«

Sie blickt die beiden etwas ratlos an. »Schwer zu sagen. Jung jedenfalls. Mitte zwanzig vielleicht.«

»Schlank, dick?«

»Eher schlank, nur etwas ausladende Hüften. Das fiel mir auf, denn sie trug diese Arsch-frisst-Hose-Leggins, die man neuerdings in den Fitnessstudios sieht.«

»Kenn ich«, antworten Rifkin und Tadden im Chor.

»Es war also keinesfalls die etwas füllige ältere Frau, die über dem Barbershop wohnt?«, vergewissert sich Rifkin.

»Meinen Sie die Voodoo-Hexe?«, lacht Frau Ferreira. »Nee! Das hätte ich doch gleich gesagt, wenn es die gewesen wäre. Es war eine von denen, die zurzeit bei ihr da oben wohnen.«

»Wo oben?«, will Rifkin wissen.

»Oben halt. Im zweiten Stock.«

»Sie sprechen vom Haus der Frau Ebidou, welche Sie *die Voodoo-Hexe* nennen«, wiederholt Rifkin, um sämtliche Missverständnisse auszuschließen.

»Die nennen alle im Viertel so.«

»Sie sagen *eine von denen*«, zitiert Tadden. »Wohnen da noch mehr Leute?«

»Ehrlich gesagt blicke ich nicht ganz durch, wer wann da oben wohnt. Aber es sind immer jüngere schwarze Frauen. Im Moment sind es zwei, glaube ich jedenfalls. Ich sehe sie manchmal rein- oder rausgehen.«

»Ging die Frau, die Sie gestern früh gesehen haben, öfter in den Barbershop zum Putzen?«, will Tadden wissen.

»In den letzten paar Wochen schon. Ab und zu war es auch die andere.«

»Und haben Sie die *Voodoo-Hexe* ...«, Rifkin fängt an, den Begriff zu mögen, »... auch mal morgens zum Putzen da rübergehen sehen? Oder überhaupt beim Putzen?«

»Die und putzen?«, kichert Joana Ferreira. »Kaum vorstellbar, so behangen wie die in der Gegend herumstolziert. Nein, so früh am Morgen habe ich die Voodoo-Hexe noch nie gesehen. *Never ever!*«

25

»Das sieht nicht gut aus.« Erwin Raukel massiert sich nachdenklich sein Kinn. Er muss heute früh ein paar Stoppeln übersehen haben. Künftig wird er auf den Purismus pfeifen und wieder den Rasierapparat nehmen. »Vorhin sind Sie vor meinen Kollegen geflohen. Nun erfahren wir, dass Sie wenige Stunden vor dem Tod Ihres Bruders einen heftigen Streit mit ihm hatten. Nein, das sieht ganz und gar nicht gut aus«, wiederholt er und unterstreicht seine Worte mit einem ernsten Nicken.

Said blickt ihn an wie ein Reh im Scheinwerferlicht.

»Worüber ging der Streit?«

Der junge Mann bewegt die Lippen, als müsse er Anlauf nehmen. Dann beginnt er stockend: »Nabil, unser älterer Bruder ... Er eröffnet demnächst einen dritten Barbershop. Er will, dass Moussa dort Geschäftsführer wird.«

»Hatte Moussa vor, das Angebot anzunehmen?«, will Raukel wissen.

»Ich weiß es nicht. Er hat zumindest nicht sofort abgelehnt. Das hat mich wütend gemacht, deshalb haben wir uns gestritten.«

»Vor ein paar Minuten haben Sie ausgesagt, Moussa sei nach Hannover gegangen, um sich dem Einflussbereich Ihres Bruders zu entziehen. Jetzt behaupten Sie, er wollte eventuell wieder zurückgehen. Das klingt unlogisch.«

»Seitdem sind über fünf Jahre vergangen. Moussa war nicht mehr Nabils kleiner Bruder. Es soll ein nobler Laden werden. In Charlottenburg, nicht bei uns im Kiez. Ich fand es scheiße von ihm, dass er mir nichts gesagt hat. Ich hab es hintenherum von einem Cousin erfahren.«

»Hat er gesagt, warum er es Ihnen verschwiegen hat?«

»Weil es seine Entscheidung sei und weil ich mich nur aufregen würde.«

»Womit er recht behielt, Sie haben sich aufgeregt.«

Der Zeuge schweigt und betrachtet seine Fingernägel.

»Wer wusste noch von diesen Plänen?«

»Keine Ahnung.«

»Seine Frau?«

»Weiß ich nicht.«

Raukel seufzt. »Sie wollten natürlich auf keinen Fall nach Berlin zurück, in die Nähe von Nabil, der vermutlich kein entspanntes Verhältnis zum Thema Homosexualität hat, nicht wahr?«

Said betrachtet immer noch seine Hände.

»Wer weiß, ob in dem neuen Barbershop in Charlottenburg überhaupt Platz für Sie wäre. Wollte er Sie mitnehmen?«

»Keine Ahnung.«

»Ihnen ist klar, dass das ein erstklassiges Mordmotiv abgibt?«

»Nein!«, ruft er verzweifelt. »Sein Tod macht für mich alles viel schlimmer.« In seinen Augen glänzen Tränen. »Jetzt weiß ich gar nicht, was ich machen soll.«

Den Eindruck hat Raukel auch. Doch es gilt, den Zeugen aus der Reserve zu locken. »Haben Sie Ambitionen, den Barbershop zu übernehmen?«

Said starrt ihn an. Zugegeben, dies klingt selbst in Raukels Ohren absurd. Said, der die Haare auffegt, die Waschbecken auswischt und die Umhänge und Handtücher wechselt und der als höchstes der Gefühle bisweilen einen Glatzkopf auf drei Millimeter scheren darf ... der soll den Wunsch verspüren, den Laden zu übernehmen? Das wäre ein krasser Fall von Selbstüberschätzung.

»Das ist doch Quatsch!«, platzt Said heraus.

»Quatsch, ja? Hat Moussa das gesagt? Hat er Ihre Arbeit herabgewürdigt? Ich konnte Sie beobachten. Er ließ Sie fast nur Handlangerjobs machen, und er hat Sie schon vor der Kundschaft angepfiffen, schneller zu arbeiten.«

»Gestern Abend meinte er, ich sollte mir einen anderen Beruf suchen und eine eigene Existenz aufbauen. Damit hatte er vielleicht sogar recht. Ja, es war ein böser Streit, und ich war sauer.« Er wischt sich mit dem Handrücken eine Träne von der Wange und fährt mit weinerlicher Stimme fort: »Das Letzte, das ich zu Moussa gesagt habe, war, dass er ungerecht und hinterhältig ist. Und jetzt ist er tot! Aber ich war das nicht. Ich habe Moussa geliebt!«

Raukel zeigt sich von dieser flammenden Rede unbeeindruckt. »Der Staatsanwalt wird das nicht so sehen«, antwortet er nüchtern. »Daher wäre es hilfreich, wenn Sie mir sagen würden, wo Sie um Mitternacht waren und mit wem.«

Für einen Moment sieht es so aus, als wollte Said reden, aber dann lässt er resigniert den Kopf sinken.

Raukels geballte Faust kracht auf den Tisch. »Verflucht noch eins! Wie kann man so stur sein? Junge, es ist ernst! Glaubst du wirklich, du kannst das aussitzen?«

26

Eine junge Rechtsmedizinerin mit blondem Haar und eisblauen Augen bringt sie zu Moussa. Zu seinem *Leichnam*, wie sie sich ausdrückt. Leichnam, Leiche und Moussa, das sind Begriffe, die Marie Abou noch nicht wirklich zusammenbringt. Sie muss daran denken, wie schwer es ihr kurz nach ihrer Heirat fiel, »mein Mann« zu sagen. Es fühlte sich ungewohnt an, und den Worten haftete etwas Schweres und Förmliches an. Als wäre damit alles Leichte und Fröhliche dahin. So war es dann im Grunde ja auch. Worte sind verräterisch.

Nun wird sie sich an neue Worte gewöhnen müssen, Worte, die noch bedrückender sind. Leichnam. Witwe. Begräbnis. An Letzteres hat sie noch keinen Gedanken verschwendet.

Eins nach dem anderen. Zuerst muss sie es Robin sagen. Diese Aufgabe ist wie eine hohe dunkelgraue Nebelwand, die vor ihr aufragt und alles dämpft und verschleiert, was dahinter noch auf sie wartet. Wie zum Beispiel diese Identifizierung des Leichnams.

Während sie der jungen Frau im weißen Kittel folgt, fragt sie sich, warum diese wohl einen so grausigen Beruf ergriffen hat. Jeden Tag Leichen sezieren. Abartig.

Vor der Tür des Sektionssaals steht ein fast zwei Meter großer Typ mit rötlichem Haar und einem wilden roten Bart. Er stellt sich als der für den Fall zuständige Staatsanwalt vor und bekundet ihr sein Beileid.

»Danke«, sagt Marie und denkt kurz – und ohne Ergebnis – darüber nach, ob der Mann ihretwegen oder wegen Moussa gekommen ist.

Da liegt er unter einem hellblauen Tuch auf einem stählernen Tisch. Man hat ihn nur bis zum Kinn aufgedeckt. Sein Hals ist bedeckt. Was ist mit seinem Haar? Man hat ihm eine Haube aufgesetzt, wie Ärzte sie bei Operationen tragen.

»Warum ist sein Haar unter diesem Ding da?«

»Sein Haar ist Gegenstand der forensischen Untersuchung«, erklärt der Staatsanwalt. »Es ist schwer zu ertragen, ich weiß, aber der Leichnam Ihres Mannes ist nun leider ein Beweismittel. Und Haaren haften oft Spuren an.«

Beamtendeutsch! Es ist beinahe komisch. Moussa ist jetzt also nicht nur ein Leichnam, sondern auch ein Beweismittel für den Staatsanwalt. Und sein prächtiges Haar, auf das er so stolz war, ist *Gegenstand einer forensischen Untersuchung*. Könnte er das hören, würde er lachen. Ja, lachen würde er!

»Geht es, Frau Abou?«, fragt die junge Medizinerin besorgt.

»Ich denke schon, ja.«

Sie hätten den Hals nicht zuzudecken brauchen, Marie kennt die Todesursache längst. Das Internet ist gnadenlos. Der sorgsam abgedeckte Hals ihres toten Ehemanns bestätigt nur die Gerüchte. Trotzdem fragt sie: »Wie wurde er ermordet?«

»Dazu kann ich mich noch nicht mit letzter Sicherheit äußern«, antwortet die Medizinerin mit den hellen Augen. »Nach der Obduktion wissen wir es genau.«

So ein Blödsinn! Als ob man ihn aufschneiden muss, um zu erkennen, dass ihm die Kehle durchgeschnitten wurde. Marie hat nicht die Kraft, dagegen zu argumentieren. Es wäre wohl auch zwecklos. Sie kann diese Prozedur nicht verhindern, das weiß sie. Also fragt sie nur: »Musste er leiden?«

»Nein, ich denke nicht.«

Bestimmt erzählen sie das jedem Hinterbliebenen. Noch so ein gewöhnungsbedürftiges Wort, Hinterbliebene. Klingt wie zurückgeblieben, also ein bisschen dämlich, und so wird man hier auch behandelt. Marie merkt, wie sie von ihren Gefühlen überrollt wird, es ist ein ganzes Gefühlsknäuel. Wut, Verzweiflung, Angst. Angst, wie sie es Robin sagen soll. Angst, wie sie Robin großziehen und erziehen soll, ohne seinen Vater. Sie muss das hier beenden, es hinter sich bringen. Dieser *Leichnam* hat nichts mehr mit Moussa zu tun. Im Gegenteil, er macht ihr Angst.

Sie überwindet sich und sagt: »Das ist mein Ehemann, Moussa Abou. Das wollten Sie doch wissen, oder? Deswegen bin ich doch hier.« Es klingt schroffer als beabsichtigt.

138

»So ist es«, bestätigt der Staatsanwalt.

»Kann ich nun wieder gehen?«

»Jawohl«, antwortet der Mann und bietet an, sie hinauszubegleiten.

»Danke, ich finde schon raus«, wehrt Marie ab.

Die Rechtsmedizinerin bringt sie zur Tür und weist ihr den Weg den Gang hinunter. Auf halber Strecke begegnet Marie einer Frau in einer Jeansjacke. Hellbraunes halblanges Haar, bernsteinfarbene Augen ... Das ist doch die Polizistin, die heute Morgen bei ihr war. Was machen diese ganzen Leute hier? Wollen die alle zusehen, wie man Moussa aufschneidet? Haben die nichts Besseres zu tun? Seinen Mörder finden beispielsweise. Sie merkt, wie ihr nun doch ein wenig übel wird.

»Frau Abou ...« Die Polizistin macht Anstalten, sie aufzuhalten, aber Marie will jetzt nicht mit ihr reden. Sie will mit niemandem reden und mit der Polizei am allerwenigsten. Sie möchte jetzt nur noch von hier weg und nach Hause. Sie verbirgt ihr Gesicht in den Händen, als würde sie weinen, und hastet an ihr vorbei.

27

Rifkin poltert die Stufen hinab. Sie ist auf Hundertachtzig.

»Dieses falsche Luder! Die hat uns so was von verarscht. Ich will einen Durchsuchungsbeschluss! Für ihre Wohnung und für ihre Voodoo-Höhle, und das obere Stockwerk sehe ich mir sofort an. Madame ist ja außer Haus. Das ist *die* Gelegenheit.«

Tadden ahnt, dass es schwer wird, sie zu bremsen. Er versucht es dennoch. »Wir sollten vielleicht erst mal mit Völxen sprechen.«

»Völxen! Spricht der denn mit uns? Zum Beispiel über unseren neuen Rookie?« Mit weit ausgreifenden Schritten geht sie auf den Barbershop zu.

»Komm schon, Rifkin! Das eine hat mit dem anderen doch wirklich nichts zu tun. Wir kriegen einen Riesenärger.«

»Du musst ja nicht dabei sein.«

Wir sind kein Wir mehr, nicht automatisch.

Die Spurensicherung ist gerade im Aufbruch begriffen. Frau Wetter steht ohne Mundschutz und Kapuze vor der Tür und raucht eine. Ihre orangerote Haarpracht leuchtet in der Sonne.

»Wir müssten in das Wohnhaus«, sagt Rifkin. »Habt ihr einen Schlüssel?«

Frieda Wetter inhaliert tief und sagt dann mit ihrer Schmirgel-papierstimme: »Geht durch den Laden und über den Hof. Da gibt es eine offene Hintertür.«

»Wenn das keine Einladung ist …« Rifkin lässt sich von einem der Spurensicherer Beweismitteltüten und Handschuhe geben, dann durchquert sie den Barbershop. Tadden folgt ihr. Wenn er sie jetzt im Stich lässt und auf die Dienstvorschrift verweist, wird ihr angespanntes Verhältnis nur noch schwieriger. Er muss wohl oder übel Flagge zeigen.

Tadden wirft einen schrägen Blick auf die inzwischen angetrock-nete Blutlache. Der Blutgeruch hängt immer noch im Raum. Oder ist das Einbildung? Er beeilt sich, in den Hof zu kommen. Dort ist die Luft besser, aber Hinterhöfe wirken auf ihn nach wie vor beängstigend. Wobei dieser nicht so schlimm ist, weil es gegenüber keine Häuser gibt. Eigentlich ist es gar kein Hof, sagt er sich, sondern ein hässlicher betonierter Garten. Dennoch merkt er, wie sich in seinem Kopf etwas zusammenbraut. Jetzt bloß keine Angstattacke!

Es gibt keinen Grund zur Panik. Es gibt keine Gefahr.

Die Autosuggestion will heute nicht klappen.

Reiß dich zusammen! Hier ist nirgendwo ein Hinterhalt.

Er betritt den Hausflur. Er ist düster und eng, und das schmale Fenster lässt wenig Licht herein. Im Erdgeschoss wurden moosgrüne Kacheln bis auf Hüfthöhe angebracht. Es riecht muffig. Allzu oft wird hier nicht sauber gemacht. An manchen Stellen ist der Putz abgebröckelt, darunter kommen rote Backsteine zum Vorschein. Er überwindet sich und geht die ausgetretenen Holzstufen hinauf.

»Polizei. Öffnen Sie bitte!«, hört er Rifkin rufen, gleichzeitig hämmert sie wütend gegen die Tür.

Im ersten Stock verharrt Tadden auf dem Absatz. Links geht es vermutlich in die Wohnung der Madame. Die Tür besitzt ein solides Sicherheitsschloss, im Gegensatz zu der von gegenüber. Dort wohnt dann wohl Said Abou. Tadden konzentriert sich auf seine Atemzüge. Bevor er Rifkin unter die Augen tritt, möchte er sich unbedingt wieder unter Kontrolle haben.

Rifkin weiß um seine »Zustände«. Sie weiß auch, dass das Problem sich inzwischen stark gebessert hat dank einer Therapie mit halluzinogenen Pilzen, für die er einige Male in die Niederlande gereist ist. Rifkin hat ihn das erste Mal sogar dorthin begleitet, obwohl sie die Methode dubios und gefährlich fand. Doch wenn man sich auf etwas verlassen kann, dann auf ihre Loyalität und Verschwiegenheit. Dennoch, gerade heute möchte er vor ihr keine Schwäche zeigen.

»Tadden?«

»Ich komme«, presst er hervor.

Im Tempo eines herzleidenden Achtzigjährigen stapft er die Treppen hinauf. Eine Stufe nach der anderen. Mit jeder Stufe weicht die Panik ein wenig mehr, bis schließlich nur noch eine vage Beklemmung zurückbleibt. Er hört ein Klacken und das Quietschen von Türangeln. Rifkin konnte es in ihrem Furor nicht abwarten.

Er ist oben, er hat es geschafft.

Auch hier gibt es zwei Wohnungstüren, die rechte steht offen. Die Daumen lässig in den Gürtelschlaufen, lehnt Rifkin im Türrahmen und fragt: »Alles in Ordnung?«

»Ja.«

»Sicher?«

»Mit einer Dienstwaffe in der Hand würde ich mich noch sicherer fühlen.«

»Ich beschütze dich.«

Während Tadden sich bei dem Gedanken ertappt, dass es vielleicht doch besser wäre, Verstärkung zu rufen, betritt Rifkin die Wohnung und ruft dann einige Male mit übertriebener Lautstärke und in bester Fernsehkrimimanier: »Sauber!«

Tadden muss unwillkürlich grinsen und folgt ihr.

Die Wohnung besteht aus einem Wohnraum mit einer Miniküche, einem Schlafzimmer und einem winzigen Duschbad mit Toilette. Die Möblierung ist spärlich und schäbig. Bett, Nachttisch, Schrank, ein Stuhl – das wäre das Schlafzimmer. Das Bett ist bezogen und wurde benutzt. Im Wohnraum gibt es ein ausziehbares Sofa. Ein kleiner Fernseher steht auf einer umgedrehten Umzugskiste, eine weitere dient als Couchtisch. Ein Esstisch, zwei Stühle, eine Deckenlampe und eine heruntergelassene Jalousie komplettieren die Einrichtung. Keine Pflanzen, kein Krimskrams, nichts, was das Auge oder das Herz erfreuen würde. Das einzige Bild, das über dem Sofa hängt, ist eher geeignet, Albträume hervorzurufen. Das großflächige, farbenfrohe Gemälde zeigt eine Zombiefratze, umrahmt von Schlingpflanzen oder Schlangen.

»Minimalismus pur«, meint Rifkin und wendet sich an ihren Kollegen. »Ist das nicht genau dein Ding?«

»Absolut«, antwortet der.

Nur nicht so trist und versifft.

Rifkin hat sich bisher noch nicht dazu aufgerafft, sein Tiny

House zu besichtigen, was auch daran liegt, dass es in Sichtweite zu Völxens Schafweide steht. Selbst wenn der Besuch ihrem Chef verborgen bliebe – der Hühnerbaron bekäme es garantiert mit. Er kennt Rifkin. Sie musste ihn vor Kurzem als Zeugen in einem Fall von Brandstiftung befragen. Und er ist ein Klatschmaul.

Eine Tasse mit einem Rest Kaffee steht auf dem Esstisch neben der Küchenzeile. Im Spülbecken befinden sich zwei Teller und Besteck, zwei Gläser mit Spuren von Rotwein und ein Topf mit Resten von Tomatensoße. Die leere Weinflasche steckt im Mülleimer, neben einer Dose Ravioli.

»Hier gab es gestern ein dionysisches Mahl«, stellt Tadden fest.

Rifkin hat sich inzwischen den Kleiderschrank vorgenommen. Viel gibt es darin nicht zu sehen, nur auf dem Boden liegen ein paar Klamotten und Bügel. Als hätte jemand hastig den Schrank ausgeräumt und sich nicht um die herabgefallenen Sachen gekümmert. Vielleicht, weil die Person, die den Schrank leerte, etwas korpulent ist und obendrein zu faul war, sich danach zu bücken, nachdem sie die meisten Sachen in eine blaue Tüte von Ikea gestopft hat.

Rifkin legt die übrigen Textilien auf das Bett. Ein durchsichtiges schwarzes Top, ein einzelner Netzstrumpf, eine Art Korsett aus rotem Lackleder, ein kurzes Etwas aus Glitzerstoff. Sie hält das Kleid in die Höhe. »Nuttenfummel.«

»Du wolltest sicher Sexarbeiterinnenfummel sagen«, meint Tadden.

»Du mich auch!«

Tadden grinst. Allmählich scheint Rifkin wieder normal zu werden. »Meinst du, sie hat hier ein Bordell betrieben?«, fragt er.

»Nein«, antwortet sie entschieden. »Ein Puff sieht anders aus. Dafür fehlt es an Deko. Nicht, dass ich ein Einrichtungsfreak wäre, aber ich habe schon Gefängniszellen gesehen, die waren gemütlicher.«

»Stimmt, in dieser Depri-Bude würde ich auch keinen … lassen wir das.«

»Sehen wir lieber mal nach, was nebenan abgeht«, meint Rifkin und zieht aus der Tasche ihrer Jeans eine abgelaufene Bahncard, mit der sie das lausige Schloss der Tür gegenüber in wenigen Sekunden öffnet.

»War nicht mal abgeschlossen.«

Als wäre das eine Rechtfertigung.

Sie durchschreiten einen dunklen Flur, an dessen Ende Wohn- und Schlafzimmer liegen. Auch hier ist das schmale Bett bezogen. Daneben steht ein Sessel aus abgewetztem Cord, statt eines Kleiderschranks gibt es eine Kommode, auf der ein Fernseher steht, dasselbe Modell wie drüben. Vom Bett aus schaut man auf ein Gemälde, das dem in der anderen Wohnung gleicht. Die Küche ist sauber, der Kühlschrank ist leer.

»Die Bewohnerin von hier war gestern gegenüber zum Essen eingeladen«, schlussfolgert Tadden. »Ravioli und billiger Rotwein.«

»Ich bin beeindruckt, Sherlock.«

»Den Kaffee trank die Gastgeberin heute Morgen aber wieder allein.«

»Diese Tür da ist verschlossen.« Rifkin hat das Licht im Flur angemacht.

»Und?«, ruft Tadden, der sich im Bad umschaut, dessen Sanitäreinrichtung aus den Sechzigern stammt. »Seit wann hält dich das auf?«

»Mit einem Eisenriegel und davor ein Trumm von einem Vorhängeschloss.«

»Was?« Tadden überzeugt sich selbst davon.

Sie sehen sich an.

»Vielleicht sollten wir doch mit einem Beschluss wiederkommen«, schlägt Tadden vor. Seine innere Stimme sagt ihm, dass es besser wäre zu verschwinden.

»Vielleicht finden wir aber auch den Schlüssel.«

Rifkin beginnt in der Küche zu suchen, Tadden in dem Zimmer mit dem Bett. Er öffnet die Kommode. Die Schubladen sind leer. Beinahe.

Er hält mit spitzen Fingern einen roten Stringtanga in die Höhe.

»Gefällt er Ihnen?«, ertönt eine bekannte Stimme. Die Hausbesitzerin steht mit finsterer Miene in der Tür.

»Nicht ganz meine Größe«, antwortet Tadden.

»Was tun Sie hier?« Blicke wie Giftpfeile schießen hin und her. »Haben Sie etwa die Türen aufgebrochen?«

»Sieht es denn so aus?« Tatsächlich hat Rifkins Methode keinerlei Spuren hinterlassen.

Die Madame atmet schwer. Vor Wut, oder sie ist kurzatmig vom Treppensteigen.

Ja, überlegt Rifkin, es könnte wegen der Durchsuchung ohne einen Beschluss Ärger geben. Andererseits ist sie erleichtert, die Madame zu sehen, denn sie hat befürchtet, dass diese sich verdrücken und abtauchen würde.

»Sie haben uns angelogen, Frau Ebidou. Sie sagten, diese Wohnungen im zweiten Stock stünden leer.«

»Das tun sie doch auch«, versetzt die Madame.

»Seit ein paar Stunden vielleicht.«

»Sie haben nicht gefragt, seit wann sie leer stehen.«

»Frau Ebidou, was verbirgt sich hinter dieser Tür?«, mischt sich Tadden ein.

»Sachen von Moussa.«

»Was für Sachen?«

»Keine Ahnung.«

»Wo ist der Schlüssel?«, herrscht Rifkin die Hausbesitzerin an.

Diese kramt in ihrer geräumigen Handtasche. »Bitte schön.«

Tadden nimmt den Schlüssel entgegen.

Was immer die Ermittler in diesem Zimmer vermutet oder erwartet haben, es war ganz bestimmt nicht das, was sie sehen, nachdem Tadden die Tür geöffnet hat.

Rifkin findet als Erste ihre Sprache wieder. »Frau Ebidou, wir werden Sie nun zur Befragung in die Dienststelle bringen. Tadden, ruf bitte eine Streife.«

»Eine Streife? Wirklich? Muss das sein?«, jammert die Madame.

»Ja«, bestätigt Rifkin. »Oder wollen Sie sich bei mir auf den Gepäckträger schwingen?«

28

»Ich gestehe es nur ungern, aber ich bin mit meinem Latein am Ende!« Erwin Raukel lässt sich schnaufend in den Sessel in Völxens Büro fallen.

»Du hattest Latein?«

»Großes Latinum!«, lautet die stolze Antwort. »Said Abou gibt zu, dass er ein paar Stunden vor dem Mord mit seinem Bruder gestritten hat. Aber er will mir partout nicht sagen, wo er die Nacht verbracht hat. Dabei habe ich ihm deutlich gesagt, dass ihn diese Weigerung mit weitem Abstand an die Spitze der Verdächtigen katapultiert.«

»Wenn selbst diese anschauliche Metapher nicht geholfen hat, dann weiß ich auch nicht, was wir noch auffahren sollen«, erwidert Völxen mit einem scheinheiligen Lächeln. Niedrige Instinkte lassen ihn sich an der Tatsache erfreuen, dass Raukel, der sich bekanntlich für den Größten hält, eine Niederlage zugeben muss.

»Ich denke, er will um keinen Preis zugeben, dass er die Nacht mit einem Kerl verbracht hat.«

»Wusste Moussa, dass sein Bruder schwul ist?«, will Völxen wissen.

»Said hat durchblicken lassen, dass er es wusste. Aber etwas zu wissen, heißt ja noch nicht, dass man damit einverstanden ist. Vielleicht braucht der Junge eine Nacht in Untersuchungshaft, damit er gesprächig wird.«

»Uh, schwarze Pädagogik«, lästert Völxen.

»Wenn dir was Besseres einfällt, nur raus damit«, gibt Raukel zurück.

»Wo ist er jetzt?«

»Im Verhörraum. Rifkin passt auf ihn auf.«

»Ach, die sind zurück? Warum sagt mir das keiner?«

»Wir wollten euch nicht stören.« Raukel lächelt anzüglich, und der Nachsatz, er spreche selbstverständlich von Völxens Befragung der Zeugin Flöck, macht es nicht besser.

Völxens Laune sinkt in den Keller. »Wenn du ein Problem mit meiner Personalentscheidung hast, dann nur raus damit!«

»Ich doch nicht!«, wehrt Raukel ab. »Ich hätte es nur gern etwas früher erfahren.«

»Was hätte das geändert?«

»Es ist lediglich eine Frage des ... ähm ... Stils. Des Fingerspitzengefühls.«

»Wir sind hier nicht im diplomatischen Dienst«, versetzt Völxen unwirsch.

»Gut zu wissen.« Raukel feixt über die ganze Breite seines runden Gesichts. »Da wir gerade vom Teufel sprechen ... Wo ist denn unsere neue Kollegin?«

Es klopft.

»Ja!«, ruft Völxen.

Eine strahlende Frau Cebulla vermeldet: »In meinem Büro wartet ein gewisser Vittorio Pellegrini. Ein ausgesprochen fescher Mann! Und zwei Kollegen vom Revier Mitte haben gerade diese Frau Ebidou hergebracht. Wohin mit denen allen? Mein Büro platzt gleich aus den Nähten.«

Völxen schwirrt der Kopf. »Die Kollegen sollen Said Abou mitnehmen und in den Gewahrsam überführen. Dort kann er sein Erinnerungsvermögen durchforsten. Was Frau Ebidou betrifft ...«

Sein Blick fällt auf Erwin Raukel, der sich tief in den Sessel duckt. Nun fuchtelt er hektisch herum, als wäre er in einen Bienenschwarm geraten.

»Nicht zu mir! Völxen, alter Freund, ich flehe dich an! Wie wäre es, wenn Jule sie vernimmt?«

»Sind wir hier bei Wünsch-dir-was?«, raunzt Völxen ihn an. »Außerdem habe ich Jule zur Rechtsmedizin geschickt.«

»Eine Obduktion!«, ruft Raukel schwärmerisch. »Eine zehn Tage alte Dachbodenleiche im Hochsommer wäre mir lieber als dieses Frauenzimmer!«

Völxen verdreht die Augen und bittet Frau Cebulla, die Zeugin in den Verhörraum zu bringen. Er werde sich selbst um sie kümmern. »Meinen Sie, Sie können den Herrn Pellegrini noch für die Dauer eines Cappuccinos in Ihrem Büro beherbergen?«

»Aber sicher doch, sehr gern, Herr Hauptkommissar!«

Wenigstens eine, die er glücklich gemacht hat.

»Schicken Sie mir bitte Rifkin herein.« Er wendet sich mit einem scheinheiligen Lächeln an Raukel: »Wäre dir eventuell die Befragung des Italieners genehm? Zusammen mit der Kollegin Rifkin?«

»Sehr genehm. Ich danke dir, Völxen, du guter Mensch. Ich wusste es immer: Hinter deiner rauen Schale sitzt eine reine, gütige Seele. Du hast was gut bei mir.«

29

Das Taxi hält vor ihrem Wohnblock in der Burgstraße.

»Da wären wir«, sagt die Taxifahrerin nach einigen Sekunden, in denen sich ihre Passagierin nicht gerührt hat.

Marie schreckt auf. Sie hat keinerlei Erinnerung an die Fahrt, die sie wie in Trance erlebt hat, während ihr noch immer die Bilder von Moussas Körper auf diesem stählernen Tisch im Kopf herumgingen. Sie zahlt, steigt aus, schließt die Tür auf. Normalerweise nimmt sie die Treppen wie nichts. Sie ist topfit. Dreimal pro Woche geht sie ins Gym. Jetzt erscheint ihr der Weg nach oben endlos. Sie schleppt sich in den zweiten Stock hinauf. Es ist, als gehorchten ihre Muskeln nicht mehr ihrem Willen. Ist es der Schock über Moussas Tod, der sie mit einigen Stunden Verspätung heimsucht?

Ihr Handy vibriert. Sie hat es stumm geschaltet, weil sie schon den ganzen Vormittag Anrufe von Nabil bekommen hat. Jetzt schon wieder. Sie hat sie allesamt ignoriert, sie hat ihm nichts zu sagen. Soll er doch Said anrufen, wenn er etwas wissen will. Oder gleich die Polizei. Marie hat nicht die Kraft, sich an diesem furchtbaren Tag auch noch mit diesem Kerl auseinanderzusetzen. Erst recht kann sie auf seine scheinheilige Beileidsbekundung verzichten. Nabil hat für sie keinen Funken Mitgefühl übrig, genau wie umgekehrt. Er wird nur sich selbst bejammern und den Verlust für die Familie Abou. Womöglich wird er ihr noch die indirekte Schuld an Moussas Tod geben.

Sie habe Moussa seiner Familie entfremdet, hat er ihr bei seinem letzten Besuch vorgeworfen. Seither hat sie beschlossen, kein Wort mehr mit ihm zu reden. Dabei soll es bleiben.

Fast geschafft. Noch drei Stufen, dann ist sie angekommen. Noch eine Stunde, bis ihre Mutter Robin aus dem Kindergarten abholen und hierherbringen wird. Sie hat es angeboten, und Marie ist ihr dankbar dafür. Dem Betroffenheitsgesäusel der Erzieherinnen und der anderen Mütter möchte sie so lange wie möglich entgehen. Hoffentlich hat Robin dort nicht schon irgendetwas aufge-schnappt.

Sie will gerade die Tür aufschließen, da öffnet sich die Woh-nungstür gegenüber, und eine weißhaarige Dame sagt: »Frau Abou! Gut, dass ich Sie sehe.«

»Guten Tag, Frau Schmucker«, presst Marie hervor.

Die hat ihr jetzt gerade noch gefehlt. Edith Schmucker, zweiund-achtzig Jahre alt. Stets hilfsbereit, aber auch ein bisschen neugierig. Robin mag sie, weil sie ihm immer Süßigkeiten zusteckt, ungesun-des Zeug, das Marie bei Gelegenheit im Müll verschwinden lässt. Ein Glück nur, dass die Alte mit den digitalen Medien nichts am Hut hat und heute wahrscheinlich noch nicht vor der Tür war. Sonst hätte sie Marie anders begrüßt. Marie hofft dennoch, dass sie ihr rasch entkommen kann.

»Da war eine Dame vom Blumenladen, die hat einen Strauß vor Ihre Tür gelegt. Ich habe es zufällig gesehen, als ich unterwegs zu den Briefkästen war. Ich dachte mir, die schönen Rosen können da nicht liegen bleiben, die müssen in eine Vase. Warten Sie, ich hole sie ...« Frau Schmucker verschwindet im Inneren ihrer vollgestopf-ten, düsteren Höhle.

Marie öffnet schon mal die Tür, legt die Handtasche ab und zieht ihren Mantel aus. Rosen? Eine Ahnung macht sich breit, sie muss unwillkürlich lächeln.

»Da sind sie! Sind die nicht prächtig?« Frau Schmucker steht auf der Schwelle und schaut Marie erwartungsvoll an, als rechne sie zum Dank für ihre Mühe mit einer Erklärung, von wem sie sind und wofür.

»Danke, Frau Schmucker.« Marie, noch immer lächelnd, nimmt den Strauß entgegen, nickt ihr zum Abschied zu und schließt etwas überhastet die Tür.

Rosa Rosen, zwei Dutzend. Sie sehen wirklich prächtig aus. Marie stellt sie in eine Vase. Wunderschön!

Die Blumen sind ihr wirklich ein Trost. Sie weiß, es kommen schwere Tage und Wochen auf sie zu, aber diese Blumen sagen ihr, dass noch nicht aller Tage Abend ist. Er scheint es ernst zu meinen. Oder ... oder sind sie eine Art Abschiedsgeschenk? Sie wird von einem Gefühl der Unsicherheit erfasst. Macht er nun, da sie quasi wieder ungebunden ist, einen Rückzieher? Sie weist diesen Gedanken weit von sich. Dennoch bereut sie es, dass sie heute Morgen so pampig war. Sie hat überreagiert, es war einfach zu viel auf einmal. Sie sollten sich treffen. Sie muss jetzt am Ball bleiben.

Sie trägt den Strauß ins Wohnzimmer. Er schmückt den ganzen Raum. Aber was wird ihre Mutter sagen? Lieber ins Schlafzimmer. Für gewöhnlich ist das der einzige Raum, den ihre Mutter nicht betritt.

In der Küche will sie das Papier entsorgen und entdeckt den Umschlag mit der kleinen Karte. Sie öffnet ihn mit klopfendem Herzen.

Sie lächelt, nachdem sie den kurzen Text gelesen hat, und setzt Kaffee auf. In der Zwischenzeit öffnet sie den Laptop. Er hat ihr eine Mail geschickt.

Meine Liebste, es tut mir leid wegen heute Morgen. Ich kann mir nicht wirklich vorstellen, wie du dich fühlst.

Auch wenn das gerade etwas unpassend ist: Ich habe mich schon mal auf dem Markt umgesehen. Falls du dieser Tage mal eine ruhige Minute hast, dann schau dir die Links an und sag mir deine Meinung. Ich küsse dich.

30

»Jesses! Die geballte Schtaatsmacht!« Dr. Bächle begrüßt Jule mit einem festen Händedruck. »Grüß Sie Gott, Frau Wedekin. Es ischt mir eine besondere Freude.«

»Mir ebenfalls, Dr. Bächle«, strahlt Jule den Rechtsmediziner an. Veronika Kristensen begrüßt Jule lediglich mit einem lässigen Winken.

»Sie kennen sich?« Der kleine weißhaarige Schwabe wendet sich dem anderen Vertreter der *Schtaatsmacht* zu.

Staatsanwalt Marius Feyling nickt Jule zu. »Hauptkommissarin Wedekin, wir hatten schon das Vergnügen. Aber waren Sie nicht neulich noch beim LKA?«

»Richtig. Ich bin nur die Elternzeitvertretung bei den Todesdelikten.«

»Wen vertreten Sie denn?«

»Meinen Mann, Hauptkommissar Rodriguez.«

Für einen flüchtigen Moment wirkt der Staatsanwalt irritiert. »Interessant«, meint er dann und murmelt etwas, das sich wie »typisch Völxen« anhört.

Sein Mund wird von einem struppigen roten Bart umrahmt, der eine Nuance dunkler ist als sein borstiges Haar, das im Nacken von einem Gummiband zusammengehalten wird. Kein Wunder, dass man ihn den Wikinger nennt. Genauso wie Dr. Bächle wegen seines weißen Haarkranzes den Spitznamen Einstein trägt. Jule muss sich zusammenreißen, um nicht zu kichern.

»Gehen Sie häufiger zu Obduktionen?« Jules Frage ist berechtigt. Für gewöhnlich lassen sich Staatsanwälte durch Ermittler wie sie vertreten. Dass sie nun zu zweit hier stehen, deutet entweder darauf hin, dass es mit diesem Toten etwas Besonderes auf sich hat oder dass Feyling Obduktionen ebenso interessant findet wie sie.

»Ich kannte ihn. Nicht gerade gut, nur als Kunde des Barbershops.«

Veronika Kristensen nuschelt in ihren Mundschutz, dass das wohl schon ein Weilchen her sein muss.

Was wohl Veronikas Mutter Oda Kristensen von Jules vorübergehender Rückkehr ins alte Kommissariat halten wird? Denn Veronika wird ihr bestimmt davon erzählen, wenn nicht sogar Völxen selbst. Aber vielleicht ist es der ehemaligen Kollegin in ihrem südfranzösischen Exil inzwischen herzlich egal, wer wann für Völxen arbeitet. Aber der Psychologin Oda Kristensen wird es nicht egal sein, überlegt Jule, und sie ist im Grunde ganz froh darüber, dass sie vermutlich nie erfahren wird, wie Odas Kommentar dazu lautet. Ähnlich geht es ihr mit den Kollegen. Bestimmt wird schon den ganzen Tag ausführlich spekuliert und gelästert.

»Können wir?«, fragt die junge Rechtsmedizinerin, an ihren Vorgesetzten gewandt.

»Jawoll, auf geht's.« Dr. Bächle reibt sich voller Tatendrang die Hände, ehe er sich die Handschuhe überstreift.

Veronika deckt die Leiche auf.

Sie haben ihm das Haar abrasiert! Das ist Jules erster Gedanke, während sie sich an das markante Foto in seiner Wohnung erinnert. Der zweite lautet: Er sieht gar nicht mehr gut aus. Diese Erfahrung ist nicht neu. Sogar attraktive Menschen sehen auf dem Seziertisch schrecklich aus. Vielleicht, weil ihnen jegliche Ausstrahlung fehlt. Leichen eben. *Sterbliche Überreste.*

»Im Grunde ist die Todesursache offensichtlich.« Veronika deutet auf den Hals des Toten mit dem klaffenden Schnitt.

Jule überläuft ein Schauder. Der Anblick lässt sie unweigerlich an den Mord an ihrer Mutter denken. Dabei war sie bis eben noch überzeugt, dass ihr das nichts ausmachen würde. »Kein Problem, Völxen. Das gehört nun mal zum Job«, hat sie felsenfest behauptet.

Es ist nicht nur die Ähnlichkeit der Todesart, die ihr zu schaffen macht, sondern mehr noch die Tatsache, dass ein junger, vitaler Mensch, der geliebt und geschätzt wurde, von einer Sekunde auf die andere einfach weg ist. Ein pralles Leben, ausgelöscht durch die rohe Gewalt eines anderen Menschen. Für immer. Endgültig. Nun muss eine Familie mit dieser schrecklichen Endgültigkeit leben.

Darunter ein dreijähriger Junge. Sie stellt sich vor, es wäre Fernando. Nein, so darf sie nicht denken!

Konzentrier dich auf die Fakten!

Früher hatte sie solche Gedanken nicht im Seziersaal. Oder erinnert sie sich nur nicht mehr daran? Von Völxen weiß sie, dass er sich in all den vielen Dienstjahren nie an die Toten gewöhnt hat. Im Gegenteil, er behauptet, je älter er werde, desto näher gehe ihm der Tod eines Menschen. Vielleicht ist es bei mir genauso, überlegt Jule, während Veronika ein paar Angaben über den Toten – Geschlecht, Alter, Größe, Gewicht, allgemeiner körperlicher Zustand – in das Diktiergerät spricht.

Dr. Bächles Stimme unterbricht Jules Gedankengänge, denn er fordert Veronika auf, sie möge den Besuchern »ihre jüngschden Erkenntnisse schildern«.

Veronika beginnt: »Todesursache ist und bleibt der Schnitt durch die Kehle mit einem sehr scharfen Gegenstand, vermutlich einem Rasiermesser. Der Schnittverlauf beginnt an der rechten Halsseite und geht über die gesamte Breite des Halses bis zur linken Seite. Aufgrund der Durchtrennung der Luftröhre ist er erstickt und hat zudem sehr viel Blut verloren ...«

Da kommt noch ein Aber, denkt Jule. Und da ist es auch schon.

»Aber wenn Sie bitte ans Kopfende treten würden ...«

Jule und der Staatsanwalt kommen der Bitte nach und betrachten den kahl rasierten Schädel des Toten.

»Er wurde niedergeschlagen«, erkennt Jule. »Da ist ein Hämatom.«

»Genau«, bestätigt Veronika. »Ich konnte es am Tatort nicht gleich erkennen, wegen des dichten Haares und weil er mit dem Kopf in seinem Blut lag.« Es klingt ein wenig, als würde sie sich dafür entschuldigen. »Man erkennt im Röntgenbild einen Riss im Scheitelbein. Da hat jemand ordentlich draufgehauen. Auf jeden Fall war es etwas Schweres, Scharfkantiges.«

»Eine Art Stein oder dergleichen?«, will Feyling wissen.

»Möglich. Allerdings waren keine Spuren von Mineralien in der Wunde. Wenn es ein Stein war, dann war er geschliffen und versiegelt. Es kann auch etwas Metallisches gewesen sein. Im Grunde kommt jedes Material infrage, das eine hohe Dichte aufweist und keine Rückstände hinterlässt.«

»Wie oft wurde zugeschlagen?«, fragt Jule.

»Einmal. Vermutlich ging er sofort benommen zu Boden. Der Kehlschnitt erfolgte, als der Körper auf dem Rücken lag. Darauf deutet die Schnittführung hin. Der Täter kauerte aus seiner Sicht rechts neben der Leiche und führte den Schnitt mit der rechten Hand von links nach rechts aus. Folglich haben wir es mit einer rechtshändigen Person zu tun. Nicht allzu groß, wenn man nach Lage und Winkel des Schlages geht. Zwischen eins siebzig und eins achtzig.«

»Damit sind mir zwei aus'm Schneider, Herr Schtaatsanwalt«, bemerkt Dr. Bächle, dessen Körperlänge sich unterhalb des genannten Spektrums befindet, während Feyling gut über eins neunzig sein dürfte.

»Sie sagen es«, bejaht dieser.

»Aber der Tote lag auf der Seite. Ich konnte die Fotos von Völxen sehen«, fällt Jule ein.

»Ich weiß, ich war ja selbst vor Ort«, fährt Veronika fort. »Es ist möglich, dass er noch einmal kurz zu sich kam. Das würde auch das viele Blut am Tatort erklären. Das Herz hat noch gepumpt, bis er erstickt ist.«

Veronika greift zum Skalpell.

Jule holt ihr Handy aus der Tasche. »Ich muss Hauptkommissar Völxen informieren. Aber fangen Sie ruhig schon an.« Sie strebt in Richtung Tür.

Marius Feyling folgt ihr. »Ich denke, ich habe genug gesehen und gehört«, meint der Staatsanwalt. »Dr. Bächle, Frau Dr. Kristensen, ich bin gespannt auf den Obduktionsbericht. Adieu zusammen.«

Die geballte Staatsmacht verlässt den Seziersaal.

31

»Sneaker? Also Turnschuhe?«, vergewissert sich der Hauptkommissar. Heutzutage weiß man nie, ob sich hinter den gewohnten Worten nicht irgendein Code verbirgt.

»Ganz genau«, sagt Rifkin. Sie hat gerade von ihrem bewegten Vormittag und den Lügen der Madame berichtet. Zuletzt kam der abgeschlossene Raum im zweiten Stock des Hauses zur Sprache. »Türme von Schuhschachteln, Modelle in verschiedenen Größen. Hauptsächlich Edelmarken und Modelle von Nike, Adidas und Puma, die in limitierten Auflagen produziert wurden.«

»Wollte er einen Schuhladen eröffnen?«

»Das sind Spekulationsobjekte«, erklärt Rifkin.

»Ach.«

»Es läuft so ab: Man ergattert am Tag des Drops – also wenn der neue Schuh rauskommt – so viele wie möglich und verkauft sie weiter. Da war eine Weile lang richtig viel Kohle drin. Besonders zu Beginn der Corona-Krise sind die Preise explodiert.«

»Warum?«

»Weil die Lieferketten gestört waren. Knappes Angebot und Leute mit viel Zeit und Langeweile an den Computern – plötzlich wollte alle Welt mit Sneakers spekulieren.«

»Wenn man mit den Tretern schon nicht rausdurfte«, ergänzt Völxen.

»Sie sagen es, Herr Hauptkommissar.«

»Unser Toter hatte welche davon an.« Veronika Kristensen, fällt ihm ein, hat ihn bei der Untersuchung des Leichnams noch extra auf dessen teure Sneaker aufmerksam gemacht.

»Ja, inzwischen kann man sie genauso gut auch anziehen.«

»Wie meinen Sie das?«

»Die Sneaker-Blase ist geplatzt«, verkündet Rifkin düster.

»Noch eine Krise! Von der ich nicht einmal etwas ahne«, bekennt Völxen schmunzelnd.

Rifkins Lächeln fällt hingegen etwas mau aus. Hat sie womöglich ebenfalls schachtelweise überteuerte Schuhe eingekauft? Völxen widersteht der Versuchung, sich über seinen Schreibtisch zu beugen und auf ihre Sneaker zu schielen. Es würde ohnehin nichts bringen, ahnungslos, wie er ist.

»Wie kam es dazu?«, fragt er.

»Die Hersteller werfen inzwischen mehr Modelle und größere Stückzahlen auf den Markt. Die Fans, man nennt sie die Sneakerheads, finden, dass dies zulasten des Markanten und Besonderen geht. Man bekommt heute kaum noch den Einkaufspreis.«

»Also hat Moussa Abou sich mit den Schuhen gründlich verspekuliert.«

»Möglich. Vielleicht ist das Zeug aber auch geklaut.«

»Das wäre ein Grund, warum er die Schuhe in diesem Zimmer gelagert hat und nicht bei sich zu Hause.«

»Die Madame behauptet, der Grund wäre, weil seine Frau gegen diese Geschäfte gewesen sei.«

»Womit sie letztendlich recht behielt«, bemerkt Völxen.

»Vielleicht behauptet die Voodoo-Hexe auch nur, dass es Moussas Schuhe sind. Wenn ich heute Vormittag eines gelernt habe, dann ist es, dass diese Frau lügt, wann immer sie den Mund aufmacht. Sie müssen wirklich aufpassen, Herr Hauptkommissar!«

»Danke für den Rat, Rifkin.«

»Gern geschehen.« Sie steht auf und strebt zur Tür.

»Rifkin?«

»Ja, Herr Hauptkommissar?«

»Über das unbefugte Betreten von Privaträumen ohne Beschluss sprechen wir, wenn mehr Zeit ist.«

32

Erwin Raukel hat Rifkin und den Zeugen Pellegrini in sein Büro gebeten, obwohl es dort zu dritt ein wenig eng wird. Aber so kann er sich wenigstens noch einen *caffè corretto* genehmigen.

Das kleine Dossier, das Frau Cebulla angelegt hat, verrät, dass Vittorio Pellegrini vor achtunddreißig Jahren in Hannover geboren wurde und verheiratet ist mit der vierunddreißigjährigen Lorenza Pellegrini, geborene Borgia. Ein Name wie Donnerhall. Das Paar hat drei Kinder, zwei achtjährige Zwillingsmädchen und einen Fünfjährigen. Sie wohnen in einem Reihenhaus in Wettbergen. Pellegrini hat noch immer seine Sonnenbrille auf, obwohl es in Raukels Büro eher schummrig ist. Hat er was an den Augen, oder will er einen auf cool machen?

Rifkin hat ihn eingangs aufgefordert, die Brille abzunehmen, aber er hat sich geweigert. Gar nicht klug von ihm, es sich mit Rifkin zu verscherzen, findet Raukel. Ansonsten zeigt sich der Mann bisher auskunftsfreudig und kooperativ.

Sein Arbeitsverhältnis mit Moussa sei sehr gut gewesen. Moussa war ein unkomplizierter Vorgesetzter, der ihn anständig bezahlte und ihm vertraute. Es habe Moussa nicht gestört, dass Vittorio sich im Lauf der Zeit seinen eigenen Kundenstamm heranzog. Im Gegenteil, er habe ihn sogar dazu ermuntert. Umgekehrt wusste Vittorio, dass Moussa der Star des Ladens war und er nur die zweite Geige spielte, aber das habe wiederum ihm nichts ausgemacht.

»Und privat?«, fragt Raukel.

»Privat gab es wenig Berührungspunkte«, antwortet er.

Auf Madame Ebidou angesprochen, winkt er ab. »Nervige Person.«

»Womit genau hat sie Sie genervt?«, will Rifkin wissen.

»Ich persönlich habe nichts mit ihr zu schaffen. Aber es geht mir auf den Sack, wie sie herumstolziert und sich aufspielt, als wäre sie die Königin des Viertels.«

158

Rifkin und Raukel wechseln einen verständnisinnigen Blick.

»Wer putzt eigentlich im Clooney?«, fragt Rifkin beiläufig.

»Keine Ahnung. Ich treffe die Damen selten, die putzen ja vor oder nach den Öffnungszeiten.«

»Es waren bisher stets junge schwarze Frauen«, hilft Rifkin nach.

»Ja, stimmt. Das hat alles *la strega* ... Signora Ebidou organisiert. Ich arbeite im Clooney als Barber, basta.«

»*Strega* bedeutet Hexe, nicht wahr? Sie sind nicht der Einzige, dem sie unheimlich ist. Vielen Leuten geht es so, sogar Kollegen.« Rifkin streift Raukel mit einem Seitenblick. »Wusste sie vielleicht etwas über Sie?«

Wenn Rifkin nicht alles täuscht, hat Pellegrinis untere Gesichtshälfte gerade ein wenig an Farbe gewonnen.

»Ich kann sie nicht leiden«, gibt er zu. »Aber ich habe keine Angst vor ihr, warum auch? Hören Sie, ich habe keinen Grund, sie zu schonen. Ich denke auch, dass bei der Sache mit den Putzfrauen nicht alles mit rechten Dingen zugeht. Aber das ist ... das war Moussas Angelegenheit. Manche Dinge will man als Angestellter lieber nicht so genau wissen.«

Raukel findet, dass es nun genug ist. Soll sich doch der Schafstrottel mit der Alten und ihren Machenschaften auseinandersetzen. Außerdem ist er hungrig und dehydriert.

»Wussten Sie, dass Ihr Chef mal was mit der Friseurin Nicole hatte?«, erkundigt er sich mit leutseligem Lächeln.

Vittorio Pellegrini scheint der Themenwechsel gelegen zu kommen, er antwortet bereitwillig. »Sagen wir mal so: Ich ahnte es.«

»Und wie war die Stimmung, nachdem es vorbei war?«

»Da gab es eine Weile gewisse Spannungen. Doch das hat sich wieder gegeben. Ich kümmere mich nicht um so etwas, ich mach mein Ding.«

»Wie war denn Ihrer Meinung nach das Verhältnis zwischen Moussa und seinem jüngeren Bruder Said?«, fährt Raukel fort.

An dieser Stelle holt Pellegrini tief Luft. »Ambivalent, würde ich sagen. Die Brüder sind zwölf Jahre auseinander. Moussa war für Said eine Autorität, fast wie ein Vater. Ich fand, dass Moussa ihn manchmal ungerecht behandelt hat.«

»Inwiefern?«

»Er hat ihm zu wenig zugetraut. Klar, Said muss noch viel lernen, er hat wahrscheinlich weder das Talent noch die Entertainer-Qualitäten von Moussa. Aber Moussa hat ihn fast nur stupide Hilfsarbeiten machen lassen, wie soll er sich da weiterentwickeln? Neulich hörte ich, wie er zu Said sagte, er müsse sein Leben endlich selbst in den Griff kriegen.«

»Was meinte er damit?«

»Said hängt sehr an Moussas Rockzipfel.«

»Said war also abhängig von Moussa, kann man das so sagen?«, fasst Rifkin zusammen.

Pellegrini wird nun vorsichtiger. Offenbar will er seinen Kollegen nicht in die Pfanne hauen. »Zumindest hat er das geglaubt. Aber deswegen bringt er seinen Bruder nicht um.«

»Weswegen dann?«, fragt Rifkin.

»Wie bitte? Na, gar nicht!«, ruft der Zeuge voller Leidenschaft.

»Was hielt Said denn von dem Angebot des dritten Bruders Nabil an Moussa?« Raukel achtet bei dieser Frage genau auf die Mikroexpressionen, allerdings stört dabei diese dunkle Sonnenbrille ganz erheblich.

»Was meinen Sie damit?«

»Nabil soll Moussa angeboten haben, einen neuen Barbershop in Berlin-Charlottenburg zu führen.«

»Davon weiß ich nichts. Ich kann mir nicht vorstellen, dass Moussa das angenommen hat. Er ist ja wegen Nabil weg aus Berlin. Aber wer weiß? Familie ... Wenn er sich so entschieden hätte, hätte er mit mir gesprochen. Er war immer fair und offen zu mir.«

»Für Said wäre es wohl eine Art Weltuntergang«, gibt Raukel zu bedenken. »Er hätte sicher nicht mit Moussa zurück nach Berlin gewollt. Nabil scheint ein konservativer Muslim zu sein, der wenig Sympathie für Homosexuelle übrighat.«

Pellegrinis anfängliche Gelassenheit ist dahin. »*Cazzo!*«, schimpft er. »Warum löchern Sie mich dauernd wegen Said? Fragen Sie ihn doch selbst!«

»Haben wir«, versichert Raukel und lässt offen, was dabei herauskam.

»Die Tat geschah wann?«, fragt Pellegrini.

»Kurz vor Mitternacht«, antwortet Rifkin.

»Dann kann er es nicht gewesen sein«, sagt Pellegrini, nun wieder beherrscht. »Unmöglich«, fügt er hinzu.

»Sagt wer?«, entgegnet Raukel.

»Ich«, seufzt Pellegrini. »Wir haben den Abend zusammen verbracht. In einem Hotel. Das Mercure bei der MHH. Ich habe das Hotel kurz vor Mitternacht verlassen. Da war Said noch auf dem Zimmer. Er wollte bis zum Morgen dortbleiben. Er mag schicke Hotels.« Der Zeuge lächelt zärtlich.

»Sie und Said sind ... zusammen?«, hakt Rifkin nach.

»Ja«, knirscht er ziemlich verlegen.

Wie jetzt?, fragt sich Rifkin. Der Mann hat eine Frau und drei Kinder. Womöglich handelt es sich um ein polyamouröses Dreiecksverhältnis? Um nicht als engstirnige Heterofrau von gestern dazustehen, schweigt sie lieber.

»Sie sind also Saids Alibi für die Tatzeit«, stellt Raukel fest.

Die Mitteilung des Zeugen scheint ihn wenig zu überraschen. Vielleicht hat er im Clooney etwas von dem Verhältnis der beiden mitbekommen.

»Sie können es nachprüfen, wir haben dort auch zu Abend gegessen.«

»Wie haben Sie bezahlt?«, will Rifkin wissen.

»Zimmer und Essen hat Said mit seiner EC-Karte bezahlt, ich habe ihm das Geld in bar erstattet.«

»Warum hat Said uns das so hartnäckig verschwiegen?«, will Raukel wissen.

»Weil er mir geschworen hat, niemals und unter keinen Umständen irgendeiner Menschenseele von uns zu erzählen.«

»Auch dann nicht, wenn er wegen Mordes angeklagt zu werden droht?«

»Diesen Fall haben wir weder vorausgeahnt noch besprochen«, erwidert Pellegrini patzig.

»Wusste Moussa über Ihre Beziehung Bescheid?«, fragt Rifkin.

»Nein.« Der Zeuge schüttelt den Kopf. »Er wäre nicht begeistert gewesen. Wir waren immer sehr vorsichtig, nicht nur im Clooney.

Zumindest dachte ich das.« Mit diesen Worten und einem neuerlichen theatralischen Seufzen nimmt Pellegrini seine dunkle Sonnenbrille ab.

»Wow!« Rifkin kann sich einen Lacher nicht verkneifen. »Das ist ein ordentliches Veilchen. Und noch recht frisch.« Rifkin, die gelegentlich in einen Boxring steigt, kennt sich aus in der Farbenwelt der Hämatome.

»Wer war das?«, fragt Raukel. Wenn es Moussa Abou war, könnte Dr. Bächle an dessen Hand bestimmt noch Spuren des Schlages entdecken.

»Lorenza. Meine Frau.«

»Respekt!«, entschlüpft es Rifkin.

»Gestern Abend wollte sie angeblich bei ihrer Freundin aus Minden deren Geburtstag feiern und dort übernachten. Super Gelegenheit, dachte ich und habe ich mich mit Said im Mercure getroffen. Es war eine Falle. Sie hat vor dem Hoteleingang auf mich gewartet. Lorenza hat ein aufbrausendes Temperament. Meine Nase hat geblutet. Der Nachtportier ist rausgekommen und hat mir ein Handtuch gebracht.«

Ob es vor dem Hotel Kameras gibt? Dann hätte man die genaue Uhrzeit und noch dazu den Spaß, sich das Spektakel anzusehen. So oder so, der Portier wird sich bestimmt an den Vorfall erinnern. Es werden sicher nicht alle Tage Ehemänner von ihren Frauen vor der Tür verprügelt. Wenn das alles einer Prüfung standhält, hat zumindest Pellegrini ein Alibi. Bleibt noch Said.

»Hat Said davon etwas mitbekommen?« Raukel deutet auf das blaue Auge seines Gegenübers.

»Nein.« Pellegrini schüttelt den Kopf. »Das Zimmer ging nach hinten raus. Ich dachte, es reicht, wenn ich ihm im Lauf des Tages davon berichte. Ich habe heute Morgen versucht, Moussa zu erreichen, um mich krankzumelden. So, wie ich aussehe, wollte ich nicht bei der Arbeit auflaufen. Aber er ging nicht ran, also habe ich ihm auf die Mobilbox gesprochen, ich hätte einen Fahrradunfall gehabt. Sie können es nachprüfen. Kurz darauf erreichte mich der Anruf Ihres Kollegen. Danach wollte ich dringend mit Said sprechen, aber der ist einfach nicht an sein Handy gegangen, ich habe es bis eben pausenlos versucht. Ich mache mir langsam Sorgen um ihn.«

»Müssen Sie nicht. Im Polizeigewahrsam ist er sicher«, meint Raukel.

»Was?«, schreit Pellegrini erbost auf. »Sie haben ihn eingesperrt?«

Mitten hinein in die folgende italienische Schimpftirade, welcher die Ermittler interessiert und amüsiert lauschen, klopft es.

Raukel bringt Pellegrini mit einer entschlossenen Handbewegung zum Schweigen. »Ja! Was ist denn?«, ruft er ungehalten.

Frau Cebulla huscht herein, reicht Rifkin, die der Tür am nächsten sitzt, einen Notizzettel und flüstert: »Von Hauptkommissarin Wedekin, angeblich dringend.«

Schon ist sie wieder weg.

Rifkin liest die Nachricht und reicht sie an Raukel weiter. Die beiden tuscheln eine Weile.

Pellegrini beobachtet die Ermittler dabei mit seinem heilen rechten Auge.

»Was ist?«, fragt er schließlich nervös.

»Herr Pellegrini, wir möchten Sie um Ihre Hilfe bitten«, sagt Raukel. »Wären Sie bereit, Hauptkommissarin Rifkin kurz zum Clooney zu begleiten?«

33

»Den Rest der Prozedur schenke ich mir lieber«, gesteht Marius Feyling auf dem Flur freimütig. »Nicht, dass man mich noch raustragen muss.«

»Sehr rücksichtsvoll von Ihnen«, findet Jule. Auch sie ist im Moment froh, nicht mehr dem Anblick der Leiche ausgesetzt zu sein. Allerdings war das ja nur das Vorgeplänkel, gleich wird es richtig zur Sache gehen. Wie lange ist es her, seit sie als Vertreterin der Exekutive bei einer Obduktion war? Fünf Jahre mindestens. Sie holt tief Atem, um eine kleine Übelkeit niederzukämpfen.

»Ist alles in Ordnung?«, fragt Feyling aufmerksam.

»Ja, ja«, winkt sie ab. »Ich bin bloß nichts mehr gewohnt.«

Das LKA hat mich zum Weichei gemacht.

»Die neuen Erkenntnisse machen die Sache nicht gerade einfacher«, lenkt sie das Gespräch wieder auf den Fall.

»Stimmt. Die gesamte Belegschaft des Clooney passt ins Größenraster. Lauter Hobbits, von meiner Warte aus betrachtet.«

»Und Sie sind dort regelmäßig Kunde?«, fragt Jule.

»Ich ahne, was Sie denken.« Der Wikinger kämmt mit den Fingern durch sein Bartgestrüpp. »Aber auch der wildeste Garten muss gelegentlich durchforstet werden.«

Jule muss lachen. Eigentlich ganz charmant, der Typ. Besonders für einen Staatsanwalt. »Ich meinte eher die Sache mit dem schweren scharfkantigen Gegenstand. Das erweitert den Täterkreis. Aufgrund des vermeintlichen Angriffs mit dem Rasiermesser dachten wir an einen sehr kaltblütigen, brutalen Täter. Eventuell aus dem Milieu. Aber wenn er vorher niedergeschlagen wurde ...«

»Dann kommt praktisch jeder infrage. Es könnte auch eine Tat im Affekt gewesen sein«, ergänzt Feyling.

»Der Schlag, ja«, stimmt Jule ihm zu. »Der Griff zum Rasiermesser – da bin ich nicht sicher. Aber Sie sind der Ankläger.«

»So ist es.«

Jule zieht ihr Handy aus der Jackentasche. »Sie entschuldigen? Völxen vernimmt gerade die Zeugen, er sollte das möglichst rasch erfahren.«

»Ich mache mich vom Acker. Es war mir ein Vergnügen.« Feyling dreht sich um und hebt grüßend die Hand.

Für einen Augenblick ist Jule versucht, es ihm nachzutun. Sie verspricht sich von der Obduktion der Leiche nicht mehr viel. Die Todesursache ist klar. Selbst wenn der Körper einen weiteren Defekt aufweist oder die Toxikologie ergibt, dass er Drogen nahm, dürfte es für ihre Ermittlungen keine Rolle spielen. Andererseits – wenn sie jetzt kneift, dann wird sie womöglich so schnell nicht wieder den Seziersaal betreten. Doch erst einmal wählt sie Völxens Dienstnummer, landet aber wie erwartet bei Frau Cebulla.

Der Herr Hauptkommissar sei in einer Vernehmung.

»Richten Sie ihm bitte Folgendes aus: Das Opfer wurde niedergeschlagen, und zwar mit einem scharfkantigen, schweren Gegenstand. Von einem Rechtshänder zwischen eins siebzig und eins achtzig. Der Kehlschnitt erfolgte danach. Haben Sie das?«

»Natürlich.«

»Könnten Sie ihm rasch einen Zettel mit der Info reinlegen? Möglicherweise kann sich das auf die Befragung auswirken.«

»Ich werde es riskieren. Den anderen auch?«

»Den anderen?«

»Raukel und Rifkin vernehmen den Herrn Pellegrini.«

»O ja. Die sollten das auch wissen. Wenn Sie so freundlich wären.«

»Gerne. Kann ich sonst noch etwas ausrichten?«

»Nein. Ich muss zurück, die Obduktion hat begonnen. Ich danke Ihnen, Frau Cebulla.«

»Dafür nicht«, meint sie betont liebenswürdig. »Viel Vergnügen noch.«

Jule ist einigermaßen verwundert. Das lief doch unerwartet gesittet, nein geradezu verdächtig freundlich ab. Man könnte fast auf die Idee kommen, Völxen hätte seiner Sekretärin nach deren schroffem Auftritt von vorhin eine Lektion in Sachen Benimm erteilt. Wenn es so ist, dann hat das sicher nicht geschadet. Auch einem altgedienten Schlachtross darf man nicht alle Kapriolen durchgehen lassen.

Sie steckt ihr Handy weg und öffnet die Tür zum Seziersaal. Veronika Kristensen und Dr. Bächle beugen sich gerade über den Brustkorb der Leiche. Das Brustbein wurde bereits mit der Säge durchtrennt, die Rippen nach außen geklappt, die oberen Organe sind freigelegt. Ich sollte auch einen Mundschutz tragen, registriert Jule, der gerade ein klein wenig schwindelig wird. Außerdem scheint die Luft im Seziersaal dünner geworden zu sein, so dünn, dass für sie kaum noch genug übrig ist. Sie ringt nach Luft. Dann kippen plötzlich die Wände zur Seite.

34

Völxens Blick haftet auf der ausdruckslosen Miene von Adenike Ebidou, die ihm und Tadden gegenübersitzt. Das Aufnahmegerät läuft.

»Frau Ebidou, Sie haben heute Morgen den Kollegen gesagt, Sie allein hätten die Leiche von Moussa Abou entdeckt. Möchten Sie diese Aussage vielleicht noch korrigieren fürs Protokoll?«

»Ich erinnere mich nicht mehr an meine genauen Worte.«

»Zeugen sagen aus, dass etwa eine halbe Stunde vor Ihrer Verständigung des Notrufs eine andere Frau den Barbershop betreten hat und deren Beschreibung beim besten Willen nicht auf Sie passt.«

»Gut, ich habe Moussa nicht als Erste entdeckt. Was macht das für einen Unterschied?«

»Einen erheblichen.«

»Wer ist die Frau, die die Leiche gefunden hat?«, fragt Tadden.

Sie zeigt keine Reaktion, geradeso, als wäre er Luft.

Völxen nimmt einen neuen Anlauf. »Frau Ebidou, Sie haben bis vor Kurzem – und damit meine ich bis vor einigen Stunden – zwei Frauen im oberen Stockwerk Ihres Hauses beherbergt ...«

»Ist das verboten?«, unterbricht sie ihn.

Völxen wiegt bedächtig seinen Kopf hin und her. »Das kommt darauf an.«

»Ich hatte Gäste. Das wird ja noch erlaubt sein.«

»Eine davon war die Frau, die die Leiche gefunden hat, nicht wahr?«

Die Madame zuckt mit keiner Wimper.

»Lassen wir die Spielchen«, schlägt der Hauptkommissar vor. »Die Dame, die den Toten fand, hat nichts zu befürchten, das versichere ich Ihnen. Doch wir brauchen ihre Aussage. Sie ist unsere wichtigste Zeugin.«

»Was soll daran so wichtig sein?«, braust die Madame auf. »Sie hat ihn gefunden, fertig. Sie rief mich an, und ich habe die Polizei gerufen, wie es sich für eine gute Bürgerin gehört. Am Tatort wurde nichts verändert. Meine Bekannte wird Ihnen nichts Neues erzählen.«

»Dies ist eine Mordermittlung. Dabei können wir uns nicht auf Hörensagen verlassen«, erwidert Völxen sehr bestimmt.

»Sie haben den Notruf um 06:47 gewählt. Eine knappe halbe Stunde nachdem man die andere Frau den Barbershop betreten sah«, hält Tadden ihr vor. »Was ist in der Zwischenzeit passiert?«

Sie verschränkt ihre Arme vor der Brust und schweigt sich aus. Anscheinend redet sie, wenn überhaupt, nur mit dem Chef. Tadden lässt sich dadurch nicht entmutigen. Er legt nach: »Es drängt sich der Eindruck auf, dass es sich bei den Frauen in Ihren Wohnräumen um Prostituierte handelt.«

»Woran machen Sie das fest?«, will sie wissen.

Also, geht doch!

»An der Art der Kleidung, die sie dagelassen haben.«

Dies löst bei ihr immerhin ein spöttisches Mundwinkelzucken aus. »Mein lieber Junge«, säuselt sie, »Sie sind wohl noch nicht viel in der Welt herumgekommen. Zumindest nicht auf dem afrikanischen Kontinent. Afrikanische Frauen sind nicht prüde, sie verstecken ihre Kurven nicht. Junge Frauen aus meiner Heimat tragen gern Kleidung, die hervorhebt, was sie zu bieten haben.«

»Ist das so?«, entgegnet Tadden nicht minder spöttisch.

»Im Übrigen ist Prostitution in diesem Land nicht verboten, das müssen Sie als Polizeibeamter doch wissen«, herrscht die Madame ihn an. »Anders als das Eindringen in Privaträume ohne richterlichen Durchsuchungsbeschluss.«

Darauf hat Tadden nichts zu sagen. Er ist wütend auf Rifkin, die ihn in diese Lage gebracht hat, und es ärgert ihn, dass er der Madame auf den Leim gegangen ist.

»Frau Ebidou, Sie scheinen sich ja bestens mit dem Gesetz auszukennen. Dann wissen Sie wahrscheinlich auch, dass eine Falschaussage bei einer Mordermittlung ernsthafte Konsequenzen hat. Sie haben uns nicht nur belogen, was die Person angeht, die die Leiche fand, sondern auch über den Zeitpunkt. Sie können den

Schaden noch begrenzen, wenn Sie sich ab jetzt an die Wahrheit halten.«

»Die Frauen haben dort gewohnt, weil sie bei mir Schutz gesucht haben.«

»Vor wem?«, will Tadden wissen.

»Vor ihren Partnern.«

»Sie wollen uns allen Ernstes weismachen, dass Sie eine Art Dependance des Frauenhauses sind?«

Sie schlägt die Augen nieder und sagt mit angemessener Bescheidenheit: »Ich helfe bisweilen Frauen aus meiner Heimat, die in Bedrängnis sind.«

»Indem Sie die Bedrängten zum Putzen schicken.«

»Das ist ein Gefallen, den sie mir erweisen. Für das kostenlose Logis.«

»Das ist ja herzerweichend«, höhnt Tadden.

Völxen macht weiter: »Die halbe Stunde zwischen Leichenfund und Notruf haben Sie genutzt, um die Frauen loszuwerden. War es nicht so?«

»Meine Gäste sind ohne mein Wissen gegangen, wann, weiß ich nicht.«

»Sie wurden beobachtet, wie Sie gegen elf Uhr mit einer großen Tüte voller Kleidung die Wohnung verlassen haben. Wohin haben Sie die gebracht?«

»Zum Altkleidercontainer. Bisweilen muss man etwas ausmisten.« Sie lächelt ihn kokett an. »Wobei Sie ... Sie sind ein Sammler. Ihnen fällt es schwer, Dinge loszulassen.«

»Hören Sie auf mit dem Unfug. Das zieht bei mir nicht!«

»Welcher Container? Wo steht der?«, will Tadden wissen.

»Ich kann mich nicht mehr erinnern. Ich war aufgewühlt von den schrecklichen Ereignissen. So etwas geht ja nicht spurlos an einem vorbei.« Sie schnauft, als würde sie gleich in Ohnmacht fallen, und fächelt sich mit der Hand Luft zu.

Völxens Augenbrauen nähern sich einander an wie zwei auf Krawall gebürstete graue Raupen. »Sie sollten vorsichtig sein mit weiteren Lügen, Frau Ebidou. Prostitution ist hierzulande zwar nicht verboten, sehr wohl aber Beihilfe zur Zwangsprostitution.«

»Natürlich! Kaum sind schwarze Frauen im Spiel, vermuten Sie Zwangsprostitution. Sie sollten Ihre Vorurteile überdenken.«

»Die Rassismuskarte können Sie auch wegstecken«, lässt Völxen sie wissen. »Frau Ebidou, wenn Sie nicht wollen, dass wir Ihre Wohnung durchsuchen und den Raum, in dem Sie Ihre *Lebensberatung* praktizieren, gründlich auseinandernehmen, dann geben Sie uns die nötigen Informationen, um diese zwei Zeuginnen zu finden.«

»Die Frau, die die Leiche fand, heißt Haiba, die andere Jala. Mehr weiß ich nicht. Ich frage meine Gäste nicht nach ihrem Pass.«

»Von wem wurden diese Frauen zu Ihnen geschickt?«

»Von niemandem«, sagt die Madame im Brustton der Überzeugung. »Sie hatten gehört, dass ich hin und wieder Frauen in Not Unterschlupf gewähre.«

»Stimmt, ich vergaß. Sie sind ja die Retterin der Mühseligen und Beladenen.«

»Man hilft, wo man kann.«

»Wo sind die Frauen jetzt?«

»Ich weiß es nicht.«

Völxen fixiert sein Gegenüber mit grimmigem Blick. »Sie werden lachen, Frau Ebidou, das glaube ich Ihnen sogar.«

»Wie freundlich.«

»Es ist die alte Geschichte: Die Frauen werden nach Europa eingeschleust, wo angeblich tolle Jobs auf sie warten. Man nimmt ihnen die Papiere ab und sagt ihnen, sie müssten ihre Schulden für die Reise in Bordellen abarbeiten. Da die Kundschaft stets nach Frischfleisch verlangt, werden sie alle paar Wochen in ein anderes Bordell und in eine andere Stadt gebracht. So ging es auch Haiba und Jala. Nur vielleicht etwas schneller als geplant aufgrund der Ereignisse. Ist es nicht so?«

»Es ist genau das, was Sie eingangs sagten«, bestätigt die Madame. »Eine Geschichte.«

Tadden fährt fort: »Sie haben zwar kein Bordell betrieben, dafür sind die Unterkünfte zu schäbig. Doch Sie haben den Frauen Wohnraum zur Verfügung gestellt, den die Bordellbetreiber bezahlt haben. Als kleines Nebengeschäft haben Sie die Frauen als unangemeldete Putzkräfte eingesetzt und von Moussa Abou das Geld dafür kassiert.«

»Können Sie Ihre Märchen auch beweisen?«, zischt die Madame.

Völxen lächelt. »Wenn ich mich an dieser Stelle auch einmal als Hellseher betätigen darf? In naher Zukunft sehe ich Leute mit Kisten in Ihr Haus gehen. Ich sehe Menschen, die Ihre Räume durchsuchen, Ihre Bankkonten einsehen und Ihre Telefondaten auswerten. Sie werden jeden Stein umdrehen. Und ich prophezeie Ihnen, dass wir Beweise für Straftaten finden werden. Es würde sich daher vor dem Haftrichter gut machen, wenn Sie uns freiwillig helfen.«

»War das eine Drohung?«

»Betrachten Sie es als kostenlose *Lebensberatung*.«

Die Madame funkelt ihn wütend an. »Sie haben keine Ahnung, mit wem Sie sich anlegen!«

Es klopft an die Tür. »Herr Hauptkommissar, ich störe nur ungern, aber ...«

»Frau Cebulla!«, begrüßt Völxen seine Sekretärin mit übermäßiger Herzlichkeit. »Sie kommen im richtigen Moment. Frau Ebidou wird Gast der Landesregierung sein, bis sie morgen dem Haftrichter vorgeführt wird.« Er pariert den finsteren Blick der Madame, denn im Finsterdreinschauen macht ihm so schnell niemand etwas vor.

»Herr Hauptkommissar ...«

»Wenn Sie bitte eine Streife organisieren könnten?«

Völxen bezweifelt, ob es genug Haftgründe geben wird. Aber eine Nacht in Haft hat schon häufig kleine Wunder bewirkt.

»Herr Hauptkommissar!«, unterbricht ihn Frau Cebulla erneut und mit zerknirschter Miene. »Da ist ein Herr, der ...«

Ehe sie fortfahren kann, taucht hinter ihr ein Mann in einem dunklen Anzug auf.

»Sie! Sie sollten doch in meinem Büro warten!«, protestiert Frau Cebulla.

Als wäre sie unsichtbar, schiebt sich der Mann an ihr vorbei in den Vernehmungsraum. Neben der Madame, die sein Erscheinen mit einem triumphierenden Lächeln registriert, bleibt er stehen und stellt seine Aktentasche mit übertriebenem Nachdruck auf den Tisch.

»Guten Tag allerseits. Rudolf Korte, Strafverteidiger. Ich möchte sofort mit meiner Mandantin sprechen. Allein.«

35

Elena Rifkin und Vittorio Pellegrini nähern sich dem Clooney. Die Absperrbänder sind noch da, doch die Meute, die am Vormittag davor herumgelungert hat, ist weg. Die Kriminaltechniker packen gerade ihre Ausrüstung zusammen.

Frieda Wetter schält sich vor der Tür aus ihrem Schutzanzug und zündet sich eine Zigarette an. »Ist das die Vertretung für Rodriguez?«, ruft sie Rifkin zu. »Guter Tausch! Wo habt ihr das Leckerchen aufgetrieben?«

Rifkin will den Irrtum gerade aufklären, da ruft Frau Wetter: »Quatsch!« Sie fasst sich an die Stirn. »Sie sind der Friseur. Ihr Foto hängt da drin. Wegen der Sonnenbrille habe ich Sie nicht gleich erkannt.«

»Vittorio Pellegrini, Stylist und Barber. Sehr angenehm«, lächelt Pellegrini.

»Frieda Wetter, Kriminaltechnik.«

»Darf ich eine schnorren?«, fragt Pellegrini schüchtern.

Sie hält ihm die Schachtel und das Feuerzeug hin und sagt zu Rifkin: »Die Auswertung wird dauern. Solche Tatorte sind die reinste Katastrophe, was die Spurenlage angeht.«

»Kann ich mir denken.«

»Wir waren übrigens auch noch kurz in diesem ... Nebenzimmer.«

»Dem Reich der Voodoo-Hexe«, ergänzt Rifkin.

»Genau.« Frieda Wetter nimmt einen tiefen Zug. »Keine Blutspuren da drin, so viel ist schon mal sicher.«

»Habt ihr die bestellt?« Rifkin deutet auf den roten Berlingo, der vor dem Barbershop parkt. Er gehört zu einer Gebäudereinigung, wie die Aufschrift auf der Tür verrät. Ein mittelalter Mann mit graubraunen, zum Zopf gebundenen Haaren und eine jüngere Frau laden Kisten mit Putzutensilien aus.

»Nein, wir waren das nicht«, versichert Frau Wetter. »Die stehen da schon seit einer halben Stunde. Ich habe ihnen gesagt, dass sie jetzt reindürfen. Wenn es nicht passt, pfeif ich sie wieder zurück.«

»Schon okay«, antwortet Rifkin. Sie geht zu dem Mann, weist sich aus und fragt: »Sind Sie die Tatortreiniger?«

»Eigentlich machen wir so etwas eher selten. Wir wurden angerufen ...«

»Von wem?«

Er zieht einen Zettel aus der Brusttasche seines Blaumanns. »Von einer Frau Ebidou. Wir sollen die Blutlache wegmachen, ehe sie sich in die Holzdielen frisst.«

So viel zum Thema: *Er war wie ein Sohn für mich.* Aber Holzdielen sind ja auch wichtig.

»Stimmt etwas nicht?«, fragt er. »Wir haben eine Anzahlung bekommen, per PayPal.«

Wirklich bestens organisiert, die Madame.

»Wie lange werden Sie brauchen?«, will Rifkin wissen.

»Kann ich nicht sagen. Muss mir die Sauerei ja erst mal ansehen.«

Rifkin wendet sich an Pellegrini. »Gehen wir noch einen Espresso trinken, bis die zwei da mit dem Gröbsten durch sind?«

»Gute Idee«, sagt er erleichtert. »Das Café hinter der Kreuzkirche kann ich empfehlen.« Schon setzt er sich in Bewegung. Der Begriff *fluchtartig* kommt Rifkin dabei in den Sinn.

»Das war sehr rücksichtsvoll von Ihnen«, meint Pellegrini, als sie im Café Platz genommen haben. »Ich kann echt kein Blut sehen. Ich kippe sofort um.«

»Dann darf mit dem Rasiermesser aber nichts schiefgehen.«

»Tut es auch nicht«, versichert er. »Ich verstehe mein Handwerk.«

Rifkin muss daran denken, dass Völxen schon mit Klopapier am Hals zum Dienst kam, nachdem er sich morgens mit dem Rasiermesser seines Großvaters zu rasieren versucht hatte.

»Sie sind ein gelernter Friseur, oder? War der Barbershop Clooney Ihre erste Stelle als Barber?«

»Die zweite. Aber der Laden davor hatte nicht das Niveau vom

Clooney. Die meiste Zeit habe ich dort Hauptschülern Kuranyi-Bärte und Olaseku-Frisuren verpasst.«

»Olaseku?«

»Oben lang, Seiten kurz.«

Die Bedienung bringt den Kaffee und den Käsekuchen, den Rifkin bestellt hat, denn mit der Kantine wird das heute sowieso nichts mehr.

»Wann wird Said wieder entlassen?«, fragt Pellegrini.

»Wir überprüfen schnellstmöglich Ihre Angaben«, antwortet Rifkin vage.

Selbst wenn diese stimmen, überlegt Rifkin, steht Saids Alibi auf wackeligen Beinen. Pellegrini behauptet zwar, dass Said noch auf dem Zimmer war, als er das Hotel verließ. Aber Said kann das Hotel nach dem gemeinsamen Essen verlassen haben und viel später wieder zurückgekommen sein, um morgens dort zu frühstücken. Das wäre allerdings ein raffiniertes Konstrukt, das Rifkin den beiden, insbesondere Said, eigentlich nicht zutraut. Und welche Rolle spielte dabei die Ehefrau von Vittorio? Wieso sollte sie den beiden helfen, den Bruder des Liebhabers ihres Ehemannes zu beseitigen? Nein, das ist kompletter Blödsinn. Überhaupt fehlt bei Said und Vittorio bis jetzt ein überzeugendes Motiv für den Mord.

Diese Lorenza, eine Frau mit einem so beeindruckenden rechten Haken, wolle er unbedingt persönlich befragen, hat Raukel vorhin verlauten lassen. Rifkin hat auf den Hinweis verzichtet, dass es wohl eher ein Punch war.

»Said kann es nämlich nicht ertragen, eingesperrt zu sein«, mischt sich Pellegrinis Stimme in Rifkins Gedanken.

»War er denn schon eingesperrt?«

»Im Gefängnis? Einmal über Nacht, das war noch in Berlin. Er war zufällig in eine Massenschlägerei geraten. Man hat ihn am Morgen wieder entlassen. Sein Bruder, dieser Nabil, hat sich wohl furchtbar darüber aufgeregt.«

»War Nabil öfter im Clooney zu Besuch?«, fragt Rifkin, nachdem sie sich das letzte Stück Kuchen einverleibt hat.

»Er kam zur Eröffnung und dann noch mal vorletztes Jahr im Herbst. Aber nur wegen der Sache mit dieser Frau.« Er grinst, ehe er fortfährt. »Im Clooney tauchte nämlich eine hysterische Frau auf, die behauptete, sie sei Moussas Verlobte.«

»Seine *Verlobte?*«, wiederholt Rifkin.

»Ein paar Tage lang war er das reinste Nervenbündel. Dann kam Nabil und hat diese Angelegenheit geregelt.«

»Wissen Sie, wie die Frau hieß?«

»Nein. Sie sah arabisch aus und war vielleicht Ende dreißig. Auf mich wirkte sie runtergekommen und wie auf Drogen. Vielleicht wollte sie Geld. Das Ganze war echt abgefahren.«

»Was hat Said dazu gesagt?«

»Nicht viel. Er sagt, es habe vor vielen Jahren mal Ärger wegen Moussa und einer Frau gegeben, aber er wisse kaum etwas darüber. Das war garantiert geschwindelt«, räumt Pellegrini ein. »Bei den Arabern läuft das so: Wenn einer Scheiße baut, steht immer gleich die Familienehre auf dem Spiel. Fragen Sie Nabil. Oder Marie.«

Und wie ich die fragen werde.

Rifkin deutet mit einer Kopfbewegung in Richtung des Barbershops. »Sollen wir es wagen?«

»Bringen wir es hinter uns«, nickt Pellegrini. »Die Rechnung geht auf mich.«

»Sehr freundlich, aber das darf ich nicht annehmen.«

»Deutsche Beamte!«, seufzt Pellegrini.

36

Im Fahrwasser ihres Rechtsbeistandes marschiert Adenike Ebidou hoch erhobenen Hauptes aus dem Vernehmungsraum. Nach einer sehr kurzen Unterredung mit ihrem Anwalt hat dieser sich an Völxen gewandt und bekannt gegeben, seine Mandantin werde keine einzige Frage mehr beantworten und nun nach Hause gehen, es sei denn, es liege ein Haftbefehl gegen sie vor.

Tadden ist ein wenig enttäuscht von seinem Vorgesetzten. Dieser hat, zumindest nach Taddens Empfinden, ein bisschen zu schnell klein beigegeben. Tadden hätte mehr Gegenwehr erwartet, etwas mehr Biss.

»Sie finden, ich hätte ihm an die Kehle gehen sollen?«, fragt Völxen.

»Ich habe nichts gesagt«, wehrt Tadden ab.

»Aber sehr laut gedacht.«

Anscheinend ist er ein offenes Buch für den Hauptkommissar.

»Es hätte keinen Sinn gehabt. Sie sagt nichts«, erklärt Völxen.

»Es ärgert mich nur, dass wir vor diesem Typen kapitulieren mussten, als wären wir Hanswurste.«

»Ich bin damit auch nicht glücklich«, gesteht Völxen. Er wirkt nur nach außen einigermaßen gelassen. »Doch der *Typ* ist einer der prominentesten Strafverteidiger dieser Stadt. Er wird das unbefugte Eindringen von Ihnen und Rifkin in die Räume seiner Mandantin mit Entzücken zur Kenntnis genommen haben. Alles, was Sie beide dort gesehen haben, hat vor Gericht keinerlei Beweiskraft. Wissen Sie, Tadden, Vorschriften haben durchaus ihren Sinn, auch wenn sie manchmal lästig sind.«

»Es tut mir leid.«

»Ja, das sollte es auch. Ihnen beiden.«

Tadden presst die Lippen zusammen und senkt beschämt den Kopf.

»Die Madame hat sicherlich einiges auf dem Kerbholz«, räumt

Völxen ein. »Aber als Mörderin sehe ich sie nicht. Warum sollte sie Moussa umbringen? Die beiden lebten doch sehr gut in ihrer Symbiose. Er hat wenig Miete bezahlt und konnte unbehelligt von der Rotlichtmafia seinen Barbershop betreiben, da sie quasi als Schutzengel fungierte.«

»Sie wiederum«, spinnt Tadden den Faden weiter, »konnte über den schicken und angesagten Barbershop Kunden für ihre obskure Lebensberatung akquirieren, an die sie früher nie rangekommen wäre. Win-win, sozusagen.«

»Sie haben es erfasst, Tadden.«

»Dann hat ihr die Rotlichtmafia diesen Staranwalt geschickt?«

Völxen schüttelt nachdenklich den Kopf. »Sie können das nicht wissen, Tadden, Sie sind ja noch nicht so lange hier. Korte macht sich die Hände nicht mit Zuhältern, Menschenhändlern und kriminellen Rockerbanden schmutzig.«

»Aber die Madame bewegt sich definitiv im Dunstkreis der Rotlichtmafia«, widerspricht Tadden. »Das haben Sie ihr doch vorhin selbst unterstellt.«

»Das mag sein. Aber Kortes übliche Klientel sind Unternehmer, Wirtschaftsgrößen, höhergestellte Beamte und Politiker.«

»Verstehe. Die Voodoo-Hexe kennt *people in high places*.«

»Und zwar ziemlich *high*«, präzisiert Völxen. »Ich vermute, die Voodoo-Hexe hat ihren eigenen Schutzengel.«

37

»Darf ich Sie etwas Persönliches fragen?« Rifkin und Pellegrini sind auf dem Rückweg vom Café zum Tatort.

»Sie wollen wissen, wie das mit Said und mir sein kann, da ich doch verheiratet bin und drei Kinder habe.«

»Wie haben Sie das nur erraten?«

Pellegrini lacht. »Als ich ungefähr zehn war, habe ich mir mit dem Nagellack meiner Mutter die Fingernägel in *rosso furioso* lackiert. Mein Vater hat mich verprügelt und danach sein sogenanntes Anti-Memmen-Programm gestartet.«

»Wie sah das aus?«

»Ich musste *männliche* Sportarten ausüben, es wurde mir jeden Tag aufs Neue eingebläut, was ein richtiger Mann tut oder lässt, bis ich mich selbst für den größten Macho aller Zeiten hielt. Um sicherzugehen, hat man mich verkuppelt. Meine Frau stammt aus Ligurien, sie ist eine Cousine zweiten oder dritten Grades, ich blicke selbst nicht ganz durch.«

»Wie lange haben Sie sich gekannt, ehe Sie geheiratet haben?«

»Wir wurden einander auf einer Hochzeit im Juni vorgestellt, dann gab es ein paar gegenseitige Besuche, aber immer mit den Eltern. Im Herbst waren wir verlobt, und im April haben wir geheiratet, und sie zog nach Deutschland.«

»Das ging ja schnell.«

»Ich liebe und respektiere Lorenza«, beteuert Pellegrini. »Sie ist eine tolle Frau. Ich glaubte lange Zeit, es wäre alles in Ordnung, und das andere ... wäre nur eine Laune gewesen, eine Verwirrung der Gefühle. Wie Sie wissen, kam es anders. Es tut mir leid, was ich Lorenza angetan habe.«

»Sie sollten sich nicht allein die Schuld geben. Immerhin hat sie einen Mann geheiratet, den sie kaum kannte. So etwas ist doch ...« Das Adjektiv *bescheuert* liegt ihr auf der Zunge. »... riskant.«

»Es gibt Fälle, in denen das gut geht«, hält er dagegen. »Liebesheiraten sind keine Garantie gegen das Scheitern. Und es ist oft nicht einfach, sich gegen die Familie zu wehren.«

»Stimmt, ich musste auch schon einige Verkupplungsversuche meiner Mutter über mich ergehen lassen.«

»Sie sind keine Biodeutsche, oder? Kann es sein, dass ich einen winzigen osteuropäischen Akzent gehört habe?«

»Ich bin gebürtige Russin mit jüdischen Wurzeln und deutschem Pass«, antwortet Rifkin. »Ah, die Putzkolonne scheint fertig zu sein.« Obwohl sie selbst damit angefangen hat, ist ihr das Gespräch nun doch zu persönlich geworden.

Die weibliche Reinigungskraft trägt gerade eine Plastikkiste mit Flaschen und Sprays aus dem Clooney, ihr Kollege folgt mit Eimer und Feudel.

»Schon fertig?«, fragt Rifkin.

Die Frau erklärt: »Wir müssen abwarten, wie gut oder schlecht das Blut aus dem Holz raustrocknet. Notfalls muss man die Dielen abschleifen.«

»Gott sei Dank haben wir solche Aufträge nicht so oft«, meint ihr Kollege, der vorhin noch gesünder aussah.

Rifkin und ihr Zeuge betreten den Barbershop. Pellegrini schiebt seine Sonnenbrille ins Haar. Die Stelle, an der die Blutlache war, sieht inzwischen nur noch nass aus. Der Barbier bekreuzigt sich dennoch. Wahrscheinlich ist es die Größe der Fläche, die ihn erschreckt. »*Madonna!*«

»Schauen Sie nicht auf den Boden, konzentrieren Sie sich auf ...«

»Das Matterhorn ist weg!«

»Äh, der Berg?«

»Warten Sie.« Er holt sein Handy hervor.

Selbstverständlich hat der Barbershop Clooney einen Instagram-Account mit über zweitausend Followern. Die Beiträge gleichen sich: Selfies von Kunden, die allein oder zusammen mit Moussa oder Vittorio posieren und ihre frisch getrimmten Bärte präsentieren. Oft wurden die Fotos und Kurzvideos vor dem Tresen gemacht, sodass man im Hintergrund das Regal mit den Produkten und den Pokalen obenauf sieht. Rifkin vergleicht die Fotos mit der Wirklichkeit.

»Da fehlt ein ... Brocken.« Sie zoomt den Gegenstand heran. Farbe und Form erinnern an einen recht großen Bergkristall.

»Das Matterhorn, so nannten wir das Ding. Es war etwa dreißig Zentimeter hoch und ganz aus Glas, mit kleinen Blasen innen drin. Der Sockel war aus einem dunklen Stein, Granit vielleicht. Es hatte ein ordentliches Gewicht.«

»Wofür war die Auszeichnung?«

»Er hat irgendeine Challenge gewonnen. Nicht zum ersten Mal, wie man sieht.« Pellegrini zeigt auf die Sammlung von Pokalen und kleinen Stelen. »Als er bei seinem Bruder angestellt war, hatte er noch Zeit für solche Scherze.«

»Ist hier drin sonst noch etwas anders als gewöhnlich?«

»Nein, alles wie immer. Bis auf dieses schwarze Pulver überall.«

»Rußpulver zur Sicherung von Fingerabdrücken«, klärt Rifkin ihn auf. Offenbar hatte der Putzdienst nur den Auftrag, die Blutlache zu entfernen.

»Was ist mit Moussas Rasiermesser?« Rifkin beobachtet ihn bei dieser Frage. Sein Blick wandert sofort zu den vier Gürteln an den Haken und bleibt an dem von Moussa haften. »Es ist nicht da.« Er geht in den hinteren Teil des Ladens, zu den Messern in der Vitrine. »Da liegt es auch nicht. Hätte mich auch gewundert. Es steckte immer in seinem Gürtel.«

»Was ist mit den Messern hier?« Rifkin ist ihm zu der Vitrine gefolgt.

»Die hat er gesammelt. Einige davon sind antik. Ab und zu hat er mal eines verkauft, an zahlungskräftige Kunden, die beschlossen hatten, sich mit einem uralten Rasiermesser zu rasieren.«

Rifkin dreht am Knauf der Tapetentür und ist erstaunt, als die Tür sich öffnen lässt. Wahrscheinlich hat Frieda Wetter sie absichtlich nicht abgeschlossen. »Ich möchte mit Ihrer Hilfe etwas ausprobieren«, sagt sie zu Pellegrini. »Ich setze mich da rein, und Sie erzählen mir was, und zwar in unterschiedlichen Lautstärken und von unterschiedlichen Plätzen aus.«

»Ich verstehe.«

Rifkin verschwindet im Zimmer der Madame. Ihr ist, als würden sie die toten Augen der Masken und die Ungeheuer auf den Bildern allesamt böse ansehen. Kein Wunder, dass man hier das kalte Grausen kriegt. Rifkin nimmt auf dem Diwan Platz und bemüht sich, keine der Fratzen anzusehen.

Von drüben ertönt Gesang.

Oh bella, ciao, bella, ciao, bella, ciao, ciao, ciao …

»Sie sollen sprechen, nicht singen!«

»In Ordnung!«, hört sie seine Stimme.

Zuerst hört sie gar nichts, dann sind nur Wortfetzen zu verstehen: »… einen guten Barbier … Messer … Said … unschuldig.«

Jetzt muss er sich an einem der Plätze nahe der Wand befinden, denn sie hört die gedämpften Worte: »Ich lasse meine Kunden lieber vorne sitzen. Auf den hinteren Stühlen hört man alles, besonders, wenn die Männer kräftige tragende Stimmen haben und womöglich noch über den Lärm eines Föhns hinweg sprechen.«

Rifkin kommt wieder heraus. »Danke, das war sehr aufschlussreich.«

»Was mich nervt, ist, dass man nie weiß, wann die Alte da drüben hockt.«

»Ich finde, es ist eine Zumutung«, pflichtet Rifkin ihm bei. »Für die Angestellten und für die Kunden erst recht.«

»Aber ich kann sie schlecht davor warnen. Das wäre schädlich fürs Geschäft. Andererseits – es sind keine dunklen Geheimnisse, über die man hier spricht. Eher das typische Männergeschwätz. Sport, Autos, Frauen.«

»Wie ist es umgekehrt? Haben Sie manchmal etwas gehört, wenn die Madame einen ihrer Kunden empfangen hat?«

»Wenn, dann nur ein paar Worte. Vermutlich ermahnt sie die Leute immer gleich, nicht zu laut zu sprechen. Oder es redet ohnehin nur sie.«

Rifkin wendet sich um, denn es gibt hier erst einmal nichts mehr zu tun. Ihr Blick fällt auf ihr eigenes Spiegelbild. Mit einer unwilligen Geste streicht sie durch ihr Haar, das heute früh einfach nicht so wollte wie sie. Ausgerechnet an einem üblen Bad-Hair-Day muss ich einen Friseur treffen!

Pellegrini ist ihre Geste nicht entgangen. »Wenn Sie möchten.« Er deutet einladend auf einen der Barbierstühle.

»Aber das geht doch nicht!«

»Tun Sie mir den Gefallen. Ich kann das Elend nicht mehr mit-
ansehen.«

So findet sich Rifkin auf einem der Barbierstühle wieder mit
einem schwarzen Umhang um die Schultern. Pellegrini lässt ihr
dunkelbraunes, inzwischen deutlich zu langes Haar durch seine ele-
ganten Friseurhände gleiten. Es ist, als würden sich ihre störrischen
Haare dem Maestro von selbst ergeben, froh, endlich auf jemanden
zu treffen, der sie versteht und mit ihnen umzugehen weiß.

»Okay«, sagt er. »Was sollen wir machen?«

»Holen Sie einfach das Beste raus.«

»Das sowieso.«

»Ich ...«, beginnt Rifkin zögernd.

»Ja, raus damit!«

»Also, es gibt ja bestimmte Frisuren, die einem diesen gewissen
intellektuellen Touch geben ...«

»Sie meinen diesen *cleanen* Bibliothekarinnen-Look? Der ist
gerade voll angesagt.«

Rifkin kann selbst im Spiegel verfolgen, wie sie feuerrot anläuft.

»Das kriegen wir hin«, versichert der neue Friseur ihres Vertrau-
ens. Lassen Sie mich einfach machen.«

38

»Frau Wedekin? Jule? Hallo?«

Jule vernimmt die vage bekannte weibliche Stimme wie aus weiter Ferne. Als Nächstes spürt sie, wie jemand ihr Augenlid hochzieht und ihr ins Auge leuchtet. Sie blinzelt. Über ihr ist eine weiße Decke mit einer eingelassenen Leuchte.

Ein faltiges, golfplatzgebräuntes Antlitz, umgeben von einem weißen Haarkranz, schiebt sich in ihr Gesichtsfeld.

»O Gott!«

»I bin's bloß, Frau Wedekin. Wir sähen uns a bissle ähnlich.« Dr. Bächle kichert.

Jule stützt sich auf die Ellbogen und schaut sich um. Sie liegt auf einem blanken Tisch mit einem fahrbaren Untergestell, mit dem sonst die Leichen durch die Gänge gekarrt werden. Sie richtet sich auf und macht Anstalten, vom Tisch zu springen.

»Sitzen bleiben! Zuerschst wird der Blutdruck gemessen.«

»Wo ist das Messgerät?«, hört sie Veronikas Stimme irgendwo hinter sich.

»Was weiß denn i?«, antwortet Bächle. »Brauchen wir selten. Die meischten, die zu uns kommen, ham koin Blutdruck mehr.«

»Wie lange war ich weg?«

»Ned lang«, beruhigt sie der Rechtsmediziner.

»Wir haben die Obduktion extra unterbrochen, damit Sie nichts versäumen«, ergänzt Veronika.

Die Obduktion. Da war der aufgeklappte Brustkorb von Moussa Abou, der Schnitt an seinem Hals und dann ... nichts mehr.

»War a Späßle.« Dr. Bächle tätschelt ihr beruhigend die Hand. »Für Sie isch hier heute Feierabend.«

Veronika hat das Blutdruckmessgerät gefunden. Sie legt Jule die Manschette um den Oberarm. »Bisschen niedrig, aber noch im grünen Bereich.«

Dr. Bächle meint, sie solle jetzt nach Hause gehen oder zurück

zur Polizeidirektion. Sollte die Obduktion der Leiche etwas Unge-
wöhnliches ergeben, würde er sich melden.

»Ja danke. Ist wohl besser«, sieht Jule ein. »Tut mir leid wegen
der Umstände. Es ist mir so peinlich!«

»Ach, woher denn!«, ruft Dr. Bächle. »Sie sind weder die Erschde
noch die Ledschde, die im Obduktionssaal umkippt.«

Jule steht langsam auf. Ihr ist erneut ein wenig schwindelig, aber
das ignoriert sie. Jetzt nichts wie raus hier, weg vom Schauplatz
ihrer Schmach. Allerdings wäre da noch eine Kleinigkeit zu klären.

»Dr. Bächle, Veronika ... wäre es möglich, dass meine Kollegen
und Hauptkommissar Völxen nichts davon erfahren?«

»Wir werden schweigen wie die Gräber«, verkündet Dr. Bächle
feierlich. »Gell, Veronika?«

»Aber sicher«, sagt diese, allerdings ein klein wenig widerstrebend.

39

»Sie waren beim Friseur«, stellt Frau Cebulla fest.

»In meiner Mittagspause«, sagt Rifkin vorsichtshalber. Sie steht an der Kaffeemaschine und lässt sich einen Espresso heraus.

»Ein Bubikopf. Hatte ich auch mal, als ich so jung war wie Sie.«

»Bubikopf? Das klingt ja furchtbar. Der Friseur nannte es einen Bob.«

Frau Cebulla winkt ab. »Alter Wein in neuen Schläuchen.«

»Wie finden Sie es?«, fragt Rifkin, die sich für gewöhnlich nicht für Frau Cebullas Urteil, egal worüber, interessiert.

»Ungewohnt«, meint diese diplomatisch und erzählt dann etwas unvermittelt vom Besuch dieses *ungehobelten Anwalts, der diese mit Schmuck und Amuletten behangene Schamanin* aus der Zeugenbefragung geholt habe.

»Das wird den Herrn Hauptkommissar nicht sehr erfreut haben.«

»Wenn man vom Teufel spricht«, lächelt Frau Cebulla, denn gerade nimmt ihr Chef Kurs auf ihr Büro.

»Rifkin! Da sind Sie ja wieder.«

»Jawohl, Herr Hauptkommissar.«

Völxen kneift die Augen zusammen. »Sie sehen so aufgeräumt aus. Und Sie erinnern mich an jemanden, ich komm jetzt nicht drauf ...«

Ist vielleicht auch besser. *Aufgeräumt. Bubikopf.* Nur weiter so!

»Der Zeuge Pellegrini konnte die mutmaßliche Tatwaffe identifizieren. Sie stammt aus dem Clooney, ist aber von dort verschwunden.« Sie zeigt ihm die Instagram-Fotos, auf dem das Matterhorn noch zu sehen ist. »Ich habe das Bild an Veronika Kristensen gemailt, damit sie feststellen können, ob es zur Verletzung passt.«

»Danke, Rifkin, gut gemacht. Sagen Sie, wären Sie so freundlich, unseren Fall im Besprechungsraum auf dem Whiteboard zu dokumentieren? Für das Meeting mit dem Staatsanwalt und für uns, damit wir den Überblick behalten. Sie kriegen das immer so klar und übersichtlich hin. Tadden soll Ihnen helfen und Sie auf den neuesten Stand bringen.«

»Jawohl, Herr Hauptkommissar.« Rifkin schnappt sich ihren Espresso und steuert erst einmal Raukels Büro an. Sie klopft an, öffnet die Tür und läuft mitten hinein in eine Geruchswolke, die ihr den Atem raubt: Schnaps und faule Äpfel. Er selbst ist nicht zu sehen. Sie will gerade wieder umkehren, da hört sie hinter dem Schreibtisch ein Stöhnen. Rifkin beugt sich halb neugierig, halb beunruhigt über das Möbel.

Raukel krabbelt auf allen vieren in einer bräunlichen Lache herum. Daneben steht eine fast leere Flasche Calvados.

»Schön, wenn man sich beim Genuss so fallen lassen kann.«

»So eine Scheiße!« Der Kollege ist dabei, mit Papier von einer Küchenrolle die Flüssigkeit aufzuwischen. »Mein guter Calvados! Den hat mir Oda zum Abschied geschenkt. Ich wollte nur einen winzigen Schluck in meinen Kaffee gießen, da ist mir die Flasche aus der Hand gerutscht.«

Die Tasse liegt ebenfalls unter dem Tisch. Rifkin stellt sie auf den Schreibtisch und reißt das Fenster auf, denn hier drin wird man schon beim Atmen high.

»*Shit happens*, wie Konfuzius sagt«, versucht es Rifkin wider besseres Wissen. Keine Worte können Raukel über den Verlust der ebenso teuren wie emotional wertvollen Spirituose hinwegtrösten.

»Das war die Madame!« Der Kollege rappelt sich auf und blickt seine Kollegin vielsagend an. »Die war das«, bekräftigt er mit Grabesstimme.

»Gerade hast du gesagt, dass dir die Flasche aus der Hand gerutscht ist. Wer war es denn jetzt?«

»Sie hat mich verflucht. Heute Morgen, als ich mir nicht länger von ihr in der Hand lesen lassen wollte. Oder einfach, weil ich Polizist bin.«

»Raukel, also wirklich! Das von dir, einem Mann des Geistes und der Vernunft.«

»Du hast recht«, nickt Raukel. »Für einen schwachen Moment dachte ich ... Du hast recht«, wiederholt er. »Es war ein Missgeschick.«

Aus den Tüchern in seiner Hand tropft die Calvados-Kaffee-Mischung. Doch Raukel kümmert das nicht, er starrt Rifkin an, als wäre sie ein Gespenst. »Was ist mit deinen Haaren passiert?«

»Ich wollte mal was anderes. Wie findest du es?«, fragt sie.

»Äh ... nett.«

»*Nett* ist die kleine Schwester von scheiße!«, schnaubt Rifkin und runzelt die Stirn, was man unter der neuen Frisur allerdings nicht gut sehen kann. Raukel hat inzwischen das meiste aufgewischt. Sie reicht ihm den leeren Müllbeutel aus seinem Papierkorb. »Tu die Tücher da rein.«

Raukel gehorcht und knotet den Beutel zu.

»Die muss aus deinem Büro verschwinden«, sagt Rifkin.

»Kannst du nicht ...?«

»Auf keinen Fall.«

Raukel schaut sich um, als suche er nach einem Versteck. Am Ende wirft er das Corpus Delicti kurzerhand aus dem offenen Fenster.

»Hey! Das kannst du doch nicht machen. Wenn die jemand findet?«

»Na und? Steht da vielleicht mein Name drauf?«

»Gibt es sonst was Neues? Ich muss das Meeting vorbereiten.«

»Das Alibi des Friseurs steht, und Said wird aus der Haft entlassen. Apropos Friseur. Du hast doch nicht etwa ...?«

»Raukel! Was denkst du denn von mir?«

»Sag du mir lieber, was du von der neuen Personalie hältst.«

»Du meinst unseren Rookie? Das ist mir egal. Es hätte schlimmer kommen können. Stell dir vor, sie hätten uns noch so einen wie dich geschickt. Sechs Monate gehen schnell vorbei.«

»Das glaubst aber auch bloß du«, widerspricht Raukel. »Hast du nicht kapiert, wohin die Reise geht?«

»Welche Reise?«

»Der Schafs... der Alte bereitet seinen Abgang vor. Und sie wird seine Nachfolgerin.«

»Glaube ich nicht. Erstens wird er nicht so bald gehen, zweitens entscheidet nicht er, wer ihm eines Tages nachfolgt.«

»Aber er bereitet den Boden«, unkt Raukel. »Jule wird schneller deine Chefin sein, als du Günstlingswirtschaft sagen kannst.« Er tippt sich an seine gerötete, großporige Nase. »Für so etwas habe ich einen Riecher.«

»Apropos Riecher. Wisch mit was Scharfem nach, sonst stinkt es bald überall.«

»Kannst du mir nicht helfen?«

»Sehe ich aus wie deine Putzfrau?«

»Nein. Eher wie ein Playmobil-Männchen.«

40

Jule Wedekin erscheint kurz vor dem Meeting im Besprechungsraum, wo Rifkin gerade ein paar frisch ausgedruckte Fotos vom Tatort aufhängt.

»Im Flur riecht es nach Schnaps. Oder bilde ich mir das ein?«

»Hab nichts bemerkt«, behauptet Rifkin.

Jule stellt sich vor das Whiteboard und betrachtet die optische
Präsentation des Falles. »Das sieht richtig gut aus.«

»Danke.«

Sie ist blass, findet Rifkin. Vielleicht ist ihr die Obduktion auf
den Magen geschlagen. Um ihrem Ruf als Streberin gerecht zu werden, musste sie sich ja gleich dafür freiwillig melden.

»Zu meiner Zeit war das immer ein wirres Gekritzel, bei dem
jeder nach Lust und Laune herumschmierte und sich am Ende keiner mehr auskannte.«

»Es war auch meine Zeit«, erinnert Rifkin die ehemalige Kollegin.

»Ich weiß. Du hast das Team damals sehr bereichert. Was man
nicht von allen Kollegen sagen kann.«

Falls Jule glaubt, Rifkin würde mit ihr zusammen über Raukel
lästern, hat sie sich geirrt. Im Gegensatz zu den meisten hier hat
Rifkin nämlich kein Problem mit dem Enfant terrible des Kommissariats.

Tadden kommt herein und starrt Rifkin an, genau wie es vorhin
Raukel tat.

»Ist was?«, fragt sie gereizt.

Ehe er antworten kann, betreten Völxen und Staatsanwalt Feyling den Raum. Hinter ihnen schleicht sich Raukel herein wie ein
räudiger alter Kater.

»Gab es etwas zu feiern?«, fragt Feyling. »Oder warum riecht es
im gesamten Stockwerk wie in einer Schnapsfabrik?«

»Ich kann es mir nicht erklären«, antwortet Völxen mit einem

Seitenblick auf Raukel, der die reinste Unschuldsmiene zur Schau trägt. Er hat sich sofort hingesetzt und die Knie weit unter den Tisch geschoben, um die nassen Flecken auf seiner hellen Stoffhose zu verbergen.

Den Herren folgt Frau Cebulla - naserümpfend - mit einem Tablett mit Kaffee und Keksen.

Rifkin bleibt vor dem Board stehen und fasst, auf Völxens Geheiß, den momentanen Stand der Dinge zusammen. Nur hin und wieder unterbricht jemand, um etwas zu ergänzen oder eine Frage zu stellen. Rifkin selbst kann immerhin etwas Neues beitragen: die ominöse Verlobte, von welcher Pellegrini berichtete. Jule hält sich auffallend zurück, als wolle sie um jeden Preis vermeiden, übereifrig zu wirken. Sie hat es nicht leicht mit uns, erkennt Rifkin in einem Anflug von Mitgefühl.

Da man noch keine Ergebnisse von der Kriminaltechnik hat und die Ermittlungen sich im Frühstadium befinden, wagt es keiner der Anwesenden, halb gare Theorien zu entwickeln oder voreilige Schlüsse zu ziehen. Schon gar nicht in Feylings Gegenwart.

Völxen kommt am Ende lediglich zu dem Schluss, dass außer Pellegrini keiner im Umfeld des Opfers ein stichhaltiges Alibi für die Tatzeit hat. In der Folge zählen alle nach wie vor zu den Verdächtigen, auch wenn man bei einigen bis jetzt kein Motiv erkennen kann. »Der Umstand, dass das Opfer zuerst mit einem der Pokale niedergeschlagen und dann erst mit dem Rasiermesser tödlich verletzt wurde, macht es für uns nicht einfacher.« Der Hauptkommissar zeigt auf das Foto des Matterhorns, das Rifkin vergrößert und ausgedruckt hat. »Wobei sich die Frage stellt: Wer wusste oder konnte wissen, dass sich das Opfer um diese Zeit dort aufhielt?«

»Was unternehmen wir, um diese beiden Frauen zu finden, von denen eine die Leiche entdeckt hat?«, will Feyling wissen.

»Ich könnte die Kollegen von der Kontaktgruppe Milieu um Hilfe bitten«, schlägt Jule vor.

»Sehr gut.« Feyling nickt ihr freundlich zu.

Das Meeting dauert insgesamt keine halbe Stunde, dann löst sich die Runde auf. Was vielleicht an der sich zusehends verdichtenden Calvadoswolke liegt. Um Meetings effizient zu gestalten, stellt Rifkin amüsiert fest, ist der Schnapsdunst sogar noch wirksamer als die Flatulenz von Völxens Hund Oscar. Der ist heute ohnehin nicht hier.

Raukel huscht ebenso unauffällig aus dem Raum, wie er hereingeschlichen ist.

Andere haben es nicht ganz so eilig. »Neue Frisur?«, bemerkt Tadden.

»Scharfsinnig beobachtet«, versetzt Rifkin abweisend. Sie will nicht hören, was er zu sagen hat, aber es ist schon zu spät.

»Bisschen brav. Und irgendwie erinnerst du mich an eine Manga-Figur.«

Selbst schuld! Das kommt dabei heraus, wenn man dem Friseur sagt, dass man aussehen will wie ein Bücherwurm, und vergisst, ihm zu sagen, dass es ein sexy Bücherwurm sein soll.

Völxen erspart ihr, auf Taddens Bemerkung zu antworten.

»Rifkin, fahren Sie zu Marie Abou und fragen sie nach dieser Verlobten. Suchen Sie sich wen aus, der Sie begleitet.«

Tadden ist bereits abwartend stehen geblieben. Doch seine Bemerkung darf nicht ungestraft bleiben, und Rifkin ist zurzeit ohnehin nicht scharf auf seine Gesellschaft. Raukel, der Frauenversteher vom Dienst, wäre die zweite Option für die Befragung einer trauernden Witwe. Dazu müsste man ihn aber erst einmal trockenlegen. Bleibt nur noch ...

»Jule, würdest du mitkommen zu Frau Abou?«

»Gerne!«, sagt Jule erfreut. »Ich hol nur rasch meine Jacke.«

41

»Das hätte nicht so laufen sollen.« Jule wirft Rifkin, die am Steuer des Dienstwagens sitzt, einen reumütigen Blick zu. »Dass ihr von meiner Vertretung erst erfahrt, wenn ich schon auf der Matte stehe.«

»Das musst du Völxen sagen«, antwortet Rifkin.

»Hab ich.«

»Es ist, wie es ist.« Rifkin hat keine Lust, dieses Thema weiter zu verfolgen. »Ich bin zum Arbeiten hier, und er ist der Chef. Er muss uns nicht um Erlaubnis fragen, und wir müssen kein Gruppenkuscheln veranstalten.«

»Gut, dass du das so pragmatisch siehst.«

»Tadden sieht das genauso.«

»Und Raukel?« Jules Frage ist rhetorischer Art, aber Rifkin antwortet: »Er schätzt dich im Grunde sehr, er kann es nur nicht so zeigen.«

Jule schmunzelt.

»Wie ist die so, die Frau von Moussa?«, lenkt Rifkin vom heiklen Terrain ab.

»Schwer zu sagen. Heute Morgen hatte sie nur Minuten zuvor von der Ermordung ihres Mannes erfahren. Trotzdem blieb sie cool, weil sie nicht wollte, dass ihr Sohn Robin etwas mitkriegt. Ich weiß nicht, ob ich mich in ihrer Situation so hätte beherrschen können.«

»Interessant«, findet Rifkin. »Und sonst?«

»Sie wirkt wie ein eitles Püppchen, aber man darf sie nicht unterschätzen. Die beiden lebten das traditionelle Modell – er muss das Geld ranschaffen, das sie dann ausgibt, um ihren Körper fit und schön zu halten. Sie liebt ihr Kind, aber die Wohnung sieht aus wie geleckt. Ich glaube, der Kleine ist viel bei seinen Großeltern. Auf jeden Fall ist sie eine Frau, die ihren Marktwert kennt und weiß, was sie will und wie sie es erreicht.«

»Ist sie Russin?«

Jule muss lachen.

»Hältst du sie für verdächtig?«, fragt Rifkin.

Jule zuckt mit den Achseln. »Welche Frau nimmt ihrem dreijährigen Kind den Vater? Es sei denn, der wäre ein wahrer Teufel. Darauf deutet nichts hin. Er hatte eine Affäre, okay. Aber sogar Maries Eltern mussten zugeben, dass Moussa ein guter Vater war.«

»Sogar?«, wiederholt Rifkin

»Als Schwiegersohn war er nicht gerade ihre erste Wahl«, erklärt Jule.

»Würdest du ihnen einen Mord zutrauen?«

»Eher nicht. Und zwar aus denselben Gründen wie bei Marie. Sie lieben Robin abgöttisch.«

Sie sind da. Vor der Haustür parkt ein schwarzer, ziemlich aufgemotzter Mercedes mit getönten Scheiben und Berliner Kennzeichen.

»Die Mischpoke aus der Hauptstadt«, spekuliert Rifkin.

Die Haustür geht auf, ein junger Mann schiebt ein Fahrrad heraus. Rifkin hält ihm die Tür auf, er bedankt sich, und die beiden nutzen die Gelegenheit. Ohne sich abgesprochen zu haben, gehen sie leise die Treppen hinauf und bleiben vor der Wohnungstür stehen.

Drinnen scheint man sich zu streiten.

»Du hättest nicht herkommen müssen«, sagt die Frauenstimme. »Ich bin seine Frau. Ich allein entscheide, wie er bestattet wird.«

»Marie, du weißt ganz genau, dass eine Feuerbestattung im Islam tabu ist. Der Körper muss unversehrt in die Erde.«

»Sei gefälligst leise!«, fährt Marie ihn an. »Robin muss nicht alles mitkriegen. Und meine Mutter auch nicht. Ist mir egal, was dein Islam will! Moussa hatte mit alldem nichts mehr am Hut. Außerdem ist er schon längst nicht mehr unversehrt.«

»Können wir uns denn nicht einigen?« Der Mann ist hörbar um Ruhe und Fassung bemüht.

»Wovon redest du? Willst du mir Geld anbieten? Soll ich dir Moussas Leiche verkaufen?«

»Ich soll dir Geld zahlen?«, erwidert er, und schon ist es mit seiner Beherrschung vorbei. »Dir ist wohl nicht klar, dass Moussa *mir* Geld schuldet.«

»Blödsinn! Kannst du das beweisen?«

»Wir machen keine Verträge unter Brüdern. Es genügt unser Ehrenwort.«

»Schmier dir deine Fantasieschulden und das Ehrenwort in die Haare, Nabil!« Nun ist auch Marie laut geworden.

»Ich will dein Geld nicht«, antwortet er. »Du hast jetzt für deinen Sohn, meinen Neffen, zu sorgen. Ich möchte dir versichern, dass wir dir immer zur Seite stehen. Wir sind Familie, Robins Familie, ob es dir nun gefällt oder nicht.«

Für Rifkin klingt das wie eine versteckte Drohung.

Für ein paar Sekunden bleibt es still. »Sie müssen in der Küche sein«, wispert Jule. »Das Wohnzimmer ist weiter hinten.«

»Wie, sie lässt ihn nicht mal in die gute Stube?«, flüstert Rifkin.

Drinnen sagt Marie nun: »Ich mache dir einen Vorschlag, Nabil.«

»Lass hören.«

»Ich gebe euch Moussas Leiche. Dafür möchte ich dein viel gerühmtes Ehrenwort vor Zeugen, dass du unter gar keinen Umständen meinen Sohn kontaktieren wirst. Weder persönlich noch per Telefon oder über die sozialen Medien und auch nicht über eine andere Person. Das gilt für sämtliche Mitglieder eures Clans. Robin existiert für euch nicht. Das ist der Preis.«

»Aber wir sind seine Familie! Seine Kultur!«, ruft Nabil entsetzt.

»Das ist der Preis.«

»Ich verfluche den Tag, an dem du deine Klauen ins Fleisch meines Bruders geschlagen hast! Von Anfang an hast du versucht, einen Keil zwischen Moussa und seine Familie zu treiben. Warum nur, was haben wir dir getan?«

»Das fragst du im Ernst? Ich weiß genau, dass ihr nicht den geringsten Respekt vor mir habt. Robin soll nicht in dem Glauben aufwachsen, nur verschleierte und unterwürfige Frauen sind anständige Frauen.«

»Was ist hier los?« Eine zweite Frauenstimme mischt sich ein. »Könnt ihr euch nicht wie zivilisierte Menschen unterhalten? Ihr seid so laut, Robin kann alles hören!«

»Die Mutter«, flüstert Jule.

»Schon gut, Mama. Nabil wollte gerade gehen. Du kennst mein Angebot, Nabil. Es gibt keinen Kompromiss. Denk nicht zu lange darüber nach, ich muss dem Bestatter morgen Bescheid geben.«

Nabil sagt etwas auf Arabisch, was sicher keine Freundlichkeit ist.

Die Lauscherinnen im Flur wechseln einen Blick. Rifkin drückt auf die Klingel und klopft gleichzeitig. »Polizei! Bitte öffnen Sie!«

Die Tür wird augenblicklich aufgerissen. Eine dürre ältere Frau mit zu viel Lidschatten und stumpfem Haar, das an einen Wischmopp erinnert, schaut Rifkin und ihre Begleiterin unfreundlich an.

»Brigitte Schönau. Sie erinnern sich an mich?«, sagt Jule. »Das ist meine Kollegin, Hauptkommissarin Rifkin.«

»Was wollen Sie denn? Kann meine Tochter nicht einmal in Ruhe um ihren Ehemann trauern?«

»Nach Ruhe hat sich das aber gerade nicht angehört«, erwidert Rifkin.

Sie treten unaufgefordert ein und wenden sich an den grau melierten Herrn, der nun aus der Küche kommt. Nabil Abou ist größer, als sein Bruder war. Ein feingliedriger Mann, bei dem sich dennoch die Ärmel seines dunklen Hemdes über dem Bizeps spannen. Sein Gesicht ist scharf konturiert wie ein Scherenschnitt, über der Stirn weicht sein Haar bereits zurück. Wie zu erwarten war, ist sein Bart modisch gestylt.

»Sind Sie Nabil Abou, der Bruder von Moussa Abou?« Rifkin hält ihm ihren Dienstausweis unter die Nase. Jule ebenso.

»Der bin ich. Und ich werde mich über Ihre Methoden beschweren, darauf können Sie sich verlassen. Man hat meinen Bruder obduzieren lassen, obwohl er Moslem ist und unsere Religion das nicht zulässt. Das betrachte ich als Diskriminierung!«

»Ich betrachte es als Gesetz«, antwortet Jule mit eisigem Ton. Sie stellt sich breitbeinig und ziemlich nah vor ihn hin und versperrt ihm damit praktisch den Weg nach draußen. Sie ist ein gutes Stück kleiner als er, aber es geht etwas Aggressives, Bullterrierhaftes von ihr aus. »Ihre Papiere bitte.«

»Wozu? Das ist doch Schikane! Sie wissen, wer ich bin.«

»Den Ausweis!« Jule weicht keinen Zentimeter zurück.

Deeskalation? – Fehlanzeige, registriert Rifkin mit Erstaunen. Das goldene Credo moderner Polizeiarbeit, das einem ständig gepredigt wird, scheint die Musterschülerin vergessen zu haben. Rifkin fällt ein, dass Jule früher regelmäßig Karate trainiert hat. Tut sie das noch? Legt sie es darauf an, ihre Kenntnisse gleich unter Beweis zu stellen?

Mit einem verächtlichen Verziehen seiner schmalen Lippen dreht Nabil Abou sich um und greift nach seinem Sakko, das noch akkurat über der Lehne des Küchenstuhls hängt. Er holt seinen Personalausweis aus der Brieftasche und reicht ihn Jule. Die nimmt ihn wortlos und ohne eine Miene zu verziehen entgegen und studiert ihn mit provozierender Gründlichkeit. Es ist jetzt still geworden in der Wohnung, man hört nur ein *Pchiu-pchiu-pchiu* hinter einer der Türen, wo Robin nach Kinderart Schussgeräusche imitiert.

Nabil Abou wurde vor achtundvierzig Jahren in Marokko geboren und ist in Berlin-Neukölln gemeldet.

Jule gibt ihm das Dokument zurück. »Wie lange werden Sie in Hannover bleiben?«

»Warum?«

»Beantworten Sie bitte meine Frage.« Noch immer klingt ihre Stimme, als hätte sie sie im Eisfach gelagert.

»Vermutlich noch bis morgen oder übermorgen.«

»Wo wohnen Sie?«

»Im Luisenhof.«

»Dann lade ich Sie hiermit mündlich für morgen zu einer Zeugenbefragung vor. Finden Sie sich bitte bis spätestens elf Uhr in der Polizeidirektion ein.«

»Waterloostraße 9«, ergänzt Rifkin. »Seien Sie pünktlich, sonst müssen wir nach Ihnen fahnden lassen.«

»Das wird nicht nötig sein«, versichert er mit verhaltener Wut.

Er geht hinaus, wobei er wieder etwas Arabisches vor sich hin murmelt.

Rifkin schließt die Tür hinter ihm und unterdrückt dabei ein

Grinsen. Lernt man diesen Ton beim LKA? Irgendwie hat ihr Jules Umgang mit dem aufgeblasenen Kerl imponiert.

Nicht nur ihr. Marie hat die Szene von der Küche aus mit einem schadenfrohen Lächeln verfolgt, und nun meint auch deren Mutter zu niemand Bestimmtem: »Sehr gut. So muss man mit denen umgehen!«

Jule scheint sich nicht über Beifall von dieser Seite zu freuen. Sie nimmt die Mutter von Marie Abou aufs Korn: »Frau Schönau, wir möchten bitte mit Ihrer Tochter *allein* sprechen.«

»Wie Sie meinen«, sagt diese eingeschnappt.

Die Tür mit den bunten Holzbuchstaben geht auf. Ein kleiner Junge mit dunklen Locken und großen Kulleraugen steht im Flur und fragt: »Wann kommt der Papa?«

42

Die Madame steigt aus dem Jaguar ihres Anwalts, der sie nach Hause gebracht hat und ihr galant die Wagentür aufhält. »Wie gesagt, Frau Ebidou, Sie sprechen mit niemandem mehr ohne mein Beisein.«

Das sagt er nun schon zum dritten Mal. Hält er sie für dumm oder vergesslich? Sie verabschiedet sich dennoch höflich und dankt ihm für den rechtlichen Beistand.

»Danken Sie nicht mir.«

Sie lächelt, während der Jaguar davonfährt.

»Madame!«, zischelt es hinter ihr. »Madame Ebidou! Wie schön, Sie zu sehen.«

Das war zu erwarten gewesen. Innerlich seufzend wendet sie sich um. »Herr Derneburg.«

»Reinhold. Wir waren doch bei Reinhold«, erinnert sie der ältere Herr mit dem traurigen Pferdegesicht.

»Was machen Sie hier? Unser Termin ist übermorgen.«

»Ich wollte nur fragen, ob Ihnen der Rechtsbeistand nützlich sein konnte.«

Die Madame bezweifelt, ob nur das sein Anliegen ist. Um das zu erfahren, hätte auch ein Anruf genügt. Dennoch antwortet sie: »Sehr nützlich, vielen Dank. Aber Sie sollten nicht hier sein. Die Polizei könnte jeden Moment zu einer Hausdurchsuchung anrücken. Es wäre nicht gut, wenn man Sie hier sehen würde.«

Weder für ihn noch für sie.

»Aber ich brauche Ihre Hilfe! Ich muss mit ihr sprechen.«

Die Madame hat ihre Klientel fest im Griff. Ihr aufzulauern und um einen nicht vereinbarten Termin zu ersuchen, ist ein Verhalten, das sie unter normalen Umständen niemals dulden würde. Andererseits hat ihr der Mann gerade einen teuren Anwalt vorbeigeschickt. Es war das reinste Vergnügen, mitzuerleben, wie der diesen arroganten Polizisten Manieren beigebracht hat. Von wegen

Polizeigewahrsam! Dank Korte wissen sie jetzt, dass man mit ihr nicht wie mit einer x-beliebigen dahergelaufenen Schwarzen umspringen kann.

»Ich bin sehr müde. Es war ein langer, schrecklicher Tag. Ich weiß nicht, ob ich heute die nötige Kraft aufbringe.«

Sein langes Pferdegesicht wird noch länger. »Es ist nur ... morgen ist die Sitzung des Verkehrsausschusses, es geht um ein heikles Thema. Ich muss mit ihr sprechen, ich brauche ihren Rat.«

Die Madame hat Erbarmen. »Gut, dann kommen Sie rein. Machen Sie schnell!«

Er huscht in den Hausflur, und die Madame öffnet die Tür zu ihrem Boudoir. Es sieht alles aus wie heute Morgen. Auf den ersten Blick. Doch es war jemand hier. Sie kann die fremde Präsenz noch immer spüren. Und ja, Dinge stehen nicht mehr an ihrem Platz, Kissen liegen nicht, wo sie sollen. Ärger steigt in ihr hoch. Sie versucht, nicht daran zu denken. Sie muss sich jetzt auf ihren Klienten konzentrieren.

Derneburg setzt sich wie immer in den Sessel und schaut sie an wie ein bettelnder Hund.

Vor drei Jahren starb seine Frau Renate. Er suchte die Hilfe der Madame, weil er der Verstorbenen noch einiges sagen wollte, was zu Lebzeiten – wie üblich – versäumt worden war. Es war nichts Besonderes, nur das übliche Bedauern über zu wenig Aufmerksamkeit und der Mangel an Liebesbezeugungen zu Lebzeiten der Gattin. Außerdem verspürte er das Bedürfnis, ihr ein schon länger zurückliegendes Techtelmechtel mit einer Journalistin zu beichten.

Die Kontakte mit Renate trösteten ihn sehr. Sie war Anwältin und offenbar eine lebenskluge Frau, die ihren Mann zu lenken wusste. Nach ihrem Tod taumelte er führungslos durchs Leben und fürchtete außerdem, sich ohne ihren Beistand in den Fallstricken der Landespolitik zu verheddern. Immer öfter besprach er in den Sitzungen mit der Madame die Sitzungen im Landtag. Über die Madame als Medium bat er seine verstorbene Frau um Rat. Anfangs fand die Madame das amüsant und auch ein bisschen schmeichelhaft. Adenike Ebidou, eine schwarze Eingewanderte, mischt im Hintergrund in der Landespolitik mit. Wer hätte gedacht, dass es einmal so weit kommt. Doch mit der Zeit begann die Sache anstrengend zu werden. Die Madame unternahm mehrere Versuche, ihren Klienten davon zu überzeugen, dass er nach mehr als dreißig Jahren seines Daseins als Berufspolitiker selbst über genug Sachverstand verfügt, um Entscheidungen zu treffen.

Vergeblich. Im Gegenteil, es wird sogar immer schlimmer. Ohne vorher *seine Renate* zu konsultieren, geht Derneburg in keine Abstimmung und in keine Sitzung.

Verkehrsausschuss. Pipelines für grünen Wasserstoff, Breitbandausbau, Reparatur von Brücken. Oder geht es gar um Fahrradstraßen? Um diese tobte in dieser Stadt der reinste Kulturkampf. Sie wurden eingeführt, dann teilweise wieder abgeschafft, nun sollen sie doch bleiben, es ist das schiere Chaos.

Irgendwie muss sie zusehen, dass das bald ein Ende nimmt. Was, wenn *Renate* ihm zu ein paar krassen Fehlentscheidungen raten würde?

Die Madame lächelt vor sich hin und zündet Kerzen und Räucherstäbchen an. Sie schließt die Jalousie und stellt eine Auswahl ihrer Statuetten und einen großen lilafarbenen Kristall auf den Tisch. Lauter Gegenstände, die ihr helfen sollen, mit dem Geist von Renate Derneburg in Kontakt zu treten. Dann schließt sie die Augen und sagt mit ihrer gutturalen Mediumstimme: »Ich rufe den Geist von Renate. Renate, wenn du hier bist, sprich mit uns. Dein Mann braucht deine Hilfe. Sprich zu uns …«

43

Die Frage des Kindes hinterlässt eine betretene Stille, die schließlich von Brigitte Schönau durchbrochen wird. Sie wirft den Beamtinnen einen unfreundlichen Blick zu, ehe sie sagt: »Komm, Schatz, wir bauen deine Burg weiter.« Sie verschwindet mit Robin in seinem Zimmer, vergisst aber, die Tür zu schließen.

Jule stellt Marie Abou ihre Kollegin vor und entschuldigt sich mit einem der Situation angemessenen Lächeln für ihr erneutes Hiersein »an diesem furchtbaren Tag«.

»Schon gut.« Marie macht eine einladende Geste. Jule und Rifkin nehmen auf den Küchenstühlen Platz. Marie schließt die Tür, bleibt aber selbst stehen.

»Weiß Robin es schon?«, erkundigt sich Jule mit einfühlsamem Ton.

»Wir haben versucht, es ihm zu erklären. Aber Sie sehen ja selbst ...« Die Ehefrau des Opfers wischt sich vorsichtig, um ihr Augen-Make-up nicht zu verschmieren, mit dem Fingerknöchel eine Träne weg.

»Ich habe auch Kinder, aber ich bin sicher, ich kann nicht annähernd nachvollziehen, wie Sie sich gerade fühlen.«

Binnen weniger Augenblicke hat Jule eine beachtliche Metamorphose durchgemacht. Sie ist jetzt keine toughe Polizistin mehr, sondern eine Mutter, die mit der anderen Mutter mitleidet. Gleich kriegt sie einen Milcheinschuss, denkt Rifkin nicht ohne Bewunderung für die Wendigkeit ihrer Kollegin. Ihr dämmert, weshalb Jule Nabil Abou so hart angefasst hat: Um Maries Vertrauen zu gewinnen. Ganz nach dem Motto *der Feind meines Feindes ist mein Freund*. Was für ein raffiniertes Luder! Man muss sich vorsehen, Raukel hat vollkommen recht. Wenn Jule auf der Dienststelle genauso gewieft und hinterhältig agiert und eine Person gegen die andere ausspielt, dann wird sie vielleicht tatsächlich bald auf Völxens Stuhl Platz nehmen.

Marie streckt sich und tastet oben auf den Hängeschränken herum, wo sie schließlich ein Päckchen Marlborough und ein Feuerzeug findet. Ihre Hand zittert, als sie eine Zigarette anzündet. Sie öffnet das Fenster und bläst den Rauch hinaus.

»Ich rauche eigentlich gar nicht mehr«, erklärt sie. »Wegen Robin. Nur ganz selten noch ...«

»Rauchen Sie ruhig, Frau Abou, wenn es Ihnen hilft«, sagt Jule mit ihrer neuen weichgespülten Stimme.

Nach ein paar hektischen Zügen löscht Marie die Zigarette unter dem Wasserhahn und dreht sich zu ihnen um. »Wie kann ich Ihnen helfen?«

»Wenn Sie sich zu uns setzen könnten?« Jule deutet auf den noch freien Küchenstuhl. »Hauptkommissarin Rifkin hat noch ein paar Fragen an Sie.« Jule nickt Rifkin zu, während Marie Abou sich brav hinsetzt.

Raffiniert! Jetzt überlässt sie mir das Feld, damit ich mich nicht zurückgesetzt fühle, durchschaut Rifkin das Manöver. Nun denn.

»Frau Abou, es soll ein Angebot Ihres Schwagers Nabil an Ihren Mann gegeben haben, den neuen Barbershop in Berlin-Charlottenburg als Geschäftsführer zu übernehmen. Wussten Sie davon?«

»Ja, er hat es mir gesagt. Natürlich hat er es abgelehnt. Moussa hatte sich hier etwas aufgebaut. Das würde er doch nicht wieder aufgeben, nur weil Nabil mit den Fingern schnippt. Und ich hätte das erst recht nicht mitgemacht.«

»Sie mögen Berlin nicht?« Rifkin versucht es mit einem verbindlichen Lächeln.

»Doch, ich mag Berlin«, lächelt Marie prompt zurück. »Aber ich kann Nabil und den ganzen Clan nicht ausstehen. Niemals möchte ich von ihm abhängig sein, und Moussa ging es genauso.«

»Said sagte aus, sein Bruder habe sehr wohl darüber nachgedacht. Die beiden haben sich deswegen am Abend vor Moussas Tod gestritten.«

»Said ...« Sie winkt ab. »Er hing wie eine Klette an Moussa. Das nervte ihn. Moussa liebte seinen Bruder, aber er wollte, dass Said endlich auf eigenen Füßen steht. Zumal aus ihm nie ein guter Barber werden wird. Ihm fehlt es an Talent und an Charme gegenüber der Kundschaft. Moussa dachte wahrscheinlich, wenn er Said gegenüber so tut, als überlege er sich die Sache mit Berlin, dann käme Said endlich mal in die Hufe.«

»Er hätte doch mitgehen können«, spielt Rifkin die Ahnungslose.

»Niemals. Unsere kleine Schwuchtel hat eine Höllenangst vor Nabil.«

Rifkin lässt das so stehen und fragt: »Frau Abou, kennen Sie die zwei Wohnungen im zweiten Stock über dem Barbershop?«

»Die gehören der Madame. Ich war nie dort oben. Ich habe mit ihren kleinen Nutten nichts zu schaffen, und Moussa auch nicht.«

»Außer, dass sie den Barbershop geputzt haben«, hält Rifkin dagegen.

Sie nickt und räumt ein: »Das stimmt. Ich fand das immer daneben. Aber letztendlich war es seine Entscheidung. Er war der Boss.«

»Ihr Mann hatte in einem Zimmer in einer der Wohnungen eine beträchtliche Menge an Sneakern gelagert. Wussten Sie davon?«

»Was? Das ist doch Quatsch.«

»Ich habe sie selbst gesehen und auch die Rechnungen auf seinen Namen.«

»Dieser Idiot!« Wutschnaubend springt sie auf und angelt sich eine neue Zigarette aus der Packung. Dieses Mal verzichtet sie darauf, sich zum Rauchen ans Fenster zu stellen. Sie lässt sich auf ihren Stuhl fallen. »Ich habe ihn immer vor solchen windigen Geschäften gewarnt. Aber er wusste es ja besser. Wie viele sind es?«

»Es dürften gut hundert Paar sein«, antwortet Rifkin.

»Woher hatte er das Geld dafür?«, fragt Jule.

»Keine Ahnung. Der Laden lief ja ganz gut. Aber trotzdem ...«

»Vielleicht von Nabil?«, schlägt Jule vor. »Ihr Schwager sprach doch von Schulden, die sein Bruder bei ihm haben soll.«

»Haben Sie uns etwa belauscht?«

»Es war praktisch unmöglich, es nicht zu hören«, meint Jule mit einem zerknirschten Lächeln.

»Ich weiß es wirklich nicht.«

»Dann ist da noch eine letzte Sache«, beginnt Rifkin. »Die Verlobte Ihres Mannes, die im Herbst des vorletzten Jahres im Barbershop aufgetaucht ist. Was können Sie mir über die Frau sagen?«

»Diese Irre! Die hat uns einen fürchterlichen Schrecken eingejagt.«

»Kennen Sie den Namen der Frau?«

»Nur den Vornamen. Farah.«

»War sie denn wirklich mal mit Ihrem Mann verlobt?«

»Wie man es nimmt. Die Väter haben das arrangiert, als sie beide noch Kinder oder Teenager waren. Als Farah neunzehn war und Moussa vierundzwanzig, sollten sie heiraten. Moussa hat sich geweigert, er hat das nie ernst genommen. Es gab einen Mordsärger. Sie wissen schon – die Ehre.«

Rifkin und Jule nicken.

Marie steht auf und stellt eine Untertasse als Aschenbecher auf den Tisch.

»Moussa hat damals das Ganze zum Anlass genommen, sich abzuseilen. Drei Jahre lang ist er in der Welt rumgezogen und hat gejobbt. Diese Farah wollte sich wohl auch nicht mehr verschachern lassen wie eine Kuh. Sie ist abgehauen und leider in die Drogenszene abgedriftet. Irgendwann lief sie zugedröhnt vor ein Auto. Sie war jahrelang immer wieder im Krankenhaus, auch in der Psychiatrie. Keine Ahnung, ob sie bei dem Unfall einen Hirnschaden davongetragen hat oder ob es an den Drogen lag. Moussa hatte ewig nichts mehr von ihr oder ihrer Familie gehört. Bis Farah eines Tages aus einer Entzugsklinik ausgebüxt ist mit der fixen Idee, Moussa sei schuld an sämtlichem Unglück ihres Lebens. Sie kam in den Barbershop, machte eine Szene und wollte Geld von ihm. Er hat das abgelehnt. Moussas Familie musste seinerzeit einen Haufen Geld an Farahs Familie zahlen, damit es kein Blutbad gibt. Das Ganze war zu dem Zeitpunkt etwa sechzehn Jahre her. Einen Tag später hat sie mich und Robin am Spielplatz belästigt. Ich weiß es noch wie heute. Es war ein milder Septembertag, alles war fröhlich und friedlich – bis sie auftauchte. Sie hat rumgeschrien, ich hätte kein Recht auf ihn, er wäre ihr versprochen und sie wisse, wo wir wohnen. Ich hatte eine Höllenangst, dass sie gleich ein Messer zieht. Irgendjemand rief die Polizei.«

Sie schaudert im Nachhinein.

»Moussa wusste sich nicht anders zu helfen, er hat Nabil ange-rufen. Der hat sie von der Wache abgeholt und bei ihrer Familie in Berlin abgeliefert. Seitdem habe ich Angst, dass sie wiederkommt. Ich habe immer Pfefferspray dabei, und meine Mutter und ich las-sen Robin draußen keine Sekunde lang aus den Augen.«

Jule nickt voller Verständnis. »So ein Erlebnis kann einem lange nachhängen. Wissen Sie, wo diese Farah sich inzwischen befindet?«

Marie schüttelt den Kopf. »Ich wollte Moussa nicht ständig nach ihr fragen. Das war ein heikles Thema. Er hat sie entschuldigt und die Vorfälle runtergespielt. Sie hätte nur ihre Pillen nicht genom-men, im Grunde sei sie nicht gefährlich.«

»Sie sind da anderer Meinung«, hält Jule fest.

»Allerdings. Das Schlimme ist ja, dass solche Leute nicht in die Geschlossene kommen. Zumindest nicht auf Dauer. Sie muss wohl erst jemanden umbringen, ehe man sie wegsperrt.«

44

»Bodo! Wir könnten jetzt zu Abend essen.« Sabine Völxen klingt leicht ungehalten, denn es ist nicht das erste Mal, dass sie nach ihm ruft.

»Ich komme gleich.«

»Was treibst du denn so lang im Keller?«

Völxen kommt schweren Schrittes die Treppe heraufgeschnauft.

»Ich suche meine Fußballschuhe.«

»Willst du etwa Fußball spielen? Nach über dreißig Jahren? Mit deinem maroden Kreuz?«

»Wer weiß?«, lautet die kryptische Antwort. Er geht zum Kühlschrank und lässt ein kühles – alkoholfreies – Weizenbier gekonnt in das hohe, vorher ausgespülte Glas laufen.

»Was für eine Invalidenmannschaft soll das denn sein?«

»Ich will nicht spielen. Ich suche nur die Schuhe. Meine alten Adidas aus echtem Leder.«

»Wozu?«

»Um sie zu verkaufen. Das sind inzwischen Klassiker, dafür zahlen sie bei eBay irre Preise.«

»Für alte Latschen, bei denen die Sohle weghängt?«, zweifelt Sabine.

»Du hast sie also gesehen«, kombiniert der Hauptkommissar messerscharf. »Eigentor, du bist überführt!«

»Ja, und zwar vor Jahren, als ich sie entsorgt habe.«

»Was? Wie kannst du einfach meine Sachen wegschmeißen?«

»Weil du es ja nicht machst! Du kannst dich einfach von nichts trennen; wenn es nach dir ginge, wären wir längst ein Messiehaushalt!«

»Messie! Du sagst es. Mit diesen Schuhen habe ich gespielt wie Messi.«

Sabine bricht in Gelächter aus.

»Gefühlt jedenfalls.« Völxen nimmt einen großen Schluck von

seinem Weizenbier. Sabine stellt eine Platte mit Käse auf den Tisch, was Oscar zum Anlass nimmt, seinen Korb zu verlassen und sich dem Geschehen unauffällig zu nähern.

»So was schmeißt man einfach nicht weg. Da hängen Erinnerungen dran.«

»Wenn sie für dich einen so hohen sentimentalen Wert hatten, hättest du sie nicht in den Keller stellen dürfen, dort ist es zu feucht. Das Leder war vollkommen brüchig, und sie waren grün von Schimmel. Die hätten sich da unten früher oder später von selbst aufgelöst.«

»Mag sein«, gesteht Völxen ein. »Vor allen Dingen hätte ich sie vor dir in Sicherheit bringen sollen. Ich weiß noch, wie ich 86 beim Spiel um den Klassenerhalt in der achtzigsten Minute den Elfer reingemacht habe. Wohldosiert und mit Gefühl, genau ins linke Eck. Der Torwart war chancenlos! Beinahe wären wir in der Bezirksklasse geblieben, wenn nicht der Schiri ...«

An dieser Stelle schaltet Sabine Völxen auf Durchzug.

45

Jule sitzt mit angezogenen Knien auf ihrer Ecke des Sofas und lässt den Rioja in ihrem Glas kreisen. »Weißt du, Fernando, heute Abend habe ich seit ewigen Zeiten mal wieder das Gefühl, den Tag über etwas geschafft zu haben.« Zur Bekräftigung ihrer Worte nimmt sie einen großen Schluck, ehe sie sich vergewissert: »Verstehst du, was ich meine?«

»Hm?« Fernando blickt von seinem Handy auf.

»Ich spreche von ehrlicher, sinnvoller Polizeiarbeit.«

»Äh, ja. Klar.«

Fernandos Handy gibt ein helles *Plopp* von sich wie ein Tropfen, der in Wasser fällt.

»Ich habe die Ehefrau und die Eltern des Opfers verhört und einen arroganten Kerl in die Schranken gewiesen. Das hat sich gut angefühlt. Ich hab's immer noch drauf.«

»Freut mich«, sagt Fernando, ohne den Blick vom Handy abzuwenden.

»Zwar ist der Fall noch nicht gelöst, aber Rom wurde schließlich auch nicht an einem Tag erbaut.«

Plopp.

»Weil das Opfer vor der Tat mit einem der Pokale niedergeschlagen wurde, denken wir, dass es auch eine Tat im Affekt gewesen sein könnte. Aber inzwischen habe ich Zweifel. Ich vermute, es war jemand, der genau wusste, dass im Clooney diese Pokale stehen, besonders dieses fiese Ding aus eckigem Glas. Und natürlich weiß jeder, dass in einem Barbershop Rasiermesser liegen. Man muss also sein Mordwerkzeug nicht mitbringen, es ist schon alles da. Ich denke, jemand hat die Gelegenheit genutzt. Jemand, der wusste, dass Moussa an dem Abend in seinem Salon ist, oder jemand, der ihn zufällig von draußen gesehen hat.«

»Hm«, meint Fernando und schielt auf sein Handydisplay.

»Aber ganz so erfolgreich war der Tag dann doch nicht«,

seufzt Jule. »Stell dir vor, mir ist bei der Obduktion schlecht geworden.«

»Echt?«

Plopp.

»Na ja, genau genommen nicht nur ... Sag mal, hörst du mir eigentlich zu?«

»Aber ja doch. Ich kann Multitasking. Rom wurde nicht an einem Tag erbaut, im Barbershop wimmelt es vor Mordinstrumenten, und dir ist bei der Obduktion schlecht geworden. Das ist doch normal, das ist mir früher andauernd passiert. Ich kannte den Weg vom Seziersaal zu den Toiletten schon im Schlaf. Aber dann bist ja du gekommen, die Ex-Medizinstudentin, die ganz wild auf Obduktionen war. Du hast mich zum Glück von diesem Elend erlöst.«

Plopp.

»Sag mal, wer schreibt dir denn da die ganze Zeit?«

Fernando legt das Telefon beiseite.

»Entschuldige, *mi amor*, das ist nur die WhatsApp-Gruppe vom Spielplatz. Eine der Mütter hat mich dazu eingeladen. Jana, die Mutter von Danilo, der ist vier wie Leo. Vorhin habe ich mich kurz vorgestellt, und jetzt heißen mich alle der Reihe nach willkommen.«

»Ich fasse es nicht! Ein Tag nur, und schon stürzen sich die Hyänen von ganz Linden-Mitte auf dich.«

»Vergleichst du mich gerade mit einem Kadaver?«

»Nein, *mi amor*. Höchstens mit einem Leckerchen.«

46

Erwin Raukel hat noch längst nicht Feierabend, auch wenn es auf den ersten Blick so wirken könnte, denn er beschließt seinen Arbeitstag am Tresen des Hop House, eines Irish Pub im Rotlichtviertel, mit einem Glas Lager. Neben ihm sitzt vor einem Guinness sein alter Kumpel Otto Rothnagel, Spitzname Notnagel, mit dem er sich heute Nachmittag »ganz spontan« verabredet hat.

Rothnagel ist nicht auf den Kopf gefallen. Von wegen spontan. Das alte Schlitzohr ahnt, dass Raukel, der sich ansonsten recht rarmacht, etwas von ihm will. Denn es ist bestimmt kein Zufall, dass das Treffen in unmittelbarer Nähe seines alten Jagdreviers stattfindet. Rothnagel war lange bei der Sitte, was allerdings schon ein paar Jährchen zurückliegt. Er musste einst den Dienst quittieren, nachdem aufgeflogen war, dass er von Zuhältern Schmiergelder annahm, um seine Spielschulden zu begleichen.

Nun ist Erwin Raukel der letzte Mensch, der andere wegen ihrer Schwächen verurteilt. Schon gar nicht dann, wenn sie ihm möglicherweise nützlich sein können. Er hofft, der Notnagel verfügt noch immer über ein paar Kontakte zum Milieu und kann ihm vielleicht einen Tipp geben, in welchem der Bordelle man sich am besten nach den beiden Untermieterinnen der Madame erkundigen sollte. Aber klar ist auch, dass der Notnagel sein Herrschaftswissen nicht umsonst preisgibt. Raukel wird einige Guinness vom Fass springen lassen müssen, und das geht nicht einmal auf Spesen. Obwohl es sich um eine rein dienstliche Recherche handelt, hat Raukel darauf verzichtet, den Schafstrottel danach zu fragen. Dessen Antwort konnte er sich schon denken, und der Zeitpunkt war ausgesprochen schlecht nach dem Debakel mit dem Calvados.

»Hast du von dem Mord gestern Nacht gehört?«, tastet Raukel sich voran.

»In diesem Barbershop Clooney? Üble Sache. Habt ihr schon eine Spur?«

»Nicht wirklich. Wir sind noch ganz am Anfang. Warst du mal dort?«

»Nein. Wie du weißt, residiere ich in der Südstadt, ich fahre nicht zum Rasieren durch die halbe Stadt.«

Dumme Frage, das hätte er sich denken können. Raukel mag sich die Bude, in der der heruntergekommene Ex-Kollege haust, lieber nicht vorstellen, und der Notnagel sieht auch nicht aus, als würde er fürs Rasieren Geld ausgeben.

»Ich komme kaum noch in dieses Viertel hier, seit ich nicht mehr muss«, berichtet Rothnagel. »Wenn du jahrelang mitgekriegt hast, was hinter den Kulissen abgeht, dann setzt du freiwillig keinen Fuß mehr in einen Puff oder diese Amüsierschuppen.«

Raukel, der noch nie ein Anhänger der käuflichen Liebe war, nickt verständnisvoll und verrät: »Eine Spur, die wir verfolgen, hat mit einer gewissen Adenike Ebidou zu tun.«

»Wer soll das sein?«

»Eine ältere schwarze Matrone, geschmückt wie ein Weihnachtsbaum. Man nennt sie auch die Madame. Oder die Voodoo-Hexe.«

»Ach, die! Ja, die kenne ich noch von früher. Sie hatte diesen finsteren Afrikaladen. Es wurde gewitzelt, dass sie dort Schrumpfköpfe verkauft. Aber wer weiß. Der Laden war genau dort, wo jetzt der noble Bartschuppen ist.«

»Das Haus gehört ihr«, sagt Raukel. »Hast du das gewusst?«

»Sehe ich aus wie das Liegenschaftsamt?«

Raukel grinst. »Im Hinterzimmer des Bartschuppens betreibt sie noch immer ihre obskuren Geschäfte.« Er holt die Visitenkarte aus seiner Brieftasche und legt sie auf den Tresen.

Madame Ebidou
Lebensberatung, Weissagungen,
Seelenkontakte und Aufhebung von Flüchen

Der Notnagel bricht in ein dröhnendes Lachen aus. »*Lebensberatung*. So nennt man das jetzt. Und dass sie neuerdings Flüche *aufhebt*, das kann ich kaum glauben. Wenn, dann bestimmt nicht ihre eigenen.«

Raukel wird ein wenig flau im Magen. Er lässt sich vorsichtshalber noch eine Tüte Chips geben. Um das Bier aufzusaugen. Zwar konnte Rifkin heute Mittag seine Befürchtungen in Sachen Fluch ein wenig zerstreuen. Aber eben nicht restlos.

»Wie meinst du das?«, fragt er.

»Man nennt sie schließlich nicht umsonst die Voodoo-Hexe«, antwortet Rothnagel. »Sie hat sich damals um die schwarzen Nutten gekümmert.«

»Wie *gekümmert?*«

»Das sah zunächst ganz harmlos aus. Man hätte denken können, sie wäre eine Art Mutterersatz. Sie nannte sie Schätzchen, machte ihnen kleine Geschenke und versorgte sie mit Medizin, wenn ihnen was fehlte.« Rothnagel leert sein Glas und verstummt.

Raukel weiß die Zeichen zu deuten und bestellt beim Barkeeper eine weitere Runde.

Rothnagel bedankt sich überschwänglich und meint, Raukel sei ein feiner Mensch, ja ein wirklich großzügiger Mensch. »Wo waren wir stehen geblieben?«, fragt er nach einem großen Schluck vom frischen Guinness.

»Die Madame war wie eine Mutter zu den Mädchen«, souffliert Raukel. »Aber es gab einen Haken, oder?«

»Den gibt es«, nickt der Notnagel. »Sie hat die armen Dinger einerseits verhätschelt, aber gleichzeitig hat sie sie mit einer Art Fluch oder Bann belegt, der ihnen und ihren Angehörigen Krankheiten, Unglück oder den Tod bringen würde, sollten sie sich ihren Zuhältern widersetzen. Selbst ihre Nachfahren würden von bösen Geistern heimgesucht, wenn sie nicht spurten. Daran haben die Frauen, die mit Voodoo aufgewachsen sind, natürlich felsenfest geglaubt.«

»Was für ein Miststück!«

»Für die Zuhälter war das selbstverständlich eine super Sache. Die mussten die Mädchen nie verprügeln, die waren von selbst lammfromm. Und gegenüber der Polizei haben die nie ein Wort gesagt. Die hätten sich eher umgebracht. Aber selbst wenn – du kannst niemanden für Flüche bestrafen, außerdem müsstest du das erst mal beweisen.«

»Woher weißt du dann davon?«

»Eine junge Nigerianerin hat irgendwann doch ausgepackt. Eine Sozialarbeiterin hatte es tatsächlich geschafft, sie davon zu überzeugen, dass es keine Flüche gibt und man ihr nur helfen will. Also hat sie geredet.« Der Notnagel trinkt von seinem Bier und schaut drein wie ein trauriger Dackel. »Tja, was soll ich sagen? Eine Woche später war sie tot. Überdosis. Wir konnten nie rauskriegen, ob es Mord, Selbstmord oder ein Versehen war.«

Raukel braucht jetzt dringend etwas Stärkeres. Einen Malt Whisky, auch wenn der die Rechnung gehörig in die Höhe treiben wird.

Als das Getränk gebracht wird und der erste Schluck seinen Magen wärmt, berichtet er dem Notnagel von den beiden Frauen, die bis heute Morgen im zweiten Stock über dem Barbershop wohnten. »Sie will uns nicht sagen, in welchem Puff sie arbeiten.«

»Natürlich nicht.«

»Eine davon hat die Leiche gefunden. Wir brauchen ihre Aussage.«

»Das kannst du vergessen, mein Freund. Die sind schon längst in einem Puff in einer anderen Stadt. Und selbst, wenn es euch irgendwie gelingt, sie herzuschaffen – sie werden nichts sagen.«

»Verstehe. Böse Geister.«

Beide nicken bedächtig.

»Aber ich wüsste trotzdem gerne, wo die zwei zuletzt gearbeitet haben. Komm schon, Otto, du kennst doch sicher noch Leute, die welche kennen ...«

»Tut mir leid, alter Freund. Ich kenne wirklich kein Schwein mehr. Es hat sich alles verändert, seit die Angels hier nicht mehr das Sagen haben.«

»Wohl wahr«, bestätigt Raukel. »Allmählich gibt es hier mehr Wettbüros als Puffs. Was mir schnurzegal ist«, setzt er rasch hinzu. »Ich kann mit beidem nichts anfangen.«

»Nichts bleibt, wie es war«, philosophiert der Notnagel vor sich hin und wischt sich den sahnigen Schaum seines dritten Guinness von den Lippen. »Ich will ja nicht behaupten, dass das unter den Hells Angels die guten alten Zeiten waren. Nur wusste man wenigstens, mit wem man es zu tun hatte. Heute ist alles ein undurchsichtiger Sumpf. Da werden in den Puffs *Geschäftsführer* und *Manager* vorgeschoben, und kaum einer weiß, wer wirklich dahintersteckt.« Der Notnagel schüttet den Rest Guinness in sich hinein.

Raukel befürchtet, dass er seinem Kumpel den Rausch womöglich vergeblich finanziert hat. Okay, er hat von den Machenschaften der Madame erfahren, doch das bringt die Ermittlungen auch nicht weiter.

»Frag doch mal die Jungs vom organisierten Verbrechen beim LKA«, schlägt Rothnagel vor.

Bestimmt hat Jule das bereits getan und wird morgen früh mit ihren Weisheiten glänzen. Der Gedanke an die neue Kollegin trägt nicht gerade zur Verbesserung seiner Stimmung bei.

»Ich dachte, ich könnte den kleinen Dienstweg nehmen«, gesteht er.

»Tut mir leid, Erwin, dafür bin ich schon zu lange auf dem Abstellgleis«, gesteht der Notnagel trübsinnig.

»Das macht doch nichts.« Resigniert trinkt Raukel seinen Whisky aus und verlangt nach der Rechnung, die ihm beinahe die Tränen in die Augen treibt.

Dann stehen sie vor dem Lokal und atmen die frische Abendluft ein. Es ist gerade mal 22 Uhr an einem gewöhnlichen Mittwoch und daher noch nicht viel los. Meist strömen die Gäste erst nach Mitternacht in die Clubs, denn das Rotlichtviertel ist gleichzeitig eine Partymeile. Für Raukel ist das nichts. Er möchte jetzt nur noch so schnell wie möglich nach Hause und einen Absacker trinken, um diesen langen, unerfreulichen Tag einigermaßen würdevoll zu beenden.

Der Notnagel lässt seine Pranke schwer auf Raukels Schulter fallen. »Das war ein netter Abend, Erwin. Sollten wir öfter machen.«

»Unbedingt.«

Das würde dir so passen!

Die drei Typen mit den Kapuzen über ihren Baseballmützen stehen urplötzlich vor ihnen. »Her mit dem Geld, ihr alten Säcke, aber schnell!«, herrscht der Mittlere sie an.

Raukel ist so verdutzt, dass er ihn nur ungläubig anschaut. Der Notnagel ist zur Säule erstarrt.

»Seid ihr taub? Bewegung! Her mit der Kohle, los, macht schon!«, schreit der Kerl die beiden erneut an.

Raukel hat sich von seinem Schrecken erholt und brüllt zurück: »Sieh zu, dass du Land gewinnst, du Rotzlöffel!« Er holt aus, um dem Kerl eine zu verpassen, aber da tritt ihm einer der anderen gegen die Knie. Er gerät ins Taumeln, Otto Rothnagel kann ihn gerade noch auffangen, ehe er auf die Straße stürzt. Das Ganze blieb wohl nicht unbeobachtet. Aus einiger Entfernung ruft jemand nach der Polizei.

»Ich bin die Polizei«, schreit Raukel die drei Typen an.

Das scheint diese nicht zu beeindrucken, im Gegenteil. Der Linke tänzelt auf einmal mit erhobenen Fäusten vor ihm herum, als wäre er im Boxring. »Ach ja? Umso besser. Dich mach ich kalt, Scheißbulle!« Die anderen beiden verlangen erneut lautstark nach der Kohle, denn Raukel und Rothnagel haben ihre Brieftaschen immer noch nicht herausgerückt, sei es aus Courage, Trotz oder dem Unglauben darüber, dass ausgerechnet ihnen so etwas passiert. Raukel ist, als hätte der Schreihals plötzlich ein Messer in der Hand. Er spürt einen scharfen Schmerz in der Seite, der ihn zusammenzucken lässt.

»Haut ab!«, ruft hinter ihnen eine unbekannte Männerstimme. Rennende Schritte nähern sich.

»Fuck!«, sagt einer der drei Typen, ehe sie sich in einer synchronen Bewegung umwenden und davonrennen. Zwei Männer überholen Raukel und Rothnagel. Für ein, zwei Sekunden sieht es so aus, als könnten sie die drei einholen, aber diese werden rasch schneller. Schließlich verschwinden sie wie die Ratten um die nächste Ecke. Die zwei Verfolger, mittleren Alters und etwas übergewichtig, kehren wieder um.

»Was sollte das denn?«, fragt Raukel seinen Kumpel. Ihm ist schwindelig und auch etwas übel.

»Scheiße, Erwin, du blutest!«

Raukel schaut an sich hinab. Tatsächlich. Sein Sakko und sein Hemd sind vollgeblutet. Er merkt, wie ihm die Füße wegsacken.

Inzwischen stehen einige Leute um ihn und den Notnagel herum. Man hilft ihm, sich langsam hinzusetzen. »Ruft den Notarzt, wir brauchen einen Notarzt!«, schreit der Notnagel, und das ist so ziemlich das Letzte, was Raukel noch mitbekommt.

47

Joris Tadden räumt den Tisch ab und stellt die zwei Teller in die Spüle. Dafür muss er nicht einmal aufstehen, es reicht, sich zu strecken.

Katrin schaut ihm dabei zu. »Praktisch, wenn alles in Reichweite ist.«

»Stimmt«, bestätigt Tadden.

»Es ist wirklich sehr *tiny*. Aber mein Zimmer in Singapur war nicht viel größer. Du ahnst ja nicht, was die dort für Mieten verlangen!«

Tadden öffnet eine Flasche Wein. Zu den Spaghetti bolognese, die er auf seinem Zweiplatten-Induktionskochfeld zubereitet hat, wollte Katrin nur Wasser, also hat er auch Wasser getrunken. Dabei hätte etwas Alkohol sicher nicht geschadet, dann wäre die Unterhaltung womöglich etwas weniger verkrampft verlaufen. Katrin hat die meiste Zeit von Singapur erzählt, aber dazwischen gab es Phasen, in denen sie sich schweigend gegenübersaßen. Es war kein vertrautes Schweigen wie früher, sondern eher ein Verschweigen von Dingen, die zwischen ihnen stehen.

Tadden hasst Ungewissheiten und Schwebezustände. Er weiß gerne, woran er ist. Doch Katrin weicht jedes Mal geschickt aus, wenn er ihrem Gespräch eine Wendung in Richtung Zukunftsplanung geben will.

Hätte er nicht dieses Tiny House, sondern eine ausreichend große Wohnung, könnte er ihr anbieten, zu ihm zu ziehen. Nur was, wenn sie ablehnen würde?

Es ist vielleicht besser so, wie es ist. Er wohnt in seinem winzigen Refugium und Katrin in der WG ihrer Freundin, bis sie wieder ganz hier angekommen ist und weiß, was sie will. Sie sei noch dabei, den Kulturschock zu verdauen. Erst danach könne sie weitersehen.

Er dagegen hat geglaubt, sie könnten dort anknüpfen, wo sie

aufgehört haben. Nur an welchem Punkt waren sie eigentlich, ehe sie abreiste? Wie wichtig war er Katrin? Und wie empfindet sie jetzt?

Sie hat das Praktikum ohne Zögern und ohne Rücksprache mit ihm angenommen. Wäre es ein großer Schritt auf der Karriereleiter gewesen, hätte er es ja verstanden. Abgesehen davon, dass gut bezahlte Jobs für Germanisten ohnehin nicht gerade auf der Straße liegen. Doch es war eine Praktikumsstelle am Goethe-Institut Singapur, schlechter bezahlt als der Aushilfsjob beim Jugendamt, wo sie sich kennenlernten. Immerhin Singapur. Ein anderer Kontinent, eine schillernde Stadt, die große weite Welt. Er erinnert sich an seine Zeit bei der Bundeswehr, als ihm der Einsatz in Afghanistan ebenso verlockend erschien. Wie kann er es Katrin verdenken, dass sie die Gelegenheit wahrgenommen hat?

Kein Wunder, dass sie sich entfremdet haben. Tadden ist nicht der Typ für Fernbeziehungen, und in ihrer Abwesenheit ist viel passiert. Er hat sich in seiner Dienststelle eingewöhnt, er hat ein Verhältnis mit seiner Kollegin angefangen, und er hat seine Angstattacken überwunden, jedenfalls so gut wie. Dabei hat Rifkin ihm geholfen. Obwohl sie kein Fan von Trips mit halluzinogenen Pilzen ist, ist sie mitgekommen, um *auf ihn aufzupassen*. Doch nie hat sie einen Zweifel daran aufkommen lassen, dass das, was sie verbindet, nur eine Freundschaft plus ist. Ihm war das ganz recht. Mit Rifkin war alles immer so einfach. Betonung auf *war*.

Er hat Katrin bis jetzt nichts davon erzählt. Es fühlt sich schäbig an, er wäre lieber ehrlich. Doch fürs Erste reicht es, wenn eine sauer auf ihn ist.

Katrin trinkt nun doch ein Glas Wein, und für die nächsten zwei Stunden finden sie eine Beschäftigung, bei der sich das Reden größtenteils erübrigt. Danach möchte sie lieber nach Hause fahren. Tadden merkt erstaunt, dass er darüber erleichtert ist. Sie radeln zusammen bis zur S-Bahn, er wartet, bis sie sicher im Zug sitzt, und kehrt dann wieder zurück in sein Domizil. Das Handy klingelt, als er gerade die Tür hinter sich zugemacht hat. Sein Herz macht einen kleinen Hüpfer. Katrin? Will sie ihm eine Gute Nacht wünschen, ihm sagen, dass sie ihn jetzt schon vermisst?

Es ist sein Vorgesetzter Völxen. Nicht ranzugehen, ist keine Option. Falls Völxen sich in seinem Garten befindet, kann er sehen, dass bei ihm noch das Licht an ist. Das ist der Nachteil dieser ansonsten 1a-Wohnlage. Und Völxen ruft ihn gewiss nicht zum Spaß mitten in der Nacht an.

»Ja, hier Tadden.«

»Raukel wurde niedergestochen. Sein alter Saufkumpan Rothnagel hat mich gerade angerufen, er war dabei. Sie sind jetzt im Krankenhaus, im Siloah, ich fahre hin. Ich wollte nur, dass du Bescheid weißt.«

Völxen klingt atemlos, und dass er Tadden gerade geduzt hat, dürfte der Aufregung geschuldet sein.

»Warten Sie!«, ruft Tadden. »Ich komme mit! Bin in zwei Minuten da!« Ehe Völxen dem widersprechen kann, hat Tadden schon aufgelegt und sprintet quer über die Wiese.

48

»Es sah gar nicht gut aus. So viel Blut! Obwohl er den Stich erst gar nicht bemerkt hat, weil er so in Rage war. Er hätte dem kleinen Arschloch lieber sein Geld geben sollen! Weiß er denn nicht, dass heutzutage jeder Halbstarke ein Messer in der Tasche hat?«

Völxen, dem Rothnagels Gejammer an den Nerven zerrt, sagt nichts dazu. Zu viert sitzen sie im Wartebereich, während Raukel gerade operiert wird. Tadden hat Rifkin von unterwegs angerufen. »Sie hat einen Narren an ihm gefressen«, erklärte er Völxen. »Sie würde es mir nie verzeihen, wenn ich sie nicht informiere.«

Nun will Rifkin von Rothnagel wissen, was sie eigentlich in dieser Gegend wollten.

»Er wollte von mir einen Tipp, in welchem Puff diese zwei Frauen gearbeitet haben, die bei der Madame gewohnt haben. Ich konnte ihm leider nicht groß weiterhelfen. Aber er hat mir trotzdem einen ausgegeben.«

»Nicht nur einen«, stellt Völxen fest.

Der Ex-Polizist wischt sich eine Träne aus dem Auge. »Wir hatten einen wirklich netten Abend im Irish Pub, bis dann auf dem Heimweg diese Scheißkerle aufgetaucht sind. Zum Glück kamen noch Passanten vorbei, die haben die drei Typen verfolgt. Sind nur leider entwischt, aber ich kann mich gut an ihre Hackfressen erinnern. Ich zeichne euch morgen ein Phantombild, das sich gewaschen hat.«

»Das hat Zeit. Jetzt ist erst einmal nur wichtig, dass er ... wieder auf die Beine kommt«, sagt Völxen.

»Will jemand Kaffee?«, fragt Rifkin.

Tadden nickt, die anderen lehnen ab.

Als hätte Rifkin ihnen für die Zeit ihrer Abwesenheit ein Schweigegelübde auferlegt, hängen die drei stumm ihren Gedanken nach.

Völxen ruft sich in Erinnerung, wie viel Ärger er schon mit Raukel hatte, wie oft er sich für ihn an höherer Stelle einsetzen musste.

Natürlich hat Raukel es ihm in keiner Weise gedankt. Er doch nicht! Andererseits hat Raukel dieses Gespür für einen Fall, diesen Riecher, wer ihn anlügt und wo etwas faul ist. Er hat auf seine unkonventionelle Weise tatsächlich schon Fälle gelöst, zwar nicht im Alleingang, aber doch maßgeblich daran mitgewirkt. Deswegen hält er sich auch für ein Genie und ist blind für seine eigenen Schwächen, die so zahlreich sind, dass man sie kaum aufzählen mag. Und ja, einige Male hat Völxen daran gedacht, ihn fallen zu lassen. Das Leben auf der Dienststelle wäre bestimmt um einiges einfacher ohne ihn. Aber dennoch ...

Lieber Gott, lass den alten Mistkerl bitte noch eine Weile hier auf Erden! Du tust dir damit selbst einen Gefallen.

Rifkin kommt gerade mit zwei Bechern Kaffee zurück, als eine Ärztin auf die Wartenden zueilt.

Völxen versucht, das Blut auf ihrem grünen Kittel zu ignorieren. Er konzentriert sich lieber auf ihr Gesicht, dessen untere Hälfte allerdings von einem Mundschutz verdeckt wird. Hat sie gute Nachrichten oder schlechte? Ist sie hier, um ihnen zu versichern, man habe alles getan, was man konnte, aber leider ... Ob man ihm wohl auch den Todesboten ansieht, wenn er bei Angehörigen eines Mordopfers auf der Schwelle steht? Doch bei ihm sind die Leute meistens ahnungslos. Er reißt sie aus ihrem Alltagsleben und ihren Alltagssorgen heraus, bringt Elend und Verzweiflung und muss sie dann auch noch mit Fragen malträtieren. Die Ärztin hat es da einfacher.

Vier Augenpaare sind gespannt auf sie gerichtet.

Die Frau nimmt ihre Maske ab. Um ihren Mund spielt ein müdes, aber zufriedenes Lächeln.

49

Das Gras ist noch taufeucht, als Völxen in seinen Gummistiefeln zur Schafweide schlurft. Der vorangegangene anstrengende Tag und die nervenaufreibende Nacht stecken ihm noch in den Knochen. Der kühle Ostwind der letzten Tage hat nachgelassen, ein paar federleichte Wolken zieren den ansonsten blauen Himmel, Vögel zwitschern auf Teufel komm raus den Frühling herbei. Der Tag verspricht schön zu werden.

Leider wird er nicht viel davon haben. Im Gegenteil, nachdem gestern die wichtigsten Zeugen vernommen worden sind und sich kein dringend Tatverdächtiger herauskristallisiert hat, wird man sich ab sofort an die mühselige Feinarbeit machen müssen. Frieda Wetter von der Spurensicherung hat gestern noch verkündet, ihre Leute hätten an den Sesseln und den Ablagen vor den Spiegeln des Barbershops *eine unappetitliche Fülle an Spuren* gesichert. DNA und Fingerabdrücke, welche sich noch dazu in vielen Fällen überlagern, was die Sache nicht gerade einfach macht. »Dort wurde wohl schon seit Längerem nicht allzu gründlich geputzt«, fügte sie spitz hinzu.

Kein Wunder. Laut dem Terminkalender haben allein am Tag vor dem Mord vierundvierzig Kunden das Clooney besucht. Und das war nur ein gewöhnlicher Dienstag. Völxen versucht dennoch, die Sache positiv zu sehen. Übermäßig viele Spuren sind immer noch besser als gar keine. Es bedeutet nur einen Haufen Arbeit. Sämtliche Kunden des Barbershops und das Personal müssen erkennungsdienstlich behandelt und ihre Daten mit den gesicherten forensischen Spuren abgeglichen werden, um vielleicht diese eine zu finden, die Nadel im Heuhaufen, die dort eigentlich nichts zu suchen hat und einen Hinweis auf den Täter oder die Täterin geben könnte. Sollte der Mörder jemand vom Personal sein oder sich unter den Kunden der letzten Tage befinden, dann wäre die ganze Mühe umsonst. Dies wird also das Beschäftigungsprogramm der nächsten Tage sein, neben einigem anderen. Einer Pressekonferenz zum Beispiel.

Und das alles mit einem Mann weniger. Raukel fällt sicher für einige Zeit aus. Der alte Trunkenbold hatte wieder einmal Glück im Unglück. Wie anders hätte diese Sache ausgehen können.

Raukel war nach seiner Operation noch nicht ansprechbar, doch die Nachricht, er sei außer Lebensgefahr, hat Völxen erst einmal beruhigt. Zusammen mit Tadden verließ er die Klinik und sank zu Hause erschöpft in die Federn. Bis vor einer Viertelstunde hat er gut geschlafen, aber insgesamt war es doch zu wenig. Er gähnt und betätigt die Fernbedienung, denn es ist acht Uhr, und auch für die Schafe wird es Zeit zum Aufstehen.

»Klappt immer noch«, murmelt er zufrieden, als sich die Luke hebt.

Wie schon gestern kommen die Schafe nicht gleich aus dem Stall. Oscar wird erneut enttäuscht. Frustriert bellend umkreist er den Schafstall. Sonnenstrahlen blitzen durch das Geäst des Apfelbaums, und Völxen hängt dem Gedanken nach, dass man Augenblicke wie diesen strahlenden Frühlingsmorgen, an dem die Welt wie neu geschaffen wirkt, viel bewusster genießen und auskosten sollte. Das Leben darf nicht zu kurz kommen, denn wie er allzu oft erleben muss, kann es von einem Moment auf den anderen vorbei sein. *Savoir vivre*, wie die Franzosen sagen.

Die Franzosen.

Vielleicht sollte er Oda Kristensen anrufen. Er muss ja nicht erwähnen, dass er sie in der Markthalle gesehen hat. Sonst schläft der Kontakt irgendwann ganz ein, und das möchte er nicht. Er betrachtet seine ehemalige Angestellte als gute Freundin, und wie viele wirklich gute Freunde hat man schon im Leben? Am Wochenende, beschließt er, rufe ich sie an. Vielleicht meldet sie sich bis dahin ja selbst, und die Welt ist wieder in Ordnung.

»Moin, Kommissar!« Der Hühnerbaron nähert sich in seinem Blaumann und mit dem unvermeidlichen Käppi.

»Moin, Jens.«

»Ist dir langweilig?«

»Nö. Wieso?«, fragt Völxen.

Köpcke deutet mit einer Kopfbewegung auf den Schafstall. »Seit du technisch aufgerüstet hast, fehlt dir bestimmt dein Sportprogramm.«

»Überhaupt nicht!«

Man wird schließlich nicht jünger. Sprints um die Wette mit einem mordlustigen Bock verbieten sich ab einem gewissen Alter. Außerdem bleibt nach wie vor die Aufgabe, die Biester am Abend in den Stall zu kriegen, respektive *das* Biest, Amadeus.

»Was war denn gestern Nacht los?«, erkundigt sich der Hühnerbaron.

Völxen fragt sich, ob Tadden ihm etwas erzählt oder gar dienstliche Interna ausgeplaudert hat.

»Ein Kollege wurde von drei Jugendlichen mit dem Messer angegriffen. Wir sind zu ihm ins Krankenhaus. Aber er ist zum Glück außer Gefahr.«

»Ich hoffe, ihr könnt die Saukerle festnehmen!«

»Ich auch.«

»Die kriegen ja doch nur Bewährung.« Der Hühnerbaron spuckt zielsicher durch die Zaunlatten ins Gras. »Oder man schickt sie auf einen Segeltörn in die Ägäis.«

»Kanaren, wenn's ganz dick kommt«, ergänzt Völxen.

Nach dieser Feststellung stehen beide stumm da und lassen sich die Morgensonne auf den Rücken scheinen.

Amadeus streckt seinen Kopf aus der Luke und blickt um sich, als sähe er das alles zum ersten Mal. Völxen pfeift Oscar heran, der dem Kommando nur widerwillig Folge leistet. Der Schafbock setzt einen Huf vor den anderen und beginnt zu grasen, während er vorgibt, die zwei Herren am Zaun zu ignorieren. Die vier Schafe folgen ihm.

»Langsam scheinen sie es zu kapieren«, stellt Völxen zufrieden fest.

Er könnte noch ewig hier stehen, aber die Ermittlungen erledigen sich nicht von selbst. Dennoch spukt ihm die Sache mit dem *savoir vivre* noch im Kopf herum. Einer spontanen Eingebung gehorchend sagt er zum Hühnerbaron: »Was meinst du, Jens, wollen wir am Samstag bei uns auf der Terrasse grillen?«

»Mit richtigem Fleisch?«

»Was denn sonst?«

Der Hühnerbaron runzelt zweifelnd die Stirn. »Aber habt ihr nicht gerade eure Fastenzeit? Ich meine, ich hätte Sabine so etwas sagen hören.«

»Sabine kann mich ... kann meinetwegen beim Salat bleiben. Ich werde am Samstagabend grillen, basta.«

»Wir sind dabei«, freut sich der Nachbar. »Hanne macht Kartoffelsalat. Was ist mit dem Friesenjungen?«

»Wenn er die nächsten zwei Tage brav ermittelt, darf er auch kommen.«

»Der hatte gestern übrigens Damenbesuch. Also – bevor er wie der Blitz zu dir rübergerannt ist.«

»Darüber will ich gar nichts wissen!«

Das ist nicht ganz richtig. Eigentlich würde es ihn schon interessieren, hegt er doch seit längerer Zeit einen gewissen Verdacht ... Doch eher hätte er sich die Zunge abgebissen, als sich in solche Niederungen herabzulassen. Nein, das Privatleben seines Mitarbeiters geht ihn rein gar nichts an. Daher wäre es besser gewesen, der Ostfriesenjunge hätte seinen Bauwagen, oder was immer das sein soll, nicht direkt vor seiner Nase platziert.

50

»Dieses Nachtgewand schmeichelt dir außerordentlich. Aber du kannst ohnehin alles tragen.«

»Du solltest mich erst mal von hinten sehen.« Raukel ist noch etwas blass, aber er lehnt halbwegs aufrecht in seinem Bett und zwinkert Rifkin anzüglich zu.

Nach einer ruhigen Nacht wurde der frisch Operierte von der Wachstation auf die normale Station verlegt. Sicher ein gutes Zeichen, auch wenn unter der Bettdecke noch ein Schlauch hervorragt, der in einen Beutel mündet, in welchem eine unappetitliche Flüssigkeit zu erkennen ist.

»Bist du hier, um mich zur Organspende zu überreden?«

»Wer würde wohl deine Leber wollen?«, kontert sie.

Raukel wird wieder ernst. »Glaubst du mir jetzt, Rifkin?«

»Was soll ich glauben?«

»Es war der Fluch. Der hat mich hierhergebracht.«

»Nein, es war ein Halbstarker mit einem Messer. Und du hast ein Riesenglück gehabt. Fast hätte es deine Lunge getroffen. Dann würdest du jetzt auf dem letzten Loch pfeifen oder bei Bächle auf dem Tisch liegen. Also komm mir nicht mit deinem bescheuerten Fluch.«

»Glück habe ich mir immer anders vorgestellt, aber wenn du meinst ...«

»Wir waren jedenfalls alle sehr froh, als die Ärztin gestern Nacht Entwarnung gab.«

»Ein Frauenzimmer hat mich operiert?«

Tatsächlich, schon wieder ganz der Alte. »So ist es, Raukel. Hoffentlich hat sie kein Staubtuch zwischen deinen Rippen vergessen.«

»Wer ist *wir alle?*«, fragt er.

»Völxen, Tadden, dein Kumpel Otto Rothnagel und ich. Wir haben zwei Stunden auf dem Flur rumgesessen und überlegt, wer deine Hausbar erbt und wer das Büro kriegt, wenn du das Zeitliche segnest.«

»Ihr wart alle hier?« Raukel blinzelt gerührt.

»Der Rothnagel sieht dir übrigens wirklich ähnlich. Kein Wunder, dass er seinerzeit als dein Doppelgänger durchging.«

Raukel wird ein wenig verlegen bei der Erwähnung dieser Geschichte, die ihn beinahe seinen Job gekostet hätte.

»Kannst du die Täter beschreiben?«, fragt Rifkin.

»Junge Kerle halt. Keine besonderen Merkmale, kein ausländischer Akzent. Wenn ich den, der mich abgestochen hat, sehe, werde ich ihn wiedererkennen.«

»Rothnagel will für uns ein Phantombild erstellen.«

»Auf das Kunstwerk bin ich gespannt.« Schließlich war der Notnagel ja mindestens so alkoholisiert wie er selbst.

»Weißt du schon, wann du entlassen wirst?«

»Nein. Aber mir geht es schon recht gut. Notfalls entlasse ich mich heute noch selbst.«

»Das wirst du nicht tun!«, entgegnet Rifkin scharf. »Immerhin bist du gerade dem Tod von der Schippe gesprungen.«

»Und wofür? Für Zwieback und Jugendherbergstee.« Er deutet auf die Tasse mit der dünnen rötlichen Flüssigkeit auf seinem Nachttisch. »Wie soll man da bitte schön zu Kräften kommen? Und das mir, als Privatpatient! Ich will gar nicht wissen, was sie den anderen vorsetzen.«

Rifkin lässt ihn noch ein bisschen maulen und jammern, dann unterbreitet sie dem Kollegen einen Vorschlag, den dieser nicht ablehnen kann: »Wenn du artig bist, komme ich gegen Abend wieder und bringe dir ein paar persönliche Dinge aus deiner Wohnung mit. Frische Wäsche, Zahnbürste ... und ein feines Mundwasser vielleicht?«

Schon strahlt er wieder. »Das würdest du tun, du engelsgleiches Wesen in rauer Schale?«

»Wie gesagt ...«

»Der Schlüssel ist in meiner Hose. Wo die ist, weiß ich allerdings nicht.«

Rifkin inspiziert den Schrank, wird fündig und steckt den Schlüssel ein.

»Ist da auch mein Handy?«

»Ja, es steckt im Jackett. Das Jackett ist übrigens hinüber«, stellt Rifkin fest. »Voller Blut, und es hat ein Loch. Ich werde es mitnehmen, zur Beweissicherung.«

»Das teure Brioni! Das werden mir diese Arschkrampen büßen!«

»Was ziehst du dich auch an wie der Kanzler, wenn du auf Sauftour gehst?«

Raukels Handy klingelt, als Rifkin es gerade aus der Tasche des Sakkos zieht. »Deine Liebste ruft an.« Sie zeigt ihm das Display, auf dem *Charlotte* steht. »Wenn das nicht unsere zwielichtige Gartenbloggerin ist.«

»Nicht rangehen! Nicht. Nein! Rifkin, ich verbiete dir ...«

»Hallo? – Nein, hier ist Hauptkommissarin Rifkin, seine Kollegin. Er ist gestern in eine Messerstecherei im Rotlichtbezirk geraten. – Nein, kein Grund zur Panik. Es geht ihm schon wieder recht gut. Unkraut vergeht nicht. Aber wem sage ich das? – Im Siloah, auf der Chirurgischen. – Das würde ihn bestimmt freuen. Er klagt über das Essen, vielleicht können Sie ihm etwas Leckeres besorgen. – Bitte, keine Ursache.«

»Rifkin, ich schwör dir, deine Tage sind gezählt!«

»Was denn? Deine Liebste wird doch wohl erfahren dürfen, was los ist.«

»Sie ist nicht meine Liebste. Und was sollte das mit der *Messerstecherei*? Was denkt sie denn jetzt von mir?«

Rifkin wirft das Handy vor ihm auf die Bettdecke. »Ich muss jetzt zum Dienst. Oder warte ...« Sie dreht sich noch einmal um und macht trotz seines Protestes ein Foto von ihm mit ihrem eigenen Handy.

»Rifkin! Ich hasse dich!«

»Ich weiß.«

51

Auf dem Tisch im Vernehmungsraum liegt nur das Aufnahmegerät. Kein Kaffee, kein Wasser. Was für ein Schlendrian! Muss man sich denn um alles selbst kümmern? Völxen kehrt noch einmal um und betritt Frau Cebullas Büro, in welchem er für die Dauer der Vernehmung Oscar geparkt hat. Sabine hat heute Vormittag Unterricht an der Musikhochschule, wo sie unter anderem Klarinette unterrichtet. Da es nicht ratsam ist, den Terrier länger allein zu lassen, sofern man Wert auf seine Einrichtung legt, nimmt Völxen ihn an diesen Tagen wohl oder übel mit zur Dienststelle.

Der Hauptkommissar macht sich demonstrativ am Kaffeeautomaten zu schaffen in der Hoffnung, sein Tun werde die Sekretärin an gewisse Versäumnisse erinnern.

Frau Cebulla wartet gelassen ab, bis er sich einen Cappuccino herausgelassen hat, und meint dann: »Ich an Ihrer Stelle würde ihn gleich hier trinken.«

»Wieso?«

»Ramadan.«

Er blickt sie ratlos an.

»Der Zeuge möchte nichts trinken, nicht einmal Wasser. Deshalb habe ich nichts hingestellt.«

»Sehr umsichtig, Frau Cebulla. Wir wollen den Zeugen ja nicht foltern, indem wir vor seinen Augen Kekse essen und Kaffee trinken. Außer es muss sein.«

Frau Cebulla lächelt verschmitzt, während Völxen seinen Cappuccino hastig und ohne Genuss austrinkt und dann hinübergeht in den Verhörraum, wo Tadden und der Zeuge schon auf ihn warten.

Beide Ermittler sprechen dem Mann ihr Beileid zum Tod seines Bruders aus. »Konnten Sie sich mit Ihrer Schwägerin wegen der Beisetzung einigen?«, erkundigt sich Völxen, hauptsächlich, um zu signalisieren, dass er über die gestrigen Ereignisse im Bilde ist.

»Ich denke, wir sind auf einem guten Weg«, antwortet Nabil. »Wir waren gestern beide mit den Nerven am Ende, da kommt es schon einmal zu Worten, die man hinterher bedauert.«

»Das freut mich«, nickt Völxen.

»Für uns Moslems ist der Respekt vor der Würde der Toten das Allerwichtigste. Wir entsorgen unsere Toten nicht so rasch und einfach wie möglich, wie das hierzulande oft geschieht. Wir haben unsere Rituale. So führen beispielsweise die Familienmitglieder eine Totenwaschung durch. Daher bedaure ich sehr, dass der Leichnam meines Bruders ohne Rücksprache mit der Familie obduziert wurde. Auch wenn ich weiß, dass Ihre Gesetze das vorschreiben.«

»Es sind auch Ihre Gesetze«, weist Völxen ihn sanft zurecht.

»Dennoch kann ich Ihnen guten Gewissens versichern, dass Dr. Bächle jeden Toten mit Respekt behandelt und dafür sorgt, dass sich die äußerlich sichtbaren Spuren der Maßnahme, so gut es geht, in Grenzen halten.«

»Es ist ja nun geschehen«, lenkt Moussas Bruder mit einem Seufzer ein. Offenbar ist er inzwischen zu der Überzeugung gelangt, dass man bei der Polizei mit einem beherrschten, verbindlichen Auftreten besser fährt.

Völxen wird nun dienstlich und erklärt, dass er das Gespräch aufzeichnen und ein Protokoll davon anfertigen lassen wird. »Als Zeuge haben Sie die Pflicht zur Wahrheit und kein Aussageverweigerungsrecht«, fügt er hinzu.

Nabil Abou entgegnet, dass ihm das bewusst sei.

»Herr Abou, wie war das Verhältnis zwischen Ihnen und Ihrem Bruder Moussa?«

»Wir achteten und liebten uns. Wie Brüder eben.«

»Gab es zwischen Ihnen auch Differenzen?«

»Wir waren nicht immer derselben Ansicht über gewisse Dinge.«

»Welche Dinge?«

»Tradition, Religion, Geschäftsgebaren. Aber ich liebte Moussa sehr, und dasselbe gilt für meinen anderen Bruder, Said. Vergessen Sie, was man Ihnen erzählt hat. Ich bin nicht das Monster, vor dem alle fliehen mussten.«

Es würde Völxen sehr interessieren, wie Nabil zu Saids Homosexualität steht. Vielleicht sind Saids Ängste unbegründet? Aber Völxen will den jungen Mann nicht in Schwierigkeiten bringen und ihm womöglich die Rückkehr in den Schoß der Familie verbauen. Letztendlich wurde ja nicht Said umgebracht.

»Was dachten Sie darüber, dass Moussa in seinen Geschäftsräumen Lesungen und Pianoabende mit Whiskyverkostung anbot?«

»Jeder muss sein Geschäft so führen, wie er es für richtig hält.«

»Herr Abou, stimmt es, dass Sie Ihrem Bruder kürzlich angeboten haben, einen neuen Barbershop in Charlottenburg als Geschäftsführer zu übernehmen?«

»Das ist wahr.«

»Wie lautete seine Antwort?«

»Er hat noch darüber nachgedacht.«

»Sind Sie sicher, dass er es tatsächlich in Erwägung zog?«, zweifelt Tadden.

»Ja. Moussa hat den Schritt in die Provinz inzwischen längst bereut. Er hat unterschätzt, wie sehr er das Flair der Hauptstadt vermisste.«

»Hat er Ihnen das gesagt?«

»Das hätte er nie zugegeben. Aber ich habe es ihm angemerkt. Dazu kam, dass Moussa mir Geld schuldete. Ich habe angeboten, ihm seine Schulden zu erlassen, wenn er mein Angebot annimmt und zurückkommt.«

»Wie viel Geld?«

»Es waren ursprünglich fünfzigtausend Euro. Eine Starthilfe für sein Unternehmen. Er wollte es mir bald zurückzahlen. Was aber nicht geschah. Zuerst kam die Pandemie, dann die gestiegenen Energiepreise, die Personalkosten. Ich kenne das, ich hatte Verständnis. Aber seit gut einem Jahr sind die Zeiten ja wieder besser, also habe ich ihn sanft angemahnt. Er gab an, dass er einen Teil des Geldes in Sachwerte investiert habe. Ich dachte dabei an Kunst, Schmuck oder Gold und bot ihm an, auch diese Dinge als Rückzahlung zu akzeptieren. Aber es waren ...« Er unterbricht sich.

»Sneaker«, hilft Tadden ihm weiter.

»Richtig.« Er wirkt, als schäme er sich für den Fehler seines Bruders. »Nie und nimmer hätte ich ihm für so einen Blödsinn Geld gegeben. Das wusste er auch, darum hat er es mir lange Zeit verschwiegen. Inzwischen sind die Schuhe nur noch die Hälfte wert, wenn überhaupt.«

»Sie waren deswegen sauer auf ihn, oder?«, vergewissert sich Tadden.

»Natürlich war ich das. Aber immerhin hat er mir inzwischen die Hälfte zurücküberwiesen.«

»Er hat Ihnen fünfundzwanzigtausend Euro überwiesen?«, hält Tadden fest. »Wann hat er das getan?«

»Vor zwei, drei Wochen, ich müsste nachsehen.«

»War das, bevor oder nachdem Sie ihm das Angebot mit Charlottenburg unterbreitet haben?«

»Spielt das eine Rolle?«

»Würden Sie bitte die Frage beantworten.« Tadden hat sich festgebissen.

»Es war eine Woche danach.«

Tadden wirft seinem Vorgesetzten einen bedeutungsvollen Blick zu.

Der Hauptkommissar schlussfolgert: »Er wollte sich also – zumindest teilweise – wieder freikaufen.«

»Das kann man so interpretieren«, räumt Nabil Abou mit einem süßsauren Lächeln ein. »Vielleicht wollte er mir auch nur seinen guten Willen beweisen.«

Weder Völxen noch Tadden glauben an dieses Märchen.

»Sagte Ihr Bruder, woher das Geld kam?«, erkundigt sich Völxen.

»Nein. Und ich wollte auch nicht nachfragen.« Seine tief liegenden Augen mustern die Ermittler voller Missmut. »Sie basteln sich wohl gerade ein Mordmotiv für mich zusammen: unbezahlte Schulden und die Kränkung, falls er mein Angebot abgelehnt hätte. Glauben Sie wirklich, ich würde meinen Bruder deswegen ermorden? Ist das Ihr Ernst?«

»Wo waren Sie denn in der Tatnacht, etwa gegen Mitternacht?« Irgendwann, findet Tadden, muss man das klären, warum also nicht gleich.

»Zu Hause. Mit meiner Frau und den Kindern. Wir haben seit Sonntag Ramadan, also treffen wir uns nach Sonnenuntergang zum gemeinsamen Essen. Das ist eine ausgiebige Mahlzeit und dauert zwei, drei Stunden. Glauben Sie, ich bin danach in der Stimmung, nach Hannover zu fahren und meinen Bruder zu ermorden? Was wollte er überhaupt mitten in der Nacht in seinem Laden?«

Die Frage bleibt unbeantwortet.

»Wann haben Sie Ihren Bruder zuletzt gesprochen?«, will Völxen wissen.

»Am Samstagabend führten wir ein längeres Videotelefonat. Wir planen zurzeit die Hochzeit meiner ältesten Tochter Yasmine, sie heiratet im Mai. Er wollte wissen, was er ihr schenken kann.«

»Es ging nur darum? Sie sprachen nicht über Ihr Angebot?«

»Moussa wusste, dass ich zum Ende des Ramadan Bescheid wissen wollte, er kannte die Bedingungen – es gab nichts mehr zu diskutieren. Wenn man Moussa bedrängte, erreichte man bei ihm stets nur das Gegenteil. Also sprachen wir über die Feier und über den Thermomix, den Moussa Yasmine und ihrem Zukünftigen schenken wollte.«

»Wie viele Kinder haben Sie? Das ist nur Neugierde, Sie müssen darauf nicht antworten«, fügt Völxen hinzu.

Bis jetzt war der Mann recht kooperativ. Daher findet der Hauptkommissar, dass es nicht schaden kann, das Gespräch auf eine vertraulichere Ebene zu heben, damit Nabil Abou in ihm nicht mehr den Gegner sieht.

»Warum nicht?« Der Gefragte lächelt nachsichtig, als würde er Völxens Absicht durchschauen. »Wir haben drei Töchter, sie sind neunzehn, siebzehn und dreizehn, und einen Sohn, Malik, er ist elf.«

»Herr Abou, da ist noch eine etwas heikle Sache, bei der wir Ihre Hilfe benötigen.«

»Wenn ich Ihnen damit helfen kann, Moussas Mörder zu finden.«

Völxen beugt sich etwas über den Tisch, als ginge es gleich um etwas streng Geheimes. »Es geht um die frühere Verlobte Ihres Bruders Moussa ...«

»Verlobte? Was für eine Verlobte?«

»Sie heißt Farah«, assistiert Tadden.

Ihr Rookie Jule war fleißig. Sie hat noch gestern Abend den Bericht über ihre und Rifkins Befragung von Marie Abou verfasst und das Dokument der digitalen Fallakte hinzugefügt, womit sie ihren Ehemann an Schnelligkeit und Gründlichkeit um Längen übertrifft.

»Ach, diese Geschichte«, murmelt Nabil resigniert. »Farah Abidi heißt sie. Sie war aber nie die Verlobte von Moussa. Hat Marie das behauptet?«

Nicht nur Marie, überlegt Völxen. Auch Vittorio Pellegrini sprach von einer Verlobten, und warum sollte der Friseur in dieser Angelegenheit lügen? Hat womöglich Moussa seine Frau und seinen Angestellten angelogen?

»Wie kam sie dazu, hier aufzukreuzen und Forderungen zu stellen?«, will Tadden wissen.

»Was fragen Sie mich das?«, erwidert Nabil ungehalten, ehe er etwas gemäßigter sagt: »Farah und Moussa sind tatsächlich mal miteinander gegangen, wie es so schön heißt. Das dürfte annähernd achtzehn Jahre her sein. Die Abidis stammen aus Tunesien, sie wohnen bis heute in unserer Nachbarschaft. Farah wurde schwanger, sie war damals neunzehn, Moussa fünf Jahre älter.« Nabil verstummt. Es bereitet ihm sichtliches Unbehagen, über diese Angelegenheit zu sprechen. Schließlich fährt er fort: »Mein Bruder hat damals sehr unehrenhaft gehandelt. Anstatt sie zu heiraten, hat er sie zu einer Abtreibung überredet. Das alles erfuhren die Familien erst hinterher. Unser Vater war schrecklich wütend und in seiner Ehre verletzt. Er, der immer so stolz auf seine Familie war, musste sich bei den Abidis für seinen Sohn entschuldigen. Diese Demütigung hat er nie verwunden. Danach wollte er Moussa an die kurze Leine nehmen. Doch der ist einfach weggegangen. Fast vier Jahre lang ist er in der Welt herumgereist. Das hat meinem Vater das Herz gebrochen. Erst als er sehr krank war, ist Moussa zurückgekommen. Da war es schon zu spät, er ist wenige Monate danach gestorben.«

»Sie machen Moussa für den Tod Ihres Vaters verantwortlich?«, fragt Völxen.

»Nein, das nicht. Aber er wäre mit leichterem Herzen von uns gegangen ohne diese Schande.«

»Und die junge Frau?«

»Sie unternahm einen Selbstmordversuch. Doch sie fing sich wieder, sie hat sogar studiert, Grafik und Design. Sie arbeitete für Buchverlage, entwarf Plakate und dergleichen. Leider hatte sie immer wieder Probleme mit Drogen. Sie war etliche Male in der Psychiatrie und in Entzugskliniken, es war ein ständiges Auf und Ab. Im vorletzten Jahr, nach einem beruflichen Rückschlag, erlebte sie anscheinend einen heftigen Absturz. Sie kannte Moussas Barbershop durch Instagram – der Fluch der modernen Medien. Sie war der festen Überzeugung, er schulde ihr etwas, und so kam es zu diesem Auftritt.«

»Hat sie Geld verlangt?«, will Tadden wissen.

»Sie wollte, dass er sie heiratet.«

»Wie bitte?« Völxen zieht seine Augenbrauen in die Höhe.

»Die Drogen ließen sie offenbar in einer Art Parallelwelt leben. Sie meinte, er habe ihr Leben ruiniert, und nun müsse er es wieder in Ordnung bringen, indem er sie heiratet. Als Moussa ihr klarmachte, dass das nicht möglich sei, weil er schon eine Familie habe – was sie sehr wohl wisse –, da drehte sie durch. Ja, ich glaube, sie verlangte Geld. Moussa hat mich verzweifelt angerufen. Ich kam und brachte sie so weit zur Vernunft, dass ich sie mitnehmen und bei ihren Eltern abliefern konnte.«

Tadden bittet Nabil um die Adresse der Familie Abidi.

»Müssen wir sie mit hineinziehen?«

»Es wäre fahrlässig, würden wir nicht jedem Hinweis nachgehen, und sei er noch so unbedeutend«, erklärt Völxen. Wobei er diese Angelegenheit nicht in die Kategorie *unbedeutend* einordnen würde.

Der Zeuge nennt Tadden sichtlich gequält die Adresse.

»Herr Abou, darf ich Sie noch etwas Persönliches fragen?«, beginnt Völxen.

»Tun Sie das nicht schon die ganze Zeit?«

»Warum wollten Sie unbedingt, dass Moussa wieder nach Berlin zurückkehrt? Obwohl es doch zwischen Ihnen einige Differenzen gab, sowohl in der Vergangenheit als auch heute.«

»Eine gute Frage«, meint Nabil durchaus wohlwollend. »Ich habe sie mir schon des Öfteren selbst gestellt. Vielleicht liegt es daran, dass ich ein Familienmensch bin. Ich wollte unsere Familie wieder zusammenführen. Uns Brüder vor allen Dingen. Unsere Schwester lebt mit ihrem Mann nach wie vor in der Nähe, aber alle schmerzt es, dass Moussa und Said sich ausgeklinkt haben. Für Moussas Sohn Robin wäre es ebenfalls gut, wenn er eine große Familie um sich hätte. Zudem tun Marie und ihre Eltern alles, um den Jungen seiner Kultur zu entfremden.«

»Ich verstehe«, sagt Völxen, dem der Mann plötzlich leidtut. Offenbar sieht er sich als Familienoberhaupt, dessen Aufgabe es ist, den Clan zusammenzuhalten. Nun muss er einsehen, dass er damit gescheitert ist. Und nicht nur das, sein Bruder wurde sogar ermordet.

Nabil Abou wirkt müde und mitgenommen, als er sagt: »Ich weiß, Sie und Ihre Leute tun nur Ihre Pflicht. Doch das alles, was nun über Moussas Leben zum Vorschein kommt, wirft nicht gerade ein gutes Licht auf meinen Bruder.«

»Sie sollten nicht so hart mit ihm ins Gericht gehen«, meint Völxen. »Jeder macht in seinem Leben Fehler, sonst wären wir keine Menschen. Versuchen Sie das Positive festzuhalten: Ihr Bruder war angesehen und beliebt, er hatte sich - mit Ihrer Hilfe - etwas Solides aufgebaut, und wie ich hörte, waren Sie es, der ihm das Handwerk beigebracht hat. Sein Barbershop war ein Gewinn für das gesamte Viertel, ein Ort der Begegnung für Kunden aus allen Gesellschaftsschichten. Sein Tod hinterlässt bei vielen Menschen eine Lücke in deren Leben. Daran werden sich die Menschen, die ihn kannten, erinnern.«

»Das ist eine sehr freundliche Sichtweise.« Nabil Abou lächelt. In seinen Augen glänzt es feucht. »Wenn das so war, dann ist mir das ein gewisser Trost.«

52

Auf dem Rückweg in sein Büro schaut Völxen bei Frau Cebulla vorbei, um seinen Hund abzuholen und sie zu bitten, Jule und Rifkin in sein Allerheiligstes zu zitieren. Tadden ist ihm bereits dorthin gefolgt.

»War ich schon wieder zu milde für deinen Geschmack?«, fragt Völxen.

»Nein. Alles okay«, behauptet Tadden.

Mehr als diese Frage beschäftigt ihn, dass Völxen offenbar gewillt ist, das Du beizubehalten, das ihm in der aufgewühlten Stimmung des gestrigen Abends entschlüpft ist. Vielleicht brauchte es dazu einen solchen Anlass, ein bisschen Drama und Aufregung. Tadden hingegen ist nicht ganz sicher, ob er sich damit wirklich wohlfühlt. Aber ein Rückzieher seinerseits wäre ein Affront. Er wird sich also wohl oder übel daran gewöhnen müssen. Auch wenn ihm die ungewohnte Anrede bis jetzt noch nicht über die Lippen gekommen ist.

»Mit Speck fängt man Mäuse«, erklärt Völxen, nachdem er sich hinter seinem Schreibtisch niedergelassen und Tadden den Sessel gewählt hat. »Ich wollte ihn ins Plaudern bringen. Ich denke nicht, dass er als Täter infrage kommt.«

Es klopft. Jule tritt ein, einen großen Stapel Papier unter dem Arm. Ihr folgt Rifkin mit einem Kaffeebecher in der Hand. Beide werden von Oscar mit einem förmlichen Schwanzwedeln begrüßt, ehe der Terrier sich in seinen Korb setzt und wittert, ob vielleicht jemand Kekse dabeihat.

»Rifkin! Sehr aufmerksam!«, strahlt Völxen.

Rifkin stellt den Kaffee, der eigentlich für sie bestimmt war, auf seinen Schreibtisch. »Hab die Milch vergessen«, murmelt sie und kommt wenig später mit einem Milchkännchen und einem zweiten Kaffee für sich zurück.

Tadden fasst das Gespräch mit dem Bruder des Opfers für seine

Kolleginnen zusammen und merkt am Ende an: »Nabil ist sicher nicht unsere Nummer eins, aber ich würde ihn noch nicht ganz von der Liste der Verdächtigen streichen.«

Worte, die Völxen mit einem Stirnrunzeln quittiert.

»So oder so, der Lack ist ab«, konstatiert Rifkin. Als alle sie fragend anschauen, führt sie ihren Gedanken aus: »Anfangs hörten wir ständig: Moussa ist beliebt, alle mögen Moussa, Moussa ist ein guter Ehemann und Vater, ein super Barbier, Moussa ist der Größte. Und heute, nach nur einem Tag, sieht das schon anders aus.« Sie zählt an ihren Fingern ab: »Er hat seinen Bruder Nabil um Geld geprellt. Er hatte eine Geliebte, Nicole, die auch noch seine Angestellte ist. Er hat mit der Madame krumme Geschäfte rund um die Putzfrauen gemacht. Er hat Said behandelt wie seinen Fußabtreter. Er hat seine Frau in der Sache mit den Sneakern hintergangen und sie wegen dieser Farah angelogen. Von wegen Verlobte. Und gegenüber seiner Jugendliebe hat er sich schäbig benommen, was allerdings schon länger her ist. Ich bin gespannt, was noch alles rauskommt, wenn wir weiterbohren.«

»Der Strahlemann war in Wirklichkeit eher das schwarze Schaf der Familie«, ergänzt Tadden.

Völxen lüpft die Augenbrauen. Sollte Taddens Bemerkung etwa ein versteckter Schafswitz auf seine Kosten sein?

Tadden scheint allerdings nicht auf eine billige Pointe aus zu sein, er fährt bereits fort: »Für mich ist Nabil noch nicht aus dem Schneider. Vielleicht waren sie im Clooney verabredet, wegen dieser Charlottenburg-Geschichte, und dann kam es zum Streit.«

»Mitten in der Nacht?«, zweifelt Völxen. »Es ging um ein Gespräch unter Brüdern wegen eines Jobangebots und nicht um einen Drogendeal.«

»Weiß man's?«, erwidert Tadden.

Jule haut in dieselbe Kerbe. »Ich trau dem Kerl auch nicht über den Weg.«

»Nur, weil er kein ausgemachter Feminist ist und traditionelle Ansichten pflegt, ist er noch lange kein Mörder«, stellt Völxen klar. Er scheint der Einzige zu sein, der für Nabil Partei ergreift.

Jule trägt ihre Theorie vor: »Moussa hat vielleicht vergessen, dass er zur Geburtstagsfeier seines Schwiegervaters muss. Er vertröstet seinen Bruder, der extra angereist ist, und sagt ihm, er werde sich beizeiten dort abseilen. Das tut er dann auch, wie wir wissen, und trifft seinen Bruder spätabends im Barbershop.«

»Meinetwegen«, lenkt der Hauptkommissar ein. »Prüft nach, wann er im Hotel eingecheckt hat.«

»Gestern, Mittwoch, um 14:15 Uhr im Luisenhof«, antwortet Jule prompt. »Er hat zwei Stunden vorher telefonisch reserviert.«

»Also am Tag nach dem Mord. Haben wir inzwischen endlich Moussas Handydaten?«

»Ja«, sagt Jule. »Es gab ein Handytelefonat zwischen Nabil und Moussa am Samstagabend um 19:42 Uhr, es dauerte fünfzehn Minuten. Danach gab es keine Anrufe und Nachrichten zwischen den beiden.«

Völxen sieht die Angaben des Zeugen und damit auch seine Einschätzung des Mannes bestätigt. Aber es ist nicht sein Stil, sich seinen Triumph anmerken zu lassen. »Gibt es sonst etwas Bemerkenswertes auf dem Handy?«, erkundigt er sich bei Jule.

»Auf die Schnelle nichts Auffälliges. Die Chatnachrichten mit Marie gehen meistens über Alltagskram, oder sie hat ihm Fotos und Videos von Robin geschickt, was er gerade macht.«

»Was ist mit Nicole?«, will Völxen wissen.

»Seit Monaten nur kurze Mitteilungen, bei denen es um die Arbeit ging. Ähnlich lief es zwischen ihm und Said und mit Pellegrini. Aber sie alle sehen sich ja täglich, warum sollten sie nach der Arbeit noch ausgiebig chatten oder telefonieren?«, setzt Jule hinzu.

»Und die Madame?«, will Tadden wissen.

»Kaum Anrufe und keine Nachrichten.«

»Das Miststück ist vorsichtig, aus gutem Grund«, entschlüpft es Rifkin.

»Hatte er Kontakte ins Rotlichtmilieu?«, fragt Völxen.

»Kann ich noch nicht sagen«, meint Jule. »Einige seiner WhatsApp-Kontakte haben nur Spitznamen. Das scheinen bevorzugte Stammkunden zu sein, denn es ging fast immer um Termine im Barbershop. Die Nummern konnte ich in der Kürze der Zeit noch nicht zuordnen.«

Rifkin ist beeindruckt von dem Tempo, das Jule vorlegt. Raukel hat doch recht. Diese Frau besitzt Ehrgeiz und Energie. Man wird sich warm anziehen müssen, zumindest für die Dauer ihres Hierseins.

»Wenn wir die echten Namen wissen, laden wir diese Herren als Erste vor, zusammen mit den Kunden vom Dienstag. Wenn das nichts bringt, die Kunden von letzter Woche«, ordnet Völxen an. »Irgendwo müssen wir ja anfangen.«

»Was machen wir mit dieser Farah?«, fällt Tadden ein.

»Erst einmal gründlich überprüfen. Was den Überfall auf den Kollegen Raukel angeht – Rifkin, nehmen Sie Kontakt zum Revier Mitte auf. Die Kollegen vor Ort kennen ihre Pappenheimer besser als wir, vielleicht haben die eine Idee, wer dafür infrage kommt. Wollte nicht Rothnagel vorbeikommen und ein Phantombild erstellen?«

»Wahrscheinlich muss er erst einmal seinen Rausch ausschlafen oder seinen Schock überwinden. Ich tippe auf beides«, meint Rifkin.

Der Hauptkommissar löst die Versammlung auf. Tadden und Rifkin sind schon weg, als Jule sich noch einmal umdreht, die Tür schließt und verkündet, sie habe noch eine Information, die *top secret* sei.

»Gerüchte besagen, es soll bald in einigen ausgewählten Etablissements Razzien geben, und die Informanten werden durchsickern lassen, dass man den Ärger der Madame zu verdanken hat.«

»Sehr gut«, nickt Völxen. »Das könnte die Auskunftsbereitschaft gewisser Leute beflügeln.«

53

Endlich allein! Völxen wirft seinem Hund ein paar Leckerlis zu, die Oscar geschickt im Flug auffängt. Nach dem fünften Leckerli klopft Frau Cebulla und meldet: »Herr Hauptkommissar, da ist ein Herr Rothnagel für Sie.«

»Ach! Wenn man vom Teufel spricht ...«

»Es ist unheimlich«, flüstert die Sekretärin. »Der Mann könnte glatt Raukels Zwillingsbruder sein.«

»Selbst dann wäre Raukel immer noch die bessere Hälfte«, seufzt Völxen. »Bitten Sie ihn trotzdem herein.«

Völxen versucht außer Acht zu lassen, dass Raukel diese Ähnlichkeit schon genutzt hat, um die halbe Polizeidirektion mitsamt dem Vizepräsidenten an der Nase herumzuführen. Schwamm drüber. Er will nicht nachtragend sein.

»Scheiße, Völxen, das war ja vielleicht eine Nacht!«, trompetet Otto Rothnagel, als hätten sie sich auf einer überschäumenden Party vergnügt.

»Moin, Otto.«

Wie viele Besucher mustert Otto Rothnagel zuerst erstaunt den Terrier. Der stellt die Nackenhaare auf und knurrt, was daran liegen mag, dass Rothnagel von einer dezenten Alkoholfahne umweht wird.

»Platz, Oscar! Und Ruhe! – Kann ich dir was anbieten, Otto?«

»Hast du ein Stützbier?«

»Leider nein. Kaffee? Wasser?«

Der Notnagel winkt ab. »Hatte ich schon bei den Kollegen vom Revier Mitte. Deswegen bin ich auch etwas spät dran. Ich dachte, die Leute vor Ort kennen ihre Pappenheimer, vielleicht haben die einen Tipp für uns.«

Völxen glaubt für Sekunden, das Echo seiner eigenen Worte zu hören. Nein, es ist kein Teufelswerk, es ist nur logisch. Einmal Polizist, immer Polizist. Rothnagel hatte den gleichen Gedankengang wie er selbst, und dass sich die Formulierung beinahe aufs Wort gleicht, mag daran liegen, dass sie einer Generation angehören und sozusagen im Dienst sozialisiert wurden.

»Gute Idee«, sagt er. »Ist was dabei rausgekommen?«

»Jawohl«, strahlt der Ex-Polizist. »Sie haben die drei schon länger auf dem Schirm. Zwei habe ich sofort wiedererkannt, darunter den Messerstecher. Beim dritten bin ich nicht ganz sicher. Wir haben es mit wohlbekannten jugendlichen Intensivtätern zu tun. Inzwischen sind sie aber – Pech für die lieben Kleinen – volljährig. Es sind Russlanddeutsche und Serben. Die Eltern. Die missratene Brut wurde hier geboren und wuchs behütet im sozialen Brennpunkt auf, wahrscheinlich als Zöglinge einer IGS, oder wo auch immer sie den Nachwuchs für den Knast heranzüchten.«

Völxen zählt im Geist langsam bis zehn.

»Die Kollegen sind schon ausgerückt. Sie sagen Bescheid, wenn sie sie eingesammelt haben«, schließt Rothnagel seinen Bericht.

»Das ist wirklich eine gute Nachricht«, freut sich Völxen. »Unser Freund Raukel ist wohl auch bald wieder auf dem Damm. Rifkin war heute Morgen bei ihm.«

»Hat er ihr von den schwarzen Nutten und den Flüchen erzählt?«

Völxen mag sich die launige Unterhaltung der beiden Saufkumpane lieber nicht ausmalen. Erst recht will er hier und jetzt nichts davon hören. »Nicht, dass ich wüsste«, antwortet er reserviert. »Ich denke, Rifkin hat für eure schlüpfrigen Zoten so wenig übrig wie ich.«

»Ist ja auch Schnee von gestern«, räumt Rothnagel ein. »Ich dachte nur, weil Raukel so scharf darauf war, etwas über die Madame zu erfahren.«

»Die Madame?«, hört Völxen sich fragen.

»Ach! Jetzt interessiert es dich doch, was?«

54

Völxen regt sich noch immer über die Madame und deren Methoden auf, als Jule und Tadden in seinem Büro erscheinen. Ohne nach dem Grund zu fragen, macht er seinem Herzen Luft. »Dieses elende Weibsbild! Ihr glaubt nicht, was der Rothnagel mir gerade erzählt hat ...«

»Ich sag doch, die ist übel drauf«, bestätigt Tadden am Ende von Völxens Bericht. »Das erklärt auch die gruseligen Bilder in den Zimmern von Haiba und Jala. Die hängen dort als eine Art Mahnung nach dem Motto: *Die Geister sehen alles.*«

»Du meinst, wie bei den Katholiken, die einen gekreuzigten Nackten in Schulen und Kindergärten aufhängen?«, bemerkt Jule.

Völxen überhört den Einwurf und lässt seinem Zorn weiter freien Lauf. »Garantiert hat sie die beiden ebenfalls mit ihren finsteren Ritualen und Flüchen gefügig gemacht. Würden die sonst freiwillig morgens den Barbershop putzen, nachdem sie schon bis in die frühen Morgenstunden in einem der Puffs haben anschaffen müssen?« Er blickt fragend in die Runde.

Tadden nickt, Jule zuckt mit den Achseln. Man sagt besser nichts Falsches, wenn er derart in Rage ist.

Oscar kauert in seinem Korb und legt die Ohren an.

»Nur, wie willst du das beweisen?«, wendet Jule ein. »Falls wir die beiden überhaupt jemals finden, werden sie alles abstreiten, genau wie die anderen.«

»Mit Sicherheit«, pflichtet Tadden ihr bei. »Wenn sie mit Voodoo aufgewachsen sind, ist der Glaube an Hexerei und Flüche tief in ihrem Bewusstsein verankert. Sie haben davor mehr Angst als vor der Polizei. So jemanden überzeugst du nicht in einem Verhör mal eben locker vom Gegenteil.«

»Das ist mir vollkommen klar«, entgegnet Völxen scharf und rauft sich sein Resthaar, ehe er sagt: »Ich rufe Feyling an. Der soll sich irgendetwas ausdenken, damit wir einen Durchsuchungsbeschluss für ihre Wohnung und dieses Kabuff bekommen. Irgendwas finden die immer! Notfalls schicken wir ihr die Steuerfahndung auf den Hals. Kam nicht Al Capone am Ende wegen Steuerhinterziehung ins Gefängnis?«

»Vielleicht sollten wir uns erst einmal auf den Mord an Moussa Abou fokussieren«, schlägt Jule vor. »Eben hat die Bank die Auszüge gemailt. Und rate mal, woher die fünfundzwanzigtausend Euro kamen, die Moussa an seinen Bruder Nabil zurückgezahlt hat.«

»Ich bin gerade gar nicht zum Raten aufgelegt«, erwidert Völxen gereizt.

»Reinhold Derneburg. Altgedienter Landtagsabgeordneter der SPD.«

Tadden ergänzt: »Laut einer Aussage der Floristin Gitta Holthaus, die ihren Laden in der Nachbarschaft hat, ist er ein eifriger Kunde im Hinterzimmer der Madame. Er soll ihr geradezu hörig sein. Ich könnte mir gut vorstellen, dass er ihr diesen Edeladvokaten geschickt hat.«

»Und dieser Derneburg hat Moussa das Geld gegeben?«, hält Völxen fest, wobei die Zweifel in seiner Stimme deutlich mitschwingen.

»Nicht gegeben«, korrigiert Jule. »Es war eine schlichte Überweisung von dreißigtausend Euro mit dem Verwendungszweck *privat*. Mit fünftausend hat Moussa seinen Dispo ausgeglichen, der Rest ging an Nabil.«

»Ich möchte noch heute mit dem Herrn Abgeordneten sprechen.«

»Ich kümmere mich darum«, verspricht Jule.

»Aber nicht, dass der Mann von Uniformierten aus dem Landtag eskortiert wird. Fingerspitzengefühl ist hier gefragt. Schließlich hast du ja mal eine Erziehung als höhere Tochter genossen.«

»Hä?«, kräht Jule.

»Bevor du den Dienststellenrabauken geheiratet hast.«

55

Tadden steht vor dem Barbershop und wartet auf Völxen, der zwischenzeitlich zu Hause war, um Oscar dort abzuliefern. Eigentlich wollte er um punkt halb acht hier sein, aber er ist schon acht Minuten überfällig. Tadden checkt sein Handy. Keine Nachricht. Sollte er ihn anrufen? Er beschließt, noch fünf Minuten zu warten. Gute Entscheidung. Gerade biegt der Hauptkommissar um die Ecke.

»Entschuldige! Ich war noch bei Raukel im Krankenhaus. Gehört sich ja schließlich.«

»Wie geht es ihm?«

»Bestens! Irgendjemand muss ihm Alkohol vorbeigebracht haben. Er war sehr gut gelaunt und geschwätzig, ich konnte mich kaum loseisen. Egal, dafür ist es jetzt wenigstens dunkel genug für unseren kleinen Feldversuch.«

Das ist wahr. Die Sonne ist schon vor über einer Stunde untergegangen.

»Soll ich reingehen?«, fragt Tadden.

»Ja. Ich überprüfe, was man von draußen erkennen kann.«

Völxen öffnet die Tür des Clooney mit dem Schlüssel, den Frieda Wetter beim Pförtner hinterlegt hat. Mithilfe seiner Taschenlampe geht Tadden durch den Barbershop. Der Strahl der Lampe huscht über die Stühle, die Spiegel, das Klavier und die Wand mit der Tapetentür. Was, wenn die Madame dahinter sitzt? Warum sollte sie? Außerdem hätte man dann Licht durch die Jalousie ihres Fensters gesehen. Er verschwindet hinten im Büro. Dort schaltet er das Deckenlicht an und zusätzlich die Tischlampe. Die Tür zum Salon lässt er offen und setzt sich an den Schreibtisch. Von hier aus hat er eines der zwei großen Fenster des Salons im Blickfeld. Nach draußen sehen kann er allerdings nicht, denn die Scheibe ist nur ein schwarzer Spiegel.

Völxen hat ihn um dieses Experiment gebeten, und ihm war es ganz recht. Falls Katrin sich melden würde, könnte er guten Gewissens sagen, er müsse heute länger arbeiten. Er will sich nicht aufdrängen, und schon seine Oma sagte immer: *Willst du gelten, mach dich selten.* Aber Katrin hat sich nicht gemeldet, und Tadden wird es auch nicht tun. Es ist an ihr, den Takt vorzugeben. Schließlich war sie weg und ist wiedergekommen, nicht er. Er war immer hier.

Seine Gedanken wandern zu Rifkin, die er heute kaum gesehen hat. Sie hat sich in Raukels Büro zurückgezogen und dort wer weiß was recherchiert. Später zog sie los, um die Nachbarn des Barbershops aufzusuchen, die gestern nicht angetroffen wurden. Seine Frage, ob er sie begleiten solle, hat sie freundlich verneint. Es scheint nicht viel dabei herausgekommen zu sein, sonst hätte man das sicher schon erfahren. Es kommt ihm vor, als sei sie ihm den ganzen Tag über nach Möglichkeit aus dem Weg gegangen. Soll das so weitergehen, oder wird sie sich irgendwann wieder normal benehmen? Allmählich beginnt er zu bereuen, ihr überhaupt von Katrin erzählt zu haben.

Er zuckt zusammen, als es an die Tür hämmert. Er steht auf und geht im Halbdunkeln durch den Salon. Durch das Milchglas sieht man nur den Umriss der Person, die davorsteht. Tadden erkennt dennoch unweigerlich seinen Vorgesetzten, schon weil er ihn erwartet. Würde er ihn auch erkennen, wenn nicht? Hat Moussa die Gestalt erkannt, die vor der Tür stand? Muss er wohl. Wer öffnet mitten in der Nacht einem Fremden?

Tadden macht die Tür auf. »Und?«

»Man sieht nicht nur das Licht aus dem Büro, sondern auch, dass da einer sitzt«, berichtet Völxen. »Ein Teil des Salons wird auch noch beleuchtet.«

»Das Licht hat ausgereicht, um bis zur Tür zu gehen«, bestätigt Tadden.

Völxen betritt den Salon, schaut sich um und konstatiert: »Es scheint mir auch hell genug, um seinem Gegenüber einen Pokal über den Schädel zu ziehen.«

»Es könnte also jemand vorbeigekommen sein, ihn dort gesehen haben, und dann hat derjenige sich bemerkbar gemacht und wurde von Moussa hereingelassen«, spekuliert Tadden. »Vielleicht stand zunächst keine böse Absicht hinter dem Besuch, vielleicht sollte es

gar nicht so laufen. Aber dann eskalierte die Situation ... Verzeihung. Zu viel vielleicht.«

»Nein, nur zu«, ermuntert ihn Völxen. »Dachtest du an jemand
Bestimmten?«

Tadden schüttelt den Kopf. »Am Ende war er vielleicht doch in
irgendwelche Machenschaften im Milieu verstrickt. Die Spitznamen in seiner WhatsApp-Liste gehören jedenfalls alle zu Leuten,
die dort arbeiten.«

Völxen denkt laut nach. »Wir wissen, dass er dort Kunden hatte.
Und aus der Sicht eines Geschäftsmannes in schwierigem Umfeld
schadete es sicher nicht, diese Herren bevorzugt zu behandeln oder
wenigstens so zu tun. Natürlich kann er dennoch in irgendetwas
Krummes verwickelt gewesen sein. Dieser sympathische Typ, den
angeblich alle mochten, hatte, wie wir inzwischen wissen, auch
eine dunkle Seite.«

»Zum Beispiel finde ich die Nummer mit den Putzfrauen echt
übel.« Tadden zieht eine Grimasse.

»Danke, Tadden, dass wir das mit dem Licht klären konnten.«

»Klar doch.«

»Ich treffe mich jetzt gleich mit dem werten Landtagsabgeordne-
ten Derneburg. Im Restaurant Leineschloss, neben dem Landtag.
Wahrscheinlich wird er mich zu einem üppigen Menü einladen.
Möchtest du dabei sein? Sein Spesenbudget reicht sicher auch für
drei.«

»Dürfen wir so etwas annehmen?«

»Nein«, antwortet Völxen. »Aber so oder so wird die Staatskasse
dafür bluten, also, was soll's?«

»Danke, lieber nicht«, lehnt Tadden ab.

»So ist es brav«, lobt ihn sein Vorgesetzter und zitiert launig:
»Auf die Tugend folgt der Ruhm wie ein Schatten.«

»Cicero«, grinst Tadden.

Alle Achtung, denkt Völxen.

56

»Erpressung?« Reinhold Derneburg haucht das Wort in seine Serviette und schaut sich danach ebenso verstohlen wie hektisch um. »Erwähnen Sie dieses Wort bitte nie wieder, schon gar nicht hier.«

Völxen findet die Reaktion etwas übertrieben, zumal die Nebentische noch leer sind. Schließlich war es die Idee des Abgeordneten, ins Leineschloss zu gehen, wo jede Menge von seiner Sorte verkehren. Was dachte der Mann, worüber Völxen sich so dringend mit ihm unterhalten wollte? Über Moussas Qualitäten als Barbier?

Der Abgeordnete mit dem faltigen Gesicht und den ausgeprägten Tränensäcken hat sich wieder gefangen, aber er flüstert immer noch, als er sagt: »Denken Sie, ich würde einem Sie-wissen-schon Geld *überweisen*? Das wäre ja wohl ein Unding. Außerdem gibt es bei mir nichts, womit man mich Sie-wissen-schon könnte.«

»Es tut mir leid«, lenkt Völxen ein. »Aber Polizisten denken nun mal immer gleich das Schlechteste.«

Die Bedienung bringt eine Flasche Wasser und die Speisekarte. Für ein paar Minuten gilt die Aufmerksamkeit von Derneburg der Menüauswahl, während Völxen zwei Gläser mit Wasser füllt.

Er hat Tadden vorhin ein wenig hochgenommen. Dem Zeugen Derneburg hat der Hauptkommissar jedenfalls gleich nach der Begrüßung klargemacht, dass er nicht mit ihm essen wird und nur für ein informelles Gespräch hier ist.

Nachdem Derneburg seine Bestellung aufgegeben hat, fragt Völxen ohne Umschweife: »Herr Derneburg, warum oder wofür haben Sie Herrn Abou dreißigtausend Euro zukommen lassen?«

»Ganz einfach«, sagt Derneburg. »Er brauchte das Geld, und ich hatte es.«

»Das müssen Sie mir bitte genauer erklären.«

»Ich hörte, dass sein Bruder Nabil verlangte, Moussa solle nach Berlin zurückkommen. Moussa wollte das nicht, aber er hatte Schulden bei Nabil. Das brachte ihn in eine moralische Zwickmühle.«

»Von wem haben Sie das gehört?«, fragt Völxen.

»Das spielt keine Rolle.«

»Von Madame Ebidou? Der Hellseherin?« Völxen hat absichtlich etwas lauter gesprochen.

»Pst! Ich bitte Sie!«, zischt Derneburg prompt. »Ich habe Herrn Abou meine Hilfe angeboten. Freiwillig, ohne Zwang und ohne Hintergedanken.«

»Dreißigtausend Euro sind keine kleine Hilfe.«

»Wissen Sie, Herr Völxen, meine Frau Renate, die vor drei Jahren verstarb, stammte aus einer wohlhabenden Familie. Sie hat mir ein kleines Vermögen hinterlassen, welches ich nicht wirklich brauche. Kinder haben wir leider keine, das Haus ist schon lange abbezahlt, ich bekomme ein gutes Gehalt, ich pflege keine teuren Hobbys, und ich habe nichts übrig für Kreuzfahrten und Luxusresorts. Ich gehe lieber wandern oder fahre auf meiner Honda Gold Wing durch den Harz. Meine Renate hätte gewollt, dass ich jemandem helfe, der mir etwas bedeutet.«

»Also war es – was? Ein Geschenk? Weil er ein so exzellenter Barbier war?«

»Es sollte ein Kredit sein, das wollte Moussa so. Zinslos und ohne Vertrag, falls Sie danach suchen. Es genügte mir sein Wort, dass ich es wiederbekäme, sobald er dazu in der Lage wäre.«

»Was, wenn Sie es nun nie wiedersehen?«

»Das ist mir gleichgültig.«

»Das ist ... ungewöhnlich«, findet Völxen.

»Mag sein. Ich wollte einfach nicht, dass der Barbershop geschlossen wird. Ich mag die Menschen, die dort arbeiten, sie sind für mich fast so etwas wie Familie. Und seiner Familie hilft man.«

»Sie pflegen ein besonderes Verhältnis zu Madame Ebidou, wie ich hörte.«

Derneburg legt seine Stirn in skeptische Falten. »Ich suche sie bisweilen auf.«

»Wozu, wenn ich fragen darf?«

»Dürfen Sie, aber das betrachte ich als meine Privatsache.«

Die Kellnerin bringt ein Glas Rotwein für Derneburg.

»Sind Sie sicher, dass Sie nicht auch ein Glas möchten?«

»Nein danke«, lehnt Völxen ab. Als die Frau wieder außer Hörweite ist, sagt er: »Für die Madame wäre es ein großer Schaden gewesen, wenn Moussa den Barbershop aufgegeben hätte. Die Madame und Moussa Abou lebten in einer Art Symbiose. Jeder profitierte vom anderen. Und zwar nicht immer auf eine Weise, die ein rechtschaffener Mensch gutheißen kann«, setzt Völxen kryptisch hinzu. »Ich weiß inzwischen, wie manipulativ und gerissen diese Person ist. Daher noch einmal meine Frage. Hat die Madame Sie bedrängt, Moussa finanziell zu helfen?«

»Nein, das hat sie nicht. Ich habe aus völlig freien Stücken angeboten zu helfen.«

Nun ist es an Völxen, zweifelnd die Stirn zu runzeln.

»Den Tod von Moussa Abou bedaure ich zutiefst«, versichert Derneburg. »Er war mir überaus sympathisch, ich war gern im Clooney. Sein Tod ist ein Verlust für viele Menschen und für diese Stadt. Unser Land braucht Leute wie ihn: ein junger Mann mit Migrationshintergrund, der es in unserer Gesellschaft zu etwas gebracht hat ...«

Völxen gibt es auf. Er wird aus Derneburg nichts mehr herauskitzeln, und ehe er sich noch mehr Politikerphrasen anhören muss, bedankt er sich bei Derneburg für dessen Auskünfte. Er müsse nun aufbrechen, um seine S-Bahn noch zu erwischen.

»Schade. Vielleicht klappt es ein andermal«, meint Derneburg.

»Wenn dieser Fall abgeschlossen ist, komme ich gerne noch einmal auf unser gemeinsames Abendessen zurück«, verspricht Völxen. »Dann werde ich Ihnen einige Dinge über Madame Ebidou erzählen. Bis dahin kann ich Ihnen nur raten: Seien Sie vorsichtig mit dieser Dame.«

»Danke für Ihre Offenheit. Ich werde mir das zu Herzen nehmen.«

Es klingt nicht ironisch, sondern aufrichtig mit einer Spur von Zerknirschung. Wie der gute Vorsatz eines Süchtigen kurz nach dem Schuss. Wahrscheinlich hat Derneburg längst erkannt, dass sein intensives Verhältnis zur Voodoo-Hexe, wie Rifkin gesagt hätte, ausgesprochen unangemessen ist für einen Mann seines Standes. Trotzdem muss dieses Luder es geschafft haben, ihn in eine dauerhafte emotionale Abhängigkeit zu manövrieren. Und das sicher nicht zu ihrem finanziellen Schaden. Garantiert nimmt sie ihr Opfer aus wie eine Weihnachtsgans.

Trotzdem glaubt Völxen dem Mann in dem, was er über das Geld ausgesagt hat. Ihm ist zwar bewusst, dass ein politisches Urgestein wie Derneburg viel Übung darin hat, glaubwürdig und seriös zu wirken. Aber gerade weil seine Geschichte so kurios ist, hält Völxen sie für wahr. Derneburg wäre sicher klug genug, sich eine plausibel klingende Lüge auszudenken. Allerdings ist dem Hauptkommissar der Gedanke, dass die Madame einen nicht unbeträchtlichen Einfluss auf ein Mitglied der Landesregierung hat, ausgesprochen zuwider. Nur zu gerne würde er diese Sumpfblüte des Rotlichtviertels ein wenig zurechtstutzen, auch wenn dies im Grunde nicht zu seinem Aufgabenbereich gehört. Er hat einen Mord aufzuklären, nur darauf sollte er sich konzentrieren, anstatt Scharmützel auszufechten, die den Fall nicht voranbringen.

Auf dem Weg zum Hauptbahnhof kommt er unweigerlich an einer Dönerbude vorbei. Zu Hause, als er Oscar ablieferte, hat er ein Käsebrot gegessen. Aber das ist schon Stunden her. Eigentlich ist Völxen kein Freund des Auf-der-Straße-Essens, aber der Duft ist einfach zu verführerisch ...

Der Hauptkommissar kapituliert und gibt die Bestellung auf. Die mahnenden Stimmen seiner gesundheitsbewussten Frau und seiner tierliebenden Veganertochter verbannt er kurzerhand aus seinem Kopf.

Wann hatte er eigentlich seinen letzten Döner? Es muss ewig her sein, Jahre womöglich. Damals kostete der Fladen noch drei oder vier Euro und nicht unglaubliche acht. Acht Euro für einen Döner! Auch die Handhabung der sperrigen Mahlzeit ist dem Hauptkommissar nicht mehr ganz vertraut. Prompt kleckert er etwas von der hellen Soße auf das Revers seines Jacketts. Himmelherrgott! Was jetzt? Erst den Fleck wegwischen oder erst den Döner aufessen? Noch dazu hat er vergessen, eine Serviette mitzunehmen. Mitten in dieser Bredouille klingelt nun auch noch sein Handy. Er schafft es trotz seiner Fettfinger, den Anruf mit der freien Hand entgegenzunehmen. Es ist der Diensthabende vom Revier Mitte in der Herschelstraße. »Wir haben sie«, verkündet er. »Vor zwei Stunden konnten wir die drei Angreifer des Kollegen Raukel festnehmen. Den Messerstecher haben wir in U-Haft geschickt, er wird morgen dem Haftrichter vorgeführt.«

»Hat er gestanden?«

»Er nicht, aber die andern beiden haben Muffensausen gekriegt und ihren Kumpel belastet, nachdem wir ihnen in Aussicht gestellt hatten, dass wir sie wegen Beihilfe zum Mordversuch anklagen werden, wenn sie nicht den Mund aufmachen. Sie sind vorerst wieder frei. Die Staatsanwaltschaft soll entscheiden, ob und weswegen sie angeklagt werden.«

»Na, die dürfen sich aber auf einige Dutzend Sozialstunden gefasst machen!«

»Tja! Leider bestimmen wir nicht die Regeln.«

»Es ist trotzdem eine gute Nachricht. Meinen Dank und meine Hochachtung an die Kollegen!«

»Gern geschehen.«

Der Döner ist inzwischen kalt geworden und schmeckt plötzlich gar nicht mehr besonders gut. Lustlos nimmt Völxen noch zwei Bissen, den Rest wirft er mit schlechtem Gewissen in einen Mülleimer. Das Jackett muss in die Reinigung, bevor Sabine es zu sehen bekommt. Das hat sich ja gelohnt. Acht Euro zum Fenster rausgeworfen, und wer weiß, was die Reinigung inzwischen kostet.

57

Farah Abidi hat ausdrucksvolle dunkle Augen, die unterlegt sind von sepiafarbenen Schatten. Sie ist eine schöne Frau, obwohl sie etwas müde wirkt und älter als siebenunddreißig. Moussas Ex-Freundin hat schließlich schon einiges hinter sich, wenn man den Erzählungen der Abous glauben darf. Und die weit fortgeschrittene Schwangerschaft tut wohl ein Übriges.

Die werdende Mutter thront auf einem Sofa, umringt von Zeitschriften und Ratgebern, die allesamt mit Schwangerschaft und Mutterschaft zu tun haben. Das Umstandskleid spannt um den Bauch, der sich aus ihrer ansonsten schlanken Gestalt hervorwölbt wie ein riesiger Fremdkörper. Was ja in einem gewissen Sinn auch zutrifft.

Die Mutter von Farah Abidi hat Rifkin ins Wohnzimmer geführt und wird ihnen gleich Tee bringen.

»Ich weiß es schon, das mit Moussa«, sagt Farah. »Die Nachricht hat im Kiez sofort die Runde gemacht.«

»Tut es Ihnen leid?« Rifkin hat ihr gegenüber auf dem Fußhocker Platz genommen, da der Sessel mit Stapeln von Babykleidung belegt ist. Man scheint gut vorbereitet zu sein, und so kolossal, wie der Bauch aussieht, kann es jede Minute so weit sein.

»Natürlich«, sagt sie. »Niemand sollte auf so grausame Weise enden.«

»Moussa hat sich Ihnen gegenüber nicht immer fair benommen.«

»Das mag sein. Wir waren jung, und ich hätte wissen müssen, dass Moussa diesen Freiheitsdrang hatte. Man sollte nicht versuchen, jemanden an sich zu binden, der ambivalent ist und sich nicht festlegen will. Das ist ein aussichtsloser Kampf. Damals wusste ich das nicht.«

Für einen verwirrten Augenblick kommt es Rifkin vor, als spräche Farah von ihr und Tadden.

»Aber es ist lange her und spielt keine Rolle mehr für mich.« Sie lächelt und legt die Hände um ihren Bauch, der ihre Aussage wirkungsvoll unterstreicht.

Rifkin fühlt sich unwohl. Hätte sie von diesen fortgeschrittenen Umständen vorher gewusst, hätte sie sich den Besuch gespart.

»Ich überlege, ob ich Sie nicht nach Berlin schicke, um diese Farah Abidi zu befragen und das Alibi von ihr und Nabil Abou zu überprüfen«, druckste Völxen gestern kurz vor Feierabend herum. »Alibis von Familienmitgliedern sind zwar nicht viel wert, aber er soll ruhig merken, dass wir es ernst meinen. Sie müssten allerdings allein fahren«, setzte er hinzu. »Ich kann nach Raukels Ausfall nicht noch jemanden entbehren.«

Sie fahre gerne allein nach Berlin, versicherte Rifkin, und so setzte sie sich heute Morgen um sieben Uhr in den Zug, froh, für einen Tag wegzukommen und etwas Abstand zu Tadden zu gewinnen. Die Fahrt dauerte fast zwei Stunden, und die ganze Zeit über saß sie am Fenster des ICE und schaute nachdenklich in die Landschaft. Nicht, dass sie sonderlich interessant wäre. Aber Rifkin hat es ohnehin nicht so sehr mit Landschaften, selbst wenn sie spektakulärer sind als die zwischen Hannover und Berlin. Nur selten verspürt Rifkin den Wunsch, sich darin länger aufzuhalten. Oder gar mittendrin zu wohnen, so wie Tadden in seiner Holzhütte in den Büschen. In der Feldmark, wie es hier heißt. Landschaften, findet Rifkin, sind auf die Dauer langweilig. Rifkin mag Städte. Sie fühlt sich wohl unter all den Menschen, den Gerüchen und Geräuschen. Städte sind spannend, jede Stadt klingt und riecht anders, und Städte verändern und entwickeln sich andauernd, und zwar aus sich heraus. Das allein, dachte sie während der Zugfahrt, ist schon ein Grund, warum es zwischen Tadden und mir nie etwas Dauerhaftes werden kann. Aufgewachsen in Ostfriesland, als Enkel eines Walfängers, liebt und braucht er die Natur. Er ist jedes Mal froh, wenn er der Stadt entfliehen kann, egal welcher. Bei Rifkin ist es genau umgekehrt. Selbst der in Verruf geratene Kiez Berlin-Neukölln, in dem sie sich gerade aufhält, hat seine Vorzüge, auch wenn sie nicht unbedingt hier wohnen möchte.

»Wann ist es denn so weit?«, erkundigt sich Rifkin.

»Vorgestern war der Termin.«

Oh-oh! Hoffentlich hält das Kind noch eine Viertelstunde durch.

»Nun gucken Sie nicht so erschrocken!« Farah kichert gegen ihren Handrücken. »Sie sind vermutlich hier, um mein Alibi zu überprüfen?«

»Unter anderem«, gesteht Rifkin. »Ich wusste ja nicht ...«

»Wie Sie sich denken können, war ich in der bewussten Nacht zu Hause, so wie die letzten Wochen davor auch. Ich wälzte mich im Bett herum und horchte in mich hinein, weil ich hoffte, mein Kind wäre pünktlich.«

»Es tut mir leid«, sagt Rifkin.

Dass eine Frau in der Nacht vor dem errechneten Geburtstermin in eine andere Stadt fährt, um dort ihren Ex-Lover zu ermorden, ist theoretisch möglich, aber praktisch wohl ausgeschlossen. Mission erledigt, nichts wie weg hier.

Frau Abidi senior, eine pummelige Frau mit grauem Haar unter einem lose gebundenen Tuch, trägt ein Messingtablett mit zwei Teegläsern herein. Jetzt zu gehen, wäre grob unhöflich, also bedankt Rifkin sich bei der Frau.

Die stellt das Tablett ab und beginnt, die Babysachen vom Sessel zu räumen. »Du kannst doch deinen Besuch nicht auf dem Hocker sitzen lassen!«, schimpft sie mit ihrer Tochter.

»Lassen Sie ruhig, ich bin praktisch schon wieder weg«, wehrt Rifkin ab.

Aber der Sessel ist schon frei geräumt, also setzt Rifkin sich hinein, und Farahs Mutter verschwindet mit dem Kleiderstapel wieder nach nebenan. Rifkin probiert den Minztee, der erfrischend ist und doch wärmt.

»Überprüfen Sie die Alibis von allen früheren Freundinnen von Moussa?«, fragt Farah Abidi mit leicht spöttischem Unterton.

»Gibt es da viele?«, erwidert Rifkin.

»Ich fürchte, ja«, lacht sie. Dann wird sie wieder ernst und sagt: »Sie sind wegen der Sache hier, die vor anderthalb Jahren passiert ist.«

»Das war der Auslöser, um Ihr Alibi zu überprüfen«, gibt Rifkin mit Bedauern zu.

»Dieser Ausraster war einer der Tiefpunkte meines Lebens«, gesteht sie.

»Waren Sie und Moussa wirklich einmal verlobt?«

»Nein. Unsere Familien wollten das. Ich wohl auch. Aber er nicht.«

»Sie waren aber von ihm schwanger, stimmt das?«

Sie nickt und schaut verlegen zu Boden.

»Deswegen waren Sie der Meinung, Moussa schulde Ihnen etwas?«

Sie schüttelt den Kopf. »Es gab Zeiten, da dachte ich kaum an ihn. Damals jedoch hatte ich eine Krise. Ich war nicht ganz bei mir, als ich dorthin fuhr und mich danebenbenahm. Ich schäme mich dafür.« Sie trinkt von ihrem Tee.

»Sie müssen mir das nicht erzählen«, sagt Rifkin.

Doch anscheinend will Farah reden. »Es gibt keine Entschuldigung für mein Verhalten. Es war auf gewisse Weise ein Wendepunkt in meinem Leben. Als ich in diesem Park auf diesem Spielplatz am Boden lag und diese Frau auf mich einschlug, da sah ich mich plötzlich von außen, als wäre ich eine Fremde. Und ich dachte: Abschaum. Ich bin das Allerletzte, ein Junkie, eine Irre. Ich wollte am liebsten sterben. Darum habe ich mich auch nicht gewehrt.«

»Augenblick. Sie sagen, Moussas Frau hat auf Sie eingeschlagen?«

»Nein, nicht seine Frau. Die hat nur hysterisch gekreischt. Ihre Mutter ist auf mich los wie wild geworden. Sie schrie, sie würde mich umbringen, wenn ich ihrer Familie noch einmal zu nahe käme. Ich kann es ihr nicht verübeln.« Farah legt die Hand auf ihren Bauch. »Ich würde das Gleiche tun in ihrer Situation.«

Dieses Detail hat Marie Abou neulich ganz zu erwähnen vergessen.

Farah Abidi gerät ins Plaudern. »Manchmal muss erst alles ganz schlimm werden, ehe es besser wird. Und es wurde besser, viel besser. Ich schrieb Moussa und seiner Frau einen Brief und entschuldigte mich. Er rief mich an und sagte, er sei mir nicht böse und wünsche mir alles Gute. Ich bekam einen Platz in einer wirklich guten Klinik. Nach meiner Entlassung lernte ich Severin kennen.

Wir verliebten uns, und ich wurde schwanger. Ungeplant. Aber es war wie ein Zeichen.« Sie deutet nach oben. »Ich sehe aus wie ein Nilpferd, aber ich bin sehr glücklich. Es wird ein Mädchen.« Farah lächelt beseelt, wie es nur Schwangere können.

»Haben Sie noch Kontakt zur Familie Abou?«, fragt Rifkin.

»Nein. Es ist mir noch immer sehr peinlich, ich bin froh, wenn ich keinen von denen sehen muss. Mein Vater geht noch ab und zu zu Nabil in den Barbershop. Aber das ist seine Sache.«

»Was halten Sie von Nabil?«

Sie stößt einen schnaubenden Lacher aus. »Moussa sagte immer, er hätte einen Stock im Arsch. Das beschreibt es ganz gut. Wenn Sie mich fragen, ist er ein Getriebener. Er will es allen recht machen: seinem Gott, seiner Kultur und seiner Familie. Und ganz nebenbei sollen auch noch alle Abous möglichst reich werden. Aber irgendwas bleibt immer auf der Strecke.«

»Was blieb denn auf der Strecke?«, will Rifkin wissen.

»Moussa zum Beispiel. Er und Moussa lagen dauernd im Clinch. Sie waren wie Feuer und Wasser. Und dann der arme Said. Jeder wusste, dass er schwul ist, aber alle taten so, als wäre nichts.« Ihr Lächeln wird nun ein klein wenig boshaft. »Man darf gespannt sein, ob die Töchter sich ihr Leben von ihrem Vater und vom Koran vorschreiben lassen werden. Zum Glück ist ihre Mutter ihnen ein gutes Vorbild.«

»Inwiefern?«

»Nabil spielt zwar immer den Pascha, aber in Wirklichkeit verdient seine Ehefrau das meiste Geld. Sie hat eine Reinigungsfirma für Gewerbeobjekte mit fünfzig Angestellten.«

»Interessant«, findet Rifkin.

»Ich kann Typen wie ihn nicht ausstehen«, gesteht Farah mit blitzenden Augen. »Aber eines weiß ich: Nabil würde Moussa nie etwas antun – falls Sie darauf hinauswollten.«

Rifkin behält für sich, worauf sie hinauswollte. Sie deutet auf Farahs Hand. »Ist das ein Verlobungsring?« Der Ring mit dem blauen Stein ist ihr sofort aufgefallen.

»Ja. Ein Saphir.« Sie hält den Ring ans Licht, das streifig durch die Jalousien scheint. »Wir heiraten im Juni, wenn ich wieder normal aussehe. Severin ist zum Glück einer, der weiß, was er will. Er ist Schweizer und arbeitet für eine französische Hotelkette. Sie lassen ihr Führungspersonal regelmäßig rotieren. Wir werden alle paar Jahre woanders leben. Das kommt meinem unsteten Naturell sehr entgegen, und für ein Kind ist es bestimmt auch von Vorteil, wenn es etwas von der Welt und anderen Kulturen sieht. Sie soll eine Weltbürgerin werden, die kleine Chiara.«

Was wohl ihre Ratgeberzeitschriften dazu sagen? Und erst die Mumfluencer im Netz?

Rifkin trinkt ihren Tee aus. »Ich danke Ihnen für Ihre Offenheit, Frau Abidi. Das war sehr hilfreich. Und entschuldigen Sie die Störung.«

»Das ist schon okay. Sie sind auch sehr okay«, meint Farah und lächelt.

»Danke«, meint Rifkin verlegen. »Ich finde allein raus, bleiben Sie ruhig sitzen. Und alles Gute für Sie und das Baby.«

Selten hat Rifkin einen höflichen Wunsch so ernst gemeint. Diese Farah hat irgendetwas an sich, was sie berührt. Vielleicht, weil sie in ihrem Leben schon ziemlich tief unten war und nun von innen heraus strahlt wie der Saphir an ihrem Finger.

58

»Ich glaube, es waren noch nie so viele bärtige Männer an einem Tag bei uns. Dreißig Bärtige und acht ohne.« So lautet die Bilanz, die Frau Cebulla am späten Freitagnachmittag im Büro ihres Chefs zieht. »Am Montag kommen noch einmal sechs«, erinnert sie ihren Vorgesetzten.

Dann sind sie durch mit den vierundvierzig Kunden, die am Tag von Moussas Tod den Barbershop besuchten. Die Aktion war aufwendig, der Erfolg mäßig. Alle Vorgeladenen haben ein Loblied auf Moussa Abou, den Bartkönig der Stadt, gesungen. Völxen ist vorerst die Lust vergangen, auch die Kundschaft der vorangegangenen Tage vorzuladen, zu befragen und sie anschließend von der Notwendigkeit einer erkennungsdienstlichen Erfassung zwecks Abgleich der Spuren zu überzeugen.

Bei drei der heutigen Besucher war dies nicht nötig, sie sind bereits im System: zwei Türsteher aus dem Milieu und der Geschäftsführer eines Bordells, ein gebürtiger Albaner mit deutschem Pass namens Lorik Krasniqi. Die Herren sind vorbestraft mit einschlägigen Delikten: Beleidigung, illegaler Waffenbesitz, Körperverletzung, Nötigung.

Wie zu erwarten war, hat Krasniqi – er nennt sich Bordellmanager – noch nie die Namen Haiba und Jala gehört. Auch die Madame will er nur vom Sehen kennen.

»Aber was habe ich auch erwartet?«, murmelt der Hauptkommissar.

»Wie bitte?«, fragt Frau Cebulla.

»Nichts. Ich rede mit dem Hund.«

»Der ist heute nicht da.«

Völxen wirft einen demonstrativ verwunderten Blick unter seinen Schreibtisch und auf den leeren Hundekorb. »So was.«

Frau Cebulla schüttelt den Kopf und verabschiedet sich ins Wochenende.

Der Hauptkommissar kommt nicht zum Durchatmen. Kaum ist Frau Cebulla weg, entern Jule Wedekin und Joris Tadden sein Büro.

»Stören wir?«, fragt Jule.

»Nur meine Selbstgespräche.«

In der Sekunde klingelt Völxens Handy. Was für ein Stress! Es ist Rifkin.

»Rifkin! Die Kollegen sind auch gerade hier, ich stelle Sie auf laut.«

Rifkin berichtet von Farah Abidi und schließt mit den Worten: »Ihr Bauch ist monströs, die Frau kann sich kaum noch bewegen. Ich finde, das ist ein ziemlich gutes Alibi.«

»Absolut«, bestätigt Jule. »Wohl kaum einer Hochschwangeren steht am Geburtstermin der Sinn nach einem Meuchelmord.«

»Dann können wir diese Spur also abhaken«, registriert Völxen.

»Dann war ich noch bei den Abous. Nabils Frau und die Töchter bestätigen, dass er den Dienstagabend und die Nacht zu Hause verbracht hat. Ich hatte nicht den Eindruck, dass sie lügen oder unter Druck stehen. Ihre Trauer über den Tod ihres Schwagers und Onkels kam mir aufrichtig vor.«

»Ich vertraue auf Ihr Urteil, Rifkin.«

»Danke, Herr Hauptkommissar. Vielleicht sollten wir uns auf den anderen Teil der Familie konzentrieren. Marie Abou hat uns nämlich angelogen beziehungsweise etwas verschwiegen.«

»Was denn?«, fragt Völxen.

»Marie erzählte uns doch, wie vor eineinhalb Jahren Farah Abidi sie und den kleinen Robin auf dem Spielplatz bedrohte. Was Marie nicht sagte, war, dass ihre Mutter auch dabei war. Angeblich hat Brigitte Schönau Farah überwältigt und dann, als die Frau schon am Boden lag, wie von Sinnen auf sie eingeschlagen. Wenn ich wetten sollte, wer von den beiden lügt, würde ich auf Marie Abou setzen.«

Völxen bedankt sich für den Rapport.

»Brauchen Sie mich heute noch, Herr Hauptkommissar, oder kann ich noch ein bisschen in Berlin bleiben?«

»Ich wüsste nicht, was dagegenspräche. Grüßen Sie mir die

Hauptstadt!« Völxen legt auf, wobei ihm nicht entgeht, wie Tadden die Stirn runzelt.

»Brigitte Schönau hat Haare auf den Zähnen, das ist mir sofort aufgefallen«, meint Jule. »Aber Worte sind eine Sache ...«

»Wenn es um Kinder geht ...« Völxen grinst. »*Da werden Weiber zu Hyänen*. Würde Raukel sagen.«

Jule atmet hörbar ein. Doch Völxen hat nicht ganz unrecht. Sie hat selbst schon erlebt, wie Kinder im Sandkasten stritten und sich in der Folge deren Mütter wüste Beschimpfungen an den Kopf warfen. Auch Jule verlor einmal die Contenance, als ein älteres Kind ihren Leo drangsalierte. Am Ende eines sich verbal und akustisch aufschaukelnden Wortwechsels riet sie der Mutter, *ihre missratene Brut gefälligst unter Kontrolle zu halten*. Und das trotz ihrer großbürgerlichen Erziehung und des dicken Fells, das sie sich bei der Ausbildung und im Polizeidienst zugelegt hat.

»Davon abgesehen – was wollt ihr eigentlich hier?«, erkundigt sich Völxen.

»Dir einen schönen Feierabend wünschen«, erklärt Jule. »Und mein Kollege ist vorhin noch auf ein Detail gestoßen.«

»Martin Schönau war nicht immer beim Zollamt«, berichtet Tadden. »Er führte bis 2001 eine Metzgerei in Ahlem, die mit eigener Schlachtung warb.«

Völxen lüpft seine Brauen. »Er ein Metzger und sie eine Friseurin. Berufe, bei denen es mit Messern zur Sache geht.«

»Schweine und Menschen sind sich anatomisch ähnlich«, ergänzt Jule und fügt launig hinzu: »Manche mehr, manche weniger.«

»Und beide Schönaus haben kein Alibi«, erinnert Tadden.

Völxen nickt bedächtig. »Sehr gut. Machen wir dennoch Schluss für heute.«

59

Tadden räumt seinen Schreibtisch auf. Jule ist schon weg, er ist allein im Büro. Was Rifkin übers Wochenende wohl in Berlin macht? Zieht sie durch die Klubs auf der Suche nach einem One-Night-Stand, verabredet sie sich zu einem Tinder-Date? Und warum beschäftigt ihn das überhaupt?

Auch das, was sie vorhin gesagt hat, spukt ihm noch im Kopf herum. *Als die Frau schon am Boden lag, hat sie wie von Sinnen auf sie eingeschlagen ...*

Da hat sich etwas in seinem Hirn verhakt. Am Boden. Das war es. Farah lag am Boden und bekam Prügel. Moussa wurde niedergeschlagen, seine Kehle wurde ihm durchgeschnitten, *als er am Boden lag*. Zwei völlig verschiedene Situationen, sagt er sich. Das kann man nicht wirklich vergleichen. Und doch ...

Ist das der berühmte Instinkt, den Raukel und Völxen häufig zitieren? Oder nur Wortklauberei, Spinnerei? Sieht er Zusammenhänge, wo keine sind?

Er hat das Ehepaar Schönau gestern kurz gesehen, als sie hier waren, um das Protokoll ihrer Befragung durch Jule und Völxen zu unterzeichnen. Frau Schönau hatte einen eigenen Friseursalon, verbringt inzwischen aber ihre Zeit damit, Hausfrau und Großmutter zu sein. Das ist alles, was er über sie weiß. Hat sie den Salon aufgegeben, um für den Enkel da zu sein?

Er könnte Nicole Flöck fragen oder Marie Abou. Doch er hält es für besser, wenn Frau Schönau vorerst nichts von seinen Recherchen erfährt. Er setzt sich noch einmal an seinen Laptop. Den Friseursalon gibt es noch, er heißt jetzt Sahaara und liegt ebenfalls in der Knochenhauerstraße, am entgegengesetzten Ende, vom Clooney aus betrachtet. Die Webseite zeigt eine ziemlich schicke, in Weiß und Beigetönen gehaltene Einrichtung, aus der die goldenen Barockrahmen der Spiegel und ein mächtiger Kronleuchter aus Kristallen hervorstechen. Minuten später sitzt er auf seinem Rad.

60

»Wie kommt er zurecht? Sei ehrlich zu mir!« Jule mustert ihre Schwiegermutter mit ihrem Polizistenscharfblick. Beide befinden sich in Pedra Rodriguez' Küche und richten eine Platte mit Tapas an. Es sind die Reste aus dem Laden, sie ergeben noch ein opulentes Abendessen. Mia lehnt in ihrem kleinen Schalensitz und nagt an ihrem Stofftier. Leo wird zwei Stockwerke tiefer von Fernando gebadet.

Die letzten drei Tage verliefen geradezu verdächtig reibungslos. Nicht nur, dass es den Kindern gut geht, auch die Wohnung sieht nicht vernachlässigt aus, und es gibt keine Klagen, weder von Fernando noch von Pedra. Obwohl Jule genau dies gehofft hat, kann sie ein gewisses Misstrauen nicht ganz unterdrücken.

»Wirklich gut«, verrät Pedra und schüttelt den Kopf. »Ich kann es selbst kaum glauben. Heute Mittag durfte ich mal eine Stunde auf Mia aufpassen, als er Leo abgeholt hat. Da habe ich das Bad geputzt, die kleine Maus hat nebenan geschlafen. Mit dem Putzen hatte er es ja noch nie so richtig.«

»Das sollst du nicht!«, protestiert Jule. »Du hast genug um die Ohren. Wir wollten uns sowieso eine Putzfrau besorgen. Wenn es bloß einfacher wäre, jemand Anständigen zu kriegen.«

»Ich mach das doch gerne.«

»Ja, aber … Ach egal!« Jule hat es sich inzwischen abgewöhnt, solche Diskussionen mit Pedra zu führen. Es ist ohnehin zwecklos.

Jule trägt die Platte ins Esszimmer. Während sie den Fragemarathon mit den Kunden des Barbershops praktisch schon vergessen hat, hängt ihr noch immer nach, was Rifkin über ihr Gespräch mit Farah Abidi berichtet hat.

Das von Farah geschilderte Verhalten sprengt nach Jules Dafürhalten doch ein wenig den Rahmen des Normalen. Wenn es sich denn so abgespielt hat.

Zurück in der Küche, fragt sie: »Pedra, kann ich dir eine hypothetische Frage stellen?«

»Eine was?«

»Du sollst dir etwas vorstellen und mir dann sagen, wie du reagieren würdest.«

»Was denn?«

»Okay, stell dir vor, wir beide sind mit Leo auf dem Spielplatz. Es kommt eine verrückte Frau, die mich beschimpft und bedroht und Leo ebenfalls. Was würdest du tun?«

»Ich? Du bist bei der Polizei und kannst Karate!«

Jule muss lachen. Da hat Pedra natürlich recht. »Stell dir vor, ich wäre wie gelähmt vor Angst.«

»Das kann ich mir bei dir nicht vorstellen.«

»Gut, dann ... Ich kann mich nicht wehren, ich habe ein Gipsbein. Sie beschimpft und bedroht mich und Leo. Was tust du?«

»Ich kratze ihr die Augen aus!«

»Jetzt mal im Ernst.«

»Das ist mein Ernst.« Pedras dunkle Augen werden zu schmalen Schlitzen, in denen es gefährlich funkelt.

61

»Im Januar vor vier Jahren habe ich den Laden übernommen«, sagt Maja Koschnitz stolz. Tadden hat die Besitzerin des Sahaara gerade noch kurz vor Ladenschluss erwischt.

»Warum hat Frau Schönau damals aufgehört? Sie war ja noch nicht so alt.«

»Aus familiären Gründen.«

Familiäre Gründe. Tadden rechnet. Vier und ein viertel Jahre. So lange gibt es den Salon Sahaara. Robin ist drei Jahre und drei Monate alt. Seine Geburt hatte sich zu dem Zeitpunkt also noch nicht angekündigt. Zumal der Verkauf eines Geschäftsbetriebes ja auch einen gewissen Vorlauf hat.

»Das hat sie gesagt«, wiederholt die Friseurin mit den schwarzen Korkenzieherlocken. »Natürlich habe ich mich umgehört und mir die Umsätze angesehen. Die sind runtergegangen, nachdem der Barbershop Clooney da unten aufgemacht hat.« Sie weist mit einer Kopfbewegung in die Richtung.

»Mir sagte man, dass die Männer beim Umsatz eines Friseursalons keine allzu große Rolle spielen«, meint Tadden.

»Normalerweise stimmt das auch«, lächelt die Friseurin. »Aber der Salon Brigitte hatte ungewöhnlich viel männliche Kundschaft – bis der Barbershop aufmachte. Das hätte ihr dennoch nicht das Kreuz gebrochen. Man kann das durch Termine mit Damen ausgleichen. Bei mir läuft es ja auch gut, nachdem ich den verstaubten Laden erst mal optisch aufgepeppt habe. Der Grund für die Geschäftsaufgabe war, dass ihre Tochter Marie ebenfalls zum Clooney abgewandert ist. Dabei sollte sie die Meisterprüfung machen und den Salon übernehmen. Wenn Sie mich fragen, hat die Schönau aus Frust hingeschmissen.«

»Es gab also Streit zwischen Mutter und Tochter?«

»Das weiß ich nicht, ich war nicht dabei. Andererseits kann ich mir kaum vorstellen, dass so etwas ganz friedlich abläuft. Sie etwa?«

62

Der Samstagabend zeigt sich von seiner freundlichen Seite, auch wenn es zum Draußensitzen noch zu kühl ist. Im Wohnzimmer wurde das Sofa beiseitegerückt und der große Gartentisch aufgestellt. Der Hühnerbaron steht auf Völxens Terrasse, die Grillzange in der einen und eine Bierflasche in der anderen Hand, inmitten einer Qualmwolke und wendet die Steaks. Städter wüssten nicht, wie man richtig grillt, lautet sein Credo, und da die Völxens erst seit gut dreißig Jahren im Dorf leben, hat Völxen seinem Nachbarn großzügig diese Aufgabe überlassen. Da steht er nun in seiner ledernen Schürze, die schon bei zahlreichen Grillfesten der freiwilligen Feuerwehr zum Einsatz kam. Neben ihm wird Tadden geräuchert. Der Friesenjunge müsse elementare ländliche Kulturtechniken von Grund auf lernen, meinte Köpcke, und zwar vom Meister persönlich.

Völxen lässt die zwei machen und kümmert sich – in einigem Abstand – um das, was Köpcke *Gedöns* nennt: Zucchini, Maiskolben, Paprika, Folienkartoffeln und diesen Grillkäse, der wie Gummi schmeckt. Das alles liegt auf dem Elektrogrill, ein Apparat, für den der Nachbar nur ein Naserümpfen übrig hat.

Anders als befürchtet, hatte Sabine keine Einwände gegen einen Grillabend in der Fastenzeit, im Gegenteil. »Gute Idee! Man darf das mit dem Fasten nicht dogmatisch sehen«, meinte sie und hat auch noch Wanda eingeladen. Falls seine Frau den Hintergedanken hegte, ihre Tochter mit Tadden zu verkuppeln, hat sie sich aber geschnitten. Wanda hat ihren Mitbewohner Christoph, einen angehenden Tierarzt, mitgebracht. Der hoch aufgeschossene Mann mit dem albernen Dutt scheint vom Gelegenheitsliebhaber zum festen Freund avanciert zu sein. Sofern diese Generation überhaupt noch in derlei Kategorien denkt. Ein Tierarzt in der Familie käme Völxen durchaus gelegen, mehr als ein weiterer Polizist. Die Schafe und der Hund werden schließlich auch nicht jünger. Gerade zeigt Wanda ihrem Freund die Schafe. Er solle nicht auf die Idee kommen, Amadeus' Reich ohne Abwehrwaffe zu betreten, hat Völxen dem Gast mit auf den Weg gegeben.

Tadden hat Völxen von seinem gestrigen Besuch im Friseursalon Sahaara erzählt. Zu wissen, weshalb Brigitte Schönau ihren Salon aufgab, ist sicher kein Durchbruch, aber ein weiteres Steinchen im Mosaik. Im Grunde, resümiert Völxen, lagen sie in dieser Familie fast alle irgendwie miteinander im Clinch. Die Ehe von Moussa und Marie zeigte Risse, Marie hat ihre Mutter sehr enttäuscht. Wie steht Marie zu ihrem Vater? Weiß man nicht. Sicher ist, dass beide Schönaus Moussa nicht mochten und aus ihren Vorbehalten gegen diese Ehe keinen Hehl machten. Warum nicht? Weil Verschwiegenes, das später doch ans Licht kommt, einen nur noch verdächtiger macht. Das weiß Brigitte Schönau, die Frau ist nicht dumm. In ihrer Ehe hat eindeutig sie die Hosen an. Das Geflecht der familiären Beziehungen, erkennt Völxen, hat nur einen einzigen Knotenpunkt, der bisher ...

»Dad! Papa! Der Halloumi verbrennt!«

»Wer?«

»Der Käse!«

»Oh!« Völxen schabt das angeschwärzte Gebilde vom Rost.

»Den kannst du vergessen«, schimpft Wanda. »Wo bist du mit deinen Gedanken? Mal wieder bei der Arbeit?«

»Ich war im Geist schon bei dem Weizenbier, das du mir aus dem Kühlschrank holen und einschenken wirst«, antwortet er.

»Mach ich«, grinst Wanda. »Aber lass bitte den Rest nicht anbrennen. Christoph und ich würden auch gerne etwas essen.«

Denn natürlich ist der Kerl mit dem Dutt ebenfalls ein Veganer, genau wie Wanda. Man kann nicht alles haben, sagt sich Völxen und dreht einen Maiskolben um.

63

Jenny Streich und ihr Freund Thomas Kische waren bei Freunden im Studentenwohnheim in der Calenberger Neustadt, wo sie zu viert gekocht und gegessen haben. Gegen halb zwölf hat sich die Runde aufgelöst, und nun sind Jenny und Thomas auf dem Nachhauseweg. Sie wohnen in der Altstadt, aber in unterschiedlichen Studenten-WGs. Jenny läuft nicht gern nachts zu Fuß durch die Gegend, deshalb hat sie ihr Fahrrad dabei, das sie Thomas zuliebe neben sich herschiebt. Auf der anderen Seite der Leine trennen sich ihre Wege, und weil sie sich noch nicht allzu lange kennen und sie sich noch eine Menge zu sagen haben, bleiben sie mitten auf der Brücke, die das Hohe Ufer und das Leibnizufer verbindet, stehen. Jenny nennt sie immer die Flohmarktbrücke. Eigentlich heißt sie Martin-Neuffer-Brücke, benannt nach einem Stadtdirektor, der von 1963 bis 1974 wirkte und *das Stadtbild städtebaulich und kulturell prägte*. Das steht auf der Erklärung, die unter dem Namensschild angebracht wurde. Er soll auch für die Aufstellung der riesigen bunten Skulpturen der Nanas am Leibnizufer verantwortlich sein.

Jenny und Thomas haben es nicht eilig. Auf der Brücke stützen sie sich mit den Unterarmen aufs Geländer und schauen dem dunklen Wasser der Leine beim Fließen zu. Es kommt zum Austausch von Zärtlichkeiten, unterbrochen von launigen Gesprächen.

Wegen der Straßenlaternen am Leibnizufer ist es nicht so dunkel, dass Thomas den Schatten nicht erkennen würde, der sich quer vor den Brückenpfeiler gelegt hat. Was ist das? Ein Sack? Ein Baumstamm? Er beugt sich noch ein Stück weiter über das Geländer.

»Vorsicht«, ermahnt ihn Jenny. »Ich habe keine Lust, dich bei der Kälte da rauszufischen.«

Lust oder nicht, Jenny würde es dennoch tun. Sie ist Rettungsschwimmerin und nimmt an Triathlons teil. Sie ist mit eins achtzig fast so groß wie er selbst, hat breite Schultern und kräftige Oberschenkel, die sie durch viel Sport regelmäßig trainiert. Thomas steht auf athletische Frauen. Kein Wunder, dass sie sich in einem Fitnessstudio kennengelernt haben.

»Sag mal, ist das ein Mensch? Da unten? Das ist doch ... ein Gesicht. Oder?« Thomas hält Jenny am Ärmel ihres Parkas fest, als diese sich nun ebenfalls weit über das eiserne Geländer beugt und hinabspäht. Es ist eine symbolische Beschützergeste, die Jenny ihm nicht übel nimmt.

»Scheiße! Du hast recht, da liegt einer im Wasser!« Jenny fackelt nicht lange. Sie zieht ihren Rucksack aus sowie den Parka und wirft ihm beides vor die Füße.

»Du willst doch nicht etwa da reinspringen? Du weißt doch nicht, wie tief das ist. Warte! Ich rufe die Polizei!«, protestiert Thomas.

»Und den Notarzt!«, sagt Jenny, die natürlich nicht von der Brücke springt, so dämlich sind nur Anfänger. Effizienz ist jetzt gefragt, kein falsches Heldentum. Sie rennt zurück, biegt nach der Brücke links ab und hastet über die zum Flussufer hin abfallende Böschung, die um diese Jahreszeit zum Glück noch nicht so arg überwuchert ist wie im Sommer.

Thomas gehorcht ihrer Anweisung und wählt den Notruf. Aufgeregt stottert er seinen Namen und nennt dem Mann den Ort und den Grund seines Anrufs – »da liegt ein toter Mann im Fluss!«. Während er dies tut, steigt Jenny gerade über einen niedrigen Holzzaun, der vor der Ufermauer steht und mehr symbolischen als praktischen Nutzen hat. Sie hangelt sich die Ufermauer hinab. Das Leibnizufer ist flacher als das Hohe Ufer gegenüber. Zwischen der Mauer und dem Fluss ist noch ein mit Schlingpflanzen überwucherter, schlammiger Streifen zu sehen, auf dem Jenny nun landet. Ohne zu zögern, steigt sie mit langen Schritten ins Wasser, bis es zum Schwimmen tief genug ist. Das alles geht rasch, aber ohne Hektik vonstatten, und wäre es nicht mitten in der Nacht und Jenny trüge Jeans und Pullover statt eines Neoprenanzugs, könnte man fast meinen, es handele sich um eine Übung. Mit kräftigen Armbewegungen durchpflügt sie das Wasser. Die Strömung scheint ihr ein wenig zu schaffen zu machen, doch sie hält dagegen und nähert sich zielstrebig dem Körper vor dem Brückenpfeiler.

Jetzt ist sie bei der Leiche – denn was sonst hätte ein Gesicht und würde leblos vor einem Brückenpfeiler herumdümpeln – angekommen. Thomas packt das kalte Grausen. Doch zwischen Grausen und Angst um Jenny kommt ihm der Gedanke, ebenfalls die Mauer hinabzuklettern und ihr zu helfen, den Körper zu bergen. Zwar ekelt es ihn beim bloßen Gedanken daran, aber er kapiert auch, dass Jenny ihm nie verzeihen würde, wenn er hier nur dumm herumsteht und nichts tut.

Der Rückweg ist für die Retterin deutlich schwieriger, sie kämpft jetzt gegen die Strömung und das Gewicht des leblosen Menschen. Noch dazu kann sie nur auf dem Rücken schwimmend mit einem Arm rudern, der andere hält den Körper vor ihrer Brust über Wasser. Ein paarmal verschwindet ihr Kopf in den Fluten. Thomas ist in Panik. Was, wenn Jenny doch noch abgetrieben wird und womöglich ertrinkt? Er fuchtelt mit den Armen und ruft ihr zu, sie solle ihn loslassen, die Aktion abbrechen, ihr Leben nicht für eine Leiche riskieren – und noch ähnliche Dinge, für die er sich hinterher schämt.

Dennoch watet er tapfer bis zu den Hüften ins Wasser.

Sein Geschrei hat Publikum angelockt. Auf der Brücke stehen jetzt vier oder fünf Leute, die die Rettungsaktion mit angehaltenem Atem und gezückten Handys beobachten und filmen. Dann ist sie bei ihm, und Thomas ist inzwischen so adrenalindurchströmt, dass es ihm gar nichts mehr ausmacht, den Körper zusammen mit Jenny zum Ufer zu schleppen. Jenny keucht vor Anstrengung, aber sie verliert keine Zeit. Aus der Ferne nähern sich die ersten Sirenen. Das hindert Jenny nicht daran, mit den Wiederbelebungsmaßnahmen zu beginnen. Gelernt ist gelernt.

64

Völxen ist in einen wirren Traum verstrickt, in dem Lederschürzen vorkommen und ein gegrillter Schafskopf mit krummem Gehörn. Ein durchdringender Ton drängt sich zwischen die Handlung, und es dauert, ehe Völxen begreift, dass es sein Handy ist, das auf dem Fensterbrett klingelt. Er knipst die Nachttischlampe an und taumelt blinzelnd aus dem Bett. Froh, dem unschönen Traum entflohen zu sein, meldet er sich.

Eine unbekannte weibliche Stimme, die sich mit Oberkommissarin Welke vom Kriminaldauerdienst vorstellt, entschuldigt sich für die frühe Störung. Und früh ist es tatsächlich, nämlich 05:38 Uhr.

»Was zum Teufel ...«

»Heute Nacht wurde ein Mann unterhalb der Martin-Neuffer-Brücke im Wasser dümpelnd entdeckt. Ein Pärchen, das auf der Brücke stand, hat ihn gesehen und den Notruf gewählt, die Meldung ging um 23:42 Uhr ein. Die junge Frau ist Rettungsschwimmerin, sie ist reingesprungen und konnte ...«

Während Völxen zuhört, geht er auf den Flur hinaus, um Sabine nicht zu wecken. »Was für eine Brücke soll das sein?«, unterbricht er nun den Redeschwall.

»Früher hieß sie die Marstallbrücke. Eine denkmalgeschützte Dreibogenbrücke aus dem 18. Jahrhundert. Sie verbindet das Hohe Ufer, also die Altstadt, mit der Calenberger Neustadt.«

»Schon klar. *Die* Brücke kenne ich«, unterbricht Völxen das Geschwafel. Er braucht keine Lektion über historische Bauten am Sonntagmorgen um Viertel vor sechs, erst recht nicht nach einem feuchtfröhlichen Grillabend. Außerdem muss er dringend pinkeln. »Da ist doch auch samstags immer der Flohmarkt.«

Warum muss in dieser Stadt ständig etwas umbenannt werden? Was war falsch an *Marstallbrücke?*

»Die Zeugin hat den Mann ans Ufer geschleppt und zusammen mit ihrem Freund rausgezogen. Sie konnte ihn wiederbeleben.«

Das ist ja eine anrührende Geschichte, und die junge Frau verdient eine Medaille. Nur, was geht ihn das an? Ist die Kollegin vielleicht ein bisschen übereifrig?

»Wie kam er ins Wasser? War er betrunken?«, fragt Völxen, müde und leicht grantig. Garantiert hat einer im Suff von der unteren Terrasse des Hohen Ufers ins Wasser gepinkelt. Dabei verlor er das Gleichgewicht ...

»Der Mann wurde vorher niedergeschlagen«, hört er Oberkommissarin Welke sagen. »Es handelt sich um den Staatssekretär Hanno Rodinger.«

»Wie bitte?« Schlagartig ist Völxen wach.

»Hanno Rodinger, er arbeitet für das Justiz...«

»Ich weiß, für wen Rodinger arbeitet. Ist das ganz sicher er?«

»Er hatte seine Papiere bei sich.«

»Ist er vernehmungsfähig?«

»Er erlitt eine schwere Kopfwunde und liegt nach einer Notoperation im künstlichen Koma in der MHH. Wir dachten, Sie würden dennoch gerne so schnell wie möglich Bescheid wissen.«

»Das war richtig gedacht. Wird er bewacht?«

»Zwei Kollegen von der Streife sind vor Ort. Und ich bin auch noch da.«

»Tun Sie mir einen Gefallen, Oberkommissarin Welke: Versuchen Sie, seine Identität so lange wie möglich unter dem Deckel zu halten. Sagen Sie das auch den Kollegen und dem Pflegepersonal. Diskretion ist jetzt angesagt. Keine Nennung seines Namens oder sonstige Einzelheiten über Funk!«

»In Ordnung.«

Lange wird das nicht funktionieren, befürchtet Völxen. Dafür sind schon zu viele Leute involviert, und leider kennt man Rodingers Gesicht, weil der es nur allzu gerne in die Kameras hält, wie Jule es formulierte.

»Weiß man, wo der Übergriff stattfand?«

»Nicht genau. Wir haben das ganze Leineufer beidseitig bis hinauf zur Leinewelle abgesperrt und die Spurensicherung angefordert.«

»Sehr gut. Ich werde dazustoßen. Und ich möchte verständigt werden, sobald das Opfer ansprechbar ist.«

Er legt auf und hastet in großer Bedrängnis ins Bad. Keine Sekunde zu früh! Die fünf oder sechs Weizenbiere drängt es, seinen Körper wieder zu verlassen. Während dieser Vorgang andauert – und er dauert eine ganze Weile –, denkt er scharf nach. Was ist jetzt zu tun? Den Vizepräsidenten anrufen, damit der den Polizeipräsidenten verständigt und die Justizministerin und wer auch immer sonst noch Bescheid wissen muss. Seine Leute informieren. Sich rasieren und anziehen. Kaffee kochen. Die Schafe rauslassen.

Das alles liegt nun an, doch in welcher Reihenfolge? Viel zu früh aus dem Schlaf gerissen, ist Völxen von der Wucht der Ereignisse gerade leicht überfordert.

Im Bademantel schleicht er hinab in die Küche, setzt Kaffee auf, lässt eine Aspirin in ein Wasserglas fallen und ruft dann den Vizepräsidenten auf dessen Mobiltelefon an. Mailbox. War ja klar, am Sonntag um diese Zeit. Er hinterlässt die wichtigsten Informationen. Danach sinkt er auf einen Küchenstuhl, stützt das müde Haupt in die Hände und schaut dem Kaffee zu, der in die Glaskanne plätschert.

Ein Mordanschlag auf einen Politiker ist das Letzte, was man sich als Ermittler wünscht, es sei denn, man wäre profilierungssüchtig. Die Presse und die Vorgesetzten hocken einem wie die Geier im Nacken, in den Behörden wiederum hält sich jeder bedeckt aus Furcht, womöglich unabsichtlich heikle Interna zu verraten. Ganz zu schweigen von den Verschwörungstheorien, die bald durch das Internet wabern werden. Supernervig, so eine Sache.

Hoffentlich kommt man in den oberen Etagen rasch zu dem Schluss, dass es sich hierbei um politisch motivierte Kriminalität handelt. Denn die ist ein Fall für das LKA, das BKA oder den Staatsschutz. Oder alle zusammen. Eine solche Wendung käme dem Hauptkommissar gerade recht.

65

Träge und graubraun fließt die Leine dahin. Völxen steht am Geländer des Hohen Ufers und starrt nachdenklich ins Wasser. Sein Besuch am Fundort des Verletzten – von einem Tatort kann man nicht mit Sicherheit reden – erfolgt mehr der Form halber, er verspricht sich davon nichts. Doch sollte diese Sache wirklich an ihm hängen bleiben, will er sich kein Versäumnis nachsagen lassen.

Das Hohe Ufer war schon einmal ein Tatort, erinnert er sich. Wie lange ist das her? Zehn, zwölf Jahre mindestens. Eine bildschöne junge Schauspielerin lag tot auf der unteren Uferterrasse. Seinerzeit war das Hohe Ufer ein vergessener Ort, Treffpunkt für Alkis und Junkies. Lediglich an Flohmarkt-Samstagen herrschte Trubel. Zum Glück ist heute Sonntag.

Den Flohmarkt gibt es immer noch, ansonsten hat sich seither viel getan. Die Stadt hat endlich ihren Fluss für sich entdeckt, und das Hohe Ufer wurde gründlich gentrifiziert. Altes wurde saniert oder abgerissen, Neues gebaut, ein Gastronomiebetrieb reiht sich an den anderen. Allerdings gibt es hier keine Clubs, nur Restaurants und Cafés, und die schließen im Allgemeinen früher. Gab es eine geschlossene Veranstaltung, die länger dauerte und bei der der schöne Hanno Gast war? Man sollte hier anfangen zu ermitteln.

An beiden Uferseiten wuseln Spurensicherer und Streifenbeamte herum und sammeln jede Zigarettenkippe und jede Bierdose auf.

Was für ein Aufwand!

In Völxen regt sich ein vages, aber doch bekanntes Gefühl, etwas wie die Vorstufe eines Verdachts. Irgendetwas ist faul. Ein Mord und ein Mordversuch innerhalb weniger Tage in einem Radius von vielleicht einem Kilometer. Beide Male wurde das Opfer niedergeschlagen. Höchst merkwürdig. Im Nachhinein betrachtet ist ebenso merkwürdig, dass Rodinger beim ersten Verbrechen unter den Gaffern zu finden war.

66

Die Assistentin von Hanno Rodinger heißt Sofia Kaya, ist achtundzwanzig und hat einen türkischen Migrationshintergrund. Völxen hat die junge Frau am Morgen erreicht und für zehn Uhr in sein Büro bestellt. Er selbst sitzt schon seit einer Stunde an seinem Schreibtisch und nutzt die Zeit, um Presseberichte über Hanno Rodinger zu lesen. Er ist ledig, sechsunddreißig und wohnt in der List nahe der Eilenriede, Hannovers großem Stadtwald. Die Journaille verortet ihn beim rechten Flügel der SPD und prophezeit ihm eine große Zukunft, die vielleicht noch größer sein könnte, würde er ins Lager der Union wechseln, der er inhaltlich ohnehin näherstünde als den Genossen. Ab und zu schielt Völxen auf sein Handy und hofft, dass der Vizepräsident anruft und ihm – in wohlgesetzten Worten – sagt, er solle die Finger von Rodinger lassen, der Fall wäre ab sofort bei den Superhirnen der Landes- und Bundesbehörden.

Tadden und Jule sind unterwegs, um die Lebensretter von Hanno Rodinger zu befragen, Jenny Streich und Thomas Kische. Danach hat er die beiden gebeten, die Restaurants am Hohen Ufer abzuklappern und sich zu erkundigen, ob Rodinger dort gestern Abend gesehen wurde.

Um fünf vor zehn klopft es an die Tür.

»Rifkin?«, staunt der Hauptkommissar. »Ich habe Sie in Berlin vermutet.«

Sie sei gestern Abend zurückgekommen, erklärt sie. »Eine Nacht in den Clubs abtanzen reicht mir inzwischen. Man wird ja nicht jünger.«

»Was Sie nicht sagen. Dann befragen wir Rodingers Assistentin zusammen.«

»Sie ist hier, ich habe sie mit raufgenommen. Sie geht nur noch kurz ihre Nase pudern.«

»Den Ausdruck habe ich schon Jahrzehnte nicht mehr gehört«,

wundert sich Völxen, der nichts weiß von dem Spielchen mit altbackenen Worten, das zwischen Rifkin, Tadden und Raukel läuft. Apropos altbacken ...

»Ich weiß wieder, an wen mich Ihre neue Frisur erinnert, Rifkin. – Mireille Mathieu.«

Ein fragender Blick aus großen Augen.

Völxen seufzt. »Eine sehr berühmte Sängerin aus den Siebzigern.«

Rifkin zückt ihr allwissendes Handy, aber in dem Moment pocht Hanno Rodingers Assistentin an den Rahmen der Tür, die Rifkin für sie offen gelassen hat.

»Frau Kaya! Schön, dass Sie kommen konnten.«

Sofia Kaya trägt ihr langes dunkles Haar in der Mitte gescheitelt, was ihr längliches Gesicht mit den lila geschminkten Augenlidern noch länger erscheinen lässt. Auf der Straße hätte Völxen sie glatt für eine Mittelstufenschülerin gehalten. Sie trägt einen dunklen Blazer zu einem hellgrauen T-Shirt, dazu Jeans und weiße Sneaker.

Der Hauptkommissar stellt sich und Rifkin vor und fragt: »Haben Sie Neuigkeiten aus der Klinik?«

»Er ist stabil. Aber das hieß es vor zwei Stunden auch schon.«

»Das ist doch eine gute Nachricht«, meint Völxen. »Man muss Geduld haben. Wichtig ist, dass er sich wieder völlig erholt.«

In ihren Augen glitzern Tränen. »Sie sagen, er habe ein schweres Schädel-Hirn-Trauma.«

»Er ist sicher in den besten Händen. Bleiben wir zuversichtlich.«

Rifkin bietet ihr ein Glas Wasser an, das sie annimmt und zur Hälfte leert.

Völxen kommt zur Sache. »Können Sie mir sagen, was Staatssekretär Rodinger am Samstag spät in der Nacht am Leineufer wollte?«

»Nein.«

»Überstunden? Und dann noch ein nächtlicher Spaziergang?«, schlägt Rifkin vor.

»Eher nicht. Wenn es spät wird, arbeitet er lieber von zu Hause aus.«

»Hat er Feinde? Gab es Drohungen?«

Sie schaut Völxen an, als käme der von einem anderen Stern. »Er ist Politiker! Werfen Sie mal einen Blick in die sozialen Medien.«

»Ich meinte persönliche Feinde. Leute, die ihn direkt bedroht haben.«

»Ich wüsste niemand Bestimmten. Auf einer Veranstaltung hat mal jemand eine faule Tomate nach ihm geworfen. Aber den hat man nicht gekriegt.«

»Haben Sie Zugriff auf seinen Terminkalender?«

»Auf den dienstlichen. Da hatte er an diesem Wochenende nichts, das kann ich Ihnen zeigen. Die Ministerin ist ja noch bis Montag im Urlaub. Um seine privaten Termine kümmert er sich selbst.«

Völxen greift das Stichwort auf. »Erzählen Sie mir etwas über sein Privatleben.«

Sie überlegt kurz und sagt dann: »Er fährt Rad, Rennrad. Zweimal in der Woche geht er vor Dienstbeginn in der Eilenriede joggen, er wohnt ja ganz in der Nähe. Er geht gerne schick essen und macht Städtereisen. Er träumt von einem Segelboot oder eher einer Segeljacht. Im Urlaub macht er Segeltörns, davon hat er Bilder im Büro hängen und zu Hause.«

»Sie kennen seine Wohnung?« Rifkin blickt die junge Frau prüfend an.

»Ich ahne, was Sie denken«, erwidert diese genervt. »Nein, wir haben kein Verhältnis! Er hat dort ein Büro, manchmal arbeiten wir dort. Es ist ein Schickimicki-Altbau in der List, mit knarzendem Parkett und Stuck an der Decke.«

Völxen kommt auf ihr Angebot zurück. »Wenn Sie so nett wären, mir seinen Dienstkalender zu zeigen.«

Sie holt ein Tablet aus ihrer Tasche und ruft den Kalender auf. Sie hat die Wahrheit gesagt, an diesem Wochenende hat er frei.

»Könnten wir bitte den Dienstagabend vergangener Woche anschauen?«

Sofia Kaya zögert, aber schließlich wischt sie zurück zum Dienstag. »Leer nach 20:00 Uhr«, stellt sie fest. »Dienstags spielt er nach Möglichkeit Bridge.«

»Ist das nicht ... ungewöhnlich?« Ein Kartenspiel für alte Damen, wollte Völxen gerade sagen, aber er riss sich im letzten Moment zusammen.

»Ich glaube, seine Vermieterin hat ihn dazu überredet.« Sie lächelt schelmisch. »Diese noblen Altbauwohnungen sind sehr begehrt.«

Rifkin schmunzelt ebenfalls. »Wie alt ist die Erpresserin, und wie heißt sie?«

»Fräulein Schlüter ist um die achtzig. Bestimmt ist er das Prunkstück ihrer Damenrunde. Er sieht es pragmatisch und meinte mal, es wäre ein kompliziertes Spiel und würde das Hirn fit halten.«

Sie scheint ihn zu mögen, schlussfolgert Rifkin aus der Art, wie sie über ihn spricht. Sie erkundigt sich dennoch: »Ist er ein angenehmer Chef?«

»Ein sehr angenehmer. Freundlich, respektvoll und immer korrekt. Nie kommen schlüpfrige Witze oder anzügliche Bemerkungen. Er hat mich noch nie irgendwie ... angemacht. Sonst würde ich niemals zu ihm in die Wohnung zum Arbeiten kommen.«

»Was ist mit Beziehungen?«, will Völxen wissen. »Hat er eine Freundin?«

»Ich arbeite erst seit zwei Jahren für ihn. In der Zeit hatte er keine feste Beziehung, soweit ich weiß. In seiner Wohnung deutet jedenfalls nichts auf eine Frau hin. Sie ist sehr minimalistisch eingerichtet, um es mal vorsichtig auszudrücken.«

»Es muss ja keine Frau sein«, meint Rifkin.

Sie schüttelt den Kopf. »Diese Gerüchte sind nicht wahr. Nur weil einer gut aussieht und sich gut kleidet, ist er noch lange nicht schwul. Wenn er es wäre, würde er kein Geheimnis daraus machen. Mit Sicherheit nicht. Allerdings ...«

»Was?« Völxen schaut sie auffordernd an.

»Im letzten halben Jahr kam er mir ...« Sie wirkt verlegen. »Das klingt jetzt albern. Er kam mir verliebt vor. Wenn ich ihn ansprach, hatte ich ab und zu den Eindruck, er kommt gerade in Gedanken von ganz weit her. Erst dachte ich, er hätte ein Problem, aber er lächelte dabei vor sich hin. Wie ein verliebter Schuljunge. Manchmal ging er zum Telefonieren raus. Das tat er vorher nie.«

»Sie haben keine Idee, um wen es sich handeln könnte?«, fragt Völxen.

»Nein, und ich habe mich nicht getraut, ihn darauf anzusprechen. Ich würde das umgekehrt auch nicht wollen. Job ist Job, und Privatleben ist privat.«

Rifkin hat noch eine Frage. »Hat diese Wohnung in der List einen Garten?«

»Wie denn? Sie liegt im ersten Stock. Unten wohnt das Fräulein Schlüter.«

»Oder eine Terrasse. Mit Pflanzen?«

»Es gibt einen großen Balkon. Da steht Bambus in Kübeln als Sichtschutz. Ich glaube, die Pflanzen sind geleast.«

Pflanzenleasing. Was es nicht alles gibt, wundert sich Völxen.

»Also besitzt er keinen grünen Daumen«, stellt Rifkin klar.

Frau Kaya lächelt. »Definitiv nicht. Sogar der Kaktus in seinem Büro ist eingegangen.«

»Was könnte er mit Lavendel aus der Provence wollen?«

Frau Kaya schaut verwirrt zu Völxen, aber der weiß auch nicht, was seine Mitarbeiterin im Schilde führt.

»Keine Ahnung«, antwortet sie. »Vielleicht als Badezusatz?«

»Ich dachte, er ist nicht schwul«, erwidert Rifkin.

Völxen verkneift sich ein Grinsen.

»Warum fragen Sie das?«, will nun Sofia Kaya wissen, und nicht nur sie.

»Es ist schon gut. Danke«, sagt Rifkin.

Völxens Handy klingelt. Auf dem Display erscheint *Mr Vicepresident*.

»Das ist mein Chef, Verzeihung, da muss ich rangehen. Wir sind ohnehin fertig. Danke, Frau Kaya. Wir bleiben in Verbindung.«

67

Als Rifkin kurz darauf mit zwei Tassen Cappuccino zurückkommt, hört sie Völxen mit falschem Bedauern in sein Handy sagen: »Natürlich, dafür habe ich vollstes Verständnis, Herr Vizepräsident. Mein Team und ich stehen selbstverständlich jederzeit zur Verfügung, falls jemand von den anderen Behörden unsere Hilfe benötigt. – Ihnen auch noch einen schönen Tag.« Er legt auf, verschränkt die Hände im Nacken und lehnt sich lächelnd in seinem Schreibtischsessel so weit zurück, wie es die Federung zulässt. Dazu grinst er wie ein Honigkuchenpferd – wie Tadden sagen würde.

»Schlechte Nachrichten, Herr Hauptkommissar?« Sie klingt ironisch.

»Wir sind raus aus der Nummer. Schwein gehabt.« Er trinkt von dem Kaffee, ehe er seine Mitarbeiterin fragend ansieht. »Französischer Lavendel?«

»Rodinger stand doch am Mittwochmorgen vor dem Clooney bei den Neugierigen«, beginnt sie.

»Ein unwürdiges Benehmen für einen ambitionierten Politiker«, bemerkt Völxen pikiert. Seine Laune hat sich seit dem Anruf deutlich gehoben.

Rifkin berichtet über ihre und Taddens Beobachtung vor dem Blumenladen. »Nach ein paar Minuten kommt er raus, ohne Blumen. Tadden und ich sind wieder in den Laden und haben die Inhaberin gefragt, was er wollte.«

»Lavendel aus der Provence«, rät Völxen.

»Sagte sie. Aber sie hatte dabei so eine Nase.« Rifkin deutet eine Nasenlänge an, die bis halb über den Schreibtisch reicht. »Dabei hat sie dezent ihren Block verschwinden lassen. Wir konnten sie nicht zwingen, aber jetzt ...«

»Jetzt will ich wissen, wem er Blumen schickte«, sagt Völxen.

»Sagten Sie nicht gerade, wir wären raus aus der Nummer, Herr Hauptkommissar?«, fragt Rifkin scheinheilig.

»Von wegen! Wir haben nach wie vor einen Mord aufzuklären. Rodinger war am Ort des Verbrechens ...«

»... und den Täter zieht es ja immer zurück an den Tatort.«

»So ist es, Rifkin, so ist es.«

68

Der Garten hinter dem Reihenhaus von Gitta Holthaus ist zauberhaft. Ein anderes Wort kommt dafür nicht infrage. Das findet jedenfalls Rifkin. Ein Hauch von Wildnis, ein klein wenig Kitsch, und im Gemüsebeet stehen Kunstobjekte. Rifkin ertappt sich bei dem Wunsch, irgendwann in ferner Zukunft einen ähnlichen Garten zu besitzen. Nur müsste den jemand anderes pflegen, sonst würde aus verwunschen sehr schnell total verwildert werden.

Sogar Tadden bleibt einen Moment stehen und bemerkt, wie schön der Garten sei, ehe er und Rifkin sich auf einen der grazilen Gartenstühle setzen.

Völxen hat Jule zurück zu ihrer Familie geschickt und Tadden gebeten, Rifkin nach Hemmingen zu begleiten. Tadden hat vorgeschlagen, die Räder zu nehmen. Es gebe einen schönen Radweg an der Leine entlang. Rifkin hat dem sofort zugestimmt und die Fahrt genossen. Wie in alten Zeiten, hat sie dabei gedacht, auch wenn die alten Zeiten gerade mal eine Woche her sind. Vielleicht ist die Sache mit Katrin vorbei? Vielleicht kann man die letzte Woche einfach ausblenden. Abhaken als eine Phase der Irrungen und Wirrungen wie ein shakespearescher Sommernachtstraum. So tun, als wäre nichts gewesen, ohne Erklärungen oder Rechtfertigungen.

»Was kann ich für Sie tun?«, fragt Gitta Holthaus, nachdem sie den Schrecken über das Erscheinen der Polizei in ihrem Privathaus am frühen Sonntagnachmittag überwunden hat. Sie lebt hier allein, seit ihr Ex-Mann vor acht Jahren ausgezogen ist.

Da Rodingers »Unfall« seit einer Stunde durch die Medien geht, kann man der Floristin ebenso gut reinen Wein einschenken. Das übernimmt Tadden. »Staatssekretär Hanno Rodinger wurde Samstagnacht Opfer eines Mordanschlags. Er schwebt seither in Lebensgefahr.«

Seine drastischen Worte zeigen Wirkung. Frau Holthaus legt

sich erschrocken eine Hand über den Mund, ehe sie haucht, das sei ja furchtbar.

»Wir durchleuchten auch sein Privatleben und müssen wissen, wem er aus Ihrem Laden am Mittwoch Blumen geschickt hat.«

»Rosen, nicht wahr?«, ergänzt Rifkin. »Sie haben zwar behauptet ...«

»Schon gut!« Sie hebt die Hand in einer abwehrenden Geste. »Sie müssen mich verstehen, ich wollte nur ...« Sie unterbricht sich und sagt: »Es waren zwei Dutzend Rosen. Sie gingen an Marie Abou. Ich habe sie in der Mittagspause selbst hingebracht. Die Burgstraße liegt ja gleich um die Ecke. Sie war nicht da. Die ältere Dame von gegenüber hat den Strauß entgegengenommen.«

»Marie Abou.« Tadden lässt sich den Namen auf der Zunge zergehen. »Und das kam Ihnen nicht seltsam vor?«

»Sehr seltsam sogar. Aber ich schulde meinen Kunden Diskretion.«

»War eine Nachricht dabei?«, will Rifkin wissen.

»Ja.«

»Was stand drin?«

»Ich bitte Sie! Ich lese doch nicht die Briefe meiner Kunden!«

»Also, ich hätte reingesehen«, gesteht Rifkin. »Unter diesen Umständen. Erst geschieht ein paar Meter die Straße runter ein Mord. Dann schickt ein bekannter, attraktiver junger Staatssekretär der Witwe noch am selben Tag einen mordsmäßigen Blumenstrauß. Wer würde da nicht ein bisschen neugierig werden?« Rifkin zwinkert der Frau zu.

Mordsmäßiger Blumenstrauß! Typisch Rifkin, grinst Tadden.

»Sorry«, sagt Frau Holthaus.

»Schon gut«, meint Rifkin. Immerhin haben sie ja die Empfängerin.

»Das stand auf dem Kärtchen am Strauß. *Sorry.*«

»Nicht gerade sehr originell«, findet Rifkin.

»Kommt häufiger vor, als man denkt.«

Die Ermittler verabschieden sich. An der Pforte fragt Rifkin die Fachfrau: »Was meinen Sie, wie lange halten diese Rosen?«

»Bei guter Pflege zehn bis vierzehn Tage.«

69

»Man sollte meinen, ein eloquenter Mann wie Rodinger weiß, wie man eine Beileidsbezeugung formuliert. Aber *sorry*? Was bedeutet das?« Jule blickt fragend in die Runde, die sich am späten Sonntagnachmittag zusammengefunden hat. Sogar Erwin Raukel ist zugegen, er steht buchstäblich im Mittelpunkt. Er ist per Laptop zugeschaltet und thront auf dem Couchtisch der angejahrten Sitzgruppe in Völxens Büro.

Er ist auch der Erste, der Jules Frage beantwortet. Er beugt sich weit vor, sodass sein Gesicht den ganzen Bildschirm ausfüllt, und doziert: »Für mich klingt das nach einem Liebespaar, das sich gestritten hat. Den jungen Leuten fehlt es bisweilen am Wortschatz in Sachen Romantik. Sie wollen sich entschuldigen, aber trotzdem *cool* rüberkommen. Also lassen sie Blumen sprechen wie seit Jahrhunderten üblich und schreiben *sorry* dazu.«

»Das klingt plausibel«, meint Völxen und richtet eine Frage an Jule und Rifkin: »Ist euch der Blumenstrauß denn nicht aufgefallen, als ihr am Mittwoch noch einmal dort wart?«

»Nein. Aber wir waren auch nur in der Küche«, sagt Rifkin.

»Hanno Rodinger und Marie Abou hatten also eine Affäre?« Rifkin will es noch einmal bestätigt bekommen.

»Ja, das denken wir. Oder?« Völxen lässt seinen Blick schweifen. Alle nicken, Raukel hebt den Daumen.

»Dann kommt Rodinger als Mörder von Moussa Abou infrage?« Dieses Mal ist es Tadden, der die Frage aufwirft.

»Würde er so etwas tun?«, zweifelt Jule.

»Was weiß ich?«, antwortet der Hauptkommissar. »Jedenfalls müssen wir sein Alibi überprüfen und das Fräulein Schlüter fragen, wann die Bridgepartie am Dienstag endete. Falls er überhaupt dort war.«

Tadden meldet sich zu Wort. »Geht es nur mir so, oder findet ihr die räumliche und zeitliche Nähe der Taten nicht auch sehr seltsam?«

Völxen nickt und gibt einen tiefen Seufzer von sich. »Eigentlich glaube ich nicht an Zufälle. Nur manchmal gibt es sie eben doch.«

Erwin Raukel räuspert sich. Das Bild auf dem Laptop gerät ins Schwanken, als er sich aufrappelt und sagt: »Bleiben wir doch erst einmal beim Mord an Moussa. Der Abou-Clan mitsamt der Ex-Verlobten Farah ist also raus aus der Nummer, oder? Sind wir uns darin einig?«

Rifkin wagt sich aus der Deckung. »Vorerst, ja. Sie haben Alibis, auch wenn einige nicht ganz wasserdicht sind.«

»Alibis hin oder her, es fehlt mir bei den Abous ein schwerwiegendes Motiv«, meint Völxen. »Was wir bis jetzt bei denen ausgegraben haben, reicht mir nicht, um einen engen Verwandten, einen Bruder, umzubringen.«

»Demnach war es entweder ein Außenstehender, der große Unbekannte, oder einer aus der Familie der Ehefrau«, schlussfolgert Raukel. »Die haben alle drei kein Alibi.«

»Die Friseurin Nicole hat auch keines. Und Eifersucht wird immer wieder gern genommen«, wirft Tadden ein.

»Marie wollte vielleicht ihren Mann loswerden, um frei zu sein für ihren Liebhaber«, überlegt Rifkin.

»Genau«, tönt es aus dem Laptop. »Was ist schon ein verschuldeter Barbier gegen einen Shootingstar aus der Politik? Er wäre nicht der erste Kanzler, der aus Hannover kommt. So sind sie, die Weibsbilder!«

»Es soll so etwas wie Scheidungen geben«, bemerkt Völxen gereizt. Raukel ist noch nicht einmal physisch wieder anwesend und geht ihm dennoch tierisch auf die Nerven.

Auch Jule rollt mit den Augen. »Was ist mit den Eltern von Marie?«

»Brigitte Schönau scheint über ein gewisses Gewaltpotenzial zu verfügen. Falls an der Geschichte von Farah etwas dran ist«, setzt Rifkin hinzu.

»Ihr Vater war früher Metzger«, erinnert Tadden.

»Der weiß zumindest, wie es geht«, ergänzt Raukel.

»Nach außen hin ist er ein ruhiger, duldsamer Typ«, beschreibt

Völxen den Mann. »Aber wer weiß, was in ihm steckt, wenn man ihn reizt.«

Jule ist noch nicht zufrieden. »Das mögen Voraussetzungen sein, die die Schönaus als Täter qualifizieren«, stellt sie fest. »Aber was ist mit dem Motiv?«

Ein nachdenkliches Schweigen tritt ein.

Schließlich ergreift Völxen das Wort. »Wir wissen inzwischen, dass in dieser Familie einiges im Argen war. Marie und Moussa gingen fremd, Marie hat ihre Mutter durch ihren Wechsel zum Clooney enttäuscht. Dann heiratet die einzige Tochter ausgerechnet den Konkurrenten, den die Mutter für den Niedergang ihres Friseursalons verantwortlich macht. Noch dazu stammt seine Familie aus Marokko, einem muslimischen Land, was für die Schönaus ein Problem darstellt. Habe ich etwas vergessen?«

»Sie verabscheuen ihr Wohnviertel und machen Moussa dafür verantwortlich, dass sie dort gelandet sind«, ergänzt Jule.

Völxen nickt ihr zu und fährt fort: »Im Grunde wurde diese Familie nur durch den kleinen Robin zusammengehalten. Sämtliche Probleme und alte Wunden und Kränkungen wurden durch den Enkel übertüncht.«

»Unter den Teppich gekehrt, aber nicht weg«, formuliert es Tadden.

»Und dort schimmelten und gammelten sie unbemerkt vor sich hin, bis das Ganze anfing zu gären und schließlich explodierte.« Raukel lächelt stolz über seine hinkende Metapher.

Völxen kämpft gegen den Wunsch an, einfach den Laptop zuzuklappen, und fährt fort: »Bisher gingen wir davon aus, dass sowohl Marie als auch ihre Eltern Skrupel hätten, Robin den Vater zu nehmen. Was aber, wenn die Schönaus befürchteten, dass Moussa ihnen den Enkel wegnimmt?«

»Du meinst diese Berlin-Sache«, errät Jule.

»Moussa wollte doch nicht dorthin«, sagt Tadden. »Hat er sich nicht deswegen Geld von Derneburg geliehen?«

Völxen winkt ab. »Derneburg hat dies von der Madame, die es wiederum von Moussa erfahren haben will. Bei Gericht nennt man das Hörensagen.«

Raukel pflichtet ihm bei. »Der Madame darf man nicht einmal glauben, wenn sie sagt, der Himmel ist blau.«

Völxen ergreift wieder das Wort: »Es ist im Grunde egal, ob Moussa die Absicht hatte, das Angebot von Nabil anzunehmen oder nicht. Das Ausschlaggebende ist: Was glaubten Robins Großeltern?«

»Wussten sie überhaupt etwas davon?«, wirft Rifkin ein.

»Ich kann mir vorstellen, dass sie es durch die Buschtrommeln erfahren haben, selbst wenn Marie ihnen nichts gesagt hat«, antwortet Jule.

»Und die Buschtrommel hört höchstwahrscheinlich auf den Namen Nicole Flöck«, vermutet Völxen.

Raukel hat einen Vorschlag: »Warum laden wir nicht die ganze Bande zum Verhör vor?«

»Das ist mein Plan«, erwidert Völxen. »Aber nicht mehr heute. So etwas will gründlich vorbereitet sein, sowohl organisatorisch als auch taktisch.«

70

Willst du den lieben Gott zum Lachen bringen, dann mach einen Plan. Dieses Bonmot kommt Völxen am Montagmorgen in den Sinn, als er gleich zwei Überraschungen erlebt. Die erste ist: Erwin Raukel ist zurück. Gekrümmt wie eine Banane und unter Ächzen und Stöhnen schleppt er sich in sein Büro. Noch während Völxen überlegt, ob es sinnvoll ist, gegen sein vorzeitiges Wiedererscheinen im Dienst trotz Krankschreibung zu protestieren, serviert Frau Cebulla dem angeschlagenen Helden fürsorglich Kaffee und Kekse und verspricht sogar, ihm ein Mittagessen zu besorgen. »Damit Sie nicht unnötig herumlaufen müssen.«

»Als Nächstes legt sie ihm noch einen Katheter, damit er sich den Gang zum Lokus spart«, grollt Völxen in seinem Büro gegenüber Jule.

Die ist ausnahmsweise auf Raukels Seite. »Wir können ihn gut gebrauchen, wenn wir vier Zeugen gleichzeitig vernehmen wollen. Wenn die Sache gelaufen ist, kann er den Rest der Woche krankfeiern.«

»Hm«, grummelt Völxen. Es ist neun Uhr. Wenn alles läuft wie geplant, dann klopfen gerade drei Streifenwagenbesatzungen an drei verschiedene Türen und schaffen das Ehepaar Schönau, Marie Abou und Nicole Flöck hierher.

Von Hanno Rodinger gibt es ebenfalls Neuigkeiten. Die Ärzte wollen ihn im Lauf des Tages aus dem künstlichen Koma holen. Ob und wann er danach vernehmungsfähig sein wird, steht allerdings in den Sternen. Ohnehin werden sich dann erst einmal die Superhirne auf ihn stürzen.

Da klopft es schon. Frau Cebulla steht in der Tür und verkündet: »An der Pforte wartet ein gewisser Herr Krasniqi in Begleitung einer Frau, einer Farbigen. Es ist nicht die Madame!«, fügt sie mit einem beruhigenden Lächeln hinzu, als sie Völxens Gesichtsausdruck bemerkt. »Die Dame ist jünger.«

»Ich kann mir denken, wer sie ist«, sagt Jule. »Hat die Razzia also doch gefruchtet.«

»Ausgerechnet jetzt! Das passt mir gar nicht in den Kram.«

»Soll ich sie wieder wegschicken lassen?«, fragt die Sekretärin lakonisch.

»Auf gar keinen Fall! Ich will mit ihr sprechen.«

Frau Cebulla verdreht die Augen.

Der Bordellmanager oder wie immer seinesgleichen sich nennen mag, steht kurz danach auf dem Gang neben einer jungen Frau in Jeans und T-Shirt. Ihre bloßen Füße mit den rot lackierten Zehen stecken in grünen Flipflops. Sie trägt keine Jacke, nur ein buntes Baumwolltuch um die Schultern.

»Herr Krasniqi!«, begrüßt Völxen den Mann im schwarzen Lederblazer, auf dessen speckigem Kragen sich seine zurückgekämmten Locken kräuseln. »Ich ahne, wer Ihre Begleiterin ist.«

Krasniqi erfüllt beinahe jedes Klischee eines Zuhälters, sodass Völxen fast glauben möchte, sein Erscheinungsbild sei ein ironisches Zitat. Der Kerl war ihm schon am Freitag bei seiner Befragung als Kunde des Clooney gründlich zuwider. Und nun erst recht, als er seine Nagetierzähne zu einem Grinsen bleckt und verkündet: »Das ist Haiba de Souza, eine ehemalige Untermieterin von Madame Ebidou. Sie möchte eine Aussage machen.«

»Schön, dass Sie zu uns gefunden haben«, sagt Völxen zu der Frau mit der Zopffrisur. »Kommen Sie bitte mit in mein Büro, Frau de Souza. Nein – Sie nicht, Herr Krasniqi. Sie warten hier im Flur. Oder nein, lieber ganz draußen vor der Pforte.«

»Kommt nicht infrage!«, protestiert Krasniqi. »Ohne mich wird sie kein Wort sagen.« Der letzte Satz war an Haiba de Souza gerichtet. Diese steht mit gesenktem Kopf da und schaut von unten herauf abwechselnd Krasniqi und Völxen an. Offensichtlich hat sie Angst, sowohl vor Krasniqi als auch vor der Polizei.

»Was hier infrage kommt und was nicht, bestimme alleine ich. Ist das klar?«, zischt Völxen. Er ist auf hundertachtzig.

»Sie kann kein Deutsch«, erklärt sein Widersacher. »Ich muss für sie übersetzen, sie spricht nur gebrochenes Englisch.« Krasniqi hat während seiner Rede den Arm der Frau ergriffen.

Völxen platzt der Kragen. »Sie lassen sofort meine Zeugin los!«

»Huch, jetzt kriege ich aber Angst«, höhnt Krasniqi. Aber er lässt Haiba los.

»Ich hätte gerne Ihren Pass«, wendet sich Völxen an die junge Frau.

Die weicht einen Schritt zurück und schaut hinüber zu Krasniqi.

»Herr Krasniqi. Den Pass der Zeugin!«, fordert Völxen.

»Den habe ich nicht. Keine Ahnung, wo sie den hingeschlampt hat.«

»Gut«, meint Völxen. »Dann bleiben Sie beide so lange in der Obhut des Staates, bis das Dokument auftaucht. Und machen Sie sich für diesen Fall schon mal auf eine Anzeige wegen Behinderung der Justiz gefasst.«

»Was soll denn das?«, rastet Krasniqi aus. »Wir sind freiwillig hier und werden behandelt wie Verbrecher.«

»Den Pass!«, bekräftigt Völxen. Sein Blick unter den mächtigen Brauen könnte bedrohlicher nicht sein. Kein Zweifel, er meint es ernst.

Krasniqi grinst und greift in die Westentasche seines Sakkos. »Da ist er ja! Ich muss ihn doch eingesteckt haben.« Er reicht Völxen den Pass. »Den will ich zurück«, faucht er.

»Tadden!«, brüllt Völxen, sodass alle Anwesenden zusammenzucken und Tadden zwei Sekunden später aus dem Büro stürzt, gefolgt von Rifkin.

»Begleite doch bitte diesen Herrn bis vor die Pforte. Sollte er Gegenwehr leisten, geht es für ihn in die Verwahrzelle.«

»Sehr gerne«, sagt Tadden.

»Ich komm mit.« Rifkin klatscht mit ihrer rechten Faust gegen die Handfläche ihrer Linken und grinst, als stünde sie im Boxring.

Krasniqi feuert finstere Blicke auf Haiba und Völxen ab, ehe er den Flur entlanggeht, dicht gefolgt von seinen zwei Bodyguards.

»Hoffentlich wehrt er sich«, sagt Rifkin zu Tadden.

Der fragt: »Ob die Säuferzelle wohl schon geputzt wurde?«

71

Erwin Raukel ist bester Stimmung dank einer hammerstarken Schmerztablette und eines gehörigen Schusses Grappa im Kaffee. Außerdem haben ihn vier Tage Siechtum im Krankenbett daran erinnert, wie süß das Leben in Freiheit ist. Als gestern Abend die Wunddrainage entfernt wurde, die seinen Bewegungsradius erheblich einschränkte, hat er beschlossen, der Klinik zu entfliehen und zum Dienst zu kommen, wo sein Intellekt und sein kriminalistisches Gespür dringend gebraucht werden.

Gerade ist er schmerzfrei, und seine grauen Zellen laufen wieder auf vollen Touren. Das Leben ist schön.

»Frau Flöck! Ich grüße Sie!«, schmettert er der Friseurin entgegen, deren Gesicht verrät, dass sie die Abholung durch zwei Uniformierte und die Fahrt hierher im Streifenwagen nicht sonderlich zu schätzen wusste.

»Musste das sein? Mich wie eine Verbrecherin hierherzuschleifen?«

»Betrachten Sie es einfach als Service des Hauses. Kaffee? Tee? Wasser?« Raukel klingt munter wie der Animateur eines All-inclusive-Ferienclubs.

»Ich möchte lieber wissen, warum ich hier bin«, giftet sie. »Ich habe Moussa nichts angetan, wie oft muss ich das denn noch sagen?«

»Nur die Ruhe, Frau Flöck«, meint Raukel.

Er schaltet das Aufnahmegerät ein, leiert die nötigen Angaben herunter und erinnert die Zeugin daran, dass es ihre Pflicht ist, die Wahrheit zu sagen, und zwar die ganze. »Nur Beschuldigte dürfen schweigen und lügen, Zeugen machen sich strafbar. Bei einer Mordermittlung ist das kein Kavaliersdelikt.«

»Ich habe nicht gelogen!«, verteidigt sie sich entrüstet.

»Das wissen wir. Sie sind hier, weil wir eine zuverlässige Zeugin brauchen, um einen Sachverhalt zu klären.« Er stützt die Unterarme auf den Schreibtisch und beugt sich ein klein wenig nach vorn. »Wussten Sie von dem Angebot von Nabil Abou an seinen Bruder Moussa, einen neuen Barbershop in Berlin-Charlottenburg zu führen?«

»Das wusste jeder. Ich meine von uns Angestellten. Über so etwas wird natürlich geredet, auch wenn es mich nicht mehr betroffen hätte.«

»Seit wann wussten Sie davon?«

Sie blickt zur Decke und atmet hörbar aus. »Ich bin nicht sicher. Seit ein, zwei Wochen? Vittorio hat es mir erzählt.«

»Und haben Sie es jemandem erzählt?«

Sie zögert.

»Die Wahrheit!«, mahnt Raukel.

»Es kann sein, dass ich es Brigitte gegenüber mal erwähnt habe.«

»Sie meinen Brigitte Schönau, Ihre ehemalige Chefin.«

»Ja.«

»Wann haben Sie das ihr gegenüber erwähnt?«

»Warten Sie ... Das war am Donnerstag vorletzter Woche.«

Sechs Tage vor dem Mord.

»Haben Sie sie angerufen? Oder es ihr persönlich mitgeteilt?«

»Wir haben uns auf dem Bauernmarkt an der Marktkirche getroffen, zufällig. Ich war dort zwischen zwei Terminen kurz einkaufen. Wir sind noch zusammen auf einen Espresso in das Café an der Ecke gegangen.«

»Wie hat sie reagiert?«

»Ziemlich überrascht. Oder eher schockiert. Ich bin dann weg, ich hatte ja nicht so viel Zeit.«

»Danke, Frau Flöck, das war schon alles. Bleiben Sie bitte noch bei unserer Sekretärin, bis das Protokoll fertig zur Unterschrift ist. Wenn Sie mir in der Zwischenzeit bitte Ihr Mobiltelefon aushändigen würden?«

»Was? Wieso denn das?«

»Taktische Gründe«, lächelt Raukel. »Sie dürfen es ruhig ausschalten.«

72

Haiba de Souza ist laut ihrem nigerianischen Pass zweiundzwanzig Jahre alt. Sie kauert auf dem Sofa, als wollte sie am liebsten im Polster verschwinden. Jule sitzt ihr schräg gegenüber im Sessel, Völxen hat seinen Schreibtischsessel herangerollt. Frau Cebulla hat das Trio mit Cappuccino, Keksen und Wasser versorgt. Völxen möchte, dass das Gespräch einen möglichst informellen Rahmen hat. Vielleicht nimmt dies der jungen Frau ein wenig die Angst, die beinahe spürbar im Raum hängt wie eine Wolke aus dunklem Rauch.

»Trinken Sie ruhig, der ist gut«, ermuntert Jule die schüchterne Zeugin.

Diese nimmt die Tasse und probiert einen kleinen Schluck.

»Sie verstehen und sprechen Deutsch, nicht wahr?«, fragt Jule. »Wir können aber auch Englisch sprechen.«

»Ein bisschen kann Deutsch«, sagt sie mit leiser Stimme.

Völxen beginnt. »Frau de Souza, Sie haben die Leiche von Moussa Abou am Mittwochmorgen vergangener Woche gefunden. Trifft das zu?«

»Ja.«

»Erzählen Sie uns, wie das war.«

»Ich gehe putzen, so wie jede Tag ...«

In einem Mischmasch aus Deutsch und Englisch berichtet Haiba de Souza, wie sie die Leiche fand, erschrocken aus dem Barbershop stolperte und die Madame anrief. Die befahl ihr und Jala, der anderen Untermieterin, sofort zu verschwinden. Sie würde ihnen ihre Sachen später bringen.

»Wohin brachte sie Ihre Sachen?«

»Krasniqi.« Sie spuckt den Namen mit Verachtung aus, während sie über die Madame so respektvoll sprach, als sei ihr Name der einer Heiligen, den die Unwürdigen nur mit großer Demut aussprechen dürfen.

»Wo ist Jala jetzt?«, fragt Jule.

»Nicht wissen.«

»Wo waren Sie, bevor Sie heute hierherkamen?«

Sie blickt um sich, als suche sie nach einer Fluchtmöglichkeit. Schließlich senkt sie den Kopf und hüllt sich in Schweigen. Krasniqi hat sie genau instruiert, was sie sagen darf und was nicht.

Völxen wechselt das Thema. »Warum haben Sie und Jala bei der Madame gewohnt?«

»Ist schön da. *Silent place.* Nix laut.«

»Frau de Souza!«, mahnt Jule sanft. »Bitte die Wahrheit.«

Sie antwortet nicht.

»Sie arbeiten als Prostituierte in verschiedenen Bordellen, ist das so?«

Sie bejaht Jules Frage mit einem Nicken.

»Warum mussten Sie dann auch noch den Barbershop putzen?«

»Madame sagen, wir wohnen, wir putzen. Krasniqi nicht genug bezahlt.«

»Machen Sie immer alles, was die Madame sagt?«

Haiba trinkt langsam ihren Cappuccino. Dann nickt sie.

»Haben Sie Angst vor der Madame?«, will Jule wissen.

Die Zeugin schaut sie mit großen Augen an.

»Bedroht die Madame Sie mit einem Fluch oder einem Zauber?«, fragt Völxen.

Ihre Augen werden noch größer.

»Sie müssen keine Angst vor der Madame haben. Sie hat keine Macht über Menschen und auch nicht über Geister. Die Geschichten, die man über sie erzählt, sind alle gelogen. Sie ist nur eine Betrügerin.«

Das musste einfach raus, auch wenn Völxen klar ist, dass es nichts bringt. Im Grunde ist nun alles gesagt.

Das scheint Haiba de Souza ähnlich zu sehen. »Ich kann gehen?«

Ihr Blick geht an Völxen vorbei zu dessen Schreibtisch. Dort liegt ihr Pass, das Faustpfand ihrer Zuhälter. Nicht umsonst hat Völxen auf der Herausgabe bestanden. Theoretisch kann Frau de Souza damit gehen, wohin sie will.

»Kannten Sie Moussa Abou?«, fragt Jule.

»Ja, wenig. *He was a good man*«, sagt Haiba betrübt.

Ein guter Mann, der duldete, dass die Madame sie ausnutzte.

»Wir können Ihnen helfen. Das wissen Sie?«, sagt Jule.

Völxen erhebt sich. War ja klar. Jule gibt nicht kampflos auf. Sie wird ihr von Frauenhäusern und Beratungsstellen erzählen. Selbst wenn sie Haiba überzeugen kann, sie vor der Rotlichtmafia schützen zu können, was will sie gegen einen Fluch der Madame ausrichten?

»Vielleicht wollte das Schicksal, dass genau Sie Moussa Abou finden, Haiba. Denn Sie allein können seinem tragischen Tod einen Sinn geben.«

Völxen, schon an der Tür, schaut seine Ermittlerin ebenso verwundert an wie die Zeugin.

»Sein Tod ist Ihre Chance, Ihr Leben zum Positiven zu wenden. Ein Leben für ein Leben. Das ist Karma. Wissen Sie, was Karma bedeutet?«

Haiba nickt unsicher.

Ein interessanter Ansatz, das muss Völxen zugeben.

»*Here is your passport ...*«

Ob Haiba das Ticket zur Freiheit annimmt? Völxen ist gespannt, aber er verabschiedet sich dennoch. Seine Anwesenheit stört hier eher, und er will nicht Zeuge von Jules Niederlage werden.

Außerdem warten an diesem Morgen noch andere Aufgaben auf ihn, denn schließlich ist heute D-Day, wie Raukel es ausdrückte. Der Tag der Entscheidung im Mordfall Moussa Abou.

73

Rifkin und Tadden haben soeben den Herrn Bordellmanager, der sich lammfromm benahm und nur innerlich vor Wut kochte, vom Gelände komplimentiert, da fährt eine Streife vor. Die uniformierte Beifahrerin steigt aus und öffnet die hintere Tür.

»Auftritt der schwarzen Witwe«, lästert Rifkin.

Kein Zweifel, Marie Abou versteht es, ihre Trauer zu inszenieren. Ein knielanger Mantel aus Kunstfell, offen getragen, präsentiert einen figurbetonten Pullover und einen kurzen Rock, alles schwarz, auch die große Umhängetasche. Auf hochhackigen schwarzen Stiefeletten stakst sie auf die Ermittler zu. Ihr Make-up ist perfekt, die Schnabellippen glänzen burgunderrot.

Tadden hat die Witwe Abou bisher noch nicht in natura gesehen, und ihr Anblick verschlägt ihm kurzzeitig die Sprache. Was Rifkin nicht entgeht. Sieh mal an! Anscheinend ist Taddens Beuteschema breiter als gedacht.

Abgesehen von einer beiderseits knappen Begrüßung schweigt auch Marie Abou, während man sie ins Kommissariat eskortiert.

»Wohin mit ihr?« Tadden hat seine Sprache wiedergefunden.

Ausgemacht war, dass Jule Frau Abou verhören sollte. Aber Jule und Völxen sind noch mit Haiba de Souza beschäftigt.

Die Zeugen sind noch nicht einmal alle hier, und der Plan ist schon durcheinander, stellt Tadden fest. Er mag es, wenn Pläne funktionieren wie ein Uhrwerk. Passiert nur leider nicht allzu oft.

»Verhörraum?«, schlägt Rifkin vor.

Auf dem Weg dorthin sieht Marie durch die Scheibe von Frau Cebullas Büro Nicole Flöck. Ohne ihr Handy hilflos gelangweilt, sitzt sie neben dem Kaffeeautomaten und starrt übellaunig auf die Rückseite des Monitors, hinter dem die Sekretärin sich verschanzt hat. Als Marie vorbeigeht, sieht es für einen Moment so aus, als wollte sie aufspringen. Schließlich begnügt sie sich mit einem bösen Blick.

»War sie es?« Marie deutet mit ausgestrecktem Finger anklagend auf ihre Erzfeindin und ruft: »Ich wusste, dass die Schlampe zu allem fähig ist!«

Die Unterstellung bleibt unkommentiert, auch deshalb, weil in diesem Moment Raukel aus seinem Bau herauskommt und die schöne Witwe entzückt in Augenschein nimmt.

»Überlasst die Dame ruhig mir«, schlägt er vor.

»Frau Abou, das ist Hauptkommissar Erwin Raukel. Er wird Sie in seinem Büro als Verdächtige vernehmen«, erklärt Rifkin.

»Frau Abou, es ist mir ein Vergnügen.« Raukel weist ihr mit einer burlesken Geste den Weg in sein Büro, zuckt aber mittendrin ein wenig zusammen. Seine frisch verarztete Wunde erlaubt keinerlei Kapriolen.

»Lass dir von ihr nicht das Hirn vernebeln«, flüstert Rifkin ihm zu.

»Ich bin Profi!« Er schließt die Tür mit Nachdruck und bewegt sich in schiefer Haltung auf seinen Schreibtisch zu.

»Stichwunde. Straßenkampf«, erklärt er, während er sich ächzend hinsetzt. »Normalerweise bin ich gelenkig wie ein Otter.«

Marie quittiert diese Mitteilung sprachlos durch ein Verdrehen der Augen.

»Frau Abou«, beginnt er, »haben Sie sich für uns so schick gemacht oder weil Sie in die MHH wollten, um Ihren Geliebten Hanno Rodinger zu besuchen?«

Dieses Mal muss Raukel nicht auf Mikroexpressionen achten. Auf Marie Abous Gesicht spiegeln sich trotz der Make-up-Schicht der Schrecken und das Schuldgefühl wie eine Leuchtreklame wider.

»Ich erzähle Ihnen hoffentlich keine Neuigkeiten?«, fragt er scheinheilig.

»Keine Ahnung, wovon Sie sprechen«, kommt es mit Verzögerung.

»Frau Abou!« Raukel seufzt bekümmert. »Wir wissen von der Affäre. Und Sie können sich denken, dass Sie dies zu unserer Hauptverdächtigen macht.«

74

Hauptkommissar Völxen hat Martin Schönau in den Vernehmungsraum bringen lassen und seine Frau Brigitte in das Gemeinschaftsbüro zu Rifkin und Tadden. Die Handys des Ehepaars hat er vorher einkassiert.

»Zieht das Verhör ruhig in die Länge«, instruiert Völxen seine Youngsters.

»Wir kommen klar, Herr Hauptkommissar«, versichert Rifkin.

Völxen gönnt sich noch einen Abstecher in Frau Cebullas Büro, auf einen Kaffee. Sie ist wieder allein. Nicole Flöck durfte gehen, nachdem sie das Protokoll ihrer Vernehmung unterschrieben hat.

Jule sitzt noch in Völxens Büro und telefoniert herum. Sie wollte Haiba de Souza persönlich zum Erkennungsdienst begleiten. Die Spurensicherung benötige zum Abgleich doch auch ihre Fingerabdrücke und die DNA, hat sie argumentiert. Aber ihr Vorgesetzter hat das Manöver durchschaut. Sie will Zeit schinden, um Haiba zu bearbeiten. Vielleicht plant sie sogar, die Frau gar nicht zum Erkennungsdienst zu bringen, sondern liefert sie im Frauenhaus ab oder bei einer Beratungsstelle. Bei aller Liebe, aber das geht zu weit! Angesäuert hat er den Chef herausgekehrt und es ihr schlichtweg verboten.

»Du hast exakt zehn Minuten, um zu organisieren, was immer du mit der Frau vorhast. Danach erwarte ich dich zum Verhör. Wir sind Ermittler, keine Sozialarbeiter. Die Zeit läuft.«

Jule kennt ihn gut genug, um zu wissen, wann man besser den Mund hält und seinen Anweisungen folgt.

Acht Minuten. Völxen trinkt seinen Kaffee aus und nimmt eine Karaffe Wasser und drei Pappbecher mit in den Vernehmungsraum.

»Entschuldigen Sie, wir sind gleich so weit«, sagt Völxen zu seinem Zeugen.

Das Warten hat Martin Schönau nervös gemacht. Seine Hand

mit dem Becher zittert, als er von dem Wasser trinkt, das Völxen ihm eingegossen hat.

Neun Minuten dreißig. Sie muss es natürlich wieder ausreizen.

Völxen prüft die Einstellungen an der Videokamera, was Herrn Schönau noch unruhiger werden lässt. Von wegen *Gemüt wie ein Fleischer*. Oder war das in dem Sprichwort ein Fleischerhund?

Jule kommt herein. Ihr Gesichtsausdruck ist undurchdringlich, während sie Herrn Schönau begrüßt, sich hinsetzt und ihn über seine Rechte aufklärt.

Völxen ergänzt die Angaben zur Person, indem er feststellt: »Sie sind Beamter im Ruhestand. Aber Sie waren früher einmal Metzger.«

»Ja. Und?«

»Herr Schönau, schildern Sie uns noch einmal die Ereignisse von vergangenem Dienstagabend, Ihrem Geburtstag.«

»Aber das haben Sie doch schon protokolliert, und ich habe es unterschrieben!«

»Tun Sie's trotzdem«, verlangt Völxen.

Herr Schönau erzählt erneut von seiner unsensiblen Bemerkung, in deren Folge sein Schwiegersohn die Zusammenkunft frühzeitig verlassen hat. Einige Male unterbricht ihn Jule und hakt nach. Es geht um Uhrzeiten und darum, wer wie viel getrunken hat.

Seine Wangen, die anfangs blass waren und Völxen weniger rund als noch vor Tagen erschienen, röten sich im Verlauf des Gesprächs zusehends.

»Wie beurteilen Sie die Ehe Ihrer Tochter Marie?«, fragt Völxen.

»Sie war gut! Natürlich gab es auch mal Probleme, wo gibt es die nicht? Aber Marie hätte ihrem Mann niemals ...« Er schüttelt den Kopf.

»Sie hat kein Alibi«, bemerkt Jule.

»Na und?«, erwidert er wütend. »Das hab ich auch nicht!«

»Stimmt«, sagt Jule. »Sie wollen nur betrunken gewesen sein.«

»Ich *war* betrunken und habe geschlafen. Herrgott, wie oft denn noch?«

»In der Küche standen zwei leere Flaschen Primitivo«, erinnert sich Jule an den Morgen nach der Tat. »Das ist nicht viel für vier

Personen. Selbst wenn Moussa nur ein Glas hatte. Sie sind doch ein gestandener Mann, der sicher einiges verträgt.«

»Es gab auch noch den einen oder anderen Schnaps.«

»Das haben Sie aber bisher verschwiegen«, bemerkt Jule.

»Ja und? Warum ist das denn so wichtig?«, fährt er Jule an.

Martin Schönau ist zweifellos nervös und wird immer nervöser. Völxen schaltet sich wieder ein. »War die Ehe von Marie und Moussa so gut, dass Marie ihrem Mann nach Berlin gefolgt wäre?«

Er wirkt irritiert. »Nach Berlin? Wieso denn nach Berlin?«

»Hat Ihnen Ihre Frau nichts davon erzählt?«

»Wovon denn?«

Seine Überraschung wirkt echt, aber er kann sich auch vorbereitet haben, falls er davon wusste.

Völxen berichtet von Nabils Angebot an Moussa und lässt offen, wie Moussa sich entschieden hat. Ganz genau weiß man das ohnehin nicht.

»Ich wusste nichts von Berlin.«

Völxen ist im Zweifel, ob Schönau lügt oder nicht. Aber der Vater ist auch nicht sein Hauptverdächtiger, Metzger hin oder her. Sein Handy gibt Laut. Die Nachricht kommt von Erwin Raukel. Völxen nimmt sie zur Kenntnis und zeigt sie Jule, die zufrieden nickt.

Auf Martin Schönaus Stirn liegt ein dünner Schweißfilm.

»Übernachtet Robin häufiger bei Ihnen?«, setzt Völxen die Befragung fort.

»Hin und wieder. Er ist gern bei uns.«

»Wie oft in der Woche?«

»Ein-, zweimal. Manchmal wollten Marie und ihr Mann ausgehen, da haben wir ihn genommen.«

»Ist es nicht so, dass der Kleine mehr Zeit mit Ihnen verbringt als mit seiner Mutter?«, fragt Jule.

»Was wollen Sie damit andeuten? Dass meine Tochter eine schlechte Mutter ist? Wir haben Robin gerne bei uns, das ist alles!«

»Sie lieben Ihren Enkel sehr«, vergewissert sich Völxen.

»Natürlich. Wir alle lieben ihn. Ist das neuerdings ein Verbrechen?«, ruft Martin Schönau aufgebracht.

»Es wäre für Sie und Ihre Frau eine Katastrophe, wenn Ihre Tochter mit dem kleinen Robin wegziehen würde, nicht wahr?«

Seine Lippen sind nur noch ein weißer Strich zwischen dem grauen Bart. Fast tut der Mann Völxen ein wenig leid. Aber Mitleid ist in einem Verhör nicht angebracht.

»Wo war Robin am vergangenen Samstagabend? Also vorgestern.«

»Da war er nicht bei uns.«

»Sind Sie sicher?«

»Natürlich bin ich sicher.«

»Wussten Sie von dem Verhältnis Ihrer Tochter mit dem Staatssekretär Hanno Rodinger?«

»Was? Nein! Wer behauptet so etwas?«

»Ihre Tochter. Sie sitzt gerade bei meinem Kollegen und hat es zugegeben. Wollen Sie die SMS sehen?«

»Eine SMS kann jeder schreiben. Darauf falle ich nicht herein.«

»Wir arbeiten nicht mit faulen Tricks«, erwidert Völxen. »Würden wir das tun, hätten die Aussagen der Betreffenden keine Beweiskraft vor Gericht. Sie dürfen mir also ruhig glauben, wenn ich Ihnen sage, dass Marie schon seit einigen Monaten eine Affäre mit dem Mann hatte und dies vor ein paar Minuten auch zugegeben hat.«

»Selbst wenn das stimmt – deswegen bringt sie ihren Mann doch nicht um! Den Vater von Robin!« Maries Vater ist laut geworden. Etwas gemäßigter fügt er hinzu. »Man kann sich schließlich auch scheiden lassen.«

»Ich denke, es geschah folgendermaßen«, beginnt Völxen. »Marie verlässt Ihre kleine Feier gegen Mitternacht. Sie ist sauer auf Moussa, weil der den Beleidigten spielte, und sie ist nicht mehr ganz nüchtern. Sie bemerkt, dass Moussa nicht zu Hause ist, wird wütend und geht zum Clooney, wo sie ihn vermutet. Und da ist er auch. Vielleicht sagt sie ihm an dem Abend, dass sie ihn satthat und schon längst einen anderen liebt. Einen Mann, von dem sie sich einen Gewinn an sozialem Status, Reichtum und Prestige erhofft. Es kommt zum Streit. Vielleicht sagt er ihr, dass er einer Scheidung nie zustimmen würde. Oder dass er ihr bei einer Trennung Robin wegnehmen wird. Der Mann mit dem marokkanischen Clan im Rücken droht ihr womöglich noch Schlimmeres an. Sie wissen schon – die Ehre und all das. Mein weiß ja, wie die ticken. Es wäre nicht die erste untreue Ehefrau, die von ihrem gedemütigten Mann getötet wird. Das wusste Marie, und da dachte sie, sie müsse dem zuvorkommen ...«

»Hören Sie auf!«, schreit Martin Schönau.

Völxen möchte seinen Text aber noch gern zu Ende bringen. »Sie greift zum Rasiermesser und zieht es ihm durch die Kehle. Sie tut es aus Wut, aber auch aus Verzweiflung. Sie tut es für sich, für Sie und Ihre Frau, für ihre Zukunft und auch für Robin ...«

»Aufhören!«, brüllt Martin Schönau und schlägt mit der Faust auf den Tisch. »Schluss damit! So war das nicht!«

»Wie war es dann?«, fragt Jule sanft. »Erzählen Sie!«

75

»Frau Abou, eine Affäre zu haben, ist kein Verbrechen.« Raukel zwinkert ihr verschwörerisch zu. »Ich hatte ständig welche, als ich noch verheiratet war. Ist lange her. Aber ich bereue nichts.« Er lächelt, schwelgt kurz in bittersüßen Erinnerungen und kommt schließlich zum Punkt: »Sie haben sich am Samstagabend mit Ihrem Liebhaber Hanno Rodinger getroffen, nicht wahr?«

Sie antwortet nicht.

»Dafür müssen Sie sich nicht schämen. Sie brauchten nach den schlimmen Tagen, die Sie hinter sich haben, eine Schulter zum Anlehnen, ein bisschen Trost. Das ist nur menschlich. Und bevor Sie jetzt einen Fehler machen ...«, Raukel hebt seine Zeigefinger, und zwar alle beide, »... möchte ich Sie darauf hinweisen, dass im Fall Rodinger seit heute Morgen das BKA und der Staatsschutz ermitteln. Man vermutet ein politisch motiviertes Verbrechen, und bei so etwas werden die alle fuchsteufelswild. Die haben ganz andere Möglichkeiten als wir. Da dauert eine Anrufliste vom Provider keine zwei Wochen. Vermutlich haben sie gerade sein Mobiltelefon in der Mache. Sie werden jede Chatnachricht lesen, jeden Anruf nachverfolgen. Haben Sie Selfies gemacht?«

Marie schaut ihn mit großen Augen an. Dass Rodingers Telefon durch das Leinewasser Schaden genommen haben könnte, kommt ihr zum Glück nicht in den Sinn.

»O wie fatal! Wenn Sie wüssten, wie oft Selfies schon Leute entlarvt haben, die sich angeblich gar nicht kennen wollen. Und wissen Sie, was Triangulation bedeutet? Das bedeutet, dass sie anhand der Satellitendaten genau feststellen werden, wo Rodinger und sein Handy die Stunden vor der Tat verbracht haben. Kann übrigens gut sein, dass das SEK in Kürze in voller Montur bei Ihnen vorbeischaut. Sie sollten den Kleinen besser im Kindergarten lassen, der kriegt sonst einen Schrecken.«

»Schon gut, schon gut!« Marie Abou stemmt dem Redeschwall

ihre manikürten Hände entgegen. »Ich hab's verstanden. Ja, er war bei mir. Er wollte mich unbedingt sehen, aber nicht in der Öffentlichkeit. Wir haben uns bei mir verabredet. Er kam gegen 21:30 Uhr und ging zwei Stunden später. Ich wollte nicht, dass er länger bleibt, wegen Robin.«

»Robin war bei Ihnen?«

»Ich konnte ihn schlecht zu meiner Mutter bringen. Sie hätte gefragt, wohin ich will, und sie merkt es immer, wenn ich sie anlüge. Vor allem nachdem ...«

»Nachdem was?«

Marie schnaubt ärgerlich. »Sie hat den verdammten Blumenstrauß entdeckt, den er mir geschickt hat. Ich hatte ihn extra ins Schlafzimmer gestellt, aber sie schnüffelt ja überall herum! Ich hatte keine Kraft und keinen Nerv, eine Ausrede zu erfinden. Also habe ich ihr von Hanno erzählt.«

»Wie hat sie es aufgenommen?«

»Eigentlich ganz gelassen. Aber es wäre mir dennoch peinlich gewesen, sie schon am Samstag zu fragen, ob sie Robin nimmt, damit wir uns treffen können.«

Raukel lächelt voller Verständnis. »Haben Sie eine Erklärung, was Ihr Freund danach am Leineufer wollte? Es liegt ja nicht direkt auf seinem Weg nach Hause.«

»Doch, irgendwie schon. Er hatte sein Auto auf dem Parkplatz vom Justizministerium geparkt.«

Das ergibt Sinn. Das Ministerium liegt am Waterlooplatz gegenüber der Polizeidirektion. Von der Burgstraße führt eine Gasse namens Roßmühle zum Hohen Ufer. Er wollte dort entlanggehen und hinter der Leinewelle den Fluss queren und dann über die Kreuzung. Wozu es nicht kam.

»Hat Ihre Mutter Sie eigentlich jemals auf die Sache mit Berlin angesprochen?«

»Berlin?«, fragt Marie zurück. »Was ... was meinen Sie?«

»Das Angebot Ihres Schwagers Nabil, das meine ich«, sagt Raukel.

»Ach so! Nein. Sie wusste nichts davon. Es war nicht notwendig, es ihr zu erzählen, weil Moussa ja nicht nach Berlin wollte.«

»Was hätte sie denn dazu gesagt?«

»Oje. Für Mama wäre die Welt ...« Marie verstummt. »Sie denken doch nicht ...?«

Sein Handy piept. Raukel liest die SMS. Dann legt er das Telefon hin und sagt: »Sie können gehen, Frau Abou. Ihr Vater hat soeben den Mord an Ihrem Ehemann gestanden.«

76

Während Völxen und Jule nebenan den Vater von Marie bearbeiten, sind Rifkin und Tadden ebenfalls dabei, mit Frau Schönau die Stunden vor Moussas Tod wiederzukäuen. Es ist eine zähe Angelegenheit.

»Frau Schönau«, setzt Tadden gerade neu an. »Sie haben einige Tage vor dem Mord an Ihrem Schwiegersohn von Ihrer ehemaligen Angestellten Nicole Flöck erfahren, dass Moussa eventuell vorhat, nach Berlin zu gehen und einen Barbershop in Charlottenburg zu führen.«

»War das eine Frage?«, erwidert sie schnippisch.

»Nein, das wissen wir. Die Frage kommt jetzt. Wie haben Sie sich gefühlt, als Sie das hörten?«

»Was gehen Sie meine Gefühle an?«

»Sie lieben Ihren Enkel über alles, nicht wahr?«

»Kein Kommentar.«

Rifkin hat Mühe, sich zu beherrschen. Normalerweise sind es die Ermittler, die die Verdächtigen zermürben, aber mit Brigitte Schönau verhält es sich eher umgekehrt. Noch dazu hat sie offenbar zu viele englische Krimis gesehen. Zum x-ten Mal beantwortet sie nun schon eine Frage mit diesem affigen »kein Kommentar«.

Im Grunde rechnen Rifkin und Tadden jede Sekunde damit, dass die Verdächtige auf die Hinzuziehung eines Anwalts pocht. Beide wären darüber nicht allzu unglücklich. Sie sind schon froh, als Jule anklopft und bittet, einer von ihnen möge kurz herauskommen.

Rifkin ist schneller. Sie springt auf und verlässt fluchtartig das Zimmer.

Nachdem sie die Tür geschlossen hat und ein Stück zur Seite getreten ist, stöhnt sie: »Du hast meine Karriere gerettet. Ich war kurz davor, sie zu würgen.«

»So schlimm?«

»Schlimmer. Was gibt es?«

»Martin Schönau hat den Mord an Moussa Abou gestanden.«

»Was?«

»Er war es nicht. Er wusste nichts von dem Pokal und dass das Opfer vorher niedergeschlagen wurde. Er will nur Marie schützen.«

»Aber wir können das Geständnis benutzen«, sagt Rifkin.

»Das hat Völxen vor«, bestätigt Jule. »Wie weit seid ihr da drin?«

»Ein harter Brocken. Reine Zeitverschwendung.«

Die Tür von Raukels Büro wird aufgerissen, und Marie Abou klappert auf ihren hohen Hacken den Flur entlang.

»Warten Sie!«, ruft Raukel, der aufgrund seines Handicaps die Verfolgung nur mit erheblicher Verzögerung aufnehmen kann.

»Wo ist er? Wo ist mein Vater?« Marie schaut sich hektisch um, als gäbe es auf dem Flur ein Versteck. Sie kommt auf Jule und Rifkin zu und deutet auf die nächstbeste Tür. »Ist er da drin?«

In diesem Augenblick wird just diese Tür von Tadden geöffnet, der nachsehen will, was draußen vor sich geht.

Marie sieht ihre Mutter, die an Rifkins leer geräumtem Schreibtisch sitzt. Mit einem Aufschrei drängt sie sich an Tadden vorbei in den Raum und stürzt sich auf ihre Mutter. Sie reißt sie an den Haaren und beginnt mit den Fäusten auf sie einzuschlagen. »Du warst es!«, brüllt sie dabei. »Du warst es! Papa würde so etwas nie tun!«

Raukel wankt den Flur entlang. »Was ist denn hier los?«

Niemand beachtet ihn. Zu dritt zerren Tadden, Rifkin und Jule die Furie von ihrem Opfer weg.

Brigitte Schönau sieht nach dem Angriff aus wie ein zerzauster Vogel, der der Katze entkommen ist.

»Bist du verrückt geworden?«, schreit sie ihre Tochter an.

Tadden drückt Marie auf einen Stuhl und hält sie an den Schultern fest.

Inzwischen ist auch Völxen dazugekommen. Er macht Tadden ein Zeichen, Marie loszulassen. »Wenn Sie uns etwas zu sagen haben, Frau Abou, dann tun Sie es. Aber bitte in Ruhe. Wir hören Ihnen zu«, versichert er.

»Sie hat meinen Mann ermordet und Hanno Rodinger angegriffen.«

»Was redest du denn da?«, zischt Brigitte Schönau.

Marie schaut ihre Mutter hasserfüllt an. »Du warst an meinem Rechner, du alte Schnüfflerin! Du hast die Angebote mit den Häusern in Berlin gesehen, die Links zu den Maklern. Und dass die Mails von Hanno waren. Moussa wollte nicht nach Berlin. Aber Hanno wird sich demnächst verändern. Und ich wäre mit ihm gegangen. Schon allein um Robin wieder aus deinen Klauen zu bekommen. Ich werde immer noch mitgehen, wenn er wieder gesund wird und mich noch will. Du wirst Robin nie wiedersehen. Du Bestie!«

Maries Mutter zuckt zusammen wie unter einem Hieb, doch der Blick, den sie ihrer Tochter zuwirft, ist nicht weniger hasserfüllt als der von Marie.

»Du hast dieses wunderbare Kind überhaupt nicht verdient! Du warst doch immer froh, wenn du ihn bei uns loswerden konntest.«

Marie ignoriert die Anschuldigung und schreit: »Wenn du zulässt, dass Papa das alles für dich ausbadet, dann bist du für mich gestorben!«

Völxen hatte recht mit seiner Einschätzung. Robin ist die einzige Verbindung zwischen Marie und ihrer Mutter. Ohne ihn bleibt nichts übrig außer einem Mutter-Tochter-Verhältnis, das wohl schon vor längerer Zeit Schaden genommen hat.

»Mäßigen Sie sich, alle beide!« Völxens Brauen gehen auf Kollisionskurs.

»*Quel bordel!* Was für ein Sauhaufen!«, murmelt Raukel im Hintergrund.

»Ich möchte eine Aussage machen«, sagt Frau Schönau zu Völxen.

»Gut. Dann alle raus hier. Tadden, du bleibst. Aber hol uns vorher noch einen Kaffee. Jemand fährt bitte Herrn Schönau nach Hause. Frau Abou, Sie warten bei unserer Sekretärin, falls wir Rückfragen haben.«

77

»Tadden, Schätzchen, bist du jetzt der neue Liebling?«, flötet Raukel, als sich die Hinausgeworfenen auf dem Flur sammeln.

»Du kannst mich mal«, erwidert dieser und lächelt dabei freundlich.

»Könnte ich bitte auch einen Kaffee bekommen?«, fragt Marie Abou.

»Sicher, folgen Sie mir«, sagt Tadden.

Derweil wanzt sich Raukel an Jule heran und gurrt: »Na, Clarice Starling, konntest du dein schwarzes Lämmchen retten?«

Jule geht einen Schritt auf Raukel zu. So nah war sie ihm vermutlich noch nie, seit sie sich kennen. Ihre Augen sind schmal wie Messerrücken, und für einen Moment sieht es fast so aus, als wollte sie Raukel eine verpassen.

Rifkin hält den Atem an. Sogar Tadden hat sich noch einmal umgedreht.

Aber dann zischt Jule nur: »Halt einfach die Klappe, Arschloch!«

»Leute! Kriegt euch wieder ein«, mahnt Rifkin. »Ich dachte vorhin schon, ich wäre in einer RTL-II-Krawallshow gelandet.«

Raukel grinst und tritt einen Schritt zurück.

Tadden und Marie Abou verschwinden in Frau Cebullas Büro.

»Fahren wir Herrn Schönau nach Hause?«, wendet sich Jule an Rifkin.

»Ja, nichts wie weg hier!«

Sie verlassen zu dritt das Gebäude. Rifkin fährt den Dienstwagen. Jule dreht sich auf dem Beifahrersitz nach Martin Schönau um.

»Dachten Sie wirklich, Sie kommen damit durch?«

»In dem Augenblick schon.«

»Sie konnten uns nicht einmal genau beschreiben, wie Moussa Abou zu Tode kam.«

»Durch ein Rasiermesser. Oder nicht?«

Rifkin und Jule wechseln einen Blick.

»Ihre Frau macht gerade eine Aussage«, sagt Jule. »Zum Mord an Moussa Abou und dem Anschlag auf Hanno Rodinger, dem Liebhaber Ihrer Tochter.«

Er schweigt. Man sieht beinahe, wie sich die Gedanken in seinem Kopf jagen. Gerade bricht seine Welt zusammen, auch wenn es nie eine heile Welt war. Doch Martin Schönau ist einer dieser Männer, die lieber mit einem Besen von Frau leben, als allein zu sein.

»Wussten Sie etwa von nichts?«, fragt Jule.

Er lässt den Kopf hängen. »Ich bin am Dienstagabend tatsächlich gleich eingeschlafen. Später hörte ich Brigitte heimkommen. Ich tat, als würde ich schlafen. Am nächsten Morgen habe ich sie danach gefragt. Sie sagte, ich hätte mir etwas eingebildet. Ich habe ihr geglaubt. Zu dem Zeitpunkt erschien es mir ja noch nicht wichtig.«

»Kamen Ihnen später nie Zweifel?«, wundert sich Jule. »Zum Beispiel als wir bei Ihnen waren und Sie bereits wussten, was geschehen war?«

Er zuckt mit den Achseln. »Was hätte ich denn machen sollen? Ich belaste doch nicht meine eigene Frau! Noch dazu ohne Beweise. Aber als der Kommissar dann Marie beschuldigte, da klang das alles so überzeugend. Da dachte ich plötzlich: O Gott, am Ende war es doch Marie. Vielleicht hat sie es getan und danach Brigitte angerufen, und die hat ihr geholfen, und sie war deshalb noch einmal weg.«

»Geholfen? Wobei?«, fragt Jule.

»Ich weiß nicht. Keine Ahnung. Spuren beseitigen?«

»Wo war Ihre Frau am Samstagabend?« Rifkin hat die Frage aufgeworfen.

»Sie wollte Nicole besuchen.«

»Nicole Flöck? Besucht sie die öfter?«, fragt Jule.

»Noch nie, soviel ich weiß. Aber es war alles so seltsam in diesen Tagen.«

»Was war seltsam?« Rifkin betrachtet Martin Schönau kurz im Rückspiegel.

»Brigitte war seltsam. Sie war rastlos, gereizt und angespannt. Sie wuselte dauernd um Robin herum, noch mehr als sonst. Ich bekam immer mehr das Gefühl, dass etwas nicht stimmt. Aber Brigitte ist nicht die Frau, die sich aufhalten lässt. Schon gar nicht von mir.«

78

»Es war so, wie Marie gesagt hat. Auf der Geburtstagsfeier habe ich Moussa auf seine Pläne mit Berlin angesprochen. Wir standen gerade allein in der Küche. Er war so arrogant! Er würde es uns schon rechtzeitig mitteilen, wie er sich entschieden habe. Er! Nicht er und Marie. Später rief Marie mich an, um mir zu sagen, dass sie gut zu Hause angekommen sei. Sie erwähnte, dass Moussa nicht da sei und wahrscheinlich wieder mal im Clooney sitzt. Ich war immer noch wütend. Nachdem Martin eingeschlafen war, bin ich gegangen. Ich wollte ihn zur Rede stellen und mich auf keinen Fall mehr so abbügeln lassen wie vorhin. Er ließ mich herein, aber nur um mich gleich wieder rauszuwerfen. Ich solle mich nicht einmischen, es sei unverschämt, ihn hier zu stören, er habe mir nichts zu sagen, ich solle gehen. Wir standen vorn am Kassentresen. Er hat sich demonstrativ umgedreht und wollte wieder zurück in sein Büro. Da habe ich diese Trophäe aus Glas vom Regal genommen, es war die größte, und zog sie ihm über den Schädel. Er stürzte hin und war bewusstlos, vielleicht auch tot, ich war nicht sicher. Doch ich wollte sicher sein. Ich *musste* sicher sein! Deswegen nahm ich das Rasiermesser aus seinem Gürtel, der da hing, und brachte die Sache zu Ende. Ich dachte dabei an Robin und dass er auf keinen Fall diesem marokkanischen Clan ausgeliefert werden darf. Außerdem hätte ich Martin nie nach Berlin bekommen. Danach bin ich nach Hause gegangen. Es tut mir nicht leid.«

Sie hält inne. Ihr Haar ist wieder in Ordnung, aber der Lippenstift ist in die feinen Fältchen um ihren Mund ausgelaufen, und an den Schläfen pochen dünne bläuliche Adern.

Völxen trinkt von seinem Kaffee. Frau Schönau wollte keinen.

Tadden schweigt. Er wüsste auch nicht, was er sagen sollte. Sie schildert das alles, als hätte es exakt so ablaufen müssen, ein präzise ineinandergreifendes Räderwerk. Als hätte es nie eine Alternative gegeben. *Ich musste sicher sein.*

»Wie war das mit Hanno Rodinger?«, fragt Völxen.

»Ich fand den Blumenstrauß. Ein Strauß, wie ihn nur ein Verliebter schicken würde. Ich fragte Marie danach, und sie erzählte mir von ihm und dass das Ganze schon seit einigen Monaten lief. Ich war ihr nicht böse, weil sie ein Verhältnis hatte. Das geschah Moussa, diesem Weiberhelden, nur recht. Nein, ich war sogar erfreut darüber. Dieser Mann ist ja wohl ein ganz anderes Kaliber als dieser windige Barbier. Eine vielversprechende Partie, dachte ich, und dass Marie mit ihm den Fehler ihres Lebens rasch vergessen und ausbügeln könnte. Und es sah in den folgenden zwei Tagen auch ganz danach aus. Meine chaotische, oberflächliche Tochter wirkte ruhig und vernünftig. Sie arrangierte sich souverän mit diesem grässlichen Bruder, sie schien mir auf einem guten Weg zu sein. Und Robin ist noch so jung, er würde seinen Vater irgendwann ganz vergessen.

Am Freitagmorgen lag ihr Laptop offen herum, während sie im Bad war. Da sah ich die Immobilienanzeigen, die ihr dieser Hanno geschickt hatte. In dem Augenblick kapierte ich, dass meine Tochter schon längst ganz andere Pläne hatte. Was ich für sie getan habe, war vergeblich. Gut, um Moussa war es nicht schade, aber ich habe schließlich einiges riskiert. Was sollte ich jetzt machen? Nun wollte mir *dieser* Mann meine Tochter und meinen Enkel wegnehmen. Und wer A sagt, muss auch B sagen. Oder?«

Sie blickt die Ermittler an, als erwarte sie deren Zustimmung. Beide verharren mehr oder weniger fassungslos und mit unbewegten Mienen.

»Ich kenne schon lange den Zahlencode von Maries Handy, es ist Robins Geburtstag. Ich fand raus, dass sie ihren Lover unter Annemarie gespeichert hatte, und bei nächster Gelegenheit las ich ihre gesamte Korrespondenz. Wann immer ich ab jetzt an ihr Handy kam, schaute ich nach, ob es etwas Neues gibt. Am Samstag schrieben sie sich erneut. Er wollte am Abend, wenn Robin schlafen würde, zu ihr kommen. Ich sagte zu meinem Mann, ich würde eine Freundin besuchen. Über zwei Stunden drückte ich mich in der Nähe des Hauses herum. Ich befürchtete schon, er würde bei ihr übernachten. Aber dann kam er heraus, und ich folgte ihm. Er ging am Ufer entlang, und als er an der Stelle war, an der die Rampe zur unteren Terrasse abgeht, schlug ich zu. Genau wie bei Moussa.«

»Und dann?«, fragt Tadden.

»Ich schleifte ihn ans Wasser und stieß ihn hinein. Falls er nicht schon tot ist, dachte ich, ertrinkt er.«

Tadden schluckt.

»Womit haben Sie ihn niedergeschlagen?«, fragt Völxen.

»Ich sagte doch, wie bei Moussa. Mit dieser Glastrophäe aus dem Clooney. Die hat ja schon einmal gute Dienste getan.«

»Die haben Sie behalten?« Völxen schaut sie ungläubig an.

»Sie liegt im Keller, im Karton mit der Aufschrift *Christbaumschmuck*. Darin liegt auch das Rasiermesser.«

»Warum?«

»Darauf sind meine Fingerabdrücke. Ich habe die Dinge aufbewahrt für den Fall, dass man Marie ernsthaft verdächtigen würde.«

Völxen ist diese Frau ein Rätsel. Eben betrachtete er sie noch als eiskaltes Monster, dem alle um sie herum gleichgültig sind, sogar die eigene Tochter, und das lediglich eine kranke, egoistische Liebe zu ihrem Enkel kennt. Aber anscheinend ist ihr Marie doch nicht egal, sonst hätte sie nicht vorgesorgt. Menschen sind schon eigenartige Geschöpfe, erkennt Völxen wieder einmal, und Täter sind keine Monster, sie sind wie wir. Das ist das Erschreckende.

»Ich konnte nicht ahnen, dass Martin, dieser Trottel, den Helden spielen musste«, fährt Frau Schönau fort, »aber mir war klar, er würde einknicken, wenn Sie ihn erst einmal richtig in die Mangel nehmen.«

»Wieso *einknicken*? Wusste er, was Sie getan haben?«, fragt Tadden.

Sie schüttelt den Kopf. »Leider hat er mitbekommen, dass ich am Dienstagabend noch mal weg war. Ich leugnete es, aber er ahnte etwas.«

Völxen gibt Tadden einen Wink.

Der geht hinaus und ruft Rifkin an. »Seid ihr noch bei Schönau zu Hause?«

»Wir wollten gerade losfahren.«

»Im Keller der Schönaus steht ein Karton mit der Aufschrift *Christbaumschmuck*. Völxen will, dass ihr ihn öffnet und mitbringt, was ihr darin findet.«

»Worauf ist er aus? Rauschgoldengel oder Kugeln?«

»Wirst schon sehen.«

79

Jule und Fernando sind zu Fuß unterwegs ins Kino auf der Limmerstraße. Pedra passt auf die Kinder auf. Sie schien glücklich, dass sie wieder einmal gebraucht wird, nun, da ihr Sohn sich anscheinend gerade zum perfekten Hausmann entwickelt. Wenn man einmal davon absieht, dass Pedra für die Zubereitung der Mahlzeiten sorgt und ihm heimlich hinterherputzt.

»Und? Wie fühlt es sich an? Dein erster gelöster Mordfall nach nur einer Woche wieder im Dienst?«

Das Geständnis von Frau Schönau ist schon drei Tage her, aber erst heute hat Staatsanwalt Feyling offiziell Anklage erhoben. Mord und Mordversuch. Möglicherweise erkenne der Richter im Fall Moussa Abou nur auf Totschlag, aber es sei einen Versuch wert, meinte er bei einem Treffen im Kommissariat am heutigen Nachmittag.

»Anderthalb Mordfälle, wenn man so will«, korrigierte Jule ihn.

»Ich dachte, dieser Rodinger ist wieder auf dem Damm?«

»Ja, zum Glück. Aber er ist als Zeuge unbrauchbar. Er erinnert sich nicht an den Überfall.«

»Vielleicht besser so«, meint Fernando. »Meinst du, er wird noch mit seiner Marie nach Berlin gehen?«

»Was weiß ich?«, antwortet Jule, der das Schicksal von Marie Abou herzlich egal ist. Sie denkt bereits den ganzen Tag an Haiba de Souza. Dabei glaubte sie schon, sie hätte »ihr Lämmchen gerettet«, wie Raukel es in seiner unnachahmlichen Art ausdrückte. Doch heute Morgen erreichte sie eine schlechte Nachricht von der Psychologin, die zuweilen für die Kontaktgruppe Milieu des LKA tätig ist. Jule hatte sie und Haiba zusammengebracht, und die Frau konnte sie überreden, in eine geschützte und geheime Wohngruppe zu ziehen. Von dort ist sie gestern Nacht verschwunden mitsamt ihren Sachen. Jule hat bis jetzt mit niemandem darüber gesprochen. Nicht mit Völxen und auch nicht mit Fernando. Sie ahnt, was sie sagen würden. Dass man eben nicht jedem helfen kann, und schon gar nicht jemandem, der sich nicht helfen lassen will. Sie weiß das, aber sie will es nicht hören.

»Würdest du noch mit mir zusammen sein wollen, wenn meine Mutter eine Mörderin wäre?«, forscht Fernando nach.

»Natürlich«, sagt Jule, in Gedanken woanders.

»Aber angenommen, wir hätten uns gerade erst kennengelernt. Du müsstest dann ja damit rechnen, dass unsere Kinder womöglich das Killer-Gen erben.«

Jule fällt gerade ihr Gespräch mit Pedra ein. *Ich kratze ihr die Augen aus.* »Deine Mutter hat durchaus das Killer-Gen«, antwortet sie lachend.

Fernando ist stehen geblieben. »Wie kannst du so etwas nur sagen?«

»Nein, ich meine nicht deine Mutter speziell. Allgemein gesprochen. Sie, du und ich ... jeder kann zum Mörder werden, es kommt immer auf die Situation an. So habe ich das gemeint.«

»Ach so.« Fernando setzt sich wieder in Bewegung.

Ups. Gerade noch einmal die Kurve gekriegt.

Sie sind vor dem Kino angekommen. »Schalt dein Handy auf stumm«, sagt Jule. »Falls dir die Hyänen von deiner Spielplatzgruppe wieder am laufenden Band Herzchen und Smileys schicken.«

»Ich bin wieder ausgetreten«, sagt Fernando.

»Ach! Warum das?«

»Zu viele Herzchen und Smileys.«

Jule kichert. »Jetzt sind sie sicher tief gekränkt.«

»Ich habe gesagt, es geschieht zu meiner Sicherheit. Du seist furchtbar eifersüchtig und bisweilen auch bewaffnet.«

80

»Elenakätzchen? Was ist passiert?«

»Nichts. Wieso?«

»Was verschafft mir dann die Ehre deines Besuchs?«

»Ich bin deine Tochter, Mamutschka.«

»Auch an Wochentagen?«

»Oje!« Rifkin schlägt sich vor die Stirn. »Ich dachte, heute wäre Samstag. So was Dummes. Geh ich halt wieder.«

»Schluss mit dem Unsinn!« Larissa Rifkin dirigiert ihre Tochter in die Küche des winzigen Reihenhäuschens im Stadtteil Wülfel, wobei sie in einem fort jammert, sie habe leider nur noch ein paar kümmerliche Reste zu essen da. Elena hätte sich schließlich anmelden können, anstatt sie derart zu überfallen.

Rifkin hört sich das Lamento an und wird plötzlich von einem warmen Gefühl durchflutet. Außerdem hat sie einen Bärenhunger. *Ein paar kümmerliche Reste* bedeuten, dass der Kühlschrank um einiges besser gefüllt ist als der in ihrer Wohnung in der Südstadt. Nicht zu vergessen die Vorratskammer. »Reste sind meine Lieblingsspeise. Kann ich was helfen?«

»Nein, nein, bloß nicht. Setz dich und richte keinen Schaden an.«

Zum Leidwesen ihrer Mutter hat Rifkin dem Kochen noch nie viel abgewinnen können, so wie es ihr auch an sonstigen hausfraulichen Fähigkeiten weitgehend mangelt.

»Was hast du mit deinen Haaren gemacht?«

»O bitte, du nicht auch noch!«

»Sieht aus wie ein Helm.«

Ihre Mutter serviert einen Topf Suppe, in der Pelmeni mit Hackfleischfüllung schwimmen, dazu gibt es sauer Eingelegtes, Brot, Butter und eine Auswahl an Wurst und Käse.

Eine Mahlzeit, als käme ich vom Holzhacken, denkt Rifkin gerührt und macht sich über die Suppe her.

Die Diskretion ihrer Mutter währt erwartungsgemäß nicht lange.

»Hast du Liebeskummer?«

»Nein! Wieso?«

Allein dieses Wort! Antiquiert, lächerlich.

»Es steckt meistens Liebeskummer dahinter, wenn Frauen sich eine neue Frisur verpassen lassen.«

»Ich war nur beim falschen Friseur.«

»Ja, man trifft im Leben etliche falsche Friseure.« Sie lächelt und tätschelt ihrer Tochter die Hand.

Demnach scheint ihre Mutter in den letzten zwanzig Jahren von Liebeskummer verschont geblieben zu sein. Seit Jahren färbt sie ihre kräftigen Locken in einem warmen Braunton, steckt die ganze Pracht zu einem komplizierten Gebilde hoch und bändigt sie mit kostbaren Haarspangen aus Perlmutt.

»Die deutschen Männer wissen nicht, was sie wollen!«, platzt Rifkin heraus.

»Weißt du denn, was du willst?«

»Nein.«

»Wenn du den Richtigen triffst, wirst du es wissen. Bevor ich deinem Vater begegnet bin, hatte ich auch keine Lust auf Ehe und Familie.«

Ob die Entscheidung wirklich gut war? Nüchtern betrachtet hätte ihre Mutter sich besser keinen Journalisten zur Familiengründung ausgesucht. Als solcher lebt man in Russland damals wie heute gefährlich. Rifkin war sieben, fast acht, als er ermordet wurde. Danach wurde ihre Mutter vom Inlandsgeheimdienst FSB ermahnt, zu ihrer Sicherheit besser keine *bösartigen Gerüchte* mehr über seinen Tod zu verbreiten. Larissa Rifkin entschied sich schließlich für die Ausreise. So kam Rifkin mit neun Jahren hierher. Für sie ist Deutschland ihre Heimat. Ihr Herkunftsland dagegen betrachtete sie nach allem, was geschehen war, als feindlich gesinntes Ausland. Auch zu Zeiten, als viele Deutsche noch anders darüber dachten.

»Ach, Elena! Was soll ich dazu sagen? Meine Hilfe wolltest du ja nie annehmen.«

Jahrelang suchte ihre Mutter innerhalb der hiesigen jüdischen

Gemeinde verzweifelt nach einem Heiratskandidaten für ihre Elena. Diese sperrte sich bis jetzt erfolgreich dagegen.

War das ein Fehler? Vielleicht sind arrangierte Ehen gar nicht so schlecht. Die Erwartungen sind weniger hoch, entsprechend kleiner die Enttäuschungen, und für die Kinder ist es bestimmt von Vorteil, wenn die Eltern einen kühlen Kopf bewahren. Womöglich ist das Konzept »Liebesheirat« eine romantische Illusion und schlichtweg überholt. Man sollte die Partnerwahl einer gewieften KI überlassen. Oder den Müttern ...

»Das war ein tolles Essen, danke, Mama.«

»Bleib und trink noch eine Tasse Tee mit mir, Elenakätzchen.«

Sie holt das Teegeschirr aus dem Schrank und macht sich an dem Samowar zu schaffen, der in der Ecke steht und immer wieder vor sich hin zischt, als wollte er sich in Erinnerung bringen. Rifkin räumt in der Zwischenzeit den Tisch ab.

»Es tut mir leid, wenn du enttäuscht von mir bist«, sagt Rifkin, als sie vor ihren Teetassen sitzen.

»Ich bin doch nicht enttäuscht von dir! Gut, ich hätte darauf verzichten können, dass aus dir eine Polizistin wird. Aber du hast dein eigenes Leben und deine eigenen Vorstellungen, das habe ich inzwischen eingesehen.«

Wahrscheinlich ist eine Polizistin über dreißig nur noch schwer vermittelbar. Deshalb und weniger aus Einsicht hat ihre Mutter ihre Mission aufgegeben. Es sei denn, sie spürte, dass es da in den letzten Jahren einen Mann gab. Rifkin hat ihrer Mutter nie von Igor Baranow erzählt. Aus gutem Grund. Aber Mütter haben ein Gespür für so etwas. Vielleicht hat auch ihr Bruder Sascha eine Bemerkung fallen gelassen.

»Der Letzte, den ich dir vorgestellt habe, dieser Alexander, war ein sehr netter junger Mann«, durchdringt die vorwurfsvolle Stimme ihrer Mutter ihre Gedanken. »Als Rechtsanwalt hätte er sicher auch Verständnis für deinen Beruf gehabt. Seine Mutter Ljudmila ist zwar eine Schreckschraube, aber er ...«

»Er ist schwul, Mamutschka.«

»Unsinn! Wer sagt denn das?«

»Er selbst. Hier in deiner Küche hat er es mir gesagt.«

»Was? Ist das wahr? Oh, diese verlogene Andrejewna!« Sie ringt die Hände. »Ich ahnte, dass mit ihm etwas faul war. Er war zu gut, um echt zu sein.«

»Seine Mutter wusste es nicht. Wahrscheinlich bis heute nicht, also posaune es bitte nicht herum.«

»Ist gut. Es tut mir leid.«

»Das war doch nicht deine Schuld.«

Larissa Rifkin gießt Tee nach und lächelt. »Wenn das so ist, dann habe ich ja noch einen Versuch gut.«

»Wie bitte?«

»Damals habe ich mir geschworen, dass der Sohn der Andrejewna mein letzter Versuch ist. Aber unter diesen Umständen zählt der ja gar nicht.«

Rifkin bricht in ein nervöses Lachen aus und schaufelt zwei Löffel Zucker in den rabenschwarzen Tee, ehe es aus ihr herausbricht: »Weißt du, Mamutschka, ich will ja nicht gleich heiraten. Andererseits wäre es aber auch mal schön, jemanden kennenzulernen, bei dem alle Optionen offen sind. Nur für den Fall, dass ich es mir anders überlege. Verstehst du, was ich meine?«

»Sicher verstehe ich dich, Elenakätzchen. Ich werde sehen, was ich tun kann.«

81

Es könnte so schön sein. Erwin Raukel liegt in entspannter Haltung auf seinem Sofa, vor sich ein Glas Rotwein. Die Schmerzen seiner Stichwunde haben inzwischen stark nachgelassen, die Hausbar ist gut bestückt, der Kühlschrank voll, und es wird Frühling. Wäre da nicht dieser Störfaktor namens Charlotte Engelhorst, die es sich in den Kopf gesetzt hat, dass Raukel Urlaub braucht. Nicht auf dem heimischen Sofa mit Netflix und Junkfood, sondern im Ausland. Und mit ihr als Begleitung.

Sie war im Reisebüro. Nun sitzt sie auf dem Teppich vor dem Couchtisch inmitten einer Menge ausgebreiteter Prospekte und strahlt wie ein Kind, das seine Spielsachen um sich herum versammelt hat.

»Wie wäre es mit einer Ayurveda-Kur in Sri Lanka?«

»Niemals! Außerdem sind Flüge Gift fürs Klima.«

»Als ob dich das sonst interessieren würde. Ein Wanderurlaub in Spitzbergen?«

»Ich und wandern?«

»Gut, dann einfach ein schlichter Badeurlaub in Spanien in einem schicken Resort?«

»Ich möchte kein Teil des dortigen Massentourismus sein.«

»Was hältst du von Hawaii?«

»Da gibt es bekanntlich kein Bier.«

»Sehr witzig. Sei nicht so destruktiv! Es muss doch *ein* Land auf diesem Planeten geben, das dir gefällt.«

»Irland.« Er denkt an die Pubs und die Livemusik. »Oder Schottland. Wir könnten die Whiskydestillationen besichtigen.«

»Du sollst dich erholen und dich nicht jeden Abend ins Koma saufen! Außerdem regnet es dort immer.«

War ja klar, dass er damit nicht durchkommt. Raukel ist kurz versucht, ihr zu sagen, sie solle sich samt ihren Plänen zum Teufel scheren. Doch er will kein undankbarer Mistkerl sein. Charlotte hat sich in den letzten Tagen wirklich sehr um ihn gekümmert. Sie hat eingekauft, ihn bekocht und zum Arzt gefahren. Mittlerweile schätzt er auch die Wochenenden auf ihrem Landsitz. Dort ist es ruhig, und das Frauenzimmer kann wirklich gut kochen.

Kurzum, er schuldet ihr etwas. Er wird um diese Reise nicht herumkommen. Doch er hat wirklich keinerlei Präferenzen, er weiß immer nur, was er nicht will. Die Diskussion hat ihn ermüdet, gerade wird er von einem unwiderstehlichen Schlafbedürfnis übermannt. Er schließt die Augen und hört sich murmeln, sie solle irgendetwas aussuchen, solange es nur nicht in körperliche Torturen ausartet.

Als er wieder erwacht, liegen die Prospekte auf einem Stapel, und auf dem Couchtisch steht ein Eiskübel, aus dem der Hals einer Flasche Champagner ragt.

»Und?«, fragt er angstvoll. »Was ist es geworden?«

»Eine Reise durch Südfrankreich. Wir werden die Kultur und das Essen genießen, in Cafés herumhängen und das eine oder andere Weingut besichtigen. Am Ende können wir noch ein paar Tage am Meer verbringen. Du weißt, ich liebe das Meer.«

Es hätte schlimmer kommen können, erkennt Raukel erleichtert. Eigentlich hört sich das gar nicht so übel an. Besonders der Teil mit den Weingütern.

»Na? Was sagst du dazu?«

Raukel pflanzt sich ein breites Grinsen ins Gesicht. »Ich wusste, du würdest zur Vernunft kommen.«

82

Hauptkommissar Völxen widmet sich kurz vor Sonnenuntergang der Beobachtung seiner Schafe. Er hat von Christoph Vitaminpräparate für die Tiere geschenkt bekommen. Offenbar möchte sich der junge Mann bei ihm einschleimen. Völxen hat die Huldigung mit angemessenem Dank entgegengenommen. Bei den Schafen bemerkt er indessen noch keine Veränderung.

Er hat sein Mobiltelefon mitgenommen. Nun, da der Fall seit einigen Tagen abgeschlossen ist, bleibt ihm keine Ausrede mehr, den Anruf bei Oda hinauszuzögern. Es sei denn, er fände Gefallen an der Rolle des Beleidigten. Aber schließlich sind sie erwachsen und nicht im Kindergarten.

Er lässt es klingeln.

»Völxen! Schön, dass du dich meldest. Ich will dich schon seit Tagen anrufen ...« Ihre Stimme ist eine aufgekratzte Mischung aus Nervosität, Verlegenheit und etwas anderem, das Völxen nicht deuten kann.

»Geht mir genauso«, versichert er. »Da war dieser Fall, ich bin kaum zum Durchatmen gekommen.«

»Ich weiß. Veronika hat mir davon erzählt.«

»Wie geht es dir?«, fragt Völxen.

Es entsteht eine kleine Pause.

»Ich bin wieder hier. In Hannover.«

»Wie lange bleibst du?«

»Es ist nicht nur für ein paar Tage. Ich bin wieder ganz hier.«

Völxen verschlägt es die Sprache.

»Tian und ich haben festgestellt, dass wir besser harmonieren, wenn wir nicht ständig aufeinanderhocken.«

»Stimmt. Das hast du immer gepredigt.« Umso verwunderlicher war es dann, dass sie zusammen in dieses Landhaus gezogen sind.

»Man sollte seine eigenen guten Erfahrungen nicht infrage stellen«, antwortet Oda. »Wir behalten das Haus und werden künftig die Ferien zusammen verbringen. Er will wieder mehr in Peking sein, und ich habe Pläne.«

»Was für Pläne?«

»Ich werde eine psychologische Praxis eröffnen. Deshalb war ich sehr beschäftigt und ...« Sie hält inne. »Das ist Quatsch. Nicht die Praxis, die ist schon lange mein heimlicher Wunschtraum. Aber ich wollte einfach mit niemandem reden, bis sich das alles für mich nicht mehr so sehr nach einer Niederlage anfühlt. Denn das tut es bis jetzt. Ich dachte, Tian und ich würden uns nicht auf die Nerven gehen, da wir doch ein gemeinsames Projekt haben, nämlich das Haus herzurichten. Aber es passierte doch.«

»Das tut mir leid«, murmelt Völxen. Es ist nur halb ehrlich. Es tut ihm leid für Oda, aber mit Tian Tang ist er nie wirklich warm geworden.

»Ich musste außerdem realisieren, dass die Landbevölkerung in Südfrankreich überwiegend aus Fans von Marine Le Pen und ihrem Faschistenhaufen besteht. Tian scheint es egal zu sein, aber ich kann damit nicht gut umgehen. Und vor einem Vierteljahr ist mein Vater gestorben, das weißt du ja. Also hat mich dort plötzlich nichts mehr gehalten.«

»Ich verstehe das sehr gut«, sagt Völxen. »Aber wir beide konnten immer miteinander reden, auch wenn wir nicht gerade in himmelhochjauchzender Stimmung waren.«

»Stimmt, entschuldige bitte, ich hätte mich früher melden sollen. Kann ich nächste Woche bei euch vorbeikommen, mein Leid klagen und mich hemmungslos betrinken?«

»Natürlich«, grinst Völxen. »Und du musst dich nicht entschuldigen. Ich bin froh, dass du wieder im Lande bist.«

»Wie läuft es bei dir?«, fragt sie.

»Ich habe das Rasiermesser meines Großvaters in eine hübsche kleine Holzkiste verbannt. Die steht jetzt im Bücherregal neben seinem Foto. Ich kann mich auch an ihn erinnern, ohne dass jedes Mal Blut fließt.«

»Eine weise und sehr erwachsene symbolische Handlung«, lobt die Psychologin.

»Und sonst ...« Völxen überlegt und sieht sich um. Die Strahlen

der sinkenden Sonne blinken durch die oberen Zweige des Apfelbaums. Die Schafweide liegt schon im Schatten. Eine Amsel singt.
Amadeus reibt sein Gehörn an einem Zaunpfahl. Oscar buddelt
ein Loch. Gerade nähern sich Tadden und der Hühnerbaron. Letz-
terer hat garantiert drei Flaschen lauwarmes Herrenhäuser in seiner Latzhose. »... sonst ist hier eigentlich alles wie immer.«

»Das ist schön«, sagt Oda.

»Ja«, stimmt Völxen ihr aus vollem Herzen zu. »Das ist sogar sehr
schön.«

Zum Schluss ...

Liebe Fans der Hannoverkrimis,

in diesem Roman sind sämtliche Personen frei erfunden. (Auch wenn ich selbst kaum glauben kann, dass es Völxen und seine Schafe nicht wirklich gibt.)

Die Schauplätze sind authentisch, was Straßen und Stadtviertel angeht. Jedoch gibt es keinen Barbershop Clooney und auch keinen realen Barbershop in der Altstadt oder im Rotlichtviertel, der dem Clooney als Vorbild diente. Dasselbe gilt für andere Geschäfte sowie deren Inhaberinnen und natürlich auch für die im Roman auftretenden Politiker.

Herzlich,

Eure Susanne Mischke

Ein tödlicher Sinneswandel

Susanne Mischke

**Deine Welt wird
brennen**

Kriminalroman

Piper, 304 Seiten
ISBN 978-3-492-06373-9

Hauptkommissar Bodo Völxen wird von Sirenen aus dem Schlaf gerissen. Die Scheune seines Nachbarn brennt lichterloh. In den ausgebrannten Trümmern findet die Feuerwehr eine Leiche. Am Morgen steht fest: Es war Brandstiftung, und vom Bewohner, dem CEO einer Frackingfirma, fehlt jede Spur. Dieser hatte sich einige Feinde gemacht, weil er nach dem Genuss psychoaktiver Pilze die Karriere in der Erdgasförderung aufgeben und sich dem Umweltschutz widmen wollte. Ein Plan, der in der Firma und in der Familie viele erzürnte. Das Team ermittelt. Völxen will den Fall schnellstmöglich lösen, denn das Verbrechen auf dem Nachbargrundstück steht ihm nicht nur räumlich unerwartet nahe.

Leseproben, E-Books und mehr unter **www.piper.de**

Wie ein Schatten hinter dir

Susanne Mischke

Alle sehen dich

Kriminalroman

Piper Taschenbuch, 352 Seiten
ISBN 978-3-492-32132-7

In Bodo Völxens Dienststelle geht es drunter und drüber: Der neue Kollege Joris Tadden soll gleich zwei Kommissare des eingespielten Teams auf einmal vertreten, die für unbestimmte Zeit ausfallen. Die Kolleginnen auf der Wache schwärmen für den waschechten Friesen, aber Völxen sieht nur die Unerfahrenheit des jungen Ermittlers. Außerdem muss er sich mit der geltungssüchtigen Garten-Bloggerin Charlotte Engelhorst herumschlagen, die ihm den letzten Nerv raubt. Die Gärtnerin fühlt sich verfolgt und beschuldigt auf infame, fast paranoide Weise die Leute um sich herum. Doch als tatsächlich jemand, dem sie sehr nahesteht, unter fragwürdigen Umständen schwer verunglückt, sorgt auch Völxen sich um die Sicherheit der Bloggerin. Ist ein Follower zum Verfolger geworden?

Leseproben, E-Books und mehr unter **www.piper.de**

Der lange Schatten der Vergangenheit

Susanne Mischke

Eiskalt tanzt der Tod

Kriminalroman

Piper Taschenbuch, 336 Seiten
ISBN 978-3-492-31925-6

Von den Frauen umschwärmt, von den Ehemännern gefürchtet: Tangolehrer Aurelio Martínez weiß um seine anziehende Wirkung und sorgt regelmäßig für Eifersuchtsdramen. Das Entsetzen ist groß, als er tot in seiner Tanzschule aufgefunden wird – erschlagen mit einem Kerzenständer. Was ist in der noblen alten Villa in Hannovers Zooviertel passiert? Wollte sich ein gehörnter Ehemann an Aurelio rächen? Doch nicht nur in Hannover hatte der Argentinier viele Feinde. Bei seinen Ermittlungen entdeckt Kommissar Völxen einen entscheidenden Hinweis, der den Weg in die Vergangenheit weist und hinter der glänzenden Fassade des begnadeten Tänzers entsetzliche Abgründe offenbart ...

Leseproben, E-Books und mehr unter **www.piper.de**

PIPER